La librera detective

La librera detective

SUE MINIX

Editado por HarperCollins Ibérica, S. A.
Avenida de Burgos, 8B - Planta 18
28036 Madrid

La librera detective
Título original: The Murderous Type. The Bookstore Mystery Series
© Sue Minix 2023
© 2024, para esta edición HarperCollins Ibérica, S. A.
Publicado por HarperCollins Publishers Limited, UK (Avon)
© De la traducción del inglés, Isabel Murillo

Diseño de cubierta: © HarperCollinsPublishers Ltd 2023
Ilustración de cubierta: © Kelley McMorris/Shannon Associates

ISBN: 978-84-1064-090-0
Depósito legal: M-19602-2024
Impreso en España por Unigraf

Para Cara Chimirri,
por su dedicación, paciencia y eterno entusiasmo

1

Las actividades al aire libre que se llevaban a cabo el último sábado de junio en Riddleton, Carolina del Sur, me recordaban a un mal matrimonio. Podías sobrevivir a la experiencia y salir más o menos ilesa de ella, siempre y cuando consiguieras huir a tiempo. Pero, si esperabas demasiado, aquello se transformaba rápido en un infierno. Con eso en mente, la carrera de diez kilómetros de Riddleton empezó a las seis de la mañana. Sin las dos tazas de café necesarias para tener el cerebro a pleno rendimiento, mi cuerpo privado de cafeína estaba plantado en la línea de meta, justo enfrente del ayuntamiento.

A lo largo de todo el recorrido de la carrera se había congregado un auténtico gentío para animar a los participantes, y mis oídos vibraban con el eco de un centenar de conversaciones que retumbaban en mi cabeza como tambores. En su mayoría eran discusiones sobre quién sería el ganador de la carrera. En cambio, la joven pareja que tenía justo detrás de mí discutía sobre la conveniencia de gastar el dinero que no tenían en un televisor de pantalla plana de cincuenta pulgadas que estaba de rebajas en Walmart. Como era de esperar, él defendía el «sí» mientras que ella apostaba por el «no».

Riddleton, que en sus orígenes había sido una parada de diligencias entre Blackburn y Sutton, había crecido con los ingenieros que se habían instalado allí durante la construcción de la presa que daría lugar al lago Dester. Aun así, seguía siendo una ciudad pequeña con mentalidad de ciudad pequeña. Todo el mundo lo sabía todo de todo el mundo, y la ayuda siempre estaba al alcance de la mano cuando tocaba vivir momentos complicados. De pequeña me agobiaba criarme aquí y, cuando por fin pude huir a Blackburn para ir a la universidad, me sentí libre. Sin embargo, cuando el año pasado volví a esta pequeña ciudad, me di cuenta de lo reconfortante que llegaba a ser vivir rodeada de gente que se preocupaba por mí.

Ahora, no obstante, inmersa en aquel denso enjambre humano, cambiaba con nerviosismo el peso de mi cuerpo de un pie al otro, sin saber, por otro lado, qué hacer con las manos. Como no me cabían en los bolsillos de los vaqueros, al quedarme estos cada vez más estrechos, las dejé caer en los costados. Por desgracia, una de mis manos estaba ocupada con la correa de mi perrita, Savannah.

—¡Ay! —Vi una gotita de sangre en mi dedo índice. Me llevé a la boca el dedo lastimado y bajé la vista.

Mi cachorra de pastor alemán me miró fijamente con sus ojos castaños, echó hacia atrás las orejas y meneó la cola. Me agaché hasta quedarme a su nivel.

—Veamos, Savannah, el simple hecho de que tengas unas fauces llenas de hojas de afeitar no significa que tengas permiso para hacerme trizas cada vez que busques un poco de atención.

Me lamió la mejilla y noté el cosquilleo de su hocico plateado. Ya me dirás tú de qué sirven las regañinas.

Brittany Dunlop, con su melena rubia y lacia alborotada por el viento, se apretujó a nuestro lado.

—¿No crees, Jen, que un beso así vale como disculpa?

Brittany me había adoptado en el parvulario y seguíamos siendo amigas íntimas desde entonces. A pesar de haberse detenido en ella la cinta métrica en un metro cincuenta y ocho, constituía una presencia gigantesca en mi vida y no sé cómo habría sobrevivido a mi infancia sin ella. Había sido la voz de la cordura que me susurraba al oído cada vez que mi padrastro, Gary, tenía uno de esos días suyos en los que perdía por completo el control y mi casa se convertía en la ciudad de los locos.

Savannah saltó sobre ella para darle la bienvenida y disparó la lengua como cuando un lagarto caza su desayuno desde una rama. Brittany, que ya había experimentado una buena ración de mordisquitos amorosos, apartó rápidamente las manos de la zona de peligro para unirlas a su espalda.

—Supongo que es lo más parecido a una disculpa que voy a conseguir.

Le dije a la cachorrita que se sentara y la empujé con delicadeza sobre sus cuartos traseros hasta que obedeció y se recostó contra mi pierna; su lengua empezó a gotear saliva sobre mi nueva zapatilla Nike. Aquel ejercicio de adiestramiento fue una prueba para ambas, dada la distracción de las masas que nos rodeaban.

—Creo que necesita hacer pipí, pero me imagino que huir de esta multitud será toda una odisea.

—¿Quieres que te abra paso? Recuerda que soy bibliotecaria y que, cuando la gente no me hace caso, la hago callar.

Brittany se acuclilló para rascarle la barriga a Savannah, un ofrecimiento de atención muy necesario para la autoproclamada perrita abandonada.

—No, tú quédate aquí. Quiero ver cómo gana Eric.

Eric O'Malley —el alto, desgarbado y pelirrojo líder de los Corredores de Riddleton, un grupo al que yo me había sumado a regañadientes el año pasado— representaba también al cuerpo de policía como agente de patrulla. Sin embargo, no me cabía la menor duda de qué papel le importaba más hoy. Sabía que perseguiría la línea de meta como si fuese un sospechoso de atraco a mano armada a la fuga.

Brittany frunció sus finos labios y empujó sus gafas, de montura gruesa y con un diseño que recordaba las rayas de un tigre, hacia el puente de la nariz.

—¿Tan veloz es?

—Es difícil decirlo, pero una victoria significaría mucho para él. Además, he aprendido a valorar su amistad y, por lo tanto, debería apostar por Eric, ¿no te parece?

Brittany arqueó las cejas, que eran tan claras que apenas se veían a la luz del sol.

—Sí, claro, como si ese fuera el único motivo.

Resoplé con frustración.

—¡Por favor! Soy perfectamente consciente de lo que estás pensando. Es mi compañero de deporte y una victoria le haría feliz. Ese es mi único interés.

—Si tú lo dices. —Brittany se cruzó de brazos—. ¿Quieres apostarte algo? Porque yo estoy segura de que el jefe volverá a ganar.

Mi cerebro generó la imagen del canoso cincuentón que cargaba con sus más de treinta años en las fuerzas de seguridad, los últimos diez, sentado detrás de una mesa, como si fueran pesas para los tobillos. Comparado con él, Eric era una gacela perseguida por un león por la llanura del Serengueti. Una gacela larguirucha y pelirroja, con un pantalón verde corto que le quedaba enorme y una camiseta de tirantes de color rojo.

—¿Ese viejo? De ninguna manera. Te apuesto cinco dólares.

—Súmale una comida, y trato hecho.

—Pues trato hecho.

Dejé que Savannah nos abriera paso entre la multitud mientras nos acompañaban las sonrisas tanto de amigos como de desconocidos. No hay nada mejor que un cachorro o un bebé para llamar la atención. A la mayoría de la gente le atraen los jóvenes y los desvalidos. Como en la serie *The Young and the Restless*, solo que más agradables.

Una mujer joven, en comparación con mis veintinueve, vestida con una camiseta con el anagrama de la Sutton High School, miró por encima del hombre de mediana edad y bíceps musculosos que estaba delante de ella. Y me dijo, gritando una octava por encima de mi zona de confort:

—¡Hola! Eres Jennifer Dawson, ¿verdad?

«Ya estamos», pensé, resistiéndome a la necesidad de taparme los oídos, como sospechaba que a Savannah le habría gustado poder hacer.

—Sí.

Se abrió paso a la fuerza entre el gentío y a punto estuvo de pisotear a la perrita, que no paraba de saltar, porque la pierna del Hombre Bíceps le bloqueaba su vía de escape.

El Hombre Bíceps, con los músculos en tensión debajo de una ceñida camiseta negra con el logo de Gold's Gym, esbozó lo que se notaba que consideraba una sonrisa irresistible.

«Buen intento, colega, pero creo que va a ser que no».

—Qué emoción conocerte —dijo la chica—. Capturar tú sola a aquel asesino fue una pasada. Eres una auténtica heroína.

Unos ojos vacíos me miraban desde el primer piso de casa de los Cunningham. Cuando Aletha —propietaria de una librería, musa y amiga— fue asesinada el año pasado, me vi implicada en la investigación porque en la escena del crimen se encontraron pruebas que

13

apuntaban en mi contra. Me estremecí y alejé aquel recuerdo de mi cabeza. Al menos, la chica no me había preguntado acerca del retraso de mi segunda novela.

—Gracias, pero fue cuestión de suerte. Y tuve además mucha ayuda.

—Pues yo creo que lo hiciste genial. Y me encantó tu libro, por cierto. ¿Cuándo saldrá el siguiente?

Mi falsa sonrisa hizo su primera aparición del día.

—Pronto —respondí, lo que podría considerarse equivalente a «nunca», teniendo en cuenta mi ritmo actual de trabajo.

Savannah tiró de la correa hasta el máximo, con lo que me dio la excusa perfecta para dar por terminada la conversación. Si la perrita pudiese escribir la novela por mí, nunca más volvería a surgir la pregunta. ¿Harían ordenadores portátiles con teclado adaptado al tamaño de los pastores alemanes?

Las banderas norteamericanas que colgaban de las farolas que flanqueaban Main Street se marchitaban bajo el sol a los treinta grados de temperatura que hacía ya a las siete de la mañana. El aire cargado de humedad me dejaba la sensación de estar intentando respirar bajo el agua, habilidad que nunca he dominado, ni siquiera cuando alguien intentó ahogarme el año pasado. Por suerte, sí que dominaba la habilidad de contener la respiración.

Savannah tiró de mí; pasamos por delante de Bob's Bakery y fuimos directas a la zona de césped que se extendía delante de la oficina de correos, al otro lado de la biblioteca. No obstante, describir aquello como «oficina» era una exageración, más bien podría decirse que era un «armario de correos», y el aparcamiento, de hecho, doblaba con creces el tamaño del edificio. Siempre había dado por supuesto que el arquitecto que diseñó aquello debió de sufrir un caso severo de imaginación ilusoria.

En aquel momento, la oficina de correos era, junto con mi librería, el único edificio de la ciudad carente de decoración. No tenía ni idea de cuándo había empezado la tradición, pero todos los establecimientos ornamentaban sus escaparates cada vez que se celebraba un festejo. El ayuntamiento organizaba incluso concursos con motivo de algunas festividades y otorgaba un premio al mejor escaparate. El premio al mejor escaparate del Día de la Independencia consistía en ser el gran mariscal del desfile. Cuando heredé la librería de Aletha, heredé también la responsabilidad de decorar el escaparate. Sin embargo, por desgracia, podría decirse que mis dotes artísticas eran equivalentes a las de una licuadora.

La alcaldesa de Riddleton, Teresa Benedict —una mujer bajita con un cabello castaño tan hirsuto como su carácter, cabello que sujetaba con el auricular del teléfono por el que estaba hablando—, salía en aquel momento del edificio. Me saludó agitando un montón de cartas que acababa de sacar de su buzón, y que probablemente estarían destinadas al maletín que llamaba «bolso», y separó por un instante la barbilla del micrófono.

—¿Piensas terminar algún día ese libro, Jen?

Reprimí un gruñido y le respondí levantando el pulgar en vez del dedo medio, como me habría gustado hacer, mientras Savannah buscaba el lugar perfecto para hacer sus cosas. Sus requisitos seguían siendo un misterio para mí, pero, después de cuatro o cinco falsas alarmas y de un cacahuete desenterrado del suelo, acabó seleccionando el punto ideal.

Justo cuando me agachaba para recoger los resultados con una bolsa de plástico, la alcaldesa pasó rápidamente por nuestro lado en dirección a un Ford Expedition negro, último modelo. Me envolvió una nube de perfume de lavanda. Imaginé que querría refugiarse antes de que un enjambre de abejas acudiera a investigar aquel bufé libre.

15

Con un destello en sus ojos castaños, Teresa dijo por el auricular:

—Pues, si no cambia de idea, no seguirá mucho tiempo más siendo comisario de policía. Esta será la última decisión que tome.

Se instaló en el asiento del conductor y cerró la puerta.

Negué con la cabeza por la exageración que acababa de soltar la alcaldesa. Cuánto más controvertido era un tema, más le gustaba. Le acaricié el lomo a mi perrita y le rasqué su punto favorito, en la base de la cola.

—Vaya, vaya, Savannah, por lo que parece, el jefe ha metido la pata hasta el fondo.

Savannah empujó el trasero contra mi mano y, prestando atención con sus orejas caídas y la lengua asomando por un lado de la boca, olisqueó mi otra mano.

«Bobadas».

¿Levantaría algún día las orejas? Cuando corría, parecía un pajarillo que cae del nido y empieza a batir sus alas en vano.

—Tienes razón, pequeñuela. Debe de haberse hecho caquita en la alfombra.

Volvimos tranquilamente hacia el ayuntamiento y nos sumergimos de nuevo en la multitud que se agolpaba cerca de la panadería, en la acera de enfrente del ayuntamiento. Bob había hecho un boceto en su escaparate, pero no lo había pintado todavía. ¿La propuesta de este año? George Washington, con su característico tricornio, cruzando el Delaware con una taza de café en una mano, un dónut en la otra y una gran sonrisa dibujada en la cara. Un giro interesante del viejo dicho «Un ejército se mueve según le dicta el estómago».

Los aspirantes a críticos argumentaban los méritos y los deméritos de la obra de Bob, y el ambiente echaba chispas. Para mí, era una escena divertida. ¿Para los demás? Aquello parecía el eje sobre el que se tambaleaba el mundo entero. Me alegraba de no formar parte del plantel de jueces. Porque podría no vivir lo suficiente como para terminar mi libro.

En el camino de vuelta a la línea de meta, Savannah engulló los restos de dos perritos calientes y de una manzana. Era como si matase de hambre a la pobre criatura. Como si dos cuencos pantagruélicos de comida para cachorros y un millón de chuches al día no fueran suficientes.

Descansé el brazo sobre el hombro de Brittany mientras Savannah se tumbaba a mis pies y olisqueaba la acera en busca de más cosas que picotear.

—¿Alguna señal de los corredores?

—Todavía no, aunque he oído jaleo cerca del parque. ¿Qué tal tu paseo?

—Accidentado. —Cogí la bolsa y la tiré en una papelera que había cerca y que aún estaba decorada con restos de las pasadas elecciones. El lugar perfecto—. La alcaldesa está enfadada con el comisario Vick. Acabo de oírla hablar por teléfono y se ve que Vick ha hecho algo que ha encendido ese veneno que ella lleva dentro.

Brittany no pudo evitar reír por lo bajo.

—Podría ser cualquier cosa. Creo que todos nos hemos enfadado con Tobias Vick alguna que otra vez. Por lo que parece, suele sacar a la gente de sus casillas.

—Tienes toda la razón —dije—. Como el día que envió a Eric a ponerme una multa porque el silenciador de mi coche sonaba como una hormigonera. Menos mal que Eric se limitó a darme una advertencia e incluso me ayudó a repararlo al día siguiente. Y no me quejo, ya que así fue como nos hicimos amigos. De todas maneras, sigo viendo a muchos que llevan el coche hecho un asco y se les cae a pedazos, y el comisario no los multa ni nada.

—¿En serio? Supongo que dependerá del estado de ánimo que tenga cada día. —Sin embargo, desde mi regreso a la ciudad, hacía ahora un año y medio, los únicos estados de ánimo que le había visto al comisario Vick eran malo, pésimo y nefasto. Brittany continuó—: Siempre ha apoyado mucho la biblioteca, así que no debería quejarme demasiado de él. —Entonces, con las manos hundidas en los bolsillos de su pantalón corto, se volvió hacia mí—: Y, ya que ha salido el tema, ¿estarías dispuesta a ayudarme a preparar el acto benéfico para recaudar fondos?

Como responsable de la biblioteca, Brittany era la encargada de recaudar dinero para cubrir los déficits presupuestarios de la institución. La subasta benéfica anual servía para cumplimentar los fondos necesarios.

—¡Por supuesto! —exclamé—. Antonio's se encargará de la comida, ¿verdad? Me encanta ese restaurante.

—Sí, y, además, va a donar una botella de vino para la subasta. Lo único que tenemos que hacer es preparar el comedor.

—Es muy generoso por su parte.

—Mucho. Además, creo que se trata de ese vino tan caro que le gusta tanto al comisario.

—Supongo que será mejor que nos aseguremos de que hace la puja más alta para que luego esté de buenas. No quiero volver a tener problemas con mi silenciador. —Rasqué a Savannah detrás de las orejas—. Y, si pierde, quiero estar, como mínimo, a cien kilómetros de él; aunque dudo que nadie quiera apostar por esa dichosa botella. Todo el mundo sabe lo mucho que él desea hacerse con ella.

—Después de lo que me hizo la otra noche, yo pienso pujar por ella.

Nos volvimos y descubrimos que el que acababa de hablar era el oficial de policía novato Leonard Partridge, con su uniforme azul marino inmaculado y perfectamente planchado. Lo acompañaba su primo Greg, que estaba devorando un perrito caliente rebosante de mostaza, parte de la cual se había salido del bocadillo y le resbalaba por la barbilla sin afeitar.

«¿Un perrito caliente a las siete de la mañana?», me dije, y se me revolvió el estómago.

—¿Qué hizo? —pregunté.

Leonard acarició su bigote castaño.

—Yo estaba cenando con una chica en Antonio's y el comisario se acercó tambaleándose a nuestra mesa, me volcó una copa de vino encima y siguió su camino tan tranquilo. Sin disculparse ni nada. Y no pude decirle ni mu porque es mi jefe.

Brittany le tocó el brazo.

—A lo mejor ni siquiera se dio cuenta de lo que pasó —repuso.

Leonard levantó la barbilla, sacó pecho y el chaleco antibalas le tensó los botones de la camisa.

—Se dio perfecta cuenta. Lo hizo a propósito porque a su hijo le gusta la chica con la que yo estaba. Y, encima, le funcionó. No he vuelto a saber nada de ella desde entonces. Es la tercera vez que el jefe me pone en una situación embarazosa.

Imaginé que la reacción de la joven no tendría mucho que ver con el hijo del comisario Vick, ni con la copa de vino derramada. Leonard parecía un buen tipo, y Eric nunca había dicho que hubiera tenido problemas con él como compañero de patrulla. Sin embargo, una vez sí que me comentó que se quejaba mucho. Aun así, cada vez que me encontraba con Leonard, me entraban escalofríos. Se me ponía la piel de gallina, como decía siempre mi abuela. No sé por qué.

Oí a lo lejos el rugido de los espectadores que seguían la carrera, un bramido que creció en intensidad a medida que fue desplazándose hacia la línea de meta. Los corredores estaban a punto de llegar. ¿Quién sería el primero? Me puse de puntillas para mirar por encima de la pareja de la pantalla plana, pareja que había conseguido pegarse a la calzada. Eric y el comisario Vick, en una imagen que me hizo pensar al instante en el Espantapájaros y el León Cobarde, acababan de doblar, codo con codo, la esquina de Pine con Main, a unos treinta metros de distancia de donde yo estaba.

A pocos metros por detrás de ellos, un hombre bajito y regordete que no reconocí luchaba por acortar distancias. Por otro lado, Lacey Stanley —la directora de mi librería, Lectores Voraces— con zancadas largas y elegantes se iba aproximando a él. En su época universitaria, Lacey llegó a ser una esperanza olímpica, pero sus sueños se vieron truncados por culpa de una rotura del ligamento cruzado anterior. Más tarde se casó y tuvo dos hijos. Actualmente estaba entregada a la librería con el mismo entusiasmo con el que solía entrenar en sus tiempos para ganar el oro.

A pesar de que corríamos juntas los sábados por la mañana, no me había dado cuenta de lo veloz que podía llegar a ser. Debía de haber estado ahorrando toda su energía para el día de la carrera. O, más probablemente, no querría que yo me desanimase por ser la tortuga, y ella, la liebre. Sobre todo, porque, en la vida real, la liebre nunca se paraba a echarse un sueñecito.

Eric tomó la delantera y esprintó hacia la recta, con sus brazos de palillo moviéndose como si fueran los engranajes de una locomotora. Con un acelerón, incrementó su ventaja. El jefe, con la cara roja como un camión de bomberos y el pecho agitándose de forma notable, intentaba darle alcance. No me extrañaba, ya que Eric me había contado la semana pasada que lo vio desabrocharse el pantalón para sentarse cuando creía que nadie lo miraba. La separación entre ambos fue disminuyendo. Tenía toda la pinta de que el tipo, o bien ganaba, o bien moría en el intento.

A tres metros de la línea de meta, ya estaban de nuevo a la misma altura. Y entonces, el comisario Vick se golpeó la pantorrilla de la pierna de delante con el pie contrario y chocó con Eric, que tropezó y cayó al suelo a medio metro de la cinta que cruzaba Main Street. Se le enredaron los brazos y las piernas como un juego de palillos chinos, y empezó a salirle sangre de un corte que se había hecho en la rodilla derecha.

La muchedumbre contuvo un grito colectivo.

El comisario rompió la cinta de plástico de cinco centímetros de ancho con los brazos levantados por encima de la cabeza.

2

Llegué a Antonio's Ristorante con mis habituales cinco minutos de retraso. Tony Scavuto —cuyo sólido cuerpo estaba vestido con unos pantalones bermudas de color caqui y una camiseta con manchas de pintura verde lima que tenía un agujero de cinco centímetros en el centro— estaba embadurnando con nubarrones grises la parte superior de la ventana del local que daba a la calle mientras canturreaba *C'è la luna*. Por debajo de aquella tormenta en formación, había creado una revolucionaria escena de batalla en la que un robusto soldado británico, con un bigote al estilo Pierre Nodoyuna, disparaba albóndigas por un cañón contra un grupo de soldados estadounidenses con su uniforme blanco y azul, con servilletas colgadas del cuello y armados con cuchillos y tenedores.

En cuanto entré, el sonido de sartenes y cacerolas captó de inmediato mi atención, junto con el aroma a ternera asada. En la pared del fondo de la sala, había colgada una pancarta roja y blanca en la que se anunciaba la iniciativa para recaudar fondos de la biblioteca de Riddleton. Las lámparas de estilo Tiffany que colgaban del techo me recordaron la última vez que había estado allí: fue en una desastrosa cena íntima durante la cual bebí demasiado vino y me puse en evidencia.

Brittany pasó corriendo por mi lado cargada con un montón de impecables manteles blancos como la nieve y un trapo colgando del bolsillo de atrás de su pantalón corto, a modo de guardabarros de su trasero. La seguí hasta la hilera de mesas de madera que aún quedaba por preparar.

—Siento el retraso. Savannah me ha entretenido con su paseo. Me sorprende la gran cantidad de árboles fascinantes y buzones de correos que hay en Riddleton, pero sigo sin entender por qué tiene que pararse a olisquearlos absolutamente todos. No me imagino qué puede oler en ellos.

Brittany depositó su carga en el aparador.

—Créeme, Jen, te aseguro que jamás podrás oler todo lo que ella huele.

—Cierto. Vivir con un resfriado permanente suena bastante más atractivo.

Cogió un mantel por un extremo y me pasó el otro. Y con un leve movimiento de muñecas, lo hicimos flotar en el aire hasta depositarlo sobre la mesa como un paracaídas que aterriza con delicadeza en el suelo. Uno colocado; faltaban aún treinta y nueve. Además de los platos, las copas y los cubiertos. Imaginé que la tarde se me haría larga como si fueran tres semanas.

Pero la biblioteca necesitaba dinero. La ciudad no recaudaba fondos suficientes como para que pudiese sobrevivir sin ayuda. Si la biblioteca cerraba, Brittany perdería su puesto de trabajo y tendría que venirse a vivir conmigo. Un desastre tan grande como lo que sucedió con el Hindenburg. En una ocasión nos planteamos la posibilidad de compartir apartamento, pero enseguida comprendimos que esa decisión acabaría siendo el final de nuestra amistad de toda la vida. Los polos opuestos se atraen, pero solo en pequeñas dosis.

Mejor sería que nos diéramos prisa y acabáramos nuestro trabajo, ya que el acto tenía que ser un éxito, aunque fuera solamente por esa razón. Además, así Brittany tendría suficiente dinero para adquirir un ejemplar de mi libro para sus estanterías. Y de esa forma más gente podría preguntarme cuándo pensaba publicar el siguiente.

¡Yupi!

Pasamos a la mesa número dos y cogí mi extremo del siguiente mantel.

—Tony se ha esforzado mucho este año con la decoración, ¿no te parece? —comenté—. Ese Casaca Roja con pinta de Pierre Nodoyuna me recuerda un poco a Angus.

La risotada de Brittany fue tan exagerada que ahogó incluso el ruido que salía de la cocina.

—¡Calla! ¡Procura que él no te oiga decir eso! —me conminó.

—Bueno, pues le diré que me recuerda a Patán el Buenazo.

—Mejor no digas nada. Porque nos prohibiría la entrada a su restaurante y te morirás de hambre.

Mi compañero de deporte —el bajito y rechoncho Angus Halliburton— era el propietario de Dandy Diner, donde yo comía casi todos los días.

—No necesariamente. Tengo un montón de comida para perros en casa.

—Creo que puedo afirmar, sin miedo a equivocarme, que cualquier plato del restaurante sabe mejor. Además, dudo de que tu perra quiera compartir su comida contigo. Y no creo que una lata sea suficiente para las dos.

Me dirigí a la mesa siguiente con otro mantel.

—Ahora en serio. Esta perra come más en un solo día que yo en toda una semana. ¿Por qué esa mujer de Savannah no podría haber criado chihuahuas?

Brittany me amenazó con un dedo.

—¡Jennifer Marie Dawson!, esa mujer te regaló una perrita de mil dólares porque le diste lástima. Cómo eres a veces, de verdad.

La madre de mi perrita Savannah me había salvado cuando me estaba ahogando. No obstante, he de decir que todo había sido por mi culpa. Debería haberme quedado al margen de la investigación. Olinski trató de decírmelo, pero yo no quise escucharlo, como siempre. Naturalmente, tampoco escuchaba todo lo que me decía cuando estuvimos saliendo, cuando íbamos al instituto. ¿Por qué iba a ser distinto ahora que Olinski era detective del cuerpo de policía?

Proyecté el labio inferior hacia fuera.

—Tienes razón. Considérame debidamente reprendida.

Brittany contuvo una sonrisa.

—Me sorprende un poco que Tony se haya tomado la molestia de preparar una decoración tan elaborada para esta fiesta después de que el jefe lo venciera por los pelos la última vez. Insiste en que el concurso está amañado porque los Vick siempre ganan.

—Es tonto. Anne-Marie Vick fotografía toda la decoración que monta en su casa con motivo de cada festividad. Banderas, banderolas, luces…; lo que sea. Por eso siempre acaban exhibiendo lo mejor de lo mejor. No me extrañaría que este año preparen una recreación de la guerra de la Independencia en su jardín. O una batalla de bolas de nieve al estilo Polo Norte para Navidad —dije, porque, a pesar de que no había pasado mucho tiempo con Anne-Marie desde que volví a casa, sabía reconocer, en cuanto lo veía, a quien trabajaba como una mula por conseguir sus objetivos.

Tiré de la esquina del mantel hasta crear un triángulo equilátero.

—Es una pena que el hecho de donar una botella carísima de vino para la subasta no le sirva a Tony para que aumenten sus probabilidades de ser el gran mariscal. El jefe no forma parte del jurado del concurso.

—Peor que eso es lo que me ha contado Angus. Resulta que la otra noche el jefe estuvo cenando aquí, Tony se confundió al tomarle nota y luego Vick escribió una reseña negativa en *Yelp*.

—Muy ruin por su parte, aunque típico de él. Imagino que el jefe no puede evitar ser así.

Cuando acabamos con los manteles, fui a echar un vistazo a los objetos de la subasta mientras Brittany iba a buscar el carrito que nos había preparado Tony con todo lo necesario para poner las mesas. Prácticamente todos los establecimientos de la ciudad habían hecho una donación. Las dos gasolineras ofrecían un año gratuito de bebidas. El banco de Riddleton había donado un estudio financiero completo. Yo había aportado un vale de cien dólares para gastar en Lectores Voraces, y Piggly Wiggly, una cantidad equivalente en comestibles.

Brittany llegó empujando un carrito de dos pisos cargado de vasos, copas y cubiertos —los objetos que ocuparían mi vida durante las dos horas siguientes—. Todo por una buena causa. Tony, con su pelo negro cortísimo pegado a su piel olivácea por el sudor, le pisaba los talones con la botella de vino que iba a ser la estrella de la subasta. Extendí la mano y me pasó el valiosísimo premio. Examiné la etiqueta. ¿Qué sería lo que haría tan excepcional aquella cosecha en concreto? Le lancé a Tony una mirada de curiosidad y dejé la botella en la mesa junto con los demás artículos donados.

Tony se pasó la mano por el pelo y señaló las donaciones.

—Un Bibi Graetz Testamatta Toscana de 2018. Un vino excelente, intenso y con mucho cuerpo. —Cerró la mano y se besó la punta de los dedos—. *Perfetto*. Si mis clientes amantes del vino pujan por él, podríamos recaudar muchísimo dinero para la biblioteca.

—Gracias, Tony —dijo Brittany presionándole el brazo—. Es muy generoso por tu parte.

—De nada.

Colorado, y con un brillo especial en sus ojos casi negros, echó hacia atrás sus anchos hombros, estampó un beso en la mano de Brittany y volvió a la cocina.

Me crucé de brazos.

—¿De qué va todo esto?

Brittany se ruborizó y se recogió un mechón de pelo rubio detrás de la oreja.

—No va de nada. Simplemente estaba siendo galante.

—¿Estás segura? Eso no es lo que dice tu cara precisamente.

Brittany cogió unos cuantos platos y los dispuso perfectamente en cada lado de la mesa.

—No seas tonta. Entre Tony y yo no hay nada.

—De acuerdo, lo que tú digas, pero mejor será que no dejes que tu amigo el detective Olinski vea ese tipo de «nada». Te ata en corto. Sé de lo que hablo. Me tenía frita con esas cosas en el instituto.

—¡Oh, por favor! Si solo hemos salido un par de veces, ninguna de las cuales incluía nuestra boda. Además, la gente cambia.

—¿Bromeas? Para Stan Olinski la segunda cita ya fue la boda. Te regaló una docena de rosas y bombones. Ghirardelli, nada menos. Tuviste suerte de que no entrara yo en tu casa a robártelos después. —Coloqué los cubiertos junto a los platos. A la izquierda, el tenedor y el cuchillo, con el filo mirando hacia el plato, y la cuchara a la derecha. Mi madre se sentiría orgullosa—. ¿Te acuerdas de cómo reaccionó cuando me fui a estudiar a la universidad? El enfado le duró diez años.

—No entiendo la comparación. Estuvisteis saliendo durante todo el instituto. Todo el mundo esperaba que acabarais casándoos. —Esbozó una mueca—. Me parece que estás celosa.

—No seas ridícula. Si a Olinski yo le hubiera importado tanto como le importaba ese uniforme azul que tanto deseaba obtener, habría entendido que ser escritora era mi sueño. Un sueño que jamás habría conseguido hacer realidad de haberme convertido en la señora de Stanley Olinski a los dieciocho años. Necesitaba conocer mundo y vivir la vida más allá de esta pequeña ciudad perdida en medio de la nada —sentencié, y pensé que Brittany y Olinski tenían personalidades mucho más complementarias que él y yo.

Brittany se quedó mirándome.

—Todo eso lo entiendo, pero ¿ahora qué? ¿Por qué no dejas que nadie entre en tu vida?

—Venga, Britt. Todas mis relaciones acaban en desastre. Olinski me odió en cuanto me marché de aquí para ir a la universidad, Scott me abandonó a cambio de un puesto de trabajo en París, y ya sabes cómo acabó la última. Es mejor aceptar la realidad. En lo referente a los hombres, tengo un instinto nefasto. Y es evidente que con la edad no he mejorado. —Coloqué el tenedor en su sitio y me tembló la mano un poco—. Quiero concentrarme en mi trabajo. Lo único que necesito para encauzar de nuevo mi vida es publicar este segundo libro.

Brittany cogió otro montón de platos.

—Las experiencias con tus ex han sido desalentadoras, es verdad, pero no te rindas. ¿Y Eric? Es buen tío.

Habíamos llegado a la última mesa. Por fin.

—Eric O'Malley es un amigo.

—Ya. Tú sigue diciéndote eso a ti misma. Pero sabes perfectamente que quiere más.

Era verdad, pero ante la idea de iniciar otra relación en este momento me entraban ganas de salir huyendo hacia las montañas como un bandido que acabara de robar la diligencia de la Wells Fargo. Coloqué la última copa en la mesa y retrocedí unos pasos para admirar nuestro trabajo. No estaba nada mal. El resultado era casi profesional.

—Lo sé, pero en este momento de mi vida creo que los amigos son importantes. Ha pasado menos de un año desde mi último fiasco. Y no estoy preparada aún para pensar en otra historia.

—Pues deberías estarlo. Pasas demasiado tiempo sola.

Le di un codazo cariñoso.

—Para eso ya te tengo a ti.

Quedaba tan solo una hora para transformar nuestras calabazas en carrozas y calzarnos los zapatitos de cristal, de modo que Brittany y yo volvimos rápidamente a nuestros respectivos apartamentos, que estaban en el mismo rellano, uno enfrente del otro. Savannah me saludó con su fervor habitual y tuve que protegerme brazos y piernas de sus muestras de entusiasmo.

Con veinticinco kilos y subiendo, su comportamiento había evolucionado desde el de un koala hasta el de un velocirraptor con exceso de esteroides. La próxima vez que la llevara a vacunarse, le preguntaría al veterinario por algún tipo de psicólogo entrenador. Necesitaba ayuda antes de que acabara convertida en un derviche girador de treinta y cinco kilos y cuatro patas.

Jugamos un rato al tira y afloja con su correa hasta que conseguí hacerle una finta y atársela al collar para poder bajar a toda velocidad las escaleras hasta la calle. Por suerte, Savannah se saltó algunas de sus paradas favoritas y regresamos a casa en un santiamén. Volví a llenarle el comedero y, mientras engullía su ración, me metí en la ducha para quitarme de encima todo el polvo y la suciedad de la jornada.

Habría jurado que mi exiguo armario se reía de mí mientras decidía qué ponerme. Por suerte, el código casual de vestimenta que se había impuesto para el acto hacía que un pantalón chino beis y una blusa roja de algodón fueran una elección aceptable. El tiempo necesario para trasladar las prendas de las perchas hasta mi físico cada vez más voluminoso y repeinar mi recalcitrante pelo corto negro me dejó tan solo con cinco minutos para volver al restaurante. Me encontré con mis ojos azules en el espejo, me dirigí un gesto de burla acercándome el pulgar a la nariz y moviendo el resto de los dedos, y me recordé que tenía que irme. La única manera de llegar a tiempo sería en coche.

Le lancé a Savannah un *snack* de piel de vaca deshidratada, que tenía el aspecto y el sabor de un zapato, con la esperanza de que algún día descubriera la diferencia. En el aparcamiento, me monté en mi nuevo viejo coche —un Dodge Dart plateado de 2015— y conduje las tres manzanas que me separaban del Antonio's. Echaba mucho de menos mi Sentra, pero la reparación de los daños que el chico malo le había causado en el transcurso de la investigación del caso Cunningham salía más cara que el valor del pobre Nissan. La única vez que me había arrepentido de no haber contratado un seguro a todo riesgo.

Main Street estaba llena de coches aparcados, y tuve que dar dos vueltas antes de encontrar un hueco en Pin Street y apretujarme entre un *pick-up* de color marrón claro y un Honda rojo. Después de un breve recorrido, que me llevó a pasar por delante de la pastelería y el supermercado, divisé por fin aquel casaca roja que tanto me recordaba a Pierre Nodoyuna. Sonreí y abrí la puerta. Tony se merecía ganar esta vez, aunque seguramente no lo conseguiría. Como siempre, el que ocuparía el asiento posterior del Mustang descapotable del 65 color rojo manzana del director de la Riddleton High School sería el comisario Vick.

La muchedumbre zumbaba como un tendido eléctrico. La competición había empezado incluso antes de que diera comienzo la subasta, y la gente discutía sobre qué objeto era el más deseado. Con la excepción de la botella de vino, los objetos a subasta tenían poco valor monetario, pero el estatus social que alcanzaba el mejor postor convertiría a algún egoísta en la ballena que se pasaría el año entero regodeándose en un charco.

La carrera era también uno de los temas destacados de conversación. Al parecer, Brittany y yo no éramos las únicas que se habían jugado algo por el resultado. El primo de Leonard, Greg, estaba discutiendo con un amigo que se negaba a pagarle lo que hubieran apostado.

—Yo no tengo la culpa de que el tío por el que apostaste se cayera de culo —estaba diciendo Greg.

—¿Que se cayera, dices? ¡Ja! El jefe lo empujó.

—No lo empujó. Fue un accidente. El comisario Vick ganó sin hacer trampas.

Al fondo de la sala, Tony estiró su fornido cuerpo, de más de metro ochenta de altura, hacia la pancarta de la biblioteca, que estaba ladeada. Junto al atril, se apiñaban en la barra más clientes de los que el cuerpo de bomberos hubiera considerado conveniente, teniendo en cuenta el aforo del local. Miré de reojo a Brittany y sonreí. Una muchedumbre alegre se traduciría en una subasta de éxito.

Me senté en la silla vacía que había al lado de Angus, en el lugar indicado por una tarjeta con mi nombre. Angus lo había dado todo para la ocasión y se había engalanado con traje azul marino y corbata verde. Estaba elegante, aunque se veía obligado a tirar continuamente del cuello de su camisa blanca para dar cabida a su doble mentón. Al menos, pensé, pasaría la velada al lado de un amigo, que era, además, propietario de mi restaurante favorito.

—¿Me he perdido algo? —le pregunté.

—No. Brittany no ha dado aún por inaugurado el acto. —Con las manos unidas por encima de su generosa barriga, Angus fijó la vista en la mesa más cercana al atril, la que estaba ocupada por la alcaldesa, el jefe de policía y sus respectivas parejas—. Resulta asombroso que puedan sentarse juntos. Tienen más agallas que yo, eso seguro.

—Y ¿por qué no iban a poder sentarse juntos?

Angus se acercó un poco más.

—Supongo que no debería contártelo, pero dicen que nuestra alcaldesa y el jefe de policía estuvieron liados hasta la semana pasada, momento en el cual él decidió dejar el asunto.

Me animé a replicarle después de beber un buen trago de moscato.

—Deberías hacer oídos sordos de los rumores, Angus. Recuerda que yo estuve a punto de ir a la cárcel por culpa de los chismorreos. —Y el hecho de que hubiese heredado la librería tampoco me había ayudado mucho—. Siempre hay gente que puede salir mal parada.

Angus bajó la vista.

—Tienes razón, pero en este caso no se trata de habladurías. Los vi juntos en mi restaurante varias veces. En algunas ocasiones, hablando de temas profesionales, como cuando él le preguntó cómo había hecho para acumular tanto dinero para su campaña, porque el importe de las donaciones no cuadraba. Pero también oí por encima conversaciones que no tenían nada que ver con asuntos de negocios.

Le di un puñetazo en broma en el brazo.

—Casualmente, seguro.

Esbozó una sonrisa ladeada para acompañar su mirada de reojo.

—Por supuesto. Claro.

En aquel momento, Brittany se acercó al estrado y dio unos golpecitos al micrófono. Cuando consiguió terminar con las interferencias, llamó la atención de los presentes.

—Me gustaría dar las gracias a todos los asistentes al decimoséptimo acto de recaudación de fondos para la biblioteca de Riddleton. —Esperó a que pararan los aplausos—. Gracias a todos por venir. Cualquiera adivinará que soy una lectora, no una oradora. Así pues, pasemos directamente a la subasta, ¿os parece? —Se produjo una nueva ovación mezclada con vítores—. El primer objeto que vamos a subastar es de parte de Bob's Bakery. Consiste en un vale para un dónut diario durante todo un año. —Señaló a un hombre con barba que estaba sentado a una mesa cerca de la puerta—. John, creo que tú has estado disfrutando del vale del dónut diario del año pasado. ¿Te importaría dar el pistoletazo de salida?

Las pujas empezaron a un ritmo desenfrenado hasta que alcanzaron los trescientos dólares. Los dónuts de Bob eran el monte Everest de los pasteles. Blanditos, jugosos y siempre rebosantes de relleno. Valían hasta el último penique de lo que costaban. Las bebidas de la gasolinera alcanzaron los cincuenta dólares por botella, y la empleada del ayuntamiento, la pelirroja Veronica Winslow, invirtió doscientos dólares en un lote de libros de mi librería valorado en cien dólares. Fue un momento de orgullo para mí, un momento en el que daba algo a cambio, para variar.

Veronica visitaba la librería con regularidad. Sus gemelos adoraban la «Hora del Cuento» que organizábamos a diario. A pesar de que yo esperaba que nuestro vale regalo pudiera proporcionarnos un nuevo cliente, al final me alegré de que fuera a parar a manos de alguien que apreciaba de verdad el valor de un buen libro.

Cuando volvía a su mesa, Veronica se detuvo un momento a mi lado.

—Hola, Jen. Me muero de ganas por canjear el vale. ¿Podré utilizarlo para adquirir pronto tu nueva novela?

Engullí el nudo de angustia que se me había formado en la garganta y, controlando el ceño fruncido que tan decidido estaba a asomar en mi cara, dibujé una sonrisa.

—Espero que sí. Estoy trabajando duro en ella.

Veronica agitó el vale.

—¡Pues date prisa! No puedo esperar más.

Los aromas de los esfuerzos culinarios de Tony que llegaban desde la cocina impulsaron el resto del proceso, que a partir de ese momento cogió velocidad. En el pasado, primero se servía la comida y luego se pasaba a la subasta. Pero, cuando tres años atrás solo se quedaron cinco personas una vez terminada la cena, se decidió invertir el orden.

La decisión dio como resultado una subasta más animada y más dinero para la biblioteca. Naturalmente, una hora adicional para que el público pudiese beber alcohol con el estómago vacío resultaba útil. La subasta benéfica llevaba hasta el momento recaudados alrededor de cinco mil dólares. Tendría que esperar a estar más serena para hacer el recuento exacto.

Apareció entonces la botella de vino de Tony, el último artículo de la subasta. Leonard se mantuvo fiel a su palabra y pujó hasta casi mil dólares antes de retirarse. Me sorprendió que se permitiese subir tanto. Mil dólares es mucho dinero para el sueldo de un policía. ¿Qué habría hecho si el jefe se hubiera retirado antes?

El comisario Vick levantó con orgullo su trofeo. Típico de él.

—¡Por la victoria! Dos en un día. Esto no hay quien lo supere.

Su esposa, Anne-Marie, dibujó una sonrisa de hartazgo por encima de la gruesa capa de maquillaje que cubría sus crecientes arrugas. Años de disculpas por el patán de su marido la habían agotado, sin la menor duda. Tal vez una victoria en el concurso de escaparatismo consiguiera generarle una pizca de entusiasmo. Entonces apareció Tony con un sacacorchos y le dijo algo al oído al comisario Vick.

—Demonios, pues claro que sí —respondió el jefe en voz lo suficientemente alta como para atraer hacia él la atención de todo el mundo.

Le pasó a Tony la botella de vino. Lo cual seguramente no fue muy buena idea, puesto que tenía delante de él, en la mesa, una exposición de copas vacías de las que hasta un coleccionista se sentiría orgulloso.

Tony introdujo el sacacorchos y lo hizo girar hasta que sus alas estuvieron listas para el despegue. Un empujoncito y un tirón dieron como resultado un pop y la sala estalló en aplausos. Tony sirvió media copa a todos los ocupantes de la mesa, pero el jefe apuró con rapidez el contenido e indicó que le sirviera más.

Después de que todo el mundo recogiera los objetos subastados, Tony y su personal de sala sirvieron la comida que llevaba toda la tarde tentándonos. Ternera asada en su jugo o pollo al horno como plato principal, acompañados con patatas y espárragos. Antonio's no nos decepcionó.

Con la copa llena en la mano, el comisario Vick se puso en pie. Unos golpecitos en el cristal con el cuchillo bastaron para llamar la atención de los presentes.

—Hola, amigos, sé que estáis todos preparados para lanzaros a vuestros platos, pero antes quería daros las gracias por haber logrado que este acto sea un éxito cada vez mayor. Y ahora, como Tony diría, *mangia*!

Y apuró la copa antes de que cualquiera de los presentes hubiera dado siquiera un sorbo a la suya.

Cuando Brittany se sentó en nuestra mesa, saqué del bolsillo mi arrugado billete de cinco dólares y se lo entregué. Nunca nadie podría acusarme de escaquearme de pagar una apuesta perdida. Por mucho que el jefe hubiera hecho trampas.

Angus se colgó la servilleta al cuello para asegurarse de proteger bien la camisa.

Una sonrisa de satisfacción apareció en mis labios y traté de disimularla.

—¿Qué pasa? ¡Estreno camisa! —dijo.

Cortó un trozo de ternera con salsa y gimió de placer cuando empezó a masticar. Efectivamente, en el babero aparecieron enseguida dos manchas de salsa marrón. Un punto a favor para él por ser consciente de sus propias debilidades.

Justo en el momento en que pinchaba mi primer espárrago con el tenedor, un alarido inundó la sala. Anne-Marie Vick se había levantado de repente y se tapaba los oídos con las manos. Tumbé la silla al levantarme. El comisario Vick estaba en el suelo, retorciéndose de dolor. De su boca brotaba espuma de saliva, y la sangre y el vómito se acumulaban junto a su cabeza.

3

Cuando los técnicos de urgencias cargaron al comisario Vick en la camilla, su respiración se había detenido y su frecuencia cardiaca y su tensión arterial rozaban los valores mínimos de la escala, según el técnico sanitario que le tomó las constantes vitales. Su piel pálida proyectaba un matiz rojizo, y sus brazos y piernas se contraían de vez en cuando, como si estuviese preparándose para una batalla. Lo transportaron a la ambulancia. Una ruedecilla de la camilla clamaba a gritos una buena ración de aceite lubricante. Uno de los técnicos empujaba mientras el otro intentaba insuflar aire a los pulmones del jefe con la ayuda de una mascarilla conectada a una bolsa alimentada con una bombona portátil de oxígeno.

Anne-Marie, con la cara bañada por un río de lágrimas negras de rímel, cerraba la comitiva. Su cabello castaño con mechas sobresalía por los lados, por donde se había tirado del pelo, y sus ojos de color ámbar parecían estar ahogándose en un mar de rojo. Llevaban décadas casados. Un matrimonio tumultuoso, quizá, pero igualmente era mucho tiempo consagrada a una persona que de repente parecía incapaz de respirar por sí misma.

Por mucho que lo intentara, me costaba mantener a raya a la

escritora de novelas de misterio que llevaba dentro. ¿Serían las lágrimas de Anne-Marie una demostración de dolor genuino, o más bien lágrimas de cocodrilo? Anne-Marie era una agente de la propiedad inmobiliaria con suficientes dotes teatrales como para convencer a un comprador potencial de que un auténtico cuchitril era una inversión segura una vez reformado. Pero, aun así, al ser la esposa, sería la primera persona que interrogarían los detectives si aquello acababa resultando ser algo más que una simple indisposición médica. ¿Qué descubrirían? ¿Qué secretos clandestinos permanecían hábilmente escondidos en la alcoba de los Vick?

En cuanto se cerraron las puertas de la ambulancia, los murmullos empezaron a volar como colibríes rodeados de comederos llenos a rebosar de néctar elaborado a partir de rumores e insinuaciones.

—El otro día oí a su esposa comentarle a alguien que Vick mantenía una relación más íntima con el *whisky* que con ella. Tal vez, al final, va a ser esto lo que acabe con él.

—¡Nancy, en el Snip & Clip, dijo exactamente lo mismo! Pobre Anne-Marie. Esa mirada lasciva de Vick la ha hecho sufrir mucho siempre. ¡Es imposible saber qué debe de estar haciendo o con quién!

—¿Lo dices en serio? Pero si lleva más de un año liado con la alcaldesa. Por eso no investigó la procedencia de los fondos de su campaña.

Los hombres expresaron también sus ideas al respecto.

—El tío se lo merecía. Es cosa del karma. Donde las dan, las toman.

—Al menos, así, ya no me molestará más.

Brittany y yo desconectamos del murmullo de los pajaritos y volvimos a nuestra mesa con Angus, que por una vez parecía no tener nada que decir. Su silencio resultaba inquietante. En la mayoría de las ocasiones su parloteo constante era reconfortante. Un recordatorio de que, pasara lo que pasase, el mundo seguía girando. Aunque no esta vez.

Brittany recogió su servilleta del suelo y dobló la tela de algodón en un cuadrado perfecto mientras Angus se recolocaba el cuello de la camisa. Me dejé caer en la silla y aparté mi plato para crear un espacio donde poder descansar los codos. E intentar que mi estómago agitado se sosegara un poco. La punta de esparrago, prendida aún del tenedor, parecía discutir con la ternera asada que hacía tan solo un momento me había cautivado. Sentí náuseas y el ácido empezó a ascenderme por la garganta. Tal vez esta fuera mi última aparición en el evento anual de recaudación de fondos para la biblioteca de Riddleton. Tal vez se tratase también de mi última aparición en este restaurante. No me imaginaba poder volver a disfrutar algún día de una comida aquí.

Eric respondió a la llamada del 911 del cuerpo de policía. Llevaba las mangas de la camisa —que tenía la medida justa para cubrir el chaleco antibalas que escondía debajo— recogidas hasta los codos, y sus flacas piernas le bailaban dentro del pantalón del uniforme. Tenía treinta y un años, tiempo de sobra para que Opie Taylor, el niño de *The Andy Griffith Show*, la serie de los años sesenta, hubiera crecido lo bastante para llenar la ropa como es debido.

Leonard, impecablemente vestido con americana azul marino y pantalón gris, había gestionado la escena a la espera de refuerzos. Entre tanto, Eric estaba hablando con la alcaldesa Benedict y su marido, Xavier. Mis esfuerzos por llamar la atención de Eric no dieron resultado. Seguía con su expresión neutra y profesional, aunque sospechaba que la procesión iba por dentro. La tensión se hacía evidente en sus extremidades rígidas y en el movimiento nervioso de sus dedos. Llevaba cinco años trabajando con el jefe y acababa de perder una carrera contra él en circunstancias sospechosas. Una carrera para la que llevaba meses entrenando a diario. Una carrera que quería ganar. Pero ese conflicto jamás le impediría realizar su trabajo.

Visualicé de nuevo a Tobias Vick retorciéndose en el suelo. La imagen de sus brazos y sus piernas sacudiéndose mientras la espuma brotaba por su boca y se deslizaba por su mandíbula quedaría adherida con pegamento extrafuerte en mi cerebro durante mucho tiempo. Otro proyecto para el doctor Margolis, mi psiquiatra. Como si no tuviera ya bastantes problemas con los que entretenerlo.

Apoyé la mano sobre el hombro de Angus.

—¿Te suena que el comisario Vick haya tenido alguna vez un ataque epiléptico?

Angus tiró un par de centímetros de su corbata y se desabrochó el cuello de la camisa. Estaba colorado, y una capa de sudor le cubría la frente. Se la secó con delicadeza con la servilleta.

—No, no he oído nunca nada al respecto. Hasta donde yo sé, no tenía ningún problema. Siempre decía que estaba sano como un roble. Y, sin duda, por su forma de comer, lo parecía. Venía a mi restaurante a diario y devoraba la comida. Y a veces entraba también a desayunar y a cenar. Sin embargo, alguien me comentó en una ocasión que, efectivamente, tenía un tío que sufría epilepsia. Quizá es una enfermedad hereditaria.

¿Por qué comería el jefe tantas veces en el restaurante de Angus? Radio macuto afirmaba que Anne-Marie poseía tanto talento culinario que sería capaz de escribir su propio libro de recetas; aunque no podía estar segura de la veracidad de esa historia. Nunca me había invitado a comer a su casa.

—Es posible que fuera un secreto bien guardado —observé—. Dudo que el cuerpo de policía quiera que la población sepa que uno de sus oficiales puede perder el sentido en cualquier momento. No sería bueno para su imagen.

Brittany hizo círculos con el espárrago en el plato blanco.

—Imagino, Jen, que, de haber tenido este tipo de ataques, no habría podido entrar en la policía. Ni siquiera ahora, con todos los fármacos que hay. El jefe debe de llevar en el cuerpo casi treinta años. Es imposible que la policía lo hubiera admitido con esta enfermedad en sus tiempos. El Estado ni siquiera le habría concedido el permiso de conducir.

—De ser así, ¿qué le ha pasado? ¿Por qué ha sufrido estas convulsiones y ha acabado bañado en un charco de su propio vómito?

—Mi estómago amenazaba con sumar mi cena al zafarrancho que ya había en el suelo y me golpeé el pie contra la pata de la mesa—. Ese vómito tenía sangre.

Brittany se encogió de hombros.

—¿Lo habrán envenenado? Es lo único que podría explicar sus síntomas. A menos que haya sufrido una reacción alérgica. Aunque nunca he oído hablar de una reacción alérgica como esta.

—Cianuro —dijo Tony al salir de detrás del estrado.

Me volví. ¿Qué hacía allí detrás?

—¿Qué? —pregunté.

Cruzó los brazos sobre el pecho y bajó la voz:

—Tiene que haber sido cianuro.

La cara de Angus se volvió a cubrir de sudor.

—¿Qué te lleva a pensar eso? —dijo.

Los ojos casi negros de Tony brillaron.

—Son los síntomas clásicos.

Dio media vuelta, se encaminó hacia la cocina y desapareció después de cruzar la puerta doble oscilante.

Angus y Brittany me miraron, boquiabiertos.

Levanté los brazos, mostrando las palmas de las manos.

—A mí no me preguntéis. No tengo ni idea.

Brittany se puso a jugar con nerviosismo con el tenedor.

—¿Cómo es que conoce los síntomas del envenenamiento por cianuro? Supongo que tendré que investigar un poco a Tony.

—Eso si es que alguna vez nos dejan salir de aquí. —Angus esbozó una mueca—. Me pregunto a qué estarán esperando.

En aquel momento se abrió la puerta y los detectives Olinski y Havermayer hicieron su entrada.

Moviendo la cabeza en dirección a la puerta del restaurante, dije: —A ellos.

Era la primera vez que veía a los detectives desde aquella noche en casa de los Cunningham, el año pasado. Exceptuando el breve beso en la mejilla que nos dimos Olinski y yo el día que le trajo flores y bombones a Brittany. Mi corazón retumbó contra mi caja torácica al recordarlo. Ojos vacíos. Humo. Fuego. Terror.

«Inspira hondo y suelta el aire lentamente».

Olinski lucía su habitual aspecto desaliñado, como si acabara de salir de la bolsa de la colada de un estudiante universitario. Me recordaba un perro sabueso desesperadamente necesitado de hogar, aunque, en realidad, su cabeza analítica era capaz incluso de cortar el granito. Era como un cuchillo Ginsu andante y parlante.

Su antítesis, Francine —aunque no había oído a nadie llamarla así— Havermayer, iba siempre almidonada, fueran cuales fuesen las circunstancias. Era capaz de cavar zanjas y salir de allí sin una mota de polvo encima. ¿Y yo? Yo, en cambio, me ensuciaba con solo salir de la ducha.

Los detectives tomaron el control de la escena y ordenaron a los agentes de policía que recopilaran los datos de contacto de todos los presentes. Eric se acercó a nuestra mesa mientras Leonard empezaba por el lado opuesto de la sala. Olinski y Havermayer entablaron conversación con Teresa y Xavier Benedict.

¿Les contaría la alcaldesa la verdad sobre su relación con el jefe?

¿Sería verdad que, aparte de la profesional, mantuvo una relación íntima con el jefe? Yo dudaba de que fuera a comentar el tema delante de su esposo. Qué no daría yo por ser un chicle pegado debajo de la mesa donde estaba teniendo lugar aquella charla.

Armado con su cuaderno y su bolígrafo, Eric nos formuló preguntas básicas sobre lo que había sucedido antes del incidente. Nuestras respuestas fueron unánimes: nada fuera de lo normal. Tomó nota de lo que le contamos, pero, antes de que pasara a la siguiente mesa, lo cogí y lo llevé aparte.

—¿Pensáis tratar esto como la escena de un crimen?

Eric arqueó una ceja.

—¿Por qué deberíamos hacerlo? El jefe ha sufrido un ataque epiléptico. Un incidente doloroso, pero de ningún modo ilegal. Estamos interrogando a todo el mundo, lo cual debería ser suficiente por el momento.

Señalé a los detectives.

—Si tan convencidos estáis de que no hay motivo por el que preocuparse —repuse—, ¿qué hacen esos aquí?

Sus ojos verdes disparaban como láseres.

—Están aquí porque el jefe es uno de los nuestros. Cuando suceden cosas así, todos arrimamos el hombro. —Inspiró hondo—. ¿Por qué intentas convertir esto en algo que en realidad no es?

Mi mosqueo creció hasta alcanzar la altura de las circunstancias.

—¿Y si lo que le ha pasado al jefe no ha sido un ataque epiléptico? ¿No deberíais recopilar pruebas para estar seguros?

Eric escondió los pulgares por dentro de la parte superior de su cinturón Sam Browne. Opie Taylor jugando al pistolero.

—¿Qué estás pensando? —preguntó.

—Estoy pensando que no puede ser epiléptico, ya que, de serlo, no estaría en el cuerpo de policía, ¿verdad?

—No soy médico, pero estoy seguro de que, aparte de la epilepsia, debe de haber otros motivos por los que una persona puede sufrir un ataque de este tipo. Necesitamos esperar a tener más información.

—¿Y si lo hubieran envenenado? —Cerré los puños en mis costados—. Podrían perderse pruebas. Los platos y las copas se lavarán en cuanto salgáis de aquí.

—Me parece una conjetura rocambolesca, ¿no crees? —Se pasó la mano por su pelo casi anaranjado—. Los detectives saben hacer su trabajo. Lo tendrán todo en cuenta. Por el momento, no tenemos motivos para pensar que esto pueda ser algo distinto de lo que parece ser, una urgencia médica. —Me miró a los ojos, se inclinó hacia mí y me dijo, bajando la voz—: Me importas, y por eso te pido que no empieces a pensar y hacer cosas sin ton ni son como la última vez. No hay nada por lo que preocuparse, hasta que lo haya. Cuando surja algo sospechoso, lo gestionaremos nosotros. No quiero que te pase nada.

¿«Cuando surja»? ¿No «si surge»? Viva la teoría de la urgencia médica.

—Me da la impresión de que sabes más de lo que estás dispuesto a reconocer.

El paso hacia atrás que dio Eric creó un espacio entre nosotros. En más de un sentido.

—No, no sé nada más, y, si lo supiera, tampoco podría contártelo. Hazme un favor: olvídate del tema, ¿entendido?

La verdad era que no, pero no me quedaba más remedio. Optar por otra postura pondría a todo el cuerpo de policía de Riddleton en mi contra. Y debía tener en cuenta que conservar a los pocos amigos que tenía resultaba ya complicado de por sí.

Eric se retiró y los detectives llenaron el vacío que había dejado.

Respondimos de nuevo a todas las preguntas. Havermayer me miró entornando los ojos y cerrando la boca con fuerza, como si no le supusiera ningún problema sospechar de mí como posible asesina. Una vez más. Aunque esta vez no había ninguna evidencia que respaldara dicha insinuación. Tampoco ningún motivo. El comisario Vick y yo no nos habíamos cruzado más de cinco palabras en el año y medio que había transcurrido desde que volví a la ciudad. Ni siquiera durante la investigación del homicidio de Aletha. El jefe había dejado todas las acusaciones infundadas en manos de Olinski y Havermayer.

Olinski se rascó la nuca y se ajustó sus gafas de montura oscura.

—Veamos, Jen, ¿vamos a tener algún problema contigo también esta vez, o te mantendrás calladita, no te meterás en líos y nos dejarás hacer nuestro trabajo?

—No recuerdo haberos dado ningún problema la última vez. De hecho, mi memoria está convencida de que os resolví el caso.

Las aletas de la nariz de Olinski se inflaron.

—Pues yo no lo recuerdo así. De todos modos, no hay ningún caso que resolver por el momento, razón por la cual te pido que no crees ninguno. El jefe ha sufrido un ataque. Seguro que en pocos días se pondrá bien, y asunto zanjado.

Pensé que seguramente el técnico sanitario que le había estado insuflando oxígeno no estaría muy de acuerdo con sus palabras.

—Espero que tengas razón, pero ¿no crees que deberíais estar recopilando pruebas por si acaso? ¿Para qué estáis aquí si no es para investigar?

—Ya empezamos. No hay nada que recopilar porque, por lo que sabemos, aquí no se ha cometido ningún crimen. ¿Por qué no te vas a casa y terminas tu libro? Estoy cansado de oír a la gente hablar de ello.

Y eso que se suponía que habíamos solucionado nuestras diferencias durante el camino de vuelta a casa desde Savannah, cuando me trajo aquí para interrogarme sobre el asesinato de Aletha. Era imposible que volviéramos a ser amigos algún día. ¿Qué le habría visto Brittany? Si había cambiado desde los tiempos del instituto, había sido para peor.

—De acuerdo —accedí—. Me iré a casa a trabajar con mi novela si, como mínimo, reconoces la posibilidad de que aquí podría haber algo más que una simple afección médica. Siempre me acusas de hacer suposiciones. ¿Qué crees que estás haciendo tú ahora? Tony piensa que lo han envenenado con cianuro.

—Que lo piense.

—¿Qué significa eso?

—Olvídalo. —Olinski inspiró hondo y soltó el aire lentamente—. Sigo pensando que estás exagerando, pero estaré al tanto.

Después de recibir otra mirada fulminante por parte de Havermayer, los detectives pasaron a la siguiente mesa.

Brittany se volvió hacia mí:

—Quizá tiene razón. Podríamos estar sacando demasiadas conclusiones.

Caramba. Nunca habría esperado una afirmación así por parte de mi mejor amiga. Siempre me había cubierto las espaldas, incluso cuando había estado equivocada. ¿Estaría pasando demasiado tiempo con Olinski?

—Te pones de su lado porque estás saliendo con él —dije.

Se quedó boquiabierta.

—Me cuesta creer que hayas dicho lo que acabo de oír. —Descansó las manos en mis antebrazos—. Lo único que digo es que no se me ocurre ningún motivo por el que nadie pueda querer hacerle daño o intentar matar al comisario Vick.

Yo no tenía respuesta para eso. El comisario Vick era un hombre fastidioso e irascible, pero, si eso fuera motivo de asesinato, quedarían con vida muy pocos hombres mayores de cincuenta años.

—Pero, aun así, esperaba que me respaldaras. Soy tu mejor amiga. Y él no es más que un tío con el que has salido dos veces.

Brittany se puso colorada y su voz ascendió una octava.

—Siempre estoy de tu lado, pero a veces te equivocas. Y conozco a Olinski desde hace tanto tiempo como tú. No es un tipo que acabe de conocer en un bar. Siento mucho que nuestra relación te resulte un problema, pero no pienso dejar de verlo solo porque a ti no te guste.

Me contuve de dar voz a la respuesta desagradable que amenazaba con salir de mi boca. Provocar a un animal acorralado no tenía sentido. Se calmaría mucho antes si la dejaba tranquila. La alcaldesa y su marido se levantaron de su mesa y me encaminé hacia allí. Los platos seguían donde los comensales los habían dejado después del alboroto. Sin embargo, las copas y la botella de vino habían desaparecido.

4

El domingo por la mañana, desde que amaneció, hacía calor y el ambiente estaba húmedo. Las nubes cubrían el cielo con una manta de color gris deslucido, lo que otorgaba a las calles de Riddleton un aspecto desolado y deprimente (el telón de fondo perfecto para mi estado de ánimo). Manché de sudor la camiseta mientras Savannah terminaba su ronda. Oler-rascar-pipí, oler-rascar-pipí, así durante toda la vuelta a la manzana, ya fuera un árbol, un buzón o una boca de incendios.

—Venga, niña, vamos. Tengo ganas de ducharme.

Savannah me miró con la cabeza ladeada, echó las orejas hacia atrás y meneó su frondosa cola, con lo que abanicó el aire denso que anunciaba tormenta. No es que la agitara muy fuerte, pero mi cachorra de pastor alemán me demostraba con ello que me quería. Y con esto tendría que bastarme.

Mi mal humor, sin embargo, no estaba relacionado ni con el tiempo ni con mi perra, sino más bien con una noche rebosante de imágenes del comisario Vick sacudiéndose en el suelo entremezcladas con el derrumbe por un incendio de la casa de los Cunningham, en septiembre pasado, todo lo cual componía un espectáculo de terror espeluznante. Me desperté empapada en sudor y con palpitaciones. Antiguamente, un sueño tranquilo solía ser una de mis formas preferidas de pasar el tiempo libre. Pero ya no.

El doctor Margolis sospechaba que sufría síndrome de estrés postraumático como consecuencia de los sucesos vividos el año pasado. Me había sugerido la posibilidad de recetarme un antidepresivo y alguna cosa que me ayudara a descansar, pero lo último que necesitaba era atiborrarme de fármacos que enturbiaran mi ya cuestionable creatividad.

No obstante, si había conseguido sobrevivir a una infancia con una madre irracional y un padrastro que abusaba psicológicamente de mí, tenía que poder con esto. Podría con esto. El mantra que mi terapeuta me había enseñado funcionaba bastante bien cuando mis emociones amenazaban con enterrarme debajo de una montaña de basura.

«Inspira hondo y suelta el aire lentamente».

Caminar me fue bien para ralentizar el ritmo cardiaco, pero no me sirvió de mucho en cuanto a apaciguar el caos que reinaba en mi cabeza. ¿Habría experimentado el comisario Vick un ataque epiléptico repentino, como la policía deseaba creer? ¿O lo habrían envenenado, como habían sugerido Brittany y Tony?

Y ¿qué había pasado con las copas y la botella de vino? Si alguien se las había llevado porque contenían alguna prueba, querría decir que el culpable había estado con nosotros en la sala durante toda la velada. Querría decir que era alguien que se había quedado por allí y había respondido a las preguntas como si no tuviera nada que ver con la situación. Como si no hubiera intentado asesinar a nuestro jefe de policía. La idea impulsó otra vez a mi corazón a competir en el derbi de Kentucky.

Teresa y Xavier Benedict se habían sentado en la misma mesa

que el jefe. ¿Estaría ella involucrada de algún modo? ¿Habría sido una venganza porque él había decidido dar por terminado su supuesto romance? Un poco extremo, me parecía a mí, incluso para una mujer despechada. Unas gotitas de vinagre en su valioso vino, quizá, pero ¿una sustancia tóxica? Era difícil adivinar en qué estaría pensando aquella mujer. La alcaldesa, de todos modos, quedaría a buen seguro libre de toda sospecha, aunque no habría tenido el más mínimo problema en guardarse cualquier prueba del delito en aquel macuto enorme que ella llamaba «bolso».

¿Y su marido? ¿Habría descubierto el romance y decidido encargarse personalmente de finiquitar la relación? Podría ser, pero ¿cómo escapar de allí con las copas y la botella? A menos que Teresa y él estuvieran conchabados. No. Lo más probable era que alguien hubiera empezado a recoger la mesa y uno de los detectives le hubiera dicho que parara. La policía habría recuperado entonces las pruebas o, como mínimo, se habría dado cuenta de que allí faltaba algo, ¿no? Tendría que preguntarle a Eric.

No, me negaba a hacer mío su problema. Había aprendido la lección y sabía que no debía entrometerme en los asuntos de la policía, por mucho que Olinski y Eric creyeran lo contrario. Las investigaciones consumían demasiado tiempo, eran demasiado peligrosas y yo tenía muchas cosas que perder. Cosas como mi libertad o mi vida.

Cuando por fin acabó de revisar los rastros de pis, Savannah, con solo una cosa en mente, su desayuno, empezó a tirar de mí hacia casa. Un cuenco enorme de croquetas para perro y un par de chuches por ser tan buena niña la esperaban al final de la escalera. Y a mí me esperaba un café. El elixir mágico, que estimulaba mi creatividad, posibilitaba que mis dedos volaran sobre el teclado y, lo más importante de todo, mantenía mis ojos abiertos.

Los peldaños de la escalera desaparecieron bajo nuestros pies de dos en dos, puesto que ambas estábamos ansiosas por recibir nuestras recompensas. Habíamos establecido nuestra rutina matutina cuando el cachorro llevaba dos semanas viviendo conmigo. Paseábamos, ella comía y yo tomaba mi café, y después yo me duchaba mientras ella, con una barriga tan voluminosa como el monte Whitney, se echaba una siesta en la alfombra del cuarto de baño. La situación era manejable siempre y cuando la cortina de la ducha impidiera que saliera el agua. Porque una sola gota fuera de su lugar, y Savannah echaba a correr como perseguida por la lluvia ácida. Me moría de ganas de poder darle su primer baño, aunque sabía que tendría que cubrir las paredes y el suelo con plásticos, como si fuera un asesino en serie.

Me puse un pantalón corto y una camiseta de Pat Benatar y fijé la vista en mi teléfono móvil, que había dejado al lado de la cafetera. ¿Haría bien llamando a Eric para preguntarle qué habían averiguado hasta el momento? No, debía mantenerme al margen.

Pero Eric era mi amigo y no pasaba nada por preguntarle qué tal estaba. La noche anterior había sufrido un auténtico *shock*.

Cogí el teléfono, aunque volví a dejarlo. ¿Era esa la verdadera razón por la que quería hablar con él? Seguramente no. ¿Y si no le mencionaba nada de la investigación? Si lo conseguía, habría cumplido con mi deber como amiga sin interferir en su trabajo, ¿verdad?

Cogí el teléfono y pulsé la tecla antes de que me diera tiempo a volver a cambiar de idea.

Su voz adormilada me respondió al tercer ring.

—¿Diga?

Había olvidado por completo que debía de haberse pasado la noche entera trabajando. Vaya amiga.

—Hola, Eric. Siento mucho despertarte.

—No pasa nada, para ti siempre estoy despierto. ¿Qué sucede?

¿Siempre despierto? ¿Para mí? Brittany tenía razón. Pero no volvería a cometer ese error.

—Nada. Solo que he pensado en llamarte para ver cómo estabas. Sospecho que anoche estabas más inquieto de lo que aparentabas.

Rio entre dientes.

—Estoy bien, pero no es por eso por lo que me llamas.

¿Me conocería todo el mundo mejor de lo que yo me conocía a mí misma?

—No es verdad. ¿Tan mala persona soy que darías por sentado que te llamo porque tengo un motivo oculto?

—No, por supuesto que no. Te entiendo. La enfermedad del jefe es un misterio, y no has podido evitarlo. ¿Qué quieres saber?

Apuré mi café. La suposición que acababa de hacer Eric era acertada, pero me negaba a hacerlo más evidente.

—Me importa saber si estás bien. Ver al comisario Vick de aquella manera debió de ser duro para ti. Lleváis mucho tiempo siendo amigos.

—Yo no diría precisamente que seamos amigos. Es mi jefe. De hecho, ni siquiera estoy muy seguro de que yo le caiga bien.

«Esto es nuevo».

—¿Por qué lo dices?

—Es solo una intuición. Apenas me escucha cuando le hablo, y, cuando le pedí que me asignara otro compañero, se negó en redondo sin darme ninguna explicación.

—¿Qué pasa con Leonard?

Eric suspiró.

—Nada. Pero se suponía que yo iba a ser solo su oficial de instrucción, no su compañero permanente. Ya es hora de que haya un cambio.

«Qué raro». A Eric le caía bien todo el mundo. ¿Por qué Leonard no?

—A lo mejor el jefe tiene planes que no puede contarte todavía. Como una reestructuración o algo por el estilo.

—A lo mejor. Escucha, Jen, necesito dormir un poco más. Después de comer vuelvo a entrar a trabajar.

—Por supuesto. Lo siento. Solo una cosita más. Anoche, tanto las copas como la botella de vino de la mesa del jefe desaparecieron. ¿Las recogisteis vosotros a modo de prueba?

—No, no creo. Debió de recogerlas alguien del restaurante.

¿Alguien del restaurante o el criminal? Fuera como fuese, las copas se habían esfumado. Por suerte, yo no era de ese tipo de personas que anda siempre diciendo «Te lo dije».

—Gracias, Eric. Hablamos luego. Que duermas bien.

Savannah se desperezó y ocupó todo el largo del sofá. El monte Whitney subía y bajaba con regularidad y sus patas se sacudían de vez en cuando. Con la cabeza echando humo, me senté delante del ordenador. Cuando el procesador de texto se inició, el cursor situado en la frase «Capítulo quince» que decoraba una página que, por lo demás, seguía completamente en blanco, pareció mofarse de mí.

«Escribe algo, escribe algo, escribe algo…».

Iba por la mitad. Los gemelos, Dana y Daniel Davenport, estaban siguiendo muy de cerca la pista del mejor amigo de la familia, Peter Robinson, convencidos de que él era el asesino de su padre, Victor. Aparentemente no tenía nada que ver con el asunto, por supuesto, pero todas las pruebas circunstanciales apuntaban hacia él. Las pistas falsas eran mi plato favorito. Inspiré hondo para llenar los pulmones y mis dedos se cernieron sobre el teclado, listos para empezar a partir de cualquier detalle.

Dana le pasó a Daniel el papel que había encontrado en el cajón de los calcetines de su padre.

—¿Qué conclusión sacas de esto?

Victor:
Nos vemos en tu casa a las 14:30. Es importante.
Pete

Daniel se encogió de hombros.
—¿Qué tiene de raro? Los dos quedaban muchas veces aquí en casa.
—La mañana que papá murió, guardé su ropa limpia en ese cajón. Y esta nota no estaba.
—¿Y? Supongo que papá la metería más tarde allí.
Dana se cruzó de brazos y miró a su hermano a los ojos.
—Exactamente. Pero Peter dijo que ese día no se vio con papá.

Muy bien. Y ahora ¿qué? Dana querrá abordar a Peter. Daniel insistirá en enseñarle la nota al detective Abernathy. Necesitaba que de algún modo empujaran al amigo de su padre a hacer una tontería, pero en cuanto a qué tontería podía ser, no tenía ni idea. Todavía. Había llegado el momento de montar otra pequeña pelea entre hermanos. Esa era la parte que más me gustaba escribir. Imagino que sería porque nunca tuve hermanos con los que pelearme.

Antes de que me diera tiempo a terminar mi siguiente frase, sonó el teléfono. Me habría gustado ignorar la llamada, pero era domingo y eso significaba que podía ser mi madre. Habíamos desarrollado una rutina desde que se ocupó de mí aquella intensa noche de septiembre. Nos llamábamos un domingo la una, y otro domingo, la otra. Nuestra relación seguía siendo conflictiva a veces, pero al menos ella había dejado por fin de lado la manía de repetirme continuamente que tenía que encontrar un «trabajo de verdad» y un marido. Y seguía lloriqueando porque no tenía nietos, lo cual, por lo visto, tendría que ser la única razón de mi existencia.

Heredar la librería había aliviado la presión en lo relativo a tener un empleo. A pesar de que el establecimiento no daba beneficios, mi madre lo consideraba una ocupación respetable. Y, a cambio de su conducta más o menos racional, yo respondía a sus llamadas y me comportaba educadamente con ella, siempre y cuando me lo permitiera. Una victoria para ambas.

Cogí el teléfono al tercer ring, haciendo caso omiso a la mirada de perturbación de Savannah.

—Hola, mamá. ¿Qué tal estás?

—¿Cómo te crees que voy a estar?

«Oh, oh».

—¿Qué pasa?

—Se suponía que tenías que llamarme esta mañana.

Cambié el teléfono de mano y empecé a tamborilear con nerviosismo sobre la mesa.

—El domingo pasado te llamé yo. Esta semana te tocaba a ti.

—No. Te tocaba a ti, y es evidente que no querías hablar conmigo.

«¿Qué pasa aquí?». Hacía mucho tiempo que no se ponía así.

—No es verdad. Siento mucho si se me ha olvidado que supuestamente tenía que llamarte hoy. —A veces me daba la impresión de que la única adulta de esta relación era yo. Una idea espeluznante—. El comisario Vick sufrió anoche un ataque durante el acto benéfico de la biblioteca y mi mente es incapaz de pensar en otra cosa. —No hubo respuesta. Sorbió por la nariz y después resopló sobre el auricular. Me aparté el teléfono del oído—. ¿Estás bien, mamá?

55

—¿Qué? Sí, estoy bien.

Me masajeé la nuca para aliviar la tensión que se me acumulaba en los hombros, luego hice girar la cabeza en círculos, un movimiento que provocó varios crujidos satisfactorios.

—No estás bien. Estás llorando.

—¿Quién dice que estoy llorando? ¡Estás loca! Cuelgo ahora mismo. Llámame cuando estés preparada para hablar como una persona razonable.

Savannah volvió a levantar la cabeza y fijó la mirada en el teléfono, que se había quedado mudo.

—Me parece que a la abuela le pasa algo.

Savannah meneó la cola, lo que levantó nubes de polvo. El hada de la limpieza debía de haberse tomado de nuevo el día libre.

—Bueno, no se trata de nada feliz. —Se puso bocarriba para que le rascara la barriga. Obedecí—. Supongo que lo mejor será darle un poco de tiempo para que se calme y volver a llamarla luego. Me preocupa, la verdad.

Los coletazos siguieron.

Dos frases más adornaron la pantalla antes de que una llamada en la puerta desencadenara una explosión de ladridos. Vislumbré la figura de Olinski y Havermayer por la mirilla.

«¿Qué querrán estos dos, y un domingo por la mañana, encima?».

Fue también un domingo cuando vinieron a comunicarme lo de Aletha. Aunque quizá esta vez no me echaran a perder el día. Pero, de no ser por algo grave, ¿qué hacían aquí?

—Buenos días, detectives. ¿A qué debo el honor?

Su expresión impertérrita vino a demostrarme que el sarcasmo que había aplicado a mi voz había pasado de largo por delante de ellos como un avión con viento de cola.

Olinski cruzó el umbral.

—Tenemos que formularte algunas preguntas, Jen.

Siguiéndole, Havermayer entró en el salón, miró de reojo el sofá y decidió continuar de pie. Savannah aprovechó la indecisión de la detective para saltar e instalarse de nuevo en su lugar favorito para las siestas. La remilgada mujer esbozó una mueca de disgusto y apartó la vista.

Contuve una sonrisa de desdén. ¿Acaso no era preciosa mi perrita?

—¿Qué sucede? ¿Está bien el jefe?

Olinski se ajustó las gafas en el puente de la nariz.

—El comisario Vick ha fallecido por su enfermedad a primera hora de la mañana.

«Mierda». Por primera vez en mi vida, ojalá estuviera equivocada.

—Lo siento mucho —dije—. ¿Alguna idea de la causa de la muerte?

—Sospechamos de un envenenamiento por cianuro, pero no tendremos la confirmación hasta obtener los resultados de la autopsia. Lo cual me lleva a mi primera pregunta. ¿Qué fue lo que te llevó a estar tan segura de que aquello no era un ataque epiléptico?

¿Desde cuándo prestaba atención Olinski a cualquier cosa que yo dijera?

—Ese ataque violento que tuvo el jefe solo minutos después de beber aquel vino no se parecía en nada a cualquier reacción por causa médica que se me pudiera ocurrir. Y, cuando Tony mencionó lo del cianuro, pensé que tenía sentido.

Havermayer cruzó los brazos sobre el pecho.

—Usted fue la última que estuvo en contacto con la botella antes de la subasta. Quizá la que le vertió el veneno.

«Ya estamos otra vez». ¿Acaso aquella mujer no tenía nada mejor que hacer que inventarse historias tontas sobre mí? Parecía como si hubiera bebido vino agriado.

—¿Con Brittany y Tony como animadores? Tal vez en la bodega pusieron alguna cosa antes de embotellarlo. Lo cual tendría más sentido. ¿Por qué iba a querer yo asesinar al comisario Vick?

Los ojos verdes de Havermayer echaban chispas.

—Díganoslo usted. Si existe algún motivo, lo descubriremos. Pero sería mejor que nos lo contara ahora.

Me volví hacia Olinski.

—¿Está hablando en serio?

Olinski hizo sonar las llaves en el interior del bolsillo de su chaqueta y en la comisura de sus labios se dibujó la sombra de una sonrisa.

—La detective Havermayer está explorando todas las posibilidades.

Fruncí las cejas.

—Pues esta vez está buscando en un sitio equivocado. No sé prácticamente nada de ese hombre. Lo único que hice fue colocar en la mesa la botella que me dio Tony, junto con el resto de las donaciones. No tuve ninguna oportunidad de manipularlo con nada antes de la subasta. Brittany puede dar fe de ello.

—Muy bien. Y ahora cuéntame cómo Tony acabó mencionando el cianuro.

—Brittany, Angus y yo estábamos hablando sobre la posibilidad de que no fuera un problema médico, porque no nos parecía lógico que un policía pudiera sufrir epilepsia. Britt dijo entonces que investigaría un poco, y Tony comentó que le había parecido reconocer los síntomas de un envenenamiento por cianuro. Cuando le preguntamos por qué pensaba eso, se fue sin decir palabra. Mejor haríais preguntándole a él cómo llegó a esa conclusión.

—Lo haremos, si es que lo localizamos. ¿Alguna idea de dónde podría estar?

Un dolor de cabeza empezó a cobrar forma justo encima de mis ojos. Me masajeé las sienes.

—No, no he hablado con él desde anoche —contesté.

Olinski se encaminó hacia la puerta, seguido por Havermayer.

—Si se pone en contacto contigo, llámanos.

—¿De verdad pensáis que Tony podría tener algo que ver con la muerte del jefe?

Olinski se encogió de hombros.

—En estos momentos no descartamos a nadie.

Cerré la puerta en cuanto se fueron y apoyé la frente en la madera fría y pintada. Sabía que no podría concentrarme en mi trabajo mientras las palabras de mi madre y de Olinski bailaran juntas en mi cabeza. Un tango en el que las rosas estaban repletas de espinas.

5

Decidida a sacarle algo positivo a la jornada, rescaté la correa de Savannah que había dejado colgada en el pomo de la puerta.

—Vamos, pequeña, salgamos a dar un paseo. —Savannah saltó del sofá, bostezó y se desperezó de camino a la puerta—. Intenta contener tu entusiasmo.

Bajamos brincando por la escalera y emergimos a un cielo plomizo de verano. A lo lejos se atisbaban nubarrones de tormenta. Nada como una tempestad matutina para animar el día.

Enfilamos Main Street y pasamos por delante de la tienda de ropa de segunda mano, donde los descuentos del domingo habían atraído a su habitual clientela ahorradora. El ayuntamiento y la comisaría estaban tranquilos y pusimos rumbo a la librería para ver qué tal iban Lacey y Charlie Nichols, el barista jefe, como le gustaba autodenominarse.

Charlie era un friki de los ordenadores que, a pesar de tener treinta y cinco años, podría pasar perfectamente por un adolescente aposentado en la mesa de los bichos raros de la biblioteca del instituto. El pasado verano, sus padres lo habían expulsado finalmente del sótano de su casa y ahora vivía en un apartamento justo debajo del mío.

Cuando Aletha me legó el negocio, no tenía ni idea de qué hacer con él. Yo había estudiado Lengua y Literatura Inglesa y carecía de experiencia. Lo único que sabía era que Aletha había tenido una visión y me había encargado hacerla realidad. Si yo quería hacerla realidad, era por ella, nada más. Con la ayuda de Lacey y Charlie, por supuesto.

La campanilla de la puerta sonó para acompañar nuestra entrada, pero no vi a nadie. Lacey tenía que andar por allí, seguro. Siempre que salía cerraba antes la puerta. A pesar de ser una ciudad con una población de diez mil habitantes y un índice de criminalidad prácticamente nulo —sin contar los asesinatos del año pasado, que habían sido un suceso completamente inesperado—, Riddleton sí que tenía algún que otro malhechor. Normalmente, un adolescente aburrido que solo buscaba llamar la atención de sus padres.

Savannah transformó su cola en una hélice y echó a correr a toda velocidad hacia el mostrador, donde Lacey guardaba sus codiciadas chuches de beicon. Por desgracia, las exquisiteces no salían de la nada, y la cachorrita expresó su insatisfacción con un pequeño ladrido tristón.

—De acuerdo, mi niña, ya voy. Aguanta un momentito —dijo Lacey, que apareció de repente.

Se quitó el delantal que se ponía encima del uniforme —pantalón de color beis y polo rojo con el anagrama de Lectores Voraces— cuando tenía que meterse a trabajar en el almacén. Buscó la bolsa de las chuches debajo de la caja registradora.

Savannah giró en círculos a su alrededor y tembló sobre sus patas traseras en un esfuerzo por mantener el contacto con el suelo. Lacey le lanzó un salvavidas carnoso a la perra medio muerta de hambre, encendió las luces y giró el cartel del escaparate, que declaraba que la tienda estaba abierta.

Ya eran las diez. ¿Cómo era posible que la mañana hubiera pasado tan rápido? Cogí una taza y me serví café recién hecho.

—¿Dónde está Charlie?

—Ha ido a Bob's a buscar el encargo.

El estómago me rugió solo de pensar en dónuts, *muffins* y cruasanes. Mis calorías vacías favoritas. Vivir sin supervisión parental me había llevado a ganar casi un par de centímetros de cintura. Un poco más y tendría que comprarme vaqueros nuevos. Pero no, aquello no entraba en el presupuesto.

Recorrí la tienda para asegurarme de que las mesas estuvieran limpias y las sillas bien colocadas. Aunque no era necesario. Charlie hacía chasquear los dedos como Mary Poppins y todo se limpiaba y ordenaba solo. Teniendo en cuenta nuestra interacción cuando se mudó al apartamento justo debajo del mío, nunca habría esperado tanto de él cuando lo contraté. Siempre me había parecido un chico ofensivo e irresponsable. Pero Charlie se había ofrecido de manera voluntaria a trabajar para mí a cambio de lo que buenamente pudiera pagarle. Y al final resultó una ganga a mitad de precio.

Lacey era también un auténtico hallazgo. La treintañera, madre y futbolista había ayudado en la librería desde sus comienzos, y Aletha le había enseñado todo lo que sabía sobre la gestión del negocio, lo que hacía de Lacey la persona perfecta para ocupar el puesto de directora. Desde un punto de vista financiero, debería ser yo misma la que gestionara el negocio, pero eso no me dejaría tiempo suficiente para escribir. Además, igual que Charlie, Lacey había aceptado realizar su trabajo a cambio de casi nada hasta que empezáramos a obtener beneficios o yo terminara mi libro, lo que se produjera primero. Aún no entendía del todo por qué, pero seguramente no habría sobrevivido hasta aquí sin ella.

Lacey cogió un plumero y empezó a limpiar el polvo de las estanterías de madera de cerezo que llenaban las paredes.

—Vaya noticia lo del comisario Vick, ¿no te parece?

—Es espantoso, sí. No consigo quitarme esa escena de la cabeza.

—Me alegro de no haber estado presente, la verdad. Creo que esta vez habría sido yo la que habría acabado metiéndose en la cama de mis hijos para evitar las pesadillas en vez de que ellos vinieran a dormir conmigo. Anne-Marie debe de estar destrozada.

Lacey tenía un niño y una niña, de seis y ocho años, respectivamente, y los dos tenían muchas pesadillas. A menudo acababa encontrándose con los dos durmiendo en su cama.

—Sí, espero que la policía no la incordie demasiado. Recuerdo bien todo lo que le hicieron a Tim Cunningham cuando pensaban que era culpable.

Lacey pasó de la sección de Arte a la de Biografías.

—¿Por qué tendrían que incordiarla? ¿No se trató simplemente de algún tipo de ataque?

Me quemé la lengua con el café, que no estaba aún lo bastante frío como para poder beberse.

—Olinski y Havermayer se han pasado por casa. Creen que el ataque fue debido a que el comisario Vick tenía cianuro en su organismo. Ha fallecido esta mañana.

El plumero cayó al suelo cuando Lacey se tapó la boca con las manos.

—¡Oh! No tenía ni idea de que no había conseguido superarlo. Tengo que llamar a Anne-Marie. —Se agachó a recoger el plumero—. Y ¿no podría haber sido un accidente? ¿Quién querría matarlo?

«¿Cualquiera que haya coincidido con él alguna vez?». Me apoyé en la barra de la pequeña cafetería y me armé de valor para beber otro sorbito.

—Vete tú a saber, pero la esposa es casi siempre la primera persona que tienen en cuenta. —Aunque Havermayer parecía encantada de colocarme a mí encabezando la lista de sospechosos, solo porque sí—. Tú la conoces mejor que yo. ¿Crees que podría tener algún motivo para quererlo muerto?

—¿Además de la forma de ser del jefe?

—Ja, ja. Si ese fuera el motivo, lo habría matado hace años. Tendría que tratarse de algo reciente que la hubiera empujado a dar ese paso.

—No se me ocurre nada. Pero quién sabe lo que sucede dentro de los matrimonios de los demás.

—Cierto. ¿Sabes si Anne-Marie tiene alguien que la ayude a poner en orden todos sus temas?

—Supongo que la ayudará Teresa. Son amigas desde hace muchos años.

Me quedé casi muda.

—¡Oh!

—¿Qué pasa?

Le conté lo que había dicho Angus acerca de la alcaldesa y el jefe.

—Pero ya lo conoces —dije—. Es más que probable que todo sea solo fruto de su imaginación.

—De ser cierto sería de lo más desagradable. ¿Teresa manteniendo un romance con el marido de su mejor amiga? Me parece de lo más bajo, incluso viniendo de alguien que se dedica a la política. Además, Teresa se pasó por aquí el otro día y me comentó que Vick tenía intención de presentarse a las elecciones de noviembre y ser su rival. Vick podía tener sus fallos, pero no me creo que fuera a hacerle eso a alguien con quien estaba liado. A menos, claro está, que Angus tenga razón y la ruptura de esa supuesta relación fuera un infierno.

—Podría ser, pero ¿sería eso motivo suficiente para querer asesinarlo?

Lacey se encogió de hombros.

—Peores cosas se han visto. Si fue capaz de hacerle eso a su amiga, creo que podría ser capaz de cualquier cosa.

—Tal vez, pero, si es verdad que estaban liados, y Anne-Marie lo descubrió, ello podría haber sido el desencadenante para querer matarlo.

—¿Aun en el caso de que él hubiera finiquitado la supuesta relación?

—Podría ser.

—Acabo de recordar una cosa. —Lacey se dio unos golpecitos en la mano con el plumero—. Cuando estuve comiendo en el restaurante de Angus el viernes, vi que Anne-Marie estaba allí con una mujer más joven que ella que estaba embarazada. No oí de qué iba la conversación, pero Anne-Marie estaba muy enfadada.

—¿Y?

—¿Y si el comisario Vick fuera el padre? ¿Y si fue por eso por lo que él acabó con su supuesta relación con Teresa? Podría ser que Vick se negara a dejar a su esposa, y esa mujer hubiera decidido coger el toro por los cuernos.

Negué con la cabeza.

—A lo mejor últimamente estás pasando demasiado tiempo con Angus.

Lacey se ruborizó.

—Tienes razón —dijo—. Es una idea un poco descabellada. Me he dejado llevar por la imaginación.

—No pasa nada. Hasta el momento lo que tenemos no son más que especulaciones. Tu teoría es tan buena como cualquier otra. Pero el caso es que Olinski me ha comentado también que Tony ha desaparecido. Que no lo encuentran por ningún lado. Lo cual es extraño, sobre todo después de que anoche sacara a relucir la posibilidad del envenenamiento.

—¿Tony? —se extrañó Lacey—. Y ¿qué iba a saber él del tema?

—No lo sé. Hizo el extraño comentario de que al comisario Vick lo habían envenenado. Es raro que dijera eso de golpe, sin venir a cuento. Olinski me ha preguntado por lo que dijo Tony, pero no he sabido decirle a qué se refería.

—¿Y si lo hubiera dicho con alguna base? ¿Y si hubiera sido testigo en otra ocasión de un suceso similar?

—No me lo había planteado, la verdad. Creo que estaría bien investigarlo todo un poco.

Lacey sonrió con suficiencia.

—Que lo investigue alguien que no seas tú, ¿no?

Hice mi típica imitación de Groucho Marx, moviendo las cejas y sujetando un puro imaginario.

—Por supuesto. Claro.

Dejé a Savannah, nuestra mascota oficial, al cuidado de la tía Lacey y el tío Charlie, para permitirles a ellos que la mimaran con chuches y permitirme a mí fingir que no me daba cuenta. Y también para obsequiarme con una comida más sana sin que nadie del Departamento de Sanidad interpusiera una sanción contra Angus por dejar entrar un perro en su restaurante. Sabía que nadie de la ciudad nos demandaría, pero era imposible predecir quién podía entrar en el local un domingo por la mañana.

En comisaría, la actividad había aumentado durante el tiempo que había estado en la librería con Lacey, pero el ayuntamiento, en la otra esquina, seguía tranquilo. Vi que Angus había conseguido trabajar ayer un poco más en las ventanas de su restaurante. El dibujo estaba completo y lo único que le faltaba era llenarlo de color.

En la ventana izquierda se veía a George Washington vigilando las hamburguesas que se estaban asando en una barbacoa mientras sus soldados, sentados en el suelo y con los mosquetones apoyados contra los árboles, iban comiendo. En la puerta había representado un miliciano que llevaba una bandeja cargada de comida hacia la ventana derecha, donde un soldado británico esperaba recibirla. El resto de casacas rojas estaban sentados en el suelo, con los mosquetones descansando, a la espera de su almuerzo.

«Bien hecho, Angus».

Entré y tomé asiento en un taburete de la barra mientras Angus dirigía su orquesta de cocineros, pinches y camareros. Los cuatro pelos negros con los que intentaba taparse la calva se movían cada vez que gesticulaba en alguna dirección, pero el delantal blanco que cubría su generosa cintura estaba limpio aún de su colorida decoración. Al final de la jornada, aquella tela blanca protectora recordaría mucho un cuadro abstracto de Sarah Spitler. Y podría venderlo en eBay.

El restaurante estaba casi lleno, y se llenaría aún más, y la clientela tendría que esperar de pie, en cuanto la gente saliera de las distintas iglesias. Comida casera, servicio rápido y precios razonables hacían de Dandy Diner un lugar perfecto para mí. Mis habilidades culinarias, por otro lado, harían desistir a cualquiera a quien le gustara comer.

Una pausa en la acción proporcionó a Angus la oportunidad de acercarse un momento.

—Buenos días, Jen. ¿Lo de siempre, o tienes ganas de aventura? Puedo prepararte una tostada francesa, si te apetece. Solo con huevos, sin leche. ¿Qué te parece?

Las volteretas hacia atrás de mi estómago me aconsejaron un no rotundo.

—Con lo de siempre ya me va bien. Después de lo de anoche, no me siento muy aventurera, la verdad.

—Es comprensible. Marchando enseguida. Con café, por supuesto. —Sonrió, enseñando una dentadura blanca y uniforme, y dio unos golpecitos de ánimo en mi fría mano con la suya caliente y húmeda—. Tengo una cafetera a punto.

Aquel hombre siempre sabía qué necesitaba. Angus pasó mi comanda al chico alto que se ocupaba de la parrilla y volvió con mi café de Java. El vapor transmitía su aroma inconfundible. Aspiré hondo y me relajé.

Me di cuenta de que el chico que me estaba preparando los huevos me sonaba de algo, aunque estuviera de espaldas a mí. Señalé hacia él.

—¿Tienes cocinero nuevo?

—Sí. Llegó a la ciudad la semana pasada. De hecho, me comentó que es amigo tuyo. ¿Conoces a Marcus Jones?

El antiguo novio de Aletha. Ni en sueños me había imaginado que volvería a cruzarme algún día con él. Bebí un sorbo largo de café.

—Vivía en Blackburn. ¿Cómo es que ha acabado aquí?

Angus limpió con un paño la superficie de formica.

—No sé muy bien por qué razón se ha mudado a la ciudad, pero está en el restaurante porque él buscaba trabajo, y yo buscaba un cocinero con experiencia.

—Interesante.

¿Le habría hablado Marcus a Angus de su pasado? ¿Debería informarle yo? Me mordí el labio inferior.

—Me ha contado que está en libertad condicional, si eso es lo que te preocupa —dijo Angus—. Me contó también que tú le salvaste la vida. Y no necesité más currículum que eso.

Mis hombros se relajaron.

—Gracias. Te agradezco que le hayas dado una oportunidad.

Angus me guiñó el ojo.

—Bueno, como dicen, cualquier amigo de mi autora favorita…

—Por suerte para ti, mi lista de amigos es bastante corta. De lo contrario, necesitarías una semana entera para preparar tus nóminas.

Angus fue a buscar mi desayuno y le dijo algo a Marcus, que se acercó con él a la barra. Cuando me vio, su rostro de color castaña esbozó una sonrisa contagiosa.

—¿Sorprendida?

Compartí su sonrisa junto con los recuerdos de cómo habíamos rescatado a sus hijas cuando fueron secuestradas.

—Pues sí. ¿Qué tal estáis tú y las niñas?

Fue como si una nube hubiera cubierto de pronto sus facciones.

—Bien, teniendo en cuenta las circunstancias. Mi madre falleció el mes pasado.

—Oh, lo siento mucho, Marcus. ¿Qué pasó?

—Un ictus. No pudieron hacer nada por salvarla.

¿Sería aquella mirada vacía que vi en Vangie la última vez que nos vimos un presagio de lo que le sucedió?

—Y ¿cómo lo llevan Larissa y Latoya?

—Están bien. No entienden mucho lo que ha pasado. Y esa es una de las razones por las que hemos cambiado de ciudad. Toya no paraba de preguntar cuándo volvería la abuela a casa.

Sentí como si mi corazón hubiese aumentado de volumen y me estuviera ocupando todo el pecho. Explicar la muerte a una niña de cinco años era complicado.

—Pobrecilla. ¿Dónde vivís?

—De momento, con una vieja amiga de mi madre. Mary Washington. Su esposo murió más o menos por las mismas fechas. Hemos llegado a un acuerdo para quedarnos en su casa. La ayudo a pagar las facturas y hasta la fecha todo va bien. Y se ocupa también de las niñas mientras yo estoy trabajando.

El cáncer había acabado finalmente con Harry Washington. Eso explicaba por qué hacía tanto tiempo que no veía a su esposa en la parada del autobús: porque ya no tenía necesidad de ir a visitarlo a la residencia.

—Me alegro de que os vayan bien las cosas. Tanto tú como las niñas os merecéis empezar de cero.

Marcus se puso serio.

—Bueno, creo que tengo que seguir trabajando si no quiero quedarme en el paro. —Dio media vuelta, pero se detuvo un instante—. Nunca llegué a darte las gracias por salvarnos. Cuando pienso en lo que podría haberles ocurrido a mis niñas…

—Claro que me las diste. En el hospital, ¿no te acuerdas? Además, tú también me has ayudado a mí; estoy segura.

Marcus ladeó la cabeza y frunció el entrecejo.

—Tienes razón. Y, ahora, mejor que comas antes de que empiecen a salir estalactitas en tu plato.

Me concentré en la comida: huevos a la plancha, beicon, polenta y tostada. Pero no tenía hambre. Lo cual era extraño, puesto que no había comido nada desde el día anterior a la hora del almuerzo. Por la noche, me había quedado a punto de engullir aquel espárrago, que imaginé que seguiría pinchado en el tenedor. Me obligué a comer un poco para no herir los sentimientos de Angus, pero acabé apartando el plato. Por lo visto, lo único que toleraba mi estómago en aquel momento era el café.

La muerte del comisario Vick tenía tan poco que ver conmigo como con cualquier otro ciudadano de Riddleton, pero no podía quitarme de la cabeza lo sucedido. ¿Sería por el reto que suponía aquel misterio? ¿Por simple curiosidad? Ni lo uno ni lo otro eran razón suficiente como para incendiar de nuevo la ira de Olinski. Las esposas eran un pésimo accesorio de moda.

Pero ¿por dónde empezar? Anne-Marie Vick era la opción más evidente; sin embargo, yo carecía de la información suficiente sobre ella como para visualizar un motivo. A menos que al final se hubiese hartado de que su esposo fuera un mujeriego. ¿Y si resultaba que era el padre del hijo que esperaba aquella mujer, tal y como había sugerido Lacey? Aquello sería una gota capaz de colmar el vaso incluso de la esposa más comprensiva del mundo.

Aun así, ¿se habría arriesgado Anne-Marie a acabar en la cárcel por asesinar a su esposo? Me parecía una tontería, siendo el divorcio una solución mucho más sencilla. Y mucho más fácil de llevar a cabo, además. ¿Podría haber tenido algún tipo de incentivo económico para cometer aquella locura? Ser comisario de policía, por mucho que fuera gratificante y necesario, no era un trabajo muy bien remunerado. No creía que los Vick tuvieran una cartera de inversiones sustanciosa que Anne-Marie pudiera codiciar solo para ella.

Una chica embarazada podría ser también un desencadenante para Teresa Benedict. Sobre todo, en caso de que el jefe hubiera decidido dar por finiquitado su romance como consecuencia de ello. No obstante, la alcaldesa tenía por delante una campaña para su reelección. La simple sospecha de su implicación en el asesinato destrozaría todas sus posibilidades. Además, lo que se decía en la calle —lo que decía Angus, de hecho— era que Teresa tenía puestas sus miras en un cargo más importante. En cuál, era imposible saberlo. Pero, fuera como fuese, ella no querría que su nombre saliese a relucir en la investigación. Porque, aunque estuviese limpia, con ello su carrera política se pondría en peligro. Correr aquel riesgo habría sido una locura por su parte.

¿Y el marido de Teresa, Xavier? ¿Habría descubierto el romance de su esposa y decidido acabar con él, sin saber que el jefe ya lo había hecho? De estar cegado por los celos, las perspectivas de reelección de su esposa le traerían sin cuidado, y no sería tampoco la primera vez que un hombre asesinaba al amante de su mujer. Los celos eran uno de los tres principales motivos de los homicidios.

Y luego estaba Tony. ¿Qué sabía yo de él? Poca cosa. Que había venido a vivir aquí desde Chicago después de un divorcio muy desagradable. Lo cual, de todos modos, podía ser perfectamente una excusa. Tenía que investigar la posibilidad de que hubiera experimentado de cerca una muerte con envenenamiento por cianuro. Una tarea ideal para Brittany. Siempre y cuando no estuviera excesivamente atareada con Olinski, claro está.

Pero ¿por qué me preocupaba tanto este asunto? No era mi problema, ni mucho menos. Yo tenía mi propio misterio que gestionar, un misterio que en aquellos momentos me estaba esperando en mi mesa de trabajo. Solté el aire y bebí más café.

Angus hizo una pausa en su trabajo.

—¿Te encuentras bien?

Me pasé la mano por el pelo para controlar mis puntas disparadas.

—Sí, tranquilo. Pero mi cerebro no deja de pensar en la muerte del comisario. Es como si fuese una adicta que está enganchada a ese tema. Sin embargo, no puedo entrometerme.

—Por supuesto que no. De hacerlo, ten claro que Olinski te querría como desayuno.

—No, lo digo en serio, de verdad. Por cierto, ¿has visto hoy a Tony Scavuto?

—No. ¿Por qué?

—Porque Olinski y Havermayer estaban buscándolo.

—¿Sabes si han mirado en su cabaña? Sé que tiene una por el lago.

Por un lago de sesenta y ocho kilómetros de longitud por veintitrés de ancho. Me alegré de no ser yo quien tuviera que localizarlo.

—No lo sabía —dije.

—La compró el verano pasado. Dijo que era un escondite estupendo.

—Pues, por lo visto, tenía razón. Iré a comentárselo a los detectives.

Angus recogió mi plato, guardó lo que había dejado en un recipiente de plástico y me lo entregó. Un tentempié para Savannah.

—Es una lástima que a Eric no le concedieran el ascenso que quería —comentó—. Te habría ayudado.

—¿Ascenso?

—Sí, cuando Larry Smith se jubiló, quedó libre su puesto para un nuevo detective. El chico creía que tendría oportunidad de hacerse con él.

Me dolió por él. Bebí un poco de café, que se había quedado ya helado.

—Y ¿qué pasó?

—Que el jefe se cerró en banda. Le dijo: «Ni por encima de mi cadáver». ¿No te comentó nada?

—No —respondí presionándome con rabia la mandíbula—. Nunca me dijo ni palabra.

6

Cuando salí de la atmósfera artificial del restaurante me enfrenté a violentas ráfagas de viento de una tormenta de verano que se avecinaba. El cielo negro venía directo hacia nosotros. Aún no llovía, pero el aguacero sería grandioso cuando llegara. Como era de esperar, no sabía ni dónde tenía el paraguas, ni siquiera si tenía alguno. Era hora de recoger a Savannah y volver a casa.

Cuando crucé Pine Street, el ayuntamiento me pareció desolado, casi abandonado. El edificio contiguo, en cambio, la sede de la comisaría de policía de Riddleton, era un hervidero. Agentes uniformados entraban y salían en pequeños grupos, los ciudadanos lo hacían solos o por parejas. Resulta asombroso lo que puede llegar a mover un asesinato. Sobre todo, cuando la víctima es comisario de policía.

Anne-Marie Vick y su hijo estaban en lo alto de las escaleras, junto a la corona funeraria con la bandera norteamericana que habían colgado en la puerta. Con una mano con manicura impecable, Anne-Marie se apartó un mechón de pelo castaño con mechas que le caía en la cara. Su rostro parecía haber envejecido de repente y se protegía los ojos con unas gafas oscuras.

Zach, de veintiún años, llevaba las manos metidas en los bolsillos de sus vaqueros y, calzado con zapatillas Reebok, cambiaba el peso del cuerpo de un pie al otro. Sus ojos se movían con nerviosismo, como si estuvieran siguiendo una abeja que amenazaba con picarlo. Pese a ello, en ningún momento posó la mirada en su madre. No veía probable que Anne-Marie pudiera contar con él como apoyo emocional.

Empecé a subir las escaleras en dirección a ellos, cuidando de no estropear la guirnalda roja, blanca y azul con la que habían decorado la baranda.

—Anne-Marie, Zach, mi más sentido pésame.

Anne-Marie se levantó las gafas y se secó una lágrima con un pañuelo de papel arrugado.

—Gracias. Es un *shock* espantoso.

Zach se retiró el pelo que le caía sobre la frente —lo llevaba largo por arriba y prácticamente rapado por los lados— e hizo un gesto de asentimiento. Sus ojos grises me taladraron como un láser.

—Averiguaré quién ha hecho esto —dijo.

Noté una sensación en la espalda, como si unos dedos la recorrieran de arriba abajo. ¿Pensaría Zach que yo había tenido algo que ver con lo sucedido? Otra visita de mi vieja colega, la paranoia.

—Te sugiero que vayas con cuidado, Zach. Por experiencia puedo decirte que a los detectives no les gusta que los ciudadanos normales y corrientes interfieran en sus investigaciones.

Los ojos de Zach echaron chispas.

—Yo no soy un ciudadano normal y corriente. El mes que viene empiezo en la academia de policía, y mi padre me dijo que tendría un puesto asegurado en cuanto me licenciara. Soy prácticamente policía.

Anne-Marie movió bruscamente la cabeza en dirección a su hijo, pero no dijo nada.

¿El puesto de alguien que pensaba dejar el cuerpo de policía de Riddleton? Un detalle más que Eric no me había mencionado en ningún momento.

—Estoy segura de que tu padre te enseñó muchas cosas sobre el trabajo de policía, pero te sugiero que dejes que sea un profesional el que se ocupe de ello —le aconsejé.

Zach se cruzó de brazos y me fulminó con la mirada. Le temblaban los labios.

El estómago me dio un vuelco. Si no abandonaba la idea de encontrar al asesino, aquel chico acabaría teniendo problemas. Me volví hacia Anne-Marie.

—Y usted, ¿cómo está?

Una oleada de tristeza, miedo y ansiedad cruzó su rostro.

—Aún no lo he asimilado. —Se quitó las gafas y me miró fijamente con sus ojos ambarinos. Las oscuras ojeras daban fe de una noche de insomnio—. Sé lo que la gente dice de él. Tiene… Tenía… sus problemas, pero siempre puso a su familia por delante de todo.

¿De verdad creía lo que estaba diciendo, o simplemente estaba protegiéndose? Lo primero significaría que no estaba al corriente del supuesto romance de su difunto marido con la alcaldesa. Y lo segundo, que daba por supuesto que la que no se enteraba de nada era yo. No me correspondía a mí informarla ni de una cosa ni de la otra. Me habría gustado preguntarle sobre su comida, el pasado viernes, con aquella mujer embarazada, pero tampoco me atreví a hacerlo.

—Sí, lo entiendo. La relación que los ciudadanos pudiéramos tener con él solo eran pequeños fragmentos de su tiempo. Usted conocía de verdad al hombre que vivía dentro de nuestro jefe de policía.

Sus labios esbozaron una sonrisa triste.

—Sí, así es.

—Si necesita cualquier cosa, no dude en pedírmelo, por favor. Deseo ayudarla en todo lo que pueda.

Anne-Marie bajó la vista.

—Gracias, lo tendré en cuenta.

Saludé con un gesto a Zach, que estaba mordisqueándose la uña del pulgar, aparentemente ignorante de todo lo que sucedía a su alrededor.

Como había empezado a chispear, decidí entrar, sin más demora, en la puerta de al lado, la de la librería Lectores Voraces. No había todavía ninguna decoración. Lacey debía de estar aún trabajando en el diseño para el concurso. Alguna cosa sofisticada, me imaginaba, puesto que se había negado a enseñarme nada por el momento.

Tomé asiento en mi mesa favorita, la que estaba al lado de la ventana, donde en su día había pasado tanto tiempo escribiendo. O intentándolo, al menos. Pero el lugar había perdido su magia. Aunque tal vez no hubiera sido nunca el lugar en sí. Tal vez fuera que echaba terriblemente de menos el cariño y el apoyo de Aletha y que ahora estaba abrumada por el peso de la responsabilidad del legado que mi amiga me había dejado. No es que estuviera sacando grandes beneficios con la librería, por el momento, pero al menos no le había prendido fuego. Y eso ya de por sí podía considerarse una pequeña victoria.

Charlie —vestido con vaqueros, botas de *cowboy*, camisa de cuadros y sombrero tejano de color beis— ya había vuelto de Bob's. Me acerqué a la vitrina de las pastas y miré a mi alrededor en busca de su caballo. Ni rastro de él. Debía de haberlo dejado fuera, pastando, pensé.

Savannah captó mi olor y vino corriendo a la carga hacia mí. Me preparé para el impacto y, mientras saltaba sobre mí en un intento desesperado de lavarme la cara entera con la lengua, le dije a Charlie:

—¿Vas a un baile *country* a la salida del trabajo?

Me sonrió enseñando su dentadura perfecta.

—No, simplemente es que hoy me siento atrevido. Y he pensado en vestirme en consecuencia. —Tiró de la cintura del pantalón para subírselo—. Al menos, me he dejado las pistolas en casa, ¿ves?

Negué con la cabeza y, notando que ya estaba un poco más calmada, rasqué a Savannah detrás de las orejas. No tenía sentido esperar que Charlie vistiera su uniforme. Era algo que no iba con su carácter, y que yo ya sabía cuando lo contraté.

—Ve con cuidado de no pasar de lo atrevido a lo temerario, ¿entendido?

—Por supuesto, jefa.

Me pasó un vaso de café, con leche y dos terrones de azúcar, tal y como a mí me gustaba. Soplé un poco y bebí un sorbito.

—¿Dónde está Lacey?

Se acercó tranquilamente hacia mí con los pulgares enganchados en las presillas del cinturón.

—En la trastienda, liada con el inventario. ¿Quieres que la vaya a buscar?

—No. Dile que me voy a casa, por si necesita algo. Gracias.

Charlie me ofreció una tapa para el vaso y me saludó tocándose el sombrero.

—Lo que usted ordene, señora.

Sonreí y negué con la cabeza. Cuando hicieron a Charlie, rompieron el molde, estaba claro. Por desgracia, seguía encerrado dentro de él.

Cuando salí a la calle con Savannah, noté que la temperatura había bajado de golpe y vi que los nubarrones negros acompañaban al viento como un dueto típico de Halloween. Agaché la cabeza y metí las manos en los bolsillos después de enrollarme la correa de Savannah en una muñeca.

—Venga, pequeña, vámonos.

Savannah trotó a mi lado hasta que llegamos a su roble favorito, el que estaba justo delante de la escalera de acceso a la comisaría. Olisqueó el tronco, centímetro a centímetro, e ignoró todos mis intentos de arrastrarla hacia casa.

—Parece que te vas a quedar aquí un buen rato.

Volví la cabeza al oír la voz familiar.

Eric estaba con un pie en el último peldaño de la escalera, con un uniforme limpio colgado al hombro, listo para entrar a trabajar. Su pelo rojo era un estallido de color enmarcado por el cielo gris.

—Creo que sí. A menos que lleves una bomba encima. Eso supongo que la obligaría a moverse un par de centímetros.

Sonrió y se volvió hacia la cachorra.

—¡Savannah!

Esta se giró, aplanó las orejas y se abalanzó sobre él, quedándose a escasa distancia de su cara. Eric extendió la mano que tenía libre para defenderse.

—¡Caray! Tranquila, chica.

Cuando Savannah se sosegó, Eric empezó a rascarla debajo de la barbilla, y ella estiró el cuello enseguida para facilitarle el acceso. Me habría puesto celosa de no estar tan enfadada con Eric.

—Cuéntame lo de ese ascenso que querías. Ese que el jefe no te concedió.

Eric levantó tanto las cejas que fue como si le alcanzaran casi el nacimiento del pelo.

—¿Cómo te has enterado?

—Adivina.

Fijó sus ojos verdes en los míos y esbozó una media sonrisa.

—Por Angus. Pero ¿cómo se ha enterado él?

—¿Cómo se entera Angus de todo? Ni idea, pero se entera. Bueno, y ahora, dejando eso a un lado, cuéntame qué pasó.

—No hay mucho que contar —contestó—. Larry Smith se jubiló y me presenté a su puesto. Pero el jefe rechazó mi solicitud.

—Y ¿te dijo por qué?

—Fue extraño. Cuando le pregunté, se enfadó y me dijo que tenía otra persona en mente para aquel puesto, aunque no me reveló quién.

Qué raro. Eric era el mejor agente del departamento. Se merecía ser detective. Esperé un momento a que se me pasara la rabia, antes de preguntar:

—Y ¿quién crees que está más cualificado que tú?

—Nadie, que se me ocurra. Soy el oficial de patrulla con más experiencia. A menos que el jefe tuviera pensado traer alguien de fuera del departamento.

—Me parece muy injusto no querer brindarte esa oportunidad.

Se colgó el uniforme del brazo y lo sujetó delante del pecho.

—Imagino que ahora ya no importa.

—Supongo que no. —A lo mejor, quienquiera que fuese el nuevo jefe, acababa dándole a Eric esa oportunidad que se merecía—. Me da la impresión de que el jefe tenía a mucha gente de su departamento enfadada. Quizá, en vez de investigar solamente a ciudadanos de a pie, tendríais que plantearos interrogar también a las personas que trabajaban con él.

—No seas ridícula. No siempre estábamos de acuerdo con sus decisiones, pero nadie del cuerpo de policía de Riddleton lo habría asesinado por ello.

Levanté las manos en un gesto de rendición.

—Oye, ¿sabías que Tony Scavuto tiene una cabaña en el lago?

—Sí, algo oí el año pasado. ¿Por qué lo dices?

—Porque Olinski me ha comentado esta mañana que no consiguen localizarlo. He pensado que quizá esté allí y que tal vez los detectives no sepan siquiera que esa cabaña existe.

—Se lo mencionaré a Olinski cuando lo vea. Gracias.

—De nada. A lo mejor ahora me crees cuando digo que no pienso interferir en vuestra investigación.

Eric negó con la cabeza y disimuló una sonrisa.

—No sé si creerte del todo, pero lo tendré en cuenta.

Moví la mano en dirección a la comisaría.

—Anda, ve a trabajar. Luego hablamos.

Me dijo adiós con la mano, subió la escalera y cruzó la puerta.

Savannah tiró de la correa y miró con anhelo el árbol.

—Oh, no, de ninguna manera. Nos vamos a casa, y rapidito. Las nubes van a descargar con fuerza en cualquier momento, y ya sabes lo poco que te gusta mojarte.

Savannah meneó la cola y se paró para olisquear todas y cada una de las briznas de hierba que encontró por el camino. La humedad había subido al cien por cien. Cuando llegué a casa, las llaves se me cayeron dos veces de mis dedos resbaladizos en su intento de abrir la puerta. Me había enfrentado a retos mucho más complicados y acabaría consiguiéndolo, costara lo que costase.

Después de alcanzar la victoria al tercer intento, entramos en casa y disfruté del aire fresco que se filtraba por la rejilla del aire acondicionado del techo. Mientras me relajaba por fuera, noté que en mi abdomen se formaba una bola de hielo, por gentileza de mis emociones en liza. Al parecer, Zach no era el único que tenía prisa por encontrar al asesino del comisario Vick. Mi parte inquisitiva, ansiosa por asumir el reto de otro misterio, batallaba contra mi parte pragmática. Por el momento, el pragmatismo llevaba las de ganar (había oído decir que en la cárcel se comía fatal).

Abrí el capítulo quince en la pantalla y transferí mi fuerza mental a la ficción policiaca que se desplegaba delante de mí. Era la única manera segura de conciliar mis dos partes. El teléfono sonó justo en el momento en que la tecla «Suprimir» eliminaba las dos frases que había escrito antes de la última tanda de interrupciones. Mi madre. Necesitaba ponerlo en silencio mientras trabajaba, lo que me exigiría acordarme de ello cada vez. Y ese no era precisamente uno de mis puntos fuertes. Imaginé que mi madre ya estaría recuperada de su mal humor. Respondí a la llamada.

—Hola, mamá. ¿Ya estás mejor?

—¿Mejor de qué?

Imaginé que no. Inspiré hondo.

—Esta mañana no se te veía muy feliz. ¿Estás ya preparada para compartir tus cosas?

—No tengo nada que compartir. Y tú ¿qué te cuentas?

De acuerdo, cambio de tema.

—¿Te has enterado de lo del comisario Vick?

—Todo el mundo habla de ello. Me cuesta creer que haya muerto.

—Fue espantoso. Tengo la imagen metida en la cabeza.

Mi madre carraspeó antes de poder seguir hablando.

—Fui a la escuela con él, no sé si lo recuerdas. Con él y también con Anne-Marie.

Tal vez eso explicara por qué estaba hoy tan rara. Eran de la misma edad. La muerte del jefe debía de haber sido un recordatorio de su mortalidad. Por mucho que no hubiera fallecido por causas naturales.

—No me extraña que estés tan inquieta.

—No tiene nada que ver con él. Y no estoy inquieta.

—Perfecto, no pasa nada.

Su voz titubeó.

82

—Por aquel entonces era diferente. Era una persona de trato fácil. Con un sentido del humor fabuloso. No había fiesta a la que no lo invitaran. Pero algo le pasó después de que su padre muriera durante el último curso. Todos pensábamos que Toby se recuperaría, pero no lo consiguió.

¿Toby? Nadie se refería al comisario Vick por ese nombre. Ni siquiera su mujer. O, al menos, no en público.

—De hecho, incluso hubo un tiempo en el que me planteé salir con él. No paraba de proponérmelo, pero había salido durante años con Anne-Marie, que era mi amiga.

Me quedé boquiabierta.

—¿Estás diciéndome que te hizo proposiciones cuando aún estaba con ella? Si eso es verdad, no me parece que fuera un tipo con el que mereciera la pena liarse.

—No fue del todo así. Durante todo el tiempo que estuvimos en el instituto, ellos estuvieron dejándolo y volviendo a empezar, y, durante los periodos en los que no salían juntos, los dos estuvieron viéndose con otra gente. Sinceramente, cuando se casaron me llevé una sorpresa.

—Pues han estado juntos todos estos años.

—Una sorpresa también.

—¿Por qué?

Mi madre carraspeó de nuevo.

—Siempre le gustó ir de flor en flor. Estoy segura de que yo no fui la única con la que intentó salir a escondidas por aquel entonces. Incluso cuando no estaban de descanso en su relación. Anne-Marie fingía no enterarse de nada, pero era imposible que no lo supiera. Lo sabía todo el mundo.

Tal vez la alcaldesa fuera el insulto que colmó el vaso. Me parecía un móvil válido para el asesinato. Suponiendo que Anne-Marie estuviera al corriente del romance. Y que este fuera real.

—¿Crees que lo mató ella?

—¡No empieces otra vez a jugar a los detectives! —exclamó mi madre, irritada—. Mantente al margen. No olvides todo lo que me hiciste pasar la última vez.

«Como siempre, todo gira en torno a ti, mamá».

—No estoy investigando nada. Simplemente estamos manteniendo una conversación. Además, escribo novelas de misterio y asesinatos. Por lo cual, visto desde cualquier ángulo, es evidente que todo esto es algo completamente natural para mí.

—Pues hablemos entonces de otra cosa.

Suspiré.

—De acuerdo, ¿de qué te apetece hablar?

—Pensándolo bien, estoy cansada. Creo que voy a echarme un rato.

Colgué el teléfono, pensando en que a mí también me iría bien una siesta. Pero Savannah se había tumbado en el sofá y estaba dando un paseo por el país de los sueños. No me había dejado espacio. ¿Qué haría cuando alcanzara su tamaño de adulta? A lo mejor necesitaría un sofá modular. La empujé un poco y me apretujé a su lado. Savannah refunfuñó, pero volvió a adormilarse en cuestión de segundos.

En cambio, yo no pude dormir. Mi madre tenía derecho a estar preocupada. Porque, a pesar de que el resultado de mi última aventura había sido positivo, todo podría haber salido al revés. Dos veces estuve a punto de no salir con vida de aquello. Me libré por los pelos. De no haber sido así, tal vez ahora no estaría aquí.

Además, entre mi siesta y yo se interponía el problema que mi madre nunca quería discutir. Totalmente impropio de ella, pero fuera de mi control. Mi madre sabía cuidar bastante bien de sí misma y siempre se había mostrado reacia a pedir ayuda. Por esa razón, yo no solía preocuparme por ella. Pero hoy era una excepción.

7

Con nuestra rutina del lunes por la mañana convertida en un recuerdo agradable, me relajé en mi despacho de la trastienda de la librería, café en mano, lista para insuflar vida a la disputa fraternal entre los gemelos y decidir si se enfrentaban o no al hombre que sospechaban que era el asesino de su padre. Sus voces revoloteaban en mi cabeza: el tono de barítono de Daniel desafiaba al de contralto de Dana para hacerse con la supremacía. «De uno en uno, chicos».

Echaba de menos mi mesa junto a la ventana, pero mi reciente fama a raíz de la muerte de Aletha atraía demasiada atención hacia mi persona y me impedía trabajar en un lugar público sin ser molestada. Además, mi musa me había abandonado. Y, en consecuencia, en vez del tráfico de Main Street, ahora tenía delante de mí una pared llena de pósteres con publicidad de *El principito, Matar un ruiseñor* y *Cincuenta sombras de Grey*. A veces, desesperada por unir cuatro palabras, estudiaba una mancha de humedad que había en el techo y que me recordaba la forma de la península de Florida, pero la mayoría del tiempo fijaba mi mirada en Savannah, que dormía en su cama al lado de mi silla. El movimiento regular de ascenso y descenso de su abdomen me proporcionaba un punto en el que concentrarme y liberaba mi mente, como un metrónomo, pero sin su fastidioso tic, tic, toc.

Los gemelos se calmaron, empezaron a conversar y se olvidaron de su batalla campal. Hablaban, y yo escribía, le daba a la tecla de retorno, y escribía un poco más. La discusión culminó precisamente en el punto donde yo necesitaba: en una confrontación directa con Peter. Perfecto. Bien, para tratarse de un primer borrador, claro.

Eric, vestido hoy con vaqueros y camiseta roja, apareció en la puerta e interrumpió mi momento de complacencia.

—Hola, ¿tienes un minuto?

Guardé mi trabajo y cerré el portátil para poder prestarle toda mi atención.

—Por supuesto, ¿qué pasa?

Savannah saltó de la cama y se acercó encantada a Eric para ayudarle a encontrar un asiento mientras se apretujaba entre sus pies.

Eric le rascó el cuello y retiró una montaña de catálogos de libros que había en una silla colocada delante de mi escritorio metálico de color gris acorazado, el cual ocupaba la mayor parte del despacho.

—Quería ver qué tal estabas. Asegurarme de que todo va bien.

Su rostro, habitualmente muy pálido, lucía un toque de color que subrayaba sus pecas, como si se hubiese pasado el día anterior en la playa con poca protección solar.

—Pues estoy de aquella manera, la verdad —contesté—. Intentando concentrarme en mi libro y mantenerme alejada de cualquier problema, para variar un poco.

Eric se tocó una uña.

—Supongo que es lo mejor. Esta mañana, la alcaldesa ha nombrado a Olinski jefe de policía interino. Havermayer pasa a liderar el caso. Y sé que no es una de tus admiradoras más fervientes.

«Comisario Olinski» sonaba con cierta melodía. Como las campanas de Notre Dame cuando Quasimodo era el que tiraba de las cuerdas.

—¿En serio? Pues no pienso gastar ni una gota de tinta para firmarle un autógrafo si algún día se decide a comprar mi libro. —Me recosté en la silla y uní las manos sobre mi vientre—. ¿Qué tal va la investigación?

—No puedo comentarte nada al respecto.

Apreté los dientes, pero enseguida relajé la mandíbula.

—Lo entiendo, pero cuéntame al menos si habéis averiguado dónde está la cabaña de Tony.

—Informé a Blink de lo que me habías dicho, pero no sé si habrá realizado algún tipo de seguimiento o si habrá pasado del tema.

—De estar en tu lugar, me plantearía no seguir llamándolo Blink. Ahora es el jefe. Y probablemente no le gustará que te dirijas a él utilizando su apodo de cuando era un novato.

—Supongo que tienes razón, pero no es más que el jefe interino y no tendría que importarle —opinó—. Para mí siempre será Blink.

—Es el detective con más experiencia. ¿No tendría que convertirlo eso en el principal candidato para pasar a ocupar el puesto?

Eric se encogió de hombros.

—Sobre el papel, en comisaría, sí, pero también podría ser que contrataran a alguien de fuera. Alguien con más experiencia.

—¿Cómo tú imaginabas que haría el comisario Vick para cubrir el vacío que dejó Smith al jubilarse? ¿Qué crees que pasará ahora? —le pregunté.

—Confiaba en que Olinski tomara la decisión de darme el puesto a mí. Pero… —Apartó la vista.

—Pero ¿qué?

—El pasado jueves desapareció del almacén una botella de cianuro de un caso anterior —explicó—. Piensan que podría ser con eso con lo que envenenaron al jefe. Lo extraño es que en el registro de entradas aparece mi firma, por mucho que yo no pusiera el pie allí en todo el día. Alguien firmó en mi nombre, pero no puedo demostrarlo.

—¿Y sigues todavía convencido de que nadie del departamento puede tener que ver con la muerte del jefe? ¿Quién piensas que podría querer meterte en una encerrona así?

Eric acarició la panza de Savannah.

—No lo sé, aunque existe una diferencia enorme entre robar pruebas del almacén y asesinar a un tipo porque dijo «no» a una petición.

—Espero que tengas razón. Sea como sea, Olinski jamás pensará que hayas podido robar nada. Y tampoco le pasará por la cabeza que hayas podido asesinar al comisario Vick.

Eric se tapó la cara con las manos.

—Por desgracia, ahora, la responsable de la investigación es Havermayer. Además, hay que tener en cuenta que el sábado por la noche tuve la posibilidad de retirar tanto la botella como las copas. Todo lo cual me convierte en sospechoso.

Me incliné hacia delante.

—Podrías haber cogido esos objetos de la mesa, sí, pero ¿cómo podrías haber salido de allí con ellos sin que nadie se diera cuenta? Ni siquiera Havermayer podría pensar una cosa así. Por mucho que, al parecer, sea capaz de pensar cualquier cosa. —Era imposible que Eric estuviera implicado en la muerte del jefe. Era un buen tío—. No te preocupes, encontrarán a quien lo hizo. Y seguro que tú mismo averiguas alguna cosa que apunte hacia el verdadero asesino.

—Yo no. Olinski acaba de suspenderme temporalmente.

Sus mejillas hundidas acentuaban las sombras que tenía debajo de los ojos, lo cual, en conjunto, sugería que había pasado la noche sin poder dormir. Se derrumbó en la silla, con las manos en el regazo y sin levantar la vista. Como una marioneta con los hilos cortados.

Me sentía como si debajo de la clavícula se me hubiera abierto un pozo sin fondo.

—¿Qué puedo hacer para ayudarte?

—Nada. Solo me queda esperar y confiar en que Havermayer descubra quién robó realmente ese cianuro. Y quién asesinó al jefe, porque está claro que no fui yo.

—Por supuesto. ¿Quién más tiene acceso a ese almacén? ¿Hay alguna manera de que pueda entrar allí alguien que no sea de comisaría?

Eric negó con la cabeza.

—Lo veo difícil. Siempre hay un sargento de guardia apostado en la puerta de acceso al sótano, que es donde se encuentra el almacén, y hay cámaras por todas partes.

Mi frustración iba en aumento y se me estaba cerrando la boca del estómago. Era imposible que Eric hubiera hecho todo esto de lo que lo acusaban. Tenía que haber otra explicación.

—Tienes que permitirme hacer algo —le apremié—. Cuéntame cosas sobre la investigación.

—No puedo. No lo voy a hacer. La situación es demasiado peligrosa y no quiero que te impliques. No soportaría que te pasara algo.

¿Que no lo soportaría? ¿Y eso qué quería decir?

—Pero eres mi amigo y…

Eric se frotó las manos por la parte delantera del pantalón.

—Precisamente de eso he venido a hablarte.

Oh, vaya. ¿Y ahora qué tenía que hacer? Me recosté en la silla.

—De acuerdo, adelante.

—Estos últimos días he tenido mucho tiempo para pensar. —Carraspeó para aclararse la garganta—. Ya sé que es un tópico, pero la vida es demasiado corta. Solo se vive una vez, ¿no?

Cierto. Pero ¿a qué venía eso ahora? Hice un gesto de asentimiento.

—Somos amigos, pero ¿crees que algún día podríamos ser algo más?

Brittany había acertado de nuevo. La única vez que necesitaba que se equivocara. Luché contra la oleada de angustia que me subía por la garganta. Cuando Scott se marchó para ir a trabajar a París, casi me destroza. Se suponía que íbamos a casarnos. A tener niños y envejecer juntos. Era el único hombre con quien me planteé tener hijos. Y, por mal que hubiera acabado aquella relación, la siguiente fue aún peor. Un desastre total.

¿Me atrevería a correr de nuevo ese riesgo? No. Al menos, no por el momento.

¿Cómo rechazar ahora a Eric sin perderlo como amigo y sin añadir un problema más a los muchos que ya tenía él?

—No puedo predecir el futuro. —Intenté mirarlo a los ojos, pero me esquivó como un ladrón que se da a la fuga—. Pero en estos momentos todavía no estoy preparada para plantearme una relación con nadie. Han pasado muy pocos meses desde que…, bueno, ya sabes.

Eric movió la cabeza en un gesto afirmativo, cerró la boca con fuerza y se relajó un poquitín.

—Tienes razón. Siento habértelo dicho. —Se levantó—. Te dejo que sigas jugando con tus gemelos.

—Espera, antes de que te vayas, tengo que preguntarte una cosa. —Eric volvió a sentarse—. Ayer hablé con Zach Vick, y mencionó que alguien iba a dejar pronto el cuerpo de policía. ¿Lo sabías?

—No. —Eric se inclinó hacia delante y apoyó los codos sobre las rodillas—. ¿Dijo bajo qué circunstancias?

—No, simplemente dijo que su padre le había comentado que cuando se licenciara de la academia, en septiembre, habría un puesto por cubrir.

—El año pasado contratamos a Leonard como extra porque Larry se jubilaba. En cuanto Olinski promocione a alguien para que ocupe el puesto de Larry, estaremos completos. No tengo noticias de que nadie quiera renunciar a su puesto. Y tampoco hay nadie más que esté a punto de jubilarse. A menos que el comisario Vick tuviera pensado echar a alguien para crear un puesto para su hijo.

Uní las manos por detrás de la cabeza.

—¿Lo creías capaz de hacer algo así? Y ¿a quién se habría quitado de encima?

—Todo es posible, pero el comisario Vick jamás me habría contado sus planes, ni aun siendo yo su objetivo. —Esbozó una sonrisa desganada—. Muy especialmente si yo hubiera sido su objetivo.

—¿Por qué querría despedirte? ¡Eres un policía magnífico! Un agente eficiente y profesional.

—Gracias, pero, si el jefe hubiera estado de acuerdo contigo, me habría ascendido. Sin embargo, dejó la vacante abierta y ahora estamos intentando investigar un homicidio con un detective menos.

—A lo mejor ahora es tu oportunidad —le animé.

—No creo. Y eso, siempre y cuando me declaren inocente del asesinato.

Apuré lo que me quedaba de café y alcé la vista por encima del borde de la taza para mirar a Eric.

—¿Eres culpable? —dije.

En las comisuras de su boca se dibujó un amago de sonrisa.

—¿Lo dices en serio? ¿Necesitas preguntármelo?

—Mejor será que nos esforcemos en demostrar que no lo eres.

Las palabras que yo misma acababa de pronunciar siguieron resonando en mi cabeza cuando Eric se marchó. Interferir en el caso podía acabar llevándome a la cárcel. Sobre todo, ahora que Havermayer era la máxima responsable. Pero ¿cómo podía permitir que acusaran a mi amigo de un asesinato que no había cometido? Me había puesto en su pellejo, y me sentía tremendamente incómoda. No podía seguir justificándome y manteniéndome al margen de todo. Que le den a Olinski y Havermayer. El futuro de mi amigo estaba en juego. Si Eric parecía estar resignado a dejar su destino en manos de los demás, ¿por qué no en las mías? Mis manos eran tan buenas y capaces como las de cualquiera. Eric creía en el sistema en el que llevaba sirviendo durante años. Yo, sin embargo, no compartía su fe ciega. Porque dentro de aquel sistema había demasiada gente con ideas preconcebidas.

Y ¿qué decir sobre los sentimientos de Eric con respecto a nuestra relación? ¿Los compartía yo? Sinceramente, no le había dado muchas vueltas al asunto. Brittany había abordado el tema varias veces, pero yo siempre le había restado importancia. ¿Por qué había rechazado yo tan deprisa la idea de salir con Eric? Porque no estaba preparada, evidentemente. Pero ¿qué había visto Brittany que yo no?

Cuando miraba a Eric, la gente veía a un pelirrojo alto y desgarbado, blancucho y pecoso. Esto era por fuera. ¿Y por dentro? Eric era alguien de fiar, responsable, siempre dispuesto a ayudar y que jamás se plantearía hacer daño a propósito a ningún ser humano. Por desgracia, eso también describía a Savannah.

En cualquier caso, lo que le había dicho a Eric sobre que era demasiado pronto era verdad. Tenía la sensación de que seguía todavía dejando a mi paso pedacitos de corazón, de alma y de orgullo.

Necesitaba volver a llenar mi caparazón vacío antes de plantearme la posibilidad de ofrecerle una parte de mí a otra persona. Por el momento, mejor preocuparse por los temas urgentes; a saber, evitar que Eric fuera a la cárcel.

«Ya basta», me dije. Lo que tenía que hacer de manera inminente era enfrentarme a la montaña de facturas que se acumulaba en mi bandeja de entrada. Había recortado los gastos lo máximo posible, y la librería había empezado a generar dinero en los dos últimos meses. Era un avance, pero no suficiente. El sueldo de Lacey le daba para cubrir los gastos del parvulario, pero poco más. Charlie trabajaba a cambio de un porcentaje de lo que se ganaba en la pequeña cafetería de la librería. Sabía que no podía exigirles que trabajaran bajo aquellas condiciones mucho más tiempo. La única salida era lograr una clientela entregada y comprometida. Pero competir con la oferta de libros electrónicos era duro. Necesitábamos encontrar la manera. Aún había gente como yo, que prefería tener un libro en las manos a leer en una pantalla. Y lo que teníamos que hacer era atraer a esa gente hacia nosotros.

La montaña de pagos crecía a medida que el balance de mi cuenta corriente caía en picado. Los ingresos que recibía por parte de la organización del concurso *Tu vida* —el premio que le había proporcionado a Aletha el dinero necesario para poner en marcha el negocio de Lectores Voraces— no llegarían hasta febrero. El último ingreso del concurso lo destiné a comprar más expositores y material para llenarlos. Y a pagar el caudal interminable de facturas. Solté el bolígrafo. Tenía contraída con Aletha la deuda de sacar el negocio adelante. Ella me había confiado su «bebé» y, pasara lo que pasase, me encargaría de acompañar a aquel bebé hasta la edad adulta.

Cerré el talonario de cheques con desgana y descansé la frente sobre él. Otra semana sin paga para mí. Por suerte, la publicidad que generó a mi alrededor la muerte de Aletha se había traducido en una explosión de ventas de *Problema doble*. Lo que no agradecía en absoluto era la presión adicional para terminar el segundo libro que estaba recibiendo por parte de mi editora, que quería hacer caja mientras el *boom* durara. Lo cual era comprensible.

Terminadas mis tareas, llamé a Brittany a la biblioteca. Localizar a Tony acababa de colocarse en el primer puesto de mi lista de prioridades. No debería ser tan complicado. Habían encontrado a Nemo, ¿no?

—Hola —saludé—, ¿estás liada?

—Un poco. ¿Qué necesitas?

«¿Qué necesito?». Debía de seguir enfadada por la discusión que mantuvimos la otra noche. Pero se le pasaría. Habíamos tenido montones de peleas.

—Me he enterado de que Tony compró una cabaña junto al lago el año pasado.

—Sí, no recuerdo quién me lo comentó también.

¿Resultaba ahora que lo sabía todo el mundo menos yo?

—Y, por casualidad, ¿no te comentarían también dónde estaba?

Oí el suspiro de Brittany por el teléfono.

—Cerca de casa de mis padres, aunque no estoy del todo segura dónde. Pero sí que está por esa parte del lago, eso sí.

—¿Alguna posibilidad de averiguarlo?

Silencio.

—¿Britt?

Suspiró de nuevo.

—Supongo que podría mirar en la base de datos de empleados del condado. ¿Por qué quieres saberlo?

—Porque los detectives no logran dar con él. Pienso que podría estar escondido allí.

—Y ¿para qué iba a tener que esconderse?

—Es lo que quiero averiguar.

—¿Ya estás otra vez metiendo las narices en los asuntos de la policía? —me recriminó.

«Sí. Sigues enfadada».

—Creen que Eric tuvo algo que ver con la muerte del jefe. Tengo que ayudarle.

Brittany dijo que me enviaría un mensaje de texto si averiguaba alguna cosa. Sin más que hacer allí, salí de mi despacho para ver qué tal iba la mañana. Lacey y Charlie estaban inclinados sobre la barra de la cafetería mirando un papel que Lacey se apresuró a doblar y guardarse en el bolsillo del pantalón en cuanto vio que me acercaba, con Savannah pisándome los talones. Charlie me saludó con una sonrisa de oreja a oreja.

—Hola, jefa. ¿Ha sido interesante la charla con Eric?

—Supongo que sí. —Mi mirada se trasladó del uno al otro—. ¿Qué está pasando aquí?

Charlie arqueó las cejas. La pura imagen de la inocencia.

—Oh, nada. Simplemente estábamos dándole al pico.

—Sí, claro. —Me volví hacia Lacey—: ¿Y bien?

Lacey se puso colorada como un tomate.

—Y bien, ¿qué? —contestó.

Súper. Parecían un par de niños de cinco años a los que acababa de sorprender robando galletas.

—¿Qué era ese papel que acabas de guardarte en el bolsillo? —pregunté.

—El boceto para nuestros escaparates, pero aún no puedo enseñártelo.

Más le valía que fuera la *Mona Lisa* leyendo *Guerra y paz*, con tanta intriga como había preparado.

—De acuerdo.

Lacey me miró de reojo.

—¿Qué tal Eric?

Charlie se inclinó sobre el mostrador y apoyó la barbilla en la mano.

—Sí, ¿qué tal Eric? —preguntó a su vez.

«Oh, vaya».

—Eric está perfectamente y no hay nada entre nosotros. Solo somos amigos.

—«La dama protesta demasiado, creo» —dijo Charlie, citando a *Hamlet.*

—Tonterías. Y deja a Shakespeare tranquilo. —Rasqué a Savannah detrás de las orejas—. Eric ha venido a contarme que le han suspendido temporalmente.

Lacey se quedó boquiabierta.

—¿Por qué? —dijo.

Les resumí rápidamente lo que había pasado.

—Necesita mi ayuda, pero no sé qué puedo hacer, la verdad. Havermayer dirige ahora la investigación, y me consta que no soy una de sus personas favoritas. Que ni siquiera estoy entre sus diez primeras favoritas.

Charlie sonrió de forma afectada.

—No creo que tenga diez personas favoritas. Ni siquiera una.

—Cierto —dijo Lacey—. Tendremos que intentar esquivarla. ¿Cómo podemos ayudar?

—En cuanto se me ocurra alguna cosa, os lo haré saber.

8

Tiré el vaso vacío a la basura y, justo en aquel momento, me vibró el teléfono. Era un mensaje de Brittany.

Partridge Road 25472 Cruce con SR-32-83.

Le di las gracias e introduje la dirección en el GPS para ver la ruta. El recorrido serpenteó en la pantalla y una voz femenina me dijo que girara a la derecha hacia Main Street.

—Lacey, ¿te importaría cuidar un rato de Savannah? Hace demasiado calor para dejarla encerrada en el coche si tuviera que salir, y quiero ir a ver si encuentro a Tony.

Lacey asintió con la cabeza y se despidió con la mano. Salí corriendo por la puerta y recorrí a toda velocidad las tres manzanas que me separaban de mi Dodge, que seguía aparcado delante del edificio de mi apartamento. En cuanto me metí en el coche, encendí el motor y di marcha atrás. La calle estaba despejada, con la excepción de un furgón rojo que había aparcado a casi una manzana de distancia.

Poco después, cuando ya había recorrido parte del camino y aun habiendo girado varias veces, vi que aquel vehículo me estaba siguiendo. Se me erizó el vello de la nuca. Tenía que ser casualidad. Alguien que iba también hacia el lago. Aunque no me haría ningún daño asegurarme de que se trataba de eso. Al llegar al siguiente cruce, giré a la derecha, hacia una zona de viviendas residenciales, avancé unos metros y aparqué. Miré por el retrovisor para ver si el furgón también giraba a la derecha.

Mi corazón se aceleró y me aferré al volante a la espera de confirmar si había dejado volar mi imaginación. Pero el furgón giró a la derecha y avanzó por la calle hacia donde yo estaba parada. Salí del coche. El Toyota Tacoma rojo se detuvo a mi lado. Zach Vick estaba al volante.

Bajó la ventanilla y me acerqué.

—Zach, ¿qué haces aquí? ¿Por qué me estás siguiendo?

Se pasó la mano por su pelo color ébano.

—¿Quién te dice a ti que te estoy siguiendo?

«Niños».

—Y, entonces, ¿qué haces aquí?

—Voy a ver a un amigo.

—¿En serio? ¿En qué casa vive?

Entrecerró los ojos y me lanzó una mirada de puro odio.

—De acuerdo, te estaba siguiendo —confesó—. Ya te dije que encontraría al asesino de mi padre.

Inspiré hondo para controlar la rabia. Aquel chico acababa de perder a su padre y no pensaba con claridad.

—Eso ya lo sé, Zach, pero ¿por qué me sigues a mí? No creerás que lo maté yo, ¿verdad?

—No, claro, pero tú eres buena averiguando este tipo de cosas. A mí nadie me va a contar nada y tengo que hacer algo. Sé que tienes facilidad para sonsacar a la gente.

—Entiendo cómo te sientes. Y que, cuando nadie te explica qué está pasando, la situación resulta frustrante. Pero no es nada seguro para ti entrometerte en la investigación de un homicidio. Lo mejor que puedes hacer es volver a casa y hacerle compañía a tu madre. Te necesita. Ella también está sufriendo.

Recordé que no pude aliviar el dolor de mi madre cuando mi padre falleció de repente en un accidente de avión. Tal vez nuestra relación hubiera sido más razonable de haber podido hacerlo. Pero eso era mucho pedir para una niña de seis años.

Zach, muy tenso, fijó la vista en el parabrisas.

Intenté otra táctica.

—Dijiste que querías ser policía, ¿verdad?

Asintió sin mirarme.

—Pues dime cómo te sentirías si estuvieras intentando solucionar un caso y un ciudadano de a pie estuviera continuamente interponiéndose en tu camino. No te gustaría mucho, ¿verdad?

—No soy un ciudadano de a pie —replicó, y me estudió un instante.

«Ya estamos otra vez».

—La verdad es que valoro mucho lo que dices. Tu padre te enseñó muchas cosas sobre cómo funciona la policía, incluyendo pensar como un policía. Lo cual es fabuloso y te ayudará cuando llegues a la academia. Pero aún no estás allí. Por lo que al cuerpo de policía de Riddleton se refiere, sigues siendo un ciudadano normal y corriente, y ten claro que no te verán de otra manera hasta que te licencies. ¿Tiene sentido lo que te estoy diciendo?

Zach asintió con la cabeza a regañadientes.

—Supongo que sí. Pero se equivocan.

—Quizá, pero las cosas son como son. Vete a casa y deja que los profesionales hagan su trabajo —dije, y me percaté de que estaba hablando igual que Olinski.

Sin decir nada más, Zach arrancó el Toyota, hizo un cambio de sentido y se marchó.

Su intermitente izquierdo parpadeaba cuando me situé detrás de él para proseguir mi viaje. Al llegar al cruce, una interrupción en el flujo del tráfico le permitió a él girar a la izquierda y a mí a la derecha. Era hora de comer y la carretera de dos carriles iba llena, y lo que podría haber sido un viaje de cuarenta minutos me llevó más de una hora, casi el doble de lo que esperaba. La mujer robot me ordenó finalmente hacer un giro a la izquierda al llegar a la SR-32-83. Me di cuenta entonces de que tenía los nudillos blancos de tanto apretar el volante para evitar a los locos que estaban obsesionados por jugar a los autos de choque. Me obligué a relajar las manos, estudié los rótulos con los nombres de las calles y esperé a que el GPS me anunciara la llegada a Partridge Road.

Con cierto retraso, unos treinta metros más allá de donde había visto el cartel, la mujer robot me ordenó que girara a la izquierda. Di la vuelta al son de «recalculando». Para cuando el GPS finalizó sus cálculos, yo ya había llegado donde tenía que llegar.

Me recibió un camino de tierra lleno de baches por el que apenas podrían cruzarse dos coches. Reduje la velocidad a veinte kilómetros por hora para mantener intacta la suspensión. Las ramas de los árboles rozaban el vehículo por el lado del acompañante. Empezaba a arrepentirme una vez más de no tener contratado un seguro a todo riesgo. Miré que no viniera nadie, y seguí circulando por todo el centro de la calzada.

Cuando la mujer robot me anunció que había llegado a mi destino, pisé el freno. Allí no había nada, excepto árboles de hoja caduca entremezclados con pinos a ambos lados del camino. En la pantalla del teléfono parpadeaba un punto rojo sobre la ruta azul. «No tiene sentido».

Era imposible que una persona normal tuviera una cabaña aquí, y mucho menos Tony, que era un urbanita. Antes, la mujer robot me había ordenado un giro treinta metros después de haber pasado el cruce. ¿Y si había vuelto a equivocarse? Estacioné lo más a la derecha que me fue posible, con cuidado de no meter una rueda en la zanja de tres metros de profundidad y llena de zarzas que había en la cuneta, y salí del coche. Di un breve paseo por donde acababa de venir mirando en todas direcciones en busca de algún indicio que señalara que por allí vivía alguien.

Y así fue como, unos treinta metros más allá, aparté una montaña de piñas y descubrí un cartelito de madera que se alzaba a unos quince centímetros del suelo. Retiré unas cuantas piñas más y apareció el número «25472» pintado en un tono azul descolorido. Al lado del cartel, un sendero estrecho cubierto de hierba amarillenta aplastada se perdía entre los árboles.

Y cuando volvía rápidamente al coche, pisé una rama, me torcí el tobillo e hice una pirueta, aunque conseguí mantener el equilibrio extendiendo los brazos.

«¡Bien hecho, Jen!».

Con la cara encendida, eché un vistazo a mi pie dolorido y fui pasando peso a la pierna lentamente hasta que estuve segura de que me sostenía. No había sido tan grave. Llegué renqueante al coche, como si acabara de pasar doce horas a caballo, pero llegué. Al menos, nadie me había visto.

Di marcha atrás hasta que oteé el cartel y me adentré por la pista, que parecía extenderse hasta el infinito. El bosque se abrió por fin al llegar a un claro de tierra compactada del tamaño de una pista de circo. Delante de una vieja cabaña de madera, había aparcado un todoterreno blanco lleno de polvo. La suciedad acumulada de toda una década cubría las ventanas y la puerta mosquitera colgaba ladeada de sus bisagras. De no ser por el vehículo estacionado al lado de los deteriorados peldaños de madera, habría jurado que hacía cincuenta años que un ser humano no pisaba aquel lugar.

Al lado de la cabaña había un cobertizo, con una luna en cuarto creciente rodeada de estrellas dibujada en la puerta. Era como si aquello llevara cien años abandonado. Salí del coche y me encaminé hacia el edificio de menor tamaño, sin quitarle el ojo, por supuesto, a la cabaña. Seguía sin haber movimiento.

Empujé la puerta, que crujió sobre las bisagras oxidadas, y una nube de polvo procedente del tejado se materializó sobre mi cabeza. Agité las manos para disiparla y estornudé un par de veces. Cuando el polvo se dispersó, vi un contenedor metálico enorme, rodeado por una especie de tubería en espiral, que le daba el aspecto de uno de esos juguetes con muelle de tamaño gigante. Contra las paredes se alineaban jarras de cristal vacías, y, en un rincón, había una caja de cartón medio rota y llena de tapones de corcho.

Un clic inconfundible me dejó petrificada.

—Levanta las manos y vuélvete hacia mí, muy despacio.

Era una voz grave y conocida.

Con las manos colocadas a la altura de los oídos, fui girando hasta encontrarme con una escopeta de dos cañones recortados y con Tony, que sostenía el arma, y cuya cara demacrada y ojos hinchados indicaban lo poco que había dormido desde el acto benéfico.

—Soy yo, Tony.

Bajó el arma y se secó el sudor que le empapaba la frente, dejando en su lugar un rastro de suciedad.

—Por Dios, Jen. Podría haberte volado la cabeza. ¿Qué estás haciendo aquí? ¿Cómo me has encontrado?

Al fin respiré.

—Olinski me dijo que no te localizaba. Cuando me enteré de que habías comprado esto, pensé que tal vez estarías escondido aquí.

—Vine a despejarme la cabeza después de todo lo que ha sucedido. ¿Por qué iba a tener que esconderme?

—Los detectives están buscándote. Y yo quería encontrarte antes que ellos.

—¿Y por qué me buscan?

—El comisario Vick murió ayer por la mañana. Le conté a Olinski que tú habías dicho que tal vez fue por cianuro. Lo siento.

Los hombros de Tony se destensaron y me señaló la cabaña con la mano que tenía libre.

—Entremos. Prepararé café.

Lo seguí por los tambaleantes peldaños, poniendo el pie solo donde veía que lo ponía Tony, para evitar pisar madera podrida. No tenía programado romperme ningún hueso hoy. En el interior, los troncos de madera de las paredes estaban pintados de color chocolate oscuro, y el suelo tenía el brillo de varias capas de poliuretano. Alfombras orientales protegían gran parte del suelo visible.

Delante de la chimenea había un pequeño sofá de cuero marrón flanqueado por dos sillones orejeros, cada uno de ellos con una mesita de estilo rústico al lado. En la cocina había electrodomésticos modernos, incluido un lavavajillas, y cortinas de color amarillo decoraban las ventanas.

Tony enchufó la cafetera.

—Pues aquí tienes mi escondite. ¿Qué te parece?

—Me encanta. ¿A cuánto queda el lago de aquí?

—A unos quinientos metros siguiendo el camino. El embarcadero queda justo al lado de casa de los Partridge.

—¿Leonard vive aquí?

Tony negó con la cabeza.

—Leonard vive en la ciudad, pero tiene familiares que viven aún por aquí. Todas estas tierras eran en su día propiedad de los Partridge. Creo que es su primo, Greg, el que vive en la casa que hay más arriba.

—Vaya, no tenía ni idea de que Leonard era de una familia con dinero.

—No exactamente. Se hicieron con estas tierras para poder destilar ilegalmente alcohol en tiempos de la ley seca. Cuando terminaron las prohibiciones, dejaron de obtener beneficios y se vieron obligados a malvender la propiedad. Desde que yo adquirí esto, no les queda nada, excepto la casa de Greg.

Acepté la taza de café caliente y le añadí leche y azúcar.

—Imagino entonces que ese alambique que he visto en el cobertizo es una reliquia de los viejos tiempos, ¿no?

Puso también leche y azúcar en su taza y estudió los remolinos que se formaban como si contuvieran en su interior el secreto del sentido de la vida.

—Sí, lo conservo como recuerdo. Está genial, ¿no te parece?

—Sí, genial de verdad. ¿Y funciona?

—No lo he probado. Aunque al jefe le preocupaba. Venía por aquí de vez en cuando para asegurarse de que no preparara mi propio alcohol para servirlo luego en el restaurante. Como si fuera yo capaz de hacer eso. Siempre le decía que estaba loco, pero él insistía en que debería deshacerme de ese trasto.

¿Cuánto polvo tendría que acumular aquel cachivache para que el jefe se quedara convencido de que Tony no estaba utilizándolo? Incluso yo podría afirmar que nadie había tocado el alambique en años, o en décadas.

Tomé asiento en uno de los sillones, junto a la chimenea.

—¿Irás a hablar con la policía?

Tony ocupó el sillón opuesto.

—¿Por qué te preocupa tanto? Esto no tiene nada que ver contigo.

¿Cómo explicárselo sin revelar el secreto de Eric? Me había dicho que no se lo contara a nadie, y lo de la desaparición de la prueba era un asunto de la policía.

—Tienes razón. No tiene nada que ver conmigo, y me gustaría que siguiera siendo así.

—¿Qué quieres decir?

—Havermayer está intentando encontrar una excusa para encasquetarme la muerte del jefe. Tal y como yo lo veo, cuanto antes consiga la detective descartar a los sospechosos evidentes, como somos, a su entender, tú y yo, antes encontrará al verdadero culpable.

Tony me estudió por encima del borde de la taza mientras bebía el café.

—Plantéate al menos ir y hablar con ella. Si lo haces, te ayudará a alejar las sospechas sobre tu persona.

—Supongo que es lo que debería hacer. E imagino que a estas alturas me estarán considerando sospechoso.

—No necesariamente, aunque predijeras el cianuro como arma homicida. No estuviste más cerca de él que cualquiera de los que estábamos allí, ¿verdad?

—No, pero, si el vino que doné para la subasta contenía ese veneno, entiendo que me convierto en la persona de interés número uno. Pero el vino estaba precintado. Todos visteis cómo se descorchaba.

—Las copas y la botella han desaparecido y, por lo tanto, no pueden llevarlas al laboratorio para analizarlas.

—Estupendo. Ahora me acusarán de robar las pruebas —se lamentó.

Le di unos golpecitos tranquilizadores en la mano.

—Yo no me preocuparía, por el momento. Estoy segura de que consideran a Anne-Marie como la principal sospechosa. La pareja siempre suele serlo, de entrada.

—Supongo que tienes razón, pero dudo que sigan considerándola tal por mucho tiempo. ¿Cuál sería su motivo?

La afirmación no confirmada de Angus de la existencia de un posible romance entre el jefe y la alcaldesa, para empezar. Y la posibilidad de que su marido hubiera dejado embarazada a otra mujer. Un supuesto que tampoco estaba confirmado.

—Pero ¿acaso se necesita un motivo? En todas las relaciones suceden cosas.

—Es posible. —Bebió un poco más de café—. Aunque, ¿por qué no divorciarse de él si de verdad tenían problemas? No hay de por medio, que yo sepa, ninguna gran fortuna secreta.

—Cierto —dije—. Por lo que sabemos todos. A menos que el jefe comprara acciones de Apple hace veinte años. O tuviera contratado un seguro de vida generoso, o algo por el estilo.

—Es posible, aunque no probable. ¿Cómo habría justificado ante la aseguradora una póliza de vida por un importe gigantesco? Nadie puede presentarse ante la aseguradora y decir que quiere contratar un seguro de vida astronómico si no tiene una buena base financiera. Eso solo pasa en la tele. —Tony hizo rodar la taza entre ambas manos—. De acuerdo, si Anne-Marie está descartada, ¿quién queda?

—Veamos, las investigaciones demuestran que las mujeres utilizan el veneno con mayor frecuencia que los hombres. ¿Y Teresa Benedict? El sábado por la mañana la oí hablar por teléfono con alguien y amenazar con destituir al jefe, aunque en aquel momento imaginé que no lo decía en serio. Sin embargo, después me dijeron que el jefe tenía pensado presentarse a las elecciones de noviembre para tratar de arrebatarle el puesto a la alcaldesa. Tal vez Teresa se refiriera a eso; no sé.

Tony soltó una carcajada.

—¿Tobias Vick como alcalde? ¡Esta sí que es buena! Estaba enemistado con tanta gente de la ciudad que sus posibilidades serían inexistentes. Pero ese no es motivo para matarlo, la verdad.

Un punto de vista muy válido. El jefe siempre encontraba la manera de exasperar a la gente. Si sumáramos ese detalle al cóctel, en la piscina de los sospechosos no habría espacio ni para agua.

—Eso es verdad —reconocí—. Si vamos por ese camino, podría haberlo hecho cualquiera. —Nos quedamos mirando la chimenea apagada. Me parecía asombroso que el calor que desprendían nuestros cerebros funcionando a toda máquina no hicieran que la leña prendiera de forma espontánea—. Y ¿qué me dices de Xavier Benedict, Tony? Corren rumores de que el comisario Vick y Teresa estaban liados. ¿Y si también él hubiera oído ese rumor?

Tony frunció los labios.

—No lo veo recurriendo al asesinato para solucionar un problema conyugal —contestó—. Y, aun en el caso de que lo viera, creo que Xavier necesitaría algo más que un rumor para hacer algo así.

—¿Y si tuviera más motivos? ¿Y si Teresa hubiera estado comportándose de manera extraña o ausentándose de casa a todas horas? De ser así, sería posible que hubiera decidido actuar en consecuencia.

—Posible sí es, pero no creo que fuera él quien envenenara al jefe. Estuvo toda la semana pasada en Atlanta, asistiendo a una convención de dentistas. No regresó hasta el sábado por la tarde. Lo oí quejarse por haberse tenido que perder la carrera de los diez kilómetros por culpa de esa convención.

—Me pregunto si Havermayer habrá hecho estas comprobaciones —reflexioné.

—Supongo que dependerá de si también ella está al corriente de ese rumor.

Recordé que Havermayer estaba al corriente de todos los rumores que corrían sobre el marido de Aletha y yo. ¿Por qué no iba a estar también al corriente de este?

—¿Sabes dónde se alojó cuando estuvo en Atlanta?

—Ni idea. Lo siento. —Negó con la cabeza—. Por desgracia, ya he pasado por esto. La directora de mi restaurante en Chicago fue asesinada con cianuro. La policía no tardará en echarme la vista encima.

El corazón me dio un vuelco.

—¡Oh, no! —exclamé.

—Nunca me consideraron sospechoso del crimen. La asesinó su novio. Pero, teniendo en cuenta que es la segunda vez que sucede una cosa así en mi entorno, estoy seguro de que me van a investigar a fondo. Tuve esa botella de vino en mis manos y, además, conozco cómo actúa el cianuro. No puedo demostrar mi inocencia, aunque no tendría por qué hacerlo, la verdad. Tendrían que demostrar que soy culpable, pero igualmente necesito tu ayuda.

—¿Qué puedo hacer por ti?

Tony suspiró.

—Alejar a la policía de mí, para empezar. ¿Verdad que eres amiga de ese chaval pelirrojo? Pues habla con él. Dile que yo no hice nada.

«Vaya cambio». Primero me dice que no me meta en sus asuntos, y ahora quiere mi ayuda. Tiré del cuello de mi camiseta.

—Los detectives serían imbéciles si pensaran que copiarías exactamente el mismo método —opiné. A menos que alguien hubiese decidido utilizar exactamente el mismo método para incriminar a Tony—. El caso es que no puedo volver a interferir en ninguna investigación, Tony. Si lo hago, me encerrarán y me enterrarán bajo una plancha de hormigón.

—No creo; en cambio, eso es justo lo que harán conmigo.

—Pero, dime, ¿por qué ibas a querer matar tú al comisario Vick?

—No existe ningún motivo. No es que me gustara mucho como persona. La verdad es que no le caía bien a nadie. Además, no iba a ser tan tonto como para asesinarlo en mi propio restaurante y con una botella de vino proporcionada por mí. Y ¿cómo terminó el veneno en el vino?

—No pueden estar seguros de que el veneno estuviera en el vino. Podría haber estado en la copa. Pero, como no pueden presentar ninguna prueba al laboratorio, la pelota está ahora en el campo de la forense. Tendremos que esperar a ver qué dice.

Tony pegó la barbilla al pecho.

—Los detectives no buscarán a nadie más si resulta que el vino es el arma del crimen. —Me cogió la mano—. Ayúdame, por favor. Tengo experiencia con estas cosas.

—Sí, y a mí la experiencia estuvo a punto de matarme. Dos veces. Y me llevó una vez a ser arrestada. Olinski ya me ha alertado.

Tony no tenía ningún derecho a ponerme en aquella tesitura. Yo me limitaba a escribir novelas de asesinatos, no a investigarlos. Y de ninguna manera estaba dispuesta a meter la nariz en aquel crimen. Havermayer me la cortaría en el instante en que se enterara. Y la hoja de su sable estaba tremendamente afilada. No obstante, por otro lado, ya había tomado la decisión de ayudar a Eric. Y, tal vez, ayudando a Eric, pudiera ayudar también a Tony.

—No sé muy bien qué puedo hacer, pero lo intentaré.

—Gracias. Es lo único que te pido.

Hice un gesto de asentimiento y me marché. Bajé los escalones con cuidado y fijándome en poner el pie en las partes más sólidas. Y, justo en el momento en que abría la puerta del coche, un todoterreno Chevy de color negro apareció entre los árboles, seguido por una nube de polvo. Havermayer iba al volante.

«Perfecto».

«Inspira hondo y suelta el aire lentamente».

Se había bajado del coche incluso antes de que el motor se apagara.

—¿Qué está haciendo aquí? —preguntó.

Levanté las manos en un gesto de rendición, por mucho que su pistola siguiera en la cartuchera.

—He venido a ver a mi amigo —respondí—. Lo cual no va en contra de la ley, que yo sepa.

—No, aunque sí entrometerse en mi investigación. Tendría que haberme avisado de que lo había localizado.

—No estaba segura de que Tony estuviera aquí hasta que he llegado y lo he visto. Además, Eric me ha dicho que le habló de lo de la cabaña a Olinski. ¿Cómo iba a saber yo que Olinski no haría el seguimiento de esa información? Y, por último, yo no trabajo para la policía.

Su mirada me atravesó.

—Olinski ha hecho su trabajo —dijo—. Ahora, yo voy a hacer el mío. Le recomiendo que se mantenga alejada de mi vista. Porque yo no pienso pasarle ni una, como hizo Olinski. Si aparece otra vez allí donde no debería estar, la encerraré y tiraré bien lejos la llave. ¿Entendido?

Resoplé.

—Sí, señora —contesté.

Havermayer subió corriendo las escaleras, juzgó mal su estabilidad y cayó al suelo de costado. Se sacudió el pantalón y examinó rápidamente la rasgadura que había sufrido la chaqueta de su traje. Di media vuelta y eché a andar, conteniéndome la risa hasta que estuve segura de que no podía oírme.

9

El percance de Havermayer me tuvo entretenida durante el camino de vuelta a casa. Cada vez que me venía a la cabeza la imagen de doña Detective Almidonada sacudiéndose la tierra del pantalón, no podía evitar sonreír. No podía haberle pasado a una persona más agradable, como solía decir mi madre. Pobre Tony. Ella andaba ya rabiosa por tener que seguirle la pista. La caída en las escaleras no debió de hacer más que incrementar su ira.

Aparqué en un hueco justo delante de la librería y apagué el motor. El subidón que me había provocado el accidente de Havermayer ya se me estaba bajando. Apoyé la frente en el volante y descansé las manos en el regazo. Aun así, mi cerebro se negaba a relajarse. Lo que me había contado Tony sobre la directora de su antiguo restaurante daba vueltas en círculo en mi cabeza. Mi decisión de mantenerme al margen del caso se volvía más complicada a cada segundo que pasaba, aunque la advertencia de Havermayer se cernía sobre mí como un nubarrón de tormenta.

Mi Dodge estaba cubierto de polvo. Las ramas de los árboles del camino habían rayado el faro delantero del lado del acompañante.

Debería pulirlo, si supiera cómo hacerlo. O si tuviera el tiempo y la energía para hacerlo. Tal vez lo intentara mañana.

El sonido de la campanilla anunció mi entrada en la tienda. Savannah vino corriendo a recibirme, con sus orejas agitándose al ritmo de sus patas larguiruchas. Charlie había recogido, había cerrado la cafetería y se había marchado.

Lacey me sonrió desde la caja registradora, que escupía informes del cierre a los que nadie prestaba atención.

—Estaba preguntándome si debería llevarme a Savannah a casa esta noche. A los niños no les importaría. Les encanta tenerla por allí.

—Lo siento. No me había dado cuenta de que era tan tarde.

—¿Has localizado a Tony?

—Sí, aunque antes también me he cruzado con Zach.

—¿El hijo del jefe? ¿Dónde te lo has cruzado?

—Intentaba seguirme cuando yo iba camino del lago. Para tratarse de una persona que se considera preparada para ser policía, no lo hizo muy bien, la verdad. Lo pillé enseguida.

Lacey negó con la cabeza.

—Los chicos de esa edad se piensan que lo saben todo.

«Los chicos de todas las edades», pensé.

—Hablé un momento con él y lo envié de vuelta a casa. Me dio lástima. Perder tan joven a tu padre es duro.

—Es lo que te sucedió a ti, ¿verdad? —me preguntó Lacey.

—Sí, pero no es lo mismo. Siempre eché de menos a mi padre, pero, cuando tuve la edad de comprender qué significaba no tener padre, mi madre ya se había vuelto a casar.

Lacey sacó el último informe de la impresora, dobló el papel y cogió la grapadora.

—Y no salió muy bien.

Le rasqué el cuello a Savannah. La perra volvió la cabeza y levantó la barbilla para asegurarse de que no me pasara de largo ninguno de sus puntos vitales.

—En realidad, al principio tampoco estuvo tan mal —dije—. No es que mi padrastro me recibiera con los brazos abiertos, pero tampoco puede decirse que me maltratara. Mi madre no trabajaba, estaba en casa conmigo y, por lo que a él se refería, yo era única y exclusivamente el problema de mi madre. Las dificultades empezaron cuando él sufrió una lesión y tuvo que dejar de trabajar. Estaba enfadado y frustrado y lo descargaba sobre mí. Además, mi madre tuvo que buscarse un trabajo y perdí la presencia de mi protectora en casa.

—Es una lástima lo que te pasó. Y a tu madre. No me imagino lo que tiene que ser perder a mi marido y recuperarme como ella se recuperó. Es una heroína.

«¿Mi madre una heroína?». Tal vez reflexionaría sobre esto después.

—Bueno, el caso es que despaché a Zach y encontré a Tony en la cabaña. —Le expliqué cómo había ido mi encuentro con Tony, y acabé diciendo—: Cuando Havermayer se cayó en las escaleras, tuve que marcharme pitando para que no me viera reírme a carcajadas. Seguro que me habría puesto una multa por desacato a la autoridad o por cualquier otra cosa.

—Siento haberme perdido tantas emociones. Verla tan sucia me habría alegrado el día.

—Pues alégrate de no haber oído todo lo que me dijo antes. Estaba de lo más risueña. Me despellejó por un lado y luego por el otro —me quejé.

—La verdad es que no se te ve tan mal. Además, a estar alturas ya deberías estar acostumbrada a sus diatribas.

—Tan acostumbrada como cualquiera de nosotros, supongo.

Lacey recogió sus cosas y se dirigió hacia la puerta.

—¿Así que Tony tiene un alambique, has dicho? ¿Piensas que estará adulterando su vodka con alcohol ilegal? —preguntó.

—No creo, al menos no con ese cacharro. Que es de la época de la ley seca. Eso no lo ha tocado nadie en años. —Dejé de rascar a Savannah y ella me empujó la mano con su hocico frío y húmedo—. ¿Lista para volver a casa, pequeñuela? Seguro que tienes hambre. —Savannah echó a correr hacia la puerta, con las orejas en punta y meneando la cola—. Imagino que eso es un «sí».

Lacey rio entre dientes y apagó las luces.

—Eso parece —dijo.

Volví corriendo al despacho para coger mi portátil, con la idea de escribir un poco antes de caer muerta de sueño. Iba a necesitar una buena dosis de cafeína. Con un poco de suerte, tendría un Mountain Dew en la nevera. «Toma estimulantes, y viaja».

Mientras cargaba a Savannah en el coche, mi estómago me recordó que no había comido nada desde el desayuno. Incluí en nuestra agenda una parada en mi restaurante habitual. Los coches que había aparcados delante eran todos conocidos y, en consecuencia, podía entrar con Savannah sin ningún problema. De todos modos, los lunes el local no solía estar muy concurrido.

Como vi que Angus le estaba cobrando a un cliente, fui directa hasta el final de la barra.

—¡Hola, Marcus!

Él se volvió hacia mí, espátula en mano y con una sonrisa dibujada en la cara.

—Hola, Jen, ¿qué tal va todo?

—Muy bien. ¿Tú y las niñas, bien?

—Estupendamente. A las niñas les encanta vivir aquí. Y Angus se porta muy bien conmigo.

—Es un gran tipo. ¿Podrías prepararme rapidito una hamburguesa con queso y unas patatas fritas, por favor? ¿Y una hamburguesa sin nada, ni pan, para mi amiga peluda de aquí abajo?

—Marchando.

Marcus puso dos hamburguesas en la plancha e introdujo una cestita de patatas cortadas en forma de gajo en el aceite de color dorado.

Angus se acercó entonces.

—¿Qué tal va todo esta noche, Jen?

—Sin novedad. De camino a casa, he decidido pasar por aquí y llevarme algo de cena.

—¿Estás con ello, Marcus?

—Por supuesto. ¿Podrías añadir un batido de chocolate al pedido, por favor?

Angus proyectó la barbilla en dirección a la sala.

—Me parece que tu amigo sí que tendría que tomarse algo más fuerte —dijo.

Seguí la dirección de su mirada hasta una mesa situada en un rincón, donde Eric estaba dándole vueltas a la comida con el tenedor que sujetaba con una mano mientras con la otra soportaba el peso de su cabeza.

—¿Qué tal está? —pregunté.

Angus se inclinó por encima de la barra.

—Imposible saberlo —contestó—. No habla mucho. Pero se hace el duro, como si no pasara nada. Supongo que la procesión va por dentro.

Al ver el aspecto de Eric, pensé que Angus se quedaba corto.

—Gracias. Iré a ver qué tal sigue. Pero antes, dime una cosa. He oído decir que Xavier Benedict estuvo toda la semana pasada en una convención de dentistas en Atlanta. ¿Sabes algo al respecto?

—Solo que no lo vi en toda la semana y que ahora ya conozco el motivo.

—¿De modo que no sabes dónde se alojó durante su estancia?

—Ni idea. ¿Por qué?

—Por nada —dije.

Angus sonrió.

—Crees que tuvo algo que ver con la muerte del jefe, ¿verdad?

Me encogí de hombros.

—Simplemente intento ir reduciendo posibilidades.

—Pensaba que no ibas a implicarte —comentó.

—También yo.

Savannah tiró de mí hacia la mesa de Eric, moviendo la cola al ver a una de sus personas favoritas, y una de las mías también, aunque mi cola no se moviera con tanta efusividad.

Eric soltó el tenedor y sonrió cuando Savannah plantó sus dos patas delanteras en el banco, a su lado.

—¿De dónde sales tú? —dijo.

Me senté en el banco que había frente a él.

—¿No te lo ha contado tu madre?

—¿Contarme el qué?

—¿De dónde salen los perritos? —bromeé.

Su sonrisa se hizo más ancha.

—Por supuesto que me lo ha contado. Los trae la cigüeña, ¿no es eso?

Reímos y Eric se quedó mirándome. Sus ojos verdes brillaban. Noté que me ruborizaba y dirigí mi mirada a la perra, que se había encaramado al banco para apoyar la cabeza en el hombro de Eric.

—¿Te molesta?

Savannah le metió la lengua en la oreja y Eric se apartó.

—No —contestó—, aunque podría haber vivido perfectamente sin este último detalle.

Tiré de Savannah y la puse a mi lado, entre mis piernas y la pared.

—Creo que podrá quedarse quieta un minuto. —El pastel de carne, las patatas asadas y las judías verdes que Eric tenía en el plato estaban sin tocar y me fijé en que a lo único a lo que le había dado un mordisco era al panecillo. Señalé el plato—. ¿Acaso Angus tiene un mal día?

—No, la comida está estupenda. Pero no tengo hambre.

—¿Te apetece hablar?

—No hay nada de que hablar, de verdad. Estoy esperando que los de arriba comprendan de una vez por todas que no soy ni un ladrón ni un asesino.

—Venga, seamos serios. Nadie puede pensar eso de ti —repuse—. Nadie que te conozca, al menos.

Eric cogió otra vez el tenedor y pinchó una judía verde y una patata.

—Ojalá pudiera estar yo tan seguro de eso. No quieren ni hablar conmigo. Comprendo que es porque la investigación está abierta, pero duele igualmente. Se supone que son mis amigos.

—Y son tus amigos. Confía en ellos. —Palabras vacías. Porque, si yo no confiaba en ellos, ¿por qué iba a esperar que lo fuera a hacer él?—. ¿Has podido averiguar algo?

—Poca cosa —respondió—. Olinski me ha enseñado la firma del registro de entradas al almacén. Parecía mía, y no hay forma de demostrar lo contrario sin un análisis a fondo.

—¿Sabes si está haciendo inspeccionar ese cuaderno de registro?

—No me lo ha dicho.

Lo normal era que lo hiciera.

—Pues parece que habrá que echarle un vistazo —dije—. ¿Podrías hacerle una foto sin que te vea nadie?

Eric se cruzó de brazos.

—¿Bromeas? Eso es imposible. No puedo entrar en el edificio sin que nadie se entere.

—¿Por qué? —pregunté.

—Veamos, para empezar, lo primero que te encuentras cuando cruzas la puerta es la mesa del sargento de guardia, que está ocupada las veinticuatro horas del día, siete días a la semana.

Mi motor mental echaba humo.

—¿Y el almacén? ¿También está vigilado las veinticuatro horas del día, siete días a la semana?

—No, solo durante el turno de día —dijo—. El resto del tiempo, la puerta está cerrada con llave, una llave que se guarda en el cajón de la mesa del sargento de guardia. —Me miró entrecerrando los ojos—. ¿Por qué lo preguntas? ¿Qué estás pensando?

—Que, si tú no firmaste el registro, alguien lo firmó con tu nombre. Y que la única manera de poder hacerlo fue cuando no había nadie.

—¿Insinúas que alguien entró a hurtadillas por la noche, se llevó las pruebas y luego falsificó mi firma en el registro? ¡Es una locura! Además, hay cámaras por todas partes. Ni siquiera un *ninja* sería capaz de eludirlas todas.

Me incliné hacia delante y crucé los brazos sobre la mesa.

—¿Qué se veía en el vídeo? —pregunté.

—La espalda de un tipo con uniforme, con una chaqueta corriente con el cuello subido y una gorra de béisbol. Podría ser yo. Incluso podría ser Olinski. La verdad es que el sistema de videovigilancia que tenemos no es precisamente de alta gama.

—Entiendo. Pero el caso es que tiene que ser alguien que tenga acceso a la llave.

Eric se pasó la mano por su pelo anaranjado.

—¿Crees que el sargento de guardia podría estar implicado de alguna manera? —especuló.

—Eso, o que alguien cogió la llave del cajón.

—Se supone que el cajón también debería estar cerrado con llave, pero a veces al sargento de guardia se le olvida. Pero ¿por qué alguien querría hacerme esto a mí?

—La respuesta la tendremos cuando averigüemos quién falsificó tu firma. Por desgracia, la única forma de saberlo es estudiando bien el registro. A lo mejor encontramos algún indicio revelador en la escritura del falsificador.

Eric le lanzó un trocito de pastel de carne a Savannah, que lo engulló sin masticar y se quedó expectante a la espera de que le cayera algo más.

—Y ¿cómo propones que lo hagamos? —dijo.

—De la misma manera que firmaron en ese registro: entrando a hurtadillas por la noche y tomando una foto para poder analizar la firma.

—Es una idea ridícula.

—¿Qué es lo que es una idea ridícula? —preguntó Angus. Puso delante de mí la bolsa de las hamburguesas y las patatas y se dejó caer en el banco al lado de Eric, que tuvo que correrse a un lado para dejarle espacio.

—Jen quiere entrar en la comisaría para hacer una foto del registro de entradas al almacén de pruebas —dijo Eric.

La carcajada de Angus movió la mesa un par de centímetros en mi dirección. La empujé para que volviera a su lugar.

—¿Qué es lo que encuentras tan gracioso? —repliqué—. Tenemos que limpiar el nombre de Eric.

Angus recuperó la compostura.

—Entiendo. ¿Cuál es el plan?

—Aún no he llegado tan lejos —contesté—. Lo primero que se me ocurre es pulular por allí, esperar a que el sargento haga algún tipo de pausa y aprovechar entonces para sacar la llave del cajón. Tendría que ser fácil, ¿no?

Eric descansó los codos a ambos lados del plato y repuso:

—Y ¿cómo justificarías que estés pasando el rato dando vueltas por comisaría? El sargento sospecharía.

—Dame un poco de tiempo para pensar. Ya se me ocurrirá algo.

—Es una idea descabellada, Jen. —Eric se recostó en el asiento—. No funcionará. Será mejor que lo dejes correr.

Angus levantó la mano.

—Un momento —dijo—. Tal vez el plan no sea tan descabellado como tú dices. Por las noches solo tenéis un coche patrullando las calles, ¿verdad?

Eric respondió con un gesto de asentimiento.

Angus continuó:

—¿Y si el sargento tuviera que responder a una llamada urgente? Eso lo mantendría el tiempo suficiente alejado de la mesa para que Jen hiciera lo que tuviese que hacer.

—Cierto, pero, cuando se marche, cerrará la puerta de entrada. ¿Y las cámaras?

Tamborileé con los dedos sobre la superficie de la mesa.

—¿Hay alguna forma de desconectarlas? —pregunté.

—No sin cortar la electricidad de todo el edificio.

—Espera un momento —dijo Angus—. Una vez vi una película en la que un tío quería robar en un museo y engañó al guardia de seguridad sintonizando una imagen en bucle, grabada previamente, en la que se veía la sala totalmente vacía. ¿Podríamos hacer algo parecido?

Eric rio con disimulo.

—Claro, si supiéramos cómo. ¿Sabrías hacerlo tú?

Angus respondió con un gesto negativo.

Me incliné hacia delante.

—Yo tampoco —dije—, pero igual conozco a alguien que sí.

—¿Quién?

—No importa. Dejadlo en mis manos.

Angus frunció el entrecejo.

—Pero seguimos con el problema de que la puerta principal está cerrada con llave —comentó.

Toqué la mano de Eric.

—¿No tienes una llave? —le pregunté.

Eric asintió con la cabeza. Fuimos aportando ideas y entre todos trazamos un plan. Al día siguiente por la noche, Angus llamaría a comisaría a la hora de cerrar e informaría de que había visto una persona sospechosa merodeando por el exterior del restaurante. Según Eric, el coche patrulla estaría probablemente en el punto más alejado de su ruta, y el sargento se vería obligado a acudir. Yo estaría escondida en la librería, con la llave de Eric en el bolsillo, lista para salir en cuanto la comisaría quedara vacía. Entraría, haría lo que tuviera que hacer y abandonaría enseguida el edificio mientras Angus mantenía al sargento ocupado. «Pan comido».

Cogí el batido, pagué el pedido y monté a Savannah en el coche para recorrer las dos manzanas que me separaban de casa, trayecto durante el cual tuve que hacer esfuerzos por mantener el hocico de mi perrita alejado de la bolsa de comida. Cuando llegamos al rellano, Brittany salía de su apartamento, con un vestido estampado de tirantes y su pelo lacio mantenido tieso a base de laca. Olinski salió detrás de ella.

Savannah se abalanzó sobre su persona favorita y tuve que tirar de la correa para sujetarla.

—¿Adónde vais esta noche, chicos? —dije.

Brittany avanzó hacia la escalera para permanecer alejada de la línea de fuego.

—Olinski me invita a Sutton a comer comida china. ¿Quieres que te traigamos algo cuando volvamos?

Señalé la bolsa que llevaba en la mano.

—No, gracias. Ya tengo cena —respondí. Olinski bajó la vista, como si quisiera comprobar el brillo de sus zapatos de vestir—. ¿Qué tal te va en tu nuevo puesto, jefe?

Olinski se rascó una cutícula con el pulgar.

—Jefe interino, y aún tengo que cogerle el tranquillo.

¿Por qué parecía tan incómodo? Estaba segura de que, después de tantos años, ya no albergaba sentimientos hacia mí. ¿Se sentiría abrumado?

—Lo vas a hacer estupendamente —le aseguré—. ¿Crees que el ayuntamiento acabará concediéndote el puesto?

—Ni idea.

Brittany le sonrió.

—Mejor que nos vayamos yendo —dijo—. Hablamos luego, ¿vale?

Imaginé que tendría que ser así. Al menos, Brittany se estaba comportando esta vez.

—Por supuesto. Divertíos —me despedí.

Dejé la bolsa de la cena en la encimera de la cocina, con una sensación inesperada de vacío en el pecho. Brittany había tenido otros novios. ¿Por qué este me molestaría tanto? Dado que no existía la más mínima posibilidad de que yo reiniciara mi relación con Olinski, ¿por qué no iba Brittany a poder salir con él? Habíamos roto hacía diez años; no, once. Y era la primera vez que veía a Brittany feliz desde que falleciera Frankie, su prometido. ¿Estaría yo siendo egoísta?

Pero echaba de menos a mi amiga. Antes de Olinski, habríamos pasado esta velada juntas, cenando cualquier cosa y viendo una película que seguramente ya habríamos visto cien veces. Charlando sobre mi visita a Tony y mis planes para ayudar a Eric mañana por la noche. Ella habría insistido en acompañarme, y yo habría discutido con ella. Creo que estábamos en un porcentaje de cincuenta-cincuenta en cuanto a victorias y derrotas en aquel tipo de discusiones. Pero, al final, Brittany siempre estaba allí cuando la necesitaba. Ahora había llegado el momento de que yo estuviera allí para ella.

«Me alegro por ella. Me alegro por ella. Me alegro por ella».

«Inspira hondo y suelta el aire lentamente».

La hamburguesa de Savannah acabó hecha trocitos en su cuenco. Y duró cinco segundos. La complementé con comida para cachorros, me instalé en el sofá, con el plato en la mano, y puse la tele. Como era habitual, ciento cincuenta canales, y nada interesante en antena. Seleccioné una reposición de *The Andy Griffith Show*, que siempre me recordaba a Eric. ¿Me veía manteniendo una relación con Opie Taylor? Pero Eric no era Opie; tan solo se parecía a él. Era un buen partido. Cualquier mujer se sentiría afortunada de tener un hombre como él a su lado.

«Soy superficial y egoísta».

«Estupendo».

Apuré el batido y, decidida a escribir esta noche, le puse la guinda a la cena con un Mountain Dew.

Llena como un pavo el Día de Acción de Gracias, coloqué en equilibrio el portátil sobre mi regazo, apalancándolo en mi estómago hinchado.

La historia de Tony seguía dando vueltas en mi cabeza mientras fijaba la vista en el parpadeo del cursor. La advertencia de Havermayer le iba a la par. Un poco de investigación no me haría ningún daño, decidí. A lo mejor se me ocurría una trama interesante para mi tercer libro. Si acaso algún día conseguía escribir un tercer libro.

Tecleé en el buscador «gerente de restaurante asesinada en Chicago» y obtuve un número sorprendentemente elevado de resultados. Al parecer, Chicago no era un lugar muy seguro para los gerentes de restaurante. Por desgracia, había olvidado preguntarle a Tony el nombre del restaurante o de la gerente asesinada. Pero acabé reduciendo los resultados a cinco posibilidades. Algo que, al menos, le diera a Brittany, mi gurú de las búsquedas, un lugar por donde empezar.

Con la curiosidad satisfecha a medias, me lancé de cabeza en la novela protagonizada por los gemelos Davenport. El único caso que podía solucionar en Riddleton sin correr el riesgo de provocar la ira de la detective Havermayer. Y el único cuya solución ya conocía.

10

El martes por la mañana, mientras Savannah dormía la siesta del desayuno en el sofá, me senté detrás de mi abarrotada mesa de trabajo y fijé la vista en la pantalla del ordenador. Después de haberme pasado casi toda la noche escribiendo, la fatiga acabó venciéndome hacia las cuatro. Luego, Savannah me había despertado a las seis para su paseo matutino. La veterinaria ya me había dicho que los perros tenían horarios fijos, pero jamás se me habría pasado por la cabeza que un pastor alemán fuera a ser tan puntual. O tan reacio a hacer concesiones.

Por alguna curiosa razón, el plan de entrar clandestinamente en la comisaría de policía me había llenado de energía y había despertado de nuevo mi creatividad. Tal vez la inmersión en mi novela me ayudara a no tener que enfrentarme a la realidad de que la aventura que tenía pensado vivir esta noche podía acabar metiéndome en la cárcel antes de que volviera a salir el sol. La posibilidad de exonerar a Eric, sin embargo, valía la pena.

Pero mi dique mental estaba cerrando el paso al río de palabras y me había quedado flotando en el pantano resultante. Inspiré hondo, llené el cerebro de oxígeno, apoyé los dedos en el teclado y me preparé para seguir trabajando.

Sonó el teléfono. Era Ruth Silverman, mi menuda agente y amiga de pelo azul. Hacía tiempo que no me llamaba. Imaginaba que era porque los informes que le enviaba regularmente sobre mis avances la tenían satisfecha.

—Hola, Ruth, ¿qué pasa?

Su acento de Europa del Este, originario de solo ella sabía dónde, estalló al otro lado de la línea.

—¿Acaso no puedo llamar para ver cómo está mi autora favorita? Es mi trabajo, ¿no?

«Mamá, ¿eres tú?».

—¿Tu autora favorita? —dije—. Eso debes de decírselo a todas tus chicas.

—¡Sí! Y a mis chicos también.

Mi risilla armonizó con su carcajada.

—Estoy segura. ¿Qué tal va la vida por Nueva York?

—No va mal. Aunque mis viejos huesos ya están un poco hartos de este tiempo de mierda. En invierno te congelas, y en verano hace tanto bochorno que te ahogas. Creo que cuando me jubile me iré a vivir a la cálida y soleada Florida.

—En invierno quizá sí. Pero creo que en esta época del año allí te achicharras.

—Pues justo para eso inventaron el aire acondicionado. ¡Y lo tienen en toda la casa! No solo un aparato colgado de la ventana de un par de habitaciones.

¿Estaría hablando en serio? ¿Y qué haría yo? Jamás encontraría otra agente que me aguantara como ella.

—Imagino que hablarás en broma —dije—. Sé que adoras la ciudad.

—Cierto. Pero hay momentos que… Y tú ¿qué tal?

—Trabajando duro. Hace nada que he terminado ya el capítulo veinte. Lo emocionante está a punto de empezar.

Eso sí, en cuanto averiguara en qué consistía esa emoción.

—Me muero de ganas de leer lo que estás escribiendo. —Se quedó dudando—. He oído decir que en esa ciudad *kleyntshik* donde vives habéis tenido otro asesinato.

Mi nueva palabra del día. A Ruth le encantaba soltarme una bomba en yidis de vez en cuando.

—¿Qué significa *kleyntshik*? —quise saber.

—«Diminuta». Algo así como «minúscula». ¿Qué pasa con ese asesinato? Era el jefe de policía, ¿no?

—Sí, así es. Ha sido envenenado. ¿Cómo lo has averiguado tan rápido?

—Por internet. ¿Acaso la gente se entera hoy en día de las cosas de otra manera?

En este caso, la información de la que disponía Ruth era veraz. La puse al corriente de todo lo que había sucedido desde el sábado por la noche.

—Lo peor de todo es que mi amigo Eric ha sido suspendido temporalmente de su trabajo.

—¿Y eso tiene que ver contigo? —preguntó.

—Eric me ayudó cuando tuve problemas. Estoy en deuda con él, ¿no te parece?

—Lo que me parezca a mí da igual. Lo que a tu editora le parece es que tienes que acabar el libro. Deja que la policía se ocupe de tu amigo.

La tensión me llevó a sujetar con fuerza el teléfono.

—¿Sabes por qué lo han suspendido de su puesto? Eric es policía y creen que robó material del almacén de pruebas y lo utilizó para matar a su jefe —le conté.

—¿Y lo hizo?

«Inspira hondo y suelta el aire lentamente».

—No, no lo hizo.

—¿Estás segura?

Era una de las cosas de Ruth que más aborrecía: que le diera la vuelta a todo en mi contra. Sin embargo, como era habitual, tenía razón.

—Supongo que no puedo estar segura al cien por cien. —Negué con la cabeza—. Pero sé que Eric no haría nunca eso de lo que lo acusan. Y quiero ayudarlo.

Oí un suspiro al otro lado de la línea.

—De acuerdo —concedió—. Y, evidentemente, no podrás concentrarte hasta que todo este lío se haya solucionado.

—Eso no es verdad —repliqué—. Anoche escribí dos capítulos. Si acaso, este misterio real me está ayudando a concentrarme.

Otra risotada.

—Tú sigue engañándote. Tu amigo es agente de policía. ¿Le has comentado la situación a alguien que trabaje con él?

La mirada fulminante de Havermayer estalló en mi cabeza.

—No. La detective que lleva ahora el caso no es muy admiradora mía que se diga. De hecho, creo que me odia.

—¿Y el otro? ¿Tu exnovio? —preguntó.

—Es el nuevo jefe en funciones. El que ha suspendido temporalmente a Eric de su puesto.

—Pues ya lo tienes. Será mejor que lo dejes correr.

Me quedé boquiabierta, y el tono de mi voz subió una octava cuando repliqué:

—¿Qué? De ninguna manera. Eso no va a pasar. —Sonreí. Ruth era un diablillo muy astuto. Ella tenía la solución, pero esperaba que fuese yo la que comprendiera por mí misma qué debía hacer. Hablar con Olinski y Havermayer no era posible. ¿Y si lo hablaba con otras personas que trabajaran en la policía de Riddleton?—. Hablaré con Leonard, el compañero de Eric. Quizá él tenga alguna idea sobre quién podría haberle tendido a Eric una encerrona como esta.

—Muy bien. Te doy hasta el final de esta semana para que acabes con esta locura. Y después, a terminar el libro. ¿Entendido?

—Entendido —dije.

Colgué el teléfono y cogí la taza de café. No quedaba nada, excepto un círculo de color marrón en el fondo y una mancha de pintalabios en el borde. Tendría que repostar. Savannah levantó la cabeza y parpadeó con ojos adormilados.

—Siento molestarte, princesa. Ya sé que por aquí no pasa nada excitante. Anda, vuelve a dormirte.

Savannah bostezó, me mostró sus cuarenta y dos dientes afilados y descansó la barbilla sobre las patas delanteras. Hasta que mi mano rozó la bolsa de las chuches que había sobre la encimera de la cocina. Entonces, la perrita se levantó de un brinco y su pata delantera resbaló al bajar del sofá. Con el movimiento, tropezó con la alfombra y tumbó la mesita de centro. Pero, en un instante, se sacudió la vergüenza por lo sucedido y se sentó de nuevo, mirándome con ojos acusadores.

Interrumpí mis carcajadas el tiempo suficiente para decir:

—¡Hey, yo no he sido! —Le mostré la bolsa causante del delito—. ¿Qué te parece una chuche para olvidar el mal rato?

Savannah levantó las orejas y entró alegremente en la cocina para sentarse a mis pies. Ojalá las personas olvidáramos con la misma rapidez que ella. Le ofrecí la palma de la mano, y me vi forzada a apartarla cuando casi me devora para hacerse con una chuche con sabor a beicon.

—Oye, tú, con cuidado.

Savannah resopló y se revolvió mientras en la comisura de su boca se formaba una burbuja de saliva y su cola golpeaba el suelo. Pensé que podría atarle un trapo en el extremo. Y así, de paso, barrería. Volví a presentarle la exquisitez. Esta vez, la retiró con delicadeza de mi mano y me dejó un reguero de babas. «Qué rico».

Después de una ducha, un panecillo tostado untado con crema de queso y otra taza de café, preparé a mi perrita para salir a dar una vuelta por el parque. Faltaban todavía un par de meses para que sus articulaciones pudieran soportar, sin sufrir daño alguno, las vibraciones de una carrera prolongada, tiempo suficiente para que mi cerebro avanzase también en esa dirección. Por el momento, lo único que mi cuerpo aguantaba eran las salidas de los sábados por la mañana con los Corredores de Riddleton: Eric, Angus y Lacey.

Salimos y Savannah tropezó con el primer peldaño. La agarré por el pescuezo para que no cayera escaleras abajo. Había dado otro estirón. Por fin entendía por qué los niños eran tan patosos. No eran conscientes de dónde tenían exactamente las manos y los pies en cada momento. Debía de ser complicado vivir así.

Pasear por Park Street era como hacerlo por un cuadro que combinara las etapas rosa, blanca y azul de Picasso. Había banderas y banderines por todas partes. Incluso había casas con lucecitas decorativas en las ventanas y las puertas. Y por el momento, al menos, nadie había tirado ningún petardo. El primer Día de la Independencia de Savannah sería un auténtico reto. Ruidos potentes y luces intensas. Niños corriendo por todos lados con bengalas. Sospechaba que las dos nos pasaríamos la noche escondidas debajo de la cama.

En vez de entrar en el parque por el final de la calle, doblamos la esquina al llegar a Second Street y rodeamos Walnut hasta pasar por delante de la residencia de ancianos. Nuestro paseo de media hora terminaba en la librería. Al otro lado del escaparate, que estaba pendiente aún de ser decorado, vi que Lacey estaba pasando el aspirador entre las mesas y que su cola de caballo de pelo castaño se balanceaba al ritmo de sus movimientos. No vi a Charlie, pero, como no abríamos hasta dentro de cuarenta y cinco minutos, no aparecería hasta dentro de un cuarto de hora, como mucho. No pasaba absolutamente nada.

Abrí la puerta y Savannah entró en tromba para hacerle un placaje a su dispensador humano de comida favorito. Curiosamente, no consideró que el aspirador fuese un enemigo al que destruir. Tal vez fuera buena señal y quizá no se espantaría con los fuegos artificiales. De todos modos, rodeó el aspirador manteniendo cierta distancia de seguridad antes de golpear la pierna de Lacey desde atrás con el hocico.

Lacey apagó el aspirador.

—Buenos días.

Mis oídos se adaptaron al silencio y fui directa a la zona de cafetería para preparar una cafetera.

—Buenos días hasta el momento, pero aún es bastante temprano para saber si lo serán.

Lacey rascó a Savannah en la garganta y la guio hacia el mostrador, donde estaban escondidas sus superchuches.

—El envío que esperamos ha vuelto a retrasarse —dijo, luego señaló la zona que había junto al escaparate—. Tu expositor queda un poco pobre.

A pesar de mis sonoras objeciones, en la sección de autores locales habían colocado una mesa llena de ejemplares de *Problema doble* con una figura de cartón con mi imagen recortada. Jamás debería haber accedido a la insistencia de Lacey.

—Pues a mí no me parece tan mal. Aunque sigo pensando que

los libros quedarían mejor en una estantería, junto con los de otros autores.

—Tonterías. Te encanta ser el foco de atención.

—Sí, justo eso. Me hice escritora porque me encanta ser el foco de atención. La gente no es mi fuerte. Mis personajes no me replican. No mucho. Y, si lo hacen, los elimino.

Lacey volvió a encender el aspirador y Savannah se pegó a mi rodilla izquierda con todo su cuerpo. Pero sin ladrar ni gruñir. Una avenencia justa, a mi entender, siempre y cuando no acabara tirándome al suelo.

Charlie entró contoneándose por la puerta engalanado con su modelito del Zorro: pantalón negro de cuero y camisa de seda de color rosa con mangas abullonadas. Aunque sin capa, máscara ni espada. Pensé que estaría bien regalarle esos complementos por Navidad. Además de un sombrero negro con una pluma. Le haría entonces una foto y haría con ella una imagen de cartón que sustituyese la mía. Sin duda alguna, atraería el interés de la gente.

—Hola, Charlie, bonito conjunto.

Charlie se llevó las manos a las caderas y levantó la barbilla, adoptando una pose de conquistador.

—Gracias. Hoy me sentía aventurero.

—Me alegro, porque voy a necesitar tu ayuda. —Le expliqué el plan de la noche y la solución que se había pensado para el problema de la cámara de seguridad—. ¿Podrás hacerlo?

—Claro, por supuesto.

—Estupendo. Te llamaré a las nueve y media.

—Me parece bien.

—Gracias.

Me serví un café y me fui al despacho para que Charlie pudiera preparar la cafetería para abrirla sin tenerme a mí dando vueltas por allí. Cuando me dejé caer en la silla, la llave que me había prestado Eric se me clavó en el muslo. La saqué del bolsillo y le eché un vistazo. Era una llave normal y corriente.

Por la noche utilizaría aquella llave para entrar furtivamente en la comisaría de Riddleton. Era la primera vez, dejando aparte algún que otro exceso de velocidad, que me planteaba cometer un acto totalmente ilegal.

¿Por qué me perturbaba tanto la idea? ¿Por miedo a que me pillaran? Nunca había sido de las que se adhieren religiosamente a las reglas. Pero entre quebrantar las reglas y quebrantar la ley había una diferencia enorme. Y la diferencia de las posibles consecuencias también era enorme. Quizá estaba a punto de sufrir una crisis nerviosa. Sobre todo, porque no sería la única que tendría problemas si me sorprendían con las manos en la masa. Aunque tal vez si estaba tan nerviosa era porque Havermayer se había instalado definitivamente en mi cabeza, lo cual, a buen seguro, siempre había sido su objetivo. Pero en mi cabeza no vivía nadie gratis, excepto yo.

No estaba dispuesta a permitir que la sombra de la detective Havermayer me impidiera hacer la foto de esa firma para demostrar que Eric no había robado el cianuro del almacén de pruebas. Y cuando mi determinación se volvió más sólida de repente caí en la cuenta de que hacía un rato que no veía a Savannah.

La localicé en el almacén, ejecutando una búsqueda exhaustiva de comestibles. Aunque no sé por qué estaba tan preocupada. En el almacén no había nada con lo que pudiera hacerse daño, y Savannah no era una perra con instinto destructivo. Lo atribuí a la paranoia maternal, puesto que aquella cachorra era lo más parecido a un hijo que yo tendría en la vida.

Lacey, que había cambiado la coleta tensa por una más suelta y con un estilo más profesional, me encontró agachada, rascándole la barriga a Savannah. Me pasó una libreta.

—Esto es lo que había pensado para las ventanas que dan a la calle. ¿Qué te parece?

Para un lado de la puerta, había dibujado a George Washington cómodamente instalado en un sillón orejero, al lado de una chimenea, leyéndole *El sentido común*, de Thomas Paine, a un grupo de soldados británicos que estaban sentados a sus pies y lo escuchaban embelesados. En el otro lado de la puerta de entrada, un furioso rey Jorge III aparecía sentado en su trono, agitando una espada ante sus generales. En la puerta, un soldado norteamericano leía la Declaración de Independencia mirando hacia la ventana que ocupaba el rey Jorge.

—¡Es brillante, Lacey! —Le devolví la libreta—. A la gente le va a encantar.

—¿A la gente del ayuntamiento, quieres decir?

Negué con la cabeza.

—A los posibles clientes.

—Sí, claro. Tú lo único que quieres es un paseo en ese Mustang descapotable.

—Eso también. Pero, si lo conseguimos, tú estarás a mi lado.

Lacey asomó la cabeza hacia la tienda.

—Oye, Charlie, tienes que darte prisa para ir a Bob's —dijo—. Abrimos en cinco minutos.

—Uy, casi se me pasa. Enseguida vuelvo.

Mientras Lacey seguía trabajando en su boceto y Charlie iba a Bob's a recoger las pastas, me dirigí a la sección infantil para prepararlo todo para la «Hora del Cuento». Aletha creía que la clave del éxito residía en los niños, que, si conseguíamos que frecuentaran la librería, los padres acudirían también. Después de quince meses, sin embargo, estaba aún por confirmar que la idea pudiera funcionar.

Dispuse las sillas en semicírculo y coloqué en cada una de ellas una corona de papel para que los niños las colorearan y se las llevaran a casa. Justo estaba dejando una caja de lápices de colores al lado de la última corona cuando vi que llegaba Charlie de la pastelería.

Cuando Savannah salió disparada al oír que Charlie entraba, dejé lo que estaba haciendo por miedo a que le pasara entre las piernas y lo hiciera tropezar y tirarlo todo. Una vez las pastas estuvieron sanas y salvas sobre el mostrador, ayudé a Charlie a colocar correctamente las bandejas.

—¿Qué tal todo por Bob's? —le pregunté.

Charlie colocó en su correspondiente lugar una bandeja con *muffins* de chocolate.

—Había mucha gente. He tenido que esperar a que Greg Partridge encargara una cantidad de dónuts tan enorme que creo que serviría para alimentar un pequeño ejército. «¡Deja algo para los demás!», le he dicho. Supongo que quiere estar preparado para cuando se produzca la revolución.

Reí entre dientes.

—Bueno, ya sabes que la guerra está al caer.

—Mientras hacía cola, he sintonizado la antena para oír los chismorreos. A Angus le sabrá mal habérselo perdido. Pero no pienso contarle nada.

Charlie pasaba demasiado tiempo en el restaurante de Angus, estaba claro.

—¿Algo que valga la pena? —pregunté.

—Todo el mundo habla de lo del comisario Vick.

—¿Y qué dicen?

—Oh, las especulaciones de siempre sobre lo que puede haber sucedido. Todo el mundo se pregunta cómo lo envenenaron.

—¿Y han sacado alguna conclusión?

Lacey retiró el papel de los cruasanes.

—Estoy segura de que la imaginación de la gente da para teorías de todo tipo —dijo—. No existe misterio que la fábrica de rumores de Riddleton no pueda resolver.

Charlie colocó la última bandeja, la de los *muffins* de arándanos.

—De hecho —añadió—, ya han llegado a la conclusión de que el cianuro debía de estar o bien en el vino o bien en la copa. Además, la gente está preocupada por lo del cianuro que ha desaparecido de la comisaría. Se siente incómoda ante la posibilidad de que pueda haber un policía implicado.

Lacey cogió un *muffin* de pasas y canela.

—Y ¿cómo les ha llegado esta información?

Charlie se encogió de hombros.

—A saber —respondió—. Estamos en Riddleton.

Cogí la bandeja de *muffins* de arándanos y la cambié de lugar para dejarla al lado de la de galletas con pepitas de chocolate.

—Sea como sea, me parece ridículo —dije—. Es imposible que utilizaran esa prueba guardada en el almacén para envenenar al jefe. Alguien está intentando despistarnos.

—¿Y no pueden determinar si el cianuro que ha desaparecido es del mismo tipo que el que acabó con la vida del comisario Vick? —preguntó Charlie.

Lacey levantó la vista.

—Tal vez la forense podría comparar lo que encuentre en la autopsia con los informes de laboratorio del caso en el que estuvo implicado ese cianuro el año pasado.

Tamborileé con los dedos sobre el mostrador.

—Quizá sí, pero ¿cómo averiguarlo? No conozco aún a la nueva forense. Y no puedo plantarme así de pronto en su despacho para pedirle información.

—¿Y si ella te invitara? —Charlie ladeó la cabeza en dirección a la puerta—. Cuando volvía ahora de Bob's me he cruzado con ella, y creo que iba al restaurante de Angus. A lo mejor aún la encuentras allí.

Se me revolvió el estómago. ¿Sería demasiado pronto para un almuerzo?

—Creo que me voy a acercar y me presentaré —dije—. ¿Cómo la reconoceré?

Charlie mostró sus dientes perfectos y contestó:

—Será la única que oigas hablar con acento británico.

—¿Cómo sabes tú todo esto? —preguntó Lacey.

—¿A ti qué te parece?

Lacey y yo exclamamos a coro:

—¡Angus!

11

De camino al restaurante, ensayé mentalmente mi presentación. Disponía de una sola manzana para construir un discurso perfecto que no me hiciera quedar como una necrófila. Mi objetivo era entablar amistad con la nueva forense, y no con su actual paciente. «El comisario Vick». Un escalofrío me recorrió la espalda de arriba abajo.

Las risas resonaban en el restaurante, que estaba casi vacío. Angus estaba entregando un pedido para llevar a Greg Partridge, y Marcus charlaba con una mujer de piel oscura y treinta y pocos años que estaba sentada en un taburete, vestida con uniforme de quirófano de color verde claro y mocasines náuticos blancos impecables.

Greg se marchó. Angus me saludó, me preparó un café y dejó la taza en la barra, al lado de la mujer que supuse que sería la nueva forense.

—Jen —dijo Angus—, ¿te han presentado ya a la doctora Kensington?

—No, pero la verdad es que estaba buscando la oportunidad de que alguien lo hiciera. —Le tendí la mano—. Jen Dawson. Encantada de conocerla por fin.

Me sonrió y me estrechó la mano con firmeza.

—Ingrid Kensington. Me alegro también de conocerte. Tu libro me pareció maravilloso.

Sí, definitivamente era británica y su acento sonó como un bálsamo para mis tímpanos norteamericanos. Como un maratón de capítulos de la serie de la tele *Endeavour*.

—Gracias. Me sorprende que lea novelas de asesinatos, teniendo en cuenta cómo se gana la vida, doctora.

—«Ingrid», por favor, y te ruego que me tutees. Solo leo novelas de estilo tradicional, como *Problema doble*. Con unos giros de guion magníficos, por cierto. Me gustaron mucho todas esas pistas falsas. En la vida real, me resulta imposible seguir las pistas y averiguar quién es el asesino. De hecho, aparte de los resultados de la autopsia, ni siquiera estoy al corriente de los posibles indicios que pueda haber en un caso. Ya me dirás tú qué gracia tiene eso.

Incorporé leche y azúcar para transformar el líquido marrón oscuro y amargo que era mi café en una bebida dulce de color beis.

—A mí también me gustan los rompecabezas. Por eso escribo este tipo de novelas.

Angus le sirvió otro té a Ingrid.

—Jen, ¿te apetece comer ya? —me preguntó.

—Es un poco pronto. ¿Qué tal algo sencillo, como un sándwich vegetal con un poco de beicon?

—Marchando.

Marcus, canturreando, se apartó de la barra para poner el beicon en la plancha. Alguien se había enamorado de la nueva forense. Me alegraba por él. Con un poco de suerte, aquella doctora, que parecía muy sensata, compartiría su interés. Marcus había trabajado muy duro para darle un vuelco a su vida y se merecía a alguien que supiera valorarlo. Una mujer que no se pareciera en nada a su exesposa drogadicta.

—¿Qué tal va el nuevo libro? —me preguntó Ingrid.

Puse en práctica mi cara de póker.

—Esta mañana he hecho buenos avances. No tendría que llevarme mucho más tiempo. —Quizá lo que acababa de decir era una mentirijilla. O quizá no.

Sin dejar de mirar a Ingrid de reojo, Marcus me sirvió el plato. El aroma disparó mis papilas gustativas. Le di un mordisco al sándwich, un poco tostado, con la mayonesa cremosa mezclándose estupendamente con la frialdad del tomate y de la lechuga y la temperatura caliente del beicon. Perfecto.

El teléfono de Ingrid vibró en aquel momento. Sus labios se tensaron hasta formar una línea fina mientras leía el mensaje.

Soltó un suspiro.

—Hora de volver al trabajo —dijo—. Acaba de llegar el cuerpo.

Dejé el sándwich en el plato.

—¿El comisario Vick?

Ingrid respondió con un gesto de asentimiento y se levantó.

Era poco probable que me contara lo que averiguaba a menos que… Crucé los dedos debajo de la barra.

—En mi libro me gustaría incluir la escena de una autopsia. ¿Sería posible observar tu trabajo? Quiero que mi descripción sea lo más realista posible.

Una mentirijilla, evidentemente. Pero necesaria.

—¿Estás segura de que quieres? Una autopsia puede ser muy repugnante para los no iniciados.

—Sí, lo entiendo, pero, con la suerte que tengo, estoy segura de que habrá algún lector que será un experto y acabará pregonando mi ignorancia en internet. Mejor hacer la investigación correspondiente y estar bien preparada.

Ingrid ladeó la cabeza y me miró a los ojos.

—De acuerdo, cielo. Si consideras que puede serte útil, inténtalo. —Proyectó la barbilla en dirección al plato—. Te sugiero, de todos modos, que pases del sándwich.

Aparté el plato a regañadientes.

Cuando llegué a la caja, hice un gesto de asentimiento y levanté el pulgar en dirección a Marcus.

—¿Qué quieres decir? —me preguntó.

Un movimiento de cabeza señalando a Ingrid respondió a su pregunta.

Marcus esbozó una mueca.

—No sé a qué te refieres.

—Seguro que no.

Seguí a Ingrid, y, justo al salir a la calle, nos tropezamos con Zach Vick.

—Hola, Zach. ¿Qué tal va todo? —le pregunté.

Zach nos miró a las dos.

—Bien. ¿Y tú?

¿Debería decirle la verdad? No, no era necesario molestarlo con eso.

—Sin novedad. Salgo ahora de comer.

Sonrió con suficiencia.

—Un poco pronto, ¿no?

Me dio la impresión de que ya sabía que el cuerpo de su padre estaba en la morgue. Pero mejor seguir fingiendo.

—Tenía hambre.

—Claro. —Se volvió entonces hacia Ingrid—. Quiero presenciar la autopsia.

Ingrid apoyó la mano en el brazo de Zach.

—No es buena idea, Zach.

—¿Por qué no?

La petulancia de Zach me hizo pensar en su juventud. Un niño con traje de adulto a punto de entrar en la academia de policía. Aterrador.

—¿De verdad quieres recordar así a tu padre? —replicó Ingrid—. Es un espectáculo horroroso. Las imágenes quedarán grabadas para siempre en tu cabeza.

Los ojos de Zach echaron chispas de rabia.

—No me importa. Quiero saber qué fue lo que mató a mi padre.

—Lo sabrás de todos modos. Te lo prometo. Aunque tenga que decírtelo yo misma, pero estoy segura de que no será así. La detective Havermayer os mantendrá a ti y a tu madre informados.

—Más le vale.

Se abrió paso entre las dos y entró en el restaurante.

Ingrid me miró, levantando las cejas.

Me encogí de hombros.

Enfilamos Pine Street para dirigirnos a la oficina de Ingrid, situada en la esquina de Riddleton Road con Park Street. Por el camino, me explicó que, dado que nuestra pequeña ciudad no tenía pacientes suficientes para atraer el interés de muchos médicos, el estado de Carolina del Sur le había pagado los estudios. A cambio, tendría que ejercer en Riddleton durante cinco años. Pensé que yo también me habría ido a vivir al otro lado del país a cambio de una oferta tan buena como esa.

—Mi verdadera pasión es la patología. Y, cuando el condado accedió a permitirme dirigir una morgue satélite, además de llevar a los pacientes de la ciudad, fue emocionante —me explicó, cuando doblamos la esquina de Riddleton Road—. La construyeron para mí, porque ya me había comprometido para el puesto.

—Una inversión importante para un periodo de tiempo relativamente corto.

Se echó a reír.

—Sospecho que querían convencerme para que me quedara. Tampoco necesitaba tanto, la verdad. Hasta el momento, me gusta vivir aquí.

Abrió la puerta y accedimos a lo que pronto sería la sala de espera de la consulta. Por debajo de las lonas manchadas con pintura de color beis que habían dispuesto los pintores para proteger el suelo, asomaba una moqueta con estampado de cachemira en marrón y beis, y supuse que la montaña cubierta con una sábana que había en el centro de la estancia escondía muebles, también de color beis. O quizá marrón.

—¿Cuándo esperas que esto esté listo para empezar a visitar pacientes? —pregunté, y procuré no aspirar con mucha fuerza los vapores de la pintura para que no me diera un mareo.

Ingrid levantó la vista hacia el punto donde el techo, de un blanco inmaculado, estaba rematado por unas molduras.

—En un par de semanas, creo. Debería estarlo. Siempre y cuando todo el mundo cumpla con sus plazos de entrega. Pero los rótulos del exterior ya van con una semana de retraso, y los pintores tendrían que haber acabado ayer. —Miró a través del agujero abierto en la pared para ver la zona de recepción y negó con la cabeza—. Aparte de eso, vamos según el plazo previsto —dijo, con una sonrisa.

Pasadas las salas de exploración, recorrimos un pasillo hasta que llegamos a una puerta, al fondo, con un cartel que rezaba: «Solo personal autorizado». Tras cruzarla, una pasarela cubierta nos condujo a otro edificio, que albergaba un universo en blanco y acero inoxidable que parecía sacado de una novela de ciencia ficción; una sala repleta de artilugios que probablemente funcionaban de maneras que ni siquiera podía imaginar.

Ingrid me pasó una bata de papel, una mascarilla y unos guantes de látex. ¿Esperaba que yo fuera a participar? Cogí con torpeza el paquete, se me cayó al suelo y me estremecí de frío. Era evidente que la instalación del aire acondicionado no iba con retraso.

—Tienes suerte de que sea mi primer cuerpo. De lo contrario, el olor que habría aquí te haría potar.

¿«Potar»? Me costaba creer que habláramos el mismo idioma.

—¿Qué quieres…?

—Vomitar —dijo interrumpiéndome, y soltó una carcajada—. Lo siento. Lo que quería decir es que el jefe ha estado bien refrigerado, y solo tendremos que enfrentarnos a una descomposición mínima. Además, al ser mi primer cuerpo, esto aún no huele a nada. Estás de suerte.

Decidí creerla. Y, mientras yo me peleaba con aquel jaleo de ropa desechable, Ingrid abrió uno de los cajones instalados en la pared posterior. En su interior, el comisario Vick yacía bajo una sábana, encima de una mesa de acero inoxidable con patas plegables y ruedecillas. Levanté la sábana por una esquina para echar un vistazo. No parecía de verdad, sino una representación perfecta que me recordó una figura de cera del museo de Madame Tussauds.

Sin querer, inspiré hondo. Entre las dos, levantamos un poco la mesa hasta que los soportes se bloquearon y quedó situada en el centro de la sala, sobre un suelo de cemento que caía ligeramente hacia todos los lados, en dirección a un desagüe. Útil a efectos de limpieza, aunque no quise imaginarme la sangre y demás restos escurriéndose entre aquellos agujeritos cuadrados después de un día de mucho trabajo.

Ingrid retiró la sábana. La cara y los labios del comisario Vick estaban cubiertos de ronchas rosáceas, y las uñas tenían un color índigo apagado. Se me revolvió el estómago. Sentí náuseas, y eso que la autopsia ni siquiera había empezado. Un principio poco prometedor.

Crucé y descrucé los brazos, notando que mis manos buscaban un lugar donde esconderse mientras Ingrid pesaba, tomaba medidas, fotografiaba el cuerpo e iba dictando su informe a un micrófono. Terminada esta primera fase, se sirvió de una lupa de tamaño industrial para examinar el brazo izquierdo.

—¿Qué haces? —quise saber.

—Busco posibles pinchazos. Aún no tenemos claro cómo se introdujo el cianuro en su organismo.

—Creía que la policía había llegado a la conclusión de que el veneno estaba en el vino.

Ingrid recorrió con la lupa el torso velludo del jefe.

—Yo hago mi trabajo, y ellos hacen el suyo. La policía puede permitirse el lujo de hacer conjeturas. Pero yo trato con hechos. Lo que quiera que yo encuentre será la evidencia que utilizarán luego ante los tribunales para construir su caso. Las conjeturas solo sirven para guiarlos hacia posibles vías de investigación.

«¡Obvio!». ¿Llegará el día en que aprenderé a pensar antes de hablar? Un tema que mi madre siempre dijo que sería mi perdición. Una razón más para no mostrarme muy aplicada en esa materia.

—Tiene sentido.

Finalizado el examen externo, Ingrid dijo:

—Pues bien, ha llegado el momento de abrir. ¿Seguro que quieres estar presente, cielo?

«Una pregunta excelente». Mi estómago seguía estando confuso, pero me picaba la curiosidad.

—Seguro, ¿por qué no?

Mis piernas retrocedieron dos pasos sin que yo les diera esa orden.

—Fenomenal. —Ingrid abrió un armario metálico, sacó de su interior dos máscaras antigás y me pasó una—. Ten.

Levanté de repente las cejas al ver aquel artefacto de caucho con gafas de protección y filtros a ambos lados de donde tenía que ir mi boca.

—¿Es una broma?

—En absoluto. El cuerpo rebosa gases de cianuro. Y no tengo ganas de tener que ocuparme hoy de dos pacientes. —Entrecerró los ojos por encima de la mascarilla de papel—. Supongo que no te apetece ser la segunda.

—No, claro, tengo la agenda completamente llena hasta el martes.

Ingrid me ayudó a ponerme la máscara y luego, con manos diestras, se colocó la suya. Parecíamos dos personajes recién salidos de la película *La mosca*. Después de acercar una mesa con ruedecillas llena de lo que parecían instrumentos quirúrgicos, Ingrid cogió un escalpelo y lo puso justo encima de la clavícula izquierda del jefe.

—¿Lista?

Me costó descifrar lo que me estaba diciendo detrás de la máscara, pero asentí con la cabeza de todos modos.

Ingrid empezó a trabajar con movimientos rápidos y seguros. En menos de un minuto, canturreando, había realizado la incisión en Y que tantas veces había visto en televisión. La razón por la que me había dicho que dejara de comer se hizo aparente en cuanto utilizó las espátulas para abrir el torso. Pero conseguí mantener lo poco que había comido en su debido lugar. Con el estómago lleno habría inundado la máscara. Todo lo cual me parecía extraño, puesto que plasmar por escrito una escena como la que estaba presenciando no me habría causado ninguna molestia.

Extrajo, limpió, pesó y midió uno a uno los distintos órganos internos. Me mostró uno de los riñones.

—¡Mira! ¡Echa un vistazo a esta decoloración de color teja! Es uno de los signos que revelan envenenamiento con cianuro.

—Lo que sospechaba la policía.

Depositó el órgano en la báscula.

—Sí, pero nunca lo había visto de verdad, fuera de un libro de texto —dijo—. ¿No te parece de lo más excitante? Ahora tenemos que averiguar con qué método fue envenenado. En la piel no se aprecian signos de pinchazos, los pulmones están limpios, y los riñones están afectados, por lo que deduzco que debió de ingerirlo. Haré un lavado de estómago, pero sospecho que la prueba ya no estará allí, aunque la tenemos justo aquí delante, en este riñón.

Me contagié un poco con su entusiasmo. Resultaba curioso que alguien pudiera encontrar tanto placer en sacarle las entrañas a un cadáver. Solo una persona muy especial querría ganarse la vida haciendo esto. Confiaba en que su trato con los pacientes que aún tenían algo de aire en los pulmones fuera un poco más comedido. Sobre todo, en un lugar tan remoto y tranquilo como Riddleton.

—Imagino que los detectives necesitarán ahora esa botella de vino y las copas. Algo con lo que comparar tus descubrimientos.

—Sin duda.

Ingrid tardó una hora más en finalizar su tarea, un tiempo durante el cual aprendí más sobre el cuerpo humano y su funcionamiento de lo que me habría gustado. Quien dijera eso de que «la verdadera belleza reside en el interior» nunca había presenciado una autopsia. Pero me mantuve firme en mi sitio y con la comida asentada en el estómago, como tenía que ser. Todo un éxito.

Después de darle las gracias a Ingrid por una experiencia que nunca me gustaría tener que repetir, y armada con pruebas concluyentes de que el jefe había ingerido el veneno, puse rumbo a la biblioteca para comentarle a Brittany las correrías de Tony en Chicago. La biblioteca pública de Riddleton estaba en Pine Street, justo pasado el cruce con Main, detrás del Piggly Wiggly y delante de la oficina de correos. Un paseo de tres manzanas justo por donde había venido.

Pasé por delante de la ajada mesa de pícnic situada a la sombra del añoso pino que daba nombre a la calle y subí los peldaños para acceder al edificio de ladrillo blanqueado por el sol. El estrecho pasillo de entrada sirvió de entrenamiento para que mis pupilas pasaran del sol radiante a la penumbra del vestíbulo y, finalmente, a la luz fluorescente de la sala de lectura.

A mi derecha, estanterías repletas de libros de todas formas y tamaños se extendían desde un extremo de la sala hasta el otro. El centro del espacio estaba ocupado por mesas y sillas llenas de lectores. A mi izquierda, se situaba un despacho en forma de medialuna donde Brittany desempeñaba su trabajo diario. En aquel momento, estaba entregando en préstamo a tres parlanchinas preadolescentes una colección de novelas para *young adults* con coloridas portadas. Las sabía tratar mejor ella que yo.

El indomable pelo rubio de Brittany le caía por la cara y se apartó un mechón de los ojos con impaciencia. Había cosas que nunca cambiarían. Cuando las niñas salieron por la puerta, me acerqué a la mesa y me apoyé en el mostrador. Crucé los dedos deseando que se le hubiera pasado el mal humor.

—¿Andas liada?

Se recolocó las gafas.

—Lo normal —contestó—. ¿Y tú?

Hasta ahora, todo bien.

—No mucho. Justo acabo de estar con la nueva forense.

—¿Y qué tal es?

—Muy enrollada. Nada engreída, al contrario de algunos médicos. Me ha dejado estar presente en la autopsia del comisario Vick.

La boca de Brittany se abrió de repente y arrugó la nariz.

—¡Qué asco! Y ¿por qué has querido ver eso?

Me enderecé y me masajeé las lumbares.

—Porque quería saber qué encontraba. De lo contrario, no creo que me lo hubiera contado.

—Imagino que no, pero ¿para qué? Además, tenía entendido que habías dicho que te mantendrías al margen.

—Lo dije, sí. Pero Eric ha sido suspendido temporalmente porque piensan que podría haber tenido algo que ver con la muerte del jefe. Quiero ayudarle.

Brittany se cruzó de brazos.

—¿Para que podáis tener celdas contiguas? —preguntó.

—Muy graciosa. No creo que esté involucrado más de lo que pueda estarlo yo. Pero necesitamos pruebas. Tus habilidades de investigación nos serán muy útiles. Tony Scavuto estuvo relacionado con un asesinato similar que tuvo lugar en el restaurante en el que trabajaba en Chicago, y afirma que nunca fue considerado un sospechoso importante. No sé si creérmelo. ¿Podrías indagarlo por mí?

El rostro de Brittany se ensombreció cuando frunció el entrecejo.

—Imagino que lo dirás en broma. —Movió el brazo en un gesto para abarcar toda la sala—. Echa un vistazo a tu alrededor. Estoy hasta arriba de trabajo.

«Ay, ay». Ya la había molestado de nuevo. Por lo visto, exacerbarla era más fácil ahora que antes.

—¿Acaso no disponen las bibliotecas de voluntarios para solventar momentos como este?

—Las grandes, seguro. Pero Riddleton no es precisamente un lugar que esté lleno de gente que pueda o quiera ayudar en la biblioteca. Entre la publicidad reciente, que habla de la gran cantidad de bibliotecas que están cerrando por todo el país, y la necesidad de ordenadores para casi todo, tenemos hoy en día aquí el doble de público que antes. Y la gente que utiliza nuestros ordenadores son los que están menos familiarizados con ellos, de modo que me paso la mitad de la jornada enseñándoles a utilizar un simple motor de búsqueda. No consigo sacar mi trabajo adelante.

Levanté las manos en un gesto de rendición.

—De acuerdo, entendido. Perdón por habértelo pedido.

Su mirada fulminante me mandó directa fuera del edificio.

12

Me dirigí a la librería con mi proverbial rabo entre las piernas. El estallido de Brittany había sido completamente inesperado. Una clara señal de que se avecinaban problemas. Mi ignorancia del motivo por el cual estaba así era más una indicación de mi olvido que de mi inocencia. Brittany no era una persona rencorosa, de modo que en la base del asunto tenía que haber algo más que la discusión que habíamos tenido la otra noche.

No podía dejar de repetirme mentalmente sus palabras, y cuando Savannah se abalanzó sobre mí en cuanto abrí la puerta del establecimiento, ya se me había ocurrido una idea para aliviar a mi amiga de su carga de trabajo. Lacey acababa de transferir los contornos de su dibujo a la ventana de la derecha y me acerqué con la perrita hasta allí.

—Esto empieza a tomar forma. Cuando hayas acabado, creo que quedará fenomenal.

—Gracias. Espero que así sea. El desafío del proyecto es mayor de lo que imaginaba. Nunca había trabajado con imágenes invertidas. Es como dibujar algo para que se vea en un espejo, porque no puedo hacerlo desde la parte de fuera de la ventana. Las inclemencias climatológicas destruirían mi trabajo.

—Y eso no lo queremos por nada del mundo. Entre hoy y el día del desfile pueden pasar muchas cosas.

—Exactamente. —Dibujó el último trazo de la nariz del rey Jorge—. ¿Crees que tenemos posibilidades?

—Las mismas posibilidades que cualquier otro. Aunque sospecho que los jueces se inclinarán a designar ganadora a Anne-Marie, por deferencia con el comisario Vick. Eso sin tener en cuenta su largo historial de éxitos. Seguro que habrá quien se queje, pero creo que, dadas las circunstancias, sería una decisión generosa. El tema del concurso, de todos modos, es la participación de la comunidad y el patriotismo.

Lacey se echó a reír.

—Se me ocurre más de uno que haría mucho más que quejarse —dijo—. Pero estoy contigo. Anne-Marie debería encabezar el desfile.

Savannah dejó caer su hueso de juguete a mis pies y se lo lancé al pasillo para que lo persiguiera.

—De camino aquí me he pasado un momento por la biblioteca, y estaba a reventar. Britt estaba desbordada.

—¿Y con el pelo disparado hacia todos lados como si acabara de meter los dedos en un enchufe? —bromeó.

—No, no más disparado de lo habitual.

—Entonces es que no estaba desbordada. Aún. Esa es la señal de que está a punto de ponerse a gritar.

¿Cómo era posible que Lacey entendiera a mi amiga íntima mejor que yo?

—Supongo que no me he fijado nunca en ese detalle. Bueno, el caso es que, de camino aquí, se me ha ocurrido una idea que podría ayudarla tanto a ella como a nosotros. ¿Qué te parecería si ofreciéramos wifi gratuito? —propuse—. Atraería a más gente a nuestra puerta y, de paso, serviría para descargar un poco a Brittany de tanta presión.

Lacey se quedó mirándome, blandiendo el pincel como si fuese una linterna.

—Pues me gusta la idea. Cuanto más tiempo pase la gente aquí, más aumenta la probabilidad de que compre algún libro.

—Y así no se verá esto tan vacío. A la clientela le gusta entrar en un sitio donde haya gente.

—La mentalidad de rebaño. Si otra gente cree que un lugar merece la pena, es que debe de merecerla.

—Eso es.

Lacey siguió con su trabajo. Cogí la correa de Savannah de detrás del mostrador y se la puse. Y, con una mano en el pomo de la puerta, me volví hacia Lacey:

—Me voy. ¿Necesitas alguna cosa de fuera? —pregunté.

—No. Tenemos de todo. Buenas noches. Nos vemos mañana.

Con un poco de suerte, Lacey me vería mañana. Y no a través del plexiglás de la cabina de visitas de la cárcel del condado de Sutton. El restaurante cerraba a las diez de la noche, lo que significaba que faltaban apenas seis horas para que Angus hiciera la llamada para alejar al sargento de guardia de su mesa. Tiempo suficiente para que Savannah examinara todas y cada una de las hojas que encontrara en el suelo y todas y cada una de las bocas de incendio que había entre la librería y mi casa.

Cuando llegamos por fin al apartamento, dejé las llaves en la mesa y llené el cuenco de comida de Savannah. Mientras ella devoraba su cena, revolví en los armarios en busca de algo para mí, aunque, a decir verdad, mi apetito era inexistente. Con unos huevos revueltos y una tostada me apañaría. Uno de los pocos platos que era capaz de preparar y conseguir que fuera comestible una vez terminado.

Me lancé a la caza de ingredientes. Huevos, mantequilla y queso en la nevera, sal, pimienta y cebolla picada en el armario. Luego lo batí todo como haría el chef del Ritz. ¿Quién decía que yo no sabía cocinar? Unos minutos después, tenía ante mí una representación bastante potable de un desayuno para cenar. Insuperable, a mi entender.

A medida que pasaron los segundos y fui acercándome a la hora H, empecé a sentirme como si una colonia entera de hormigas me recorriera el cuerpo. Deambulaba de un lado a otro, me sentaba, me levantaba de un brinco, volvía a sentarme. Las imágenes de la muerte y la autopsia del comisario Vick circulaban a toda velocidad por mi cabeza, como un pase de diapositivas de las vacaciones de verano más sangrientas imaginables, todo ello aderezado con la asimilación de que la excursión a comisaría que pensaba llevar a cabo esa noche podría acabar convirtiéndose en mi perdición. Pero no había tiempo para dar marcha atrás. Al final, cogí el portátil y me instalé en el sofá.

El comisario Vick había muerto como consecuencia de un envenenamiento con cianuro. Así lo había confirmado Ingrid, la experta. ¿Quién lo había asesinado? El abanico de sospechosos —Anne-Marie, la alcaldesa Benedict, su esposo, Tony Scavuto, y quizá también Eric— hacía que la pregunta fuera imposible de responder en este momento. Tal vez el «cómo» podría acabar llevándome hasta el «quién». ¿Cómo ingirió el cianuro el comisario Vick?

Basándome en lo que había leído, el cianuro era un veneno de efecto rápido siempre y cuando la dosis fuera considerable. De haber sido así, podrían haber transcurrido apenas unos minutos desde su ingesta hasta el momento en que se inició la reacción. Cuando había inspeccionado la mesa la noche de los hechos, después de que los Benedict se marcharan, el plato del jefe seguía allí, sin tocar, lo que hacía que la teoría de los detectives fuera probablemente correcta. El veneno tenía que estar en el vino o en la copa. Y, ya que la botella y las copas habían desaparecido y no podían ser sometidas a ningún tipo de análisis, estaba obligada a concentrarme en cómo podría haber introducido el asesino el cianuro en una botella cerrada.

Se lo pregunté a mi amigo Google y me presentó dos posibilidades. Posibilidad número uno: retirar el corcho, incorporar la sustancia y volver a colocar el corcho. Posibilidad número dos: inyectar el veneno a través del corcho mediante una aguja larga y fina. El precinto que cubría el corcho estaba intacto, lo que eliminaba la primera posibilidad. Todos habíamos visto a Tony quitar el precinto de la botella y descorcharla. Lo cual me dejaba con la segunda posibilidad.

Otro vistazo al buscador. Seis páginas de resultados. Estudié por encima la amplia variedad de agujas médicas, veterinarias y de insulina que llenaba la primera página. Todas demasiado cortas. Pasé a la página dos. Sugerencias de lo que se podía hacer con una aguja. Sugerencias de lo que se podía hacer con cada una de esas sugerencias. ¿Página tres? Cómo utilizar las agujas. Nada de eso me servía. Tendría que intentarlo con un enfoque distinto.

La aguja tenía que ser lo bastante larga como para penetrar el corcho y llegar hasta el líquido. Entendido. Probaría con agujas largas. Resultados: agujas de coser, de tejer, de hacer tapices. Siempre agujas sólidas. ¿Agujas largas y huecas? No. La única que encontré que fuera viable servía para rellenar cartuchos de tinta, pero la punta no era biselada. Aquel tipo de aguja no conseguiría atravesar el corcho sin dejar a su paso una galería de extracción similar a un pozo de mina. «¿Dónde estaba Brittany cuando más la necesitaba?».

Lo dejé correr y recurrí a los gemelos Davenport en busca de inspiración. Dana y Daniel le habían explicado al detective Abernathy lo que habían averiguado después de haber hablado con Peter, el amigo de su padre. Eso estaría bien. En cambio, si yo intentaba hacer eso con Havermayer, me cortaría la cabeza y se la echaría a los lobos. No había visto nunca un lobo por los alrededores, pero seguro que Havermayer encontraría uno para mí.

Tenía que haber una manera de mejorar mi relación con la detective. Al fin y al cabo, Havermayer no disponía de motivos que justificasen la animosidad que mostraba hacia mí. Todo empezó el día que Olinski y ella se presentaron en mi apartamento para comunicarme la muerte de Aletha. En aquel momento me consideraban sospechosa, pero hacía muchísimo tiempo que mi inocencia había quedado demostrada. Suponía que Havermayer era una de esas personas que odiaban equivocarse. Y que además era rencorosa.

Unas mil palabras más tarde, llegó la hora de prepararse. Me puse una sudadera negra con capucha para hacerme un poco menos visible en la oscuridad. Mi vieja cazadora de cuero habría sido perfecta, pero la había perdido en el incendio de casa de los Cunningham. Y, de todos modos, de haberla tenido y habérmela puesto, habría empezado a sudar a chorros en nada de tiempo.

Hacia las nueve y cuarto, di una vuelta a la manzana a paso ligero con Savannah, volví a casa y me marché después de dejarla mordisqueando un masticable de cuero crudo. Eché a andar hacia la librería. Cuando llegué, a las nueve y veinticinco, descubrí que Charlie me estaba esperando, vestido con pasamontañas y chándal, con los bajos del pantalón remetidos en unas botas Converse, todo ello, negro. Un *ninja* con un ordenador portátil.

—¿Qué haces así? —le pregunté.

—He pensado que tal vez necesitarías un poco de ayuda para enfrentarte a los malos de la película.

Tuve que cerrar la boca con fuerza para contener la risa. El

157

asunto era demasiado serio como para correr el riesgo de herir sus sentimientos.

—¿Has grabado ya la imagen en bucle?

—No, he decidido que era mejor esperar a hacerlo desde la librería para poder grabarlo lo más cerca posible de la hora en que entres allí.

—Tiene sentido. Pero ¿estás seguro de que quieres venir? Podrían pillarnos.

Charlie echó hacia atrás los hombros y levantó la barbilla.

—¿Pillarnos? De ninguna manera. Ten presente que yo te acompaño.

—De acuerdo, pero tendrás que hacer exactamente lo que yo te diga. Y nada de hablar.

—Así será, jefa.

Las farolas de Main Street nos dejaban a la vista de cualquiera, de manera que doblamos a la izquierda por Pine Street, y pasamos por delante del restaurante para entrar en el establecimiento por la puerta de atrás. La oscuridad de una noche encapotada y sin luna nos envolvió cuando nos acercamos a la entrada del callejón de la parte posterior de la tienda.

Empujé a Charlie contra la pared de ladrillo del ayuntamiento mientras dejaba que mis ojos se acostumbraran a la oscuridad. Mis oídos se sintonizaron con el crujido de un papel levantado por la leve brisa y con los arañazos de un gato callejero que estaba intentando meterse en uno de los cubos de basura. O de lo que esperaba que fuese un gato. Me recorrió un escalofrío y me puse la capucha para mantener a raya el vello de la nuca.

Detrás de la comisaría había dos coches patrulla aparcados, uno a cada lado de las escaleras de acceso. A estas horas solo utilizarían uno de ellos, pero cuál, eso era imposible saberlo. Mejor llegar hasta allí lo más rápido posible. Aunque era más fácil decirlo que hacerlo. Porque me sentía como si tuviera los pies sujetos con cemento al suelo y fueran incapaces de sostener mis temblorosas piernas.

«Inspira hondo y suelta el aire lentamente».

En realidad, aún no había quebrantado la ley. Tenía todo el derecho del mundo a ir a mi librería, fuera la hora que fuese. Pero que alguien me viera significaría el final del plan y de cualquier posibilidad de demostrar la inocencia de Eric. No podía correr ese riesgo.

Levanté la barbilla y eché hacia atrás los hombros. Podía hacerlo. Me moví hacia la oscuridad, con Charlie siguiéndome muy de cerca, pasé por delante del primer coche y me acerqué a la escalera de acceso. La puerta de la comisaría se abrió en aquel momento y estalló una supernova de luz. Agarré a Charlie por la sudadera, me agaché en la esquina, allí donde los peldaños de la escalera se unían a la pared, y pegué la espalda al edificio. Me mordí el labio para contener un grito de dolor. Charlie cayó encima de mí con un gruñido.

Me deshice de él y me moví un poco para poder ver mejor. Le tapé la boca a Charlie con la mano cuando vi que Leonard salía al descansillo con el teléfono pegado al oído.

Él se paró un momento, se apartó el móvil del oído y observó la oscuridad. Contuve el aire en los pulmones. Pasado un segundo, se encogió de hombros, cerró la puerta y continuó con su conversación. No solté el aire hasta que volví a sentirme protegida por la oscuridad de la noche. ¿Hacia qué lado giraría al llegar a los pies de la escalera? Si era hacia la derecha, estábamos a salvo; si lo hacía hacia la izquierda, nos descubriría. Lo obligué mentalmente a girar a la derecha. Una prueba del poder del pensamiento positivo.

Nos acurrucamos el uno contra el otro, mis axilas sudando en cantidad, hasta que Leonard giró a la derecha y se subió al primer vehículo allí estacionado. Un punto para Norman Vincent Peale. En cuanto el coche patrulla abandonó el callejón, noté una mano en el hombro. Reprimí otro grito y me volví, con los puños cerrados y lista para atacar.

Zach se echó para atrás, perdió el equilibrio y cayó de culo en el suelo.

—¡Oye! ¡Con cuidado! —exclamó.

Corrí hacia él y Charlie me agarró por atrás para evitar que le pegara. Me debatí, y Charlie siguió sujetándome hasta que me relajé.

—Estoy bien. Suéltame —le dije a Charlie.

Me soltó, pero se mantuvo cerca para volver a sujetarme en caso necesario.

Zach seguía en el suelo, observándome con los ojos muy abiertos.

Cuando mi latido cardiaco se ralentizó lo bastante como para permitirme respirar, le cogí de la mano y tiré de él para levantarlo.

—¿Qué haces aquí? Me has dado un susto de muerte —le dije.

—Lo siento. Te vi que volvías hacia aquí y quería saber por qué. Pensé que quizá habías encontrado una pista o algo.

Si aquel niño seguía saliendo continuamente de la nada, no viviría para celebrar mi treinta cumpleaños.

—No, simplemente íbamos a la librería para acabar un trabajo que no podemos hacer cuando el establecimiento está abierto. Nada emocionante.

¿Cuántas mentirijillas llevaría ya hoy? Había perdido la cuenta.

—¿Vestidos así? —Señaló a Charlie—. Este parece que vaya a una fiesta estrambótica de Halloween, como mínimo.

—¡Oye! —exclamó Charlie—. No hace falta insultar.

Zach levantó las manos.

—No era mi intención, tío. Simplemente digo que me parece raro.

Reí entre dientes.

—Entiendo que no os conocéis —dije.

Los dos negaron con la cabeza.

Los presenté y se dieron la mano.

—Muy bien, Zach, y, ahora, tenemos que ir a trabajar. Nos vemos.

Puso mala cara, pero dijo igualmente:

—De acuerdo, nos vemos.

Charlie y yo, notando los ojos de Zach clavados en nuestras espaldas durante todo el camino, nos forzamos a caminar tranquilamente hasta la puerta de atrás de la librería.

Charlie me dijo en voz baja:

—Imagino que sabes que este no se va a ningún lado, ¿verdad?

—Sí, lo sé. Tendrás que distraerle de alguna manera mientras me cuelo en la comisaría.

—Te cubriré —me tranquilizó.

A salvo por fin en el almacén, dejé resbalar la espalda por la pared y me senté en el suelo para recuperar el aliento y adaptarme a un tono de oscuridad distinto.

Charlie se sentó a mi lado.

—Por poco —dijo—. ¡Qué mal trago hemos pasado!

El corazón me retumbaba de tal manera que apenas oí lo que me decía. No me atrevía a encender las luces, por mucho que a Zach le pudiera parecer sospechoso. Eso suponiendo que siguiera ahí fuera. Vi en la pantalla del móvil que eran las 21:35 y le envié un mensaje a Angus para informarle de que Leonard había salido de comisaría hacía unos minutos.

—Venga, empecemos —dije.

Me incorporé y avancé a tientas, palpando las estanterías hasta llegar a mi despacho. La tienda estaba casi a oscuras, iluminada tan solo por la luz de las farolas de la calle. Seguí pegada a la pared y crucé los dedos para que nadie nos viera. Lo último que necesitaba era que apareciera un mirón, pues esa no era precisamente mi idea de actuar de forma clandestina.

—Gracias por haber venido, Charlie.

—Qué menos. Si no me prestase a ayudar a una damisela en apuros no sería un héroe, ¿verdad?

Cerré la puerta. Si las estrellas se alineaban, cualquiera que viera luz supondría que se me había olvidado apagarla al salir. Charlie conectó el portátil y sus dedos volaron sobre el teclado. Observé qué hacía por encima de su hombro hasta que volvió la cabeza y me fulminó con la mirada. Dejé de mirar enseguida.

Y, al cabo de nada, sorprendentemente pronto, Charlie anunció:

—Estoy dentro.

—¡Qué rápido!

—He hecho un ensayo esta tarde para asegurarme de que no surgieran problemas inesperados. —Levantó la vista y sonrió—. Grabando.

Me acerqué a la parte de delante del establecimiento.

—Ya está grabada la imagen en bucle. En cuanto el sargento salga del edificio, pulsaré la tecla «Enter» y lo único que podrán ver es lo que hay ahí justo en este momento.

—Gracias.

—Mándame un mensaje de texto en cuanto salgas para poder reiniciar el sistema antes de que se haga de día. No quiero que por la mañana vean en la cámara la imagen en bucle de ahora.

—Tranquilo. Tú asegúrate de encontrar a Zach y entretenlo hasta que yo esté dentro.

162

Charlie sonrió.

—Dalo por hecho —me aseguró.

Me vino de pronto a la cabeza lo de la coartada de Xavier Benedict.

—Oye, ¿quieres que te busque algo que hacer mientras esperas a que te envíe el mensaje de que ya estoy?

—Por supuesto, ¿qué quieres?

Le puse al corriente de lo que quería, lo acompañé a la puerta de atrás para que saliera y seguí caminando nerviosa de un lado a otro. De pronto, fue como si la mesa de la esquina, en la que solía trabajar antaño, me estuviera llamando. Me senté en la penumbra y fijé la mirada en la calle desierta, tal y como había hecho durante tantísimas horas en el pasado. Mi pierna izquierda se agitaba con nerviosismo bajo la mesa y me sequé las manos sudorosas en la pernera del pantalón. El corazón seguía retumbándome en los oídos.

«Inspira hondo y suelta el aire lentamente».

Cogí el teléfono con manos temblorosas. Las 21:58. Faltaban dos minutos para que Angus hiciese la llamada. Dos minutos para que llegara la hora H. Una pareja, cogida de la mano, salió en aquel momento de Antonio's. Ella lo observó con adoración mientras él estudiaba la decoración de los cristales del local. La pareja perfecta.

Eric creía que él y yo nos llevaríamos bien, pero yo me sentía cómoda siendo solo amigos. ¿Sería simplemente que no quería volver a jugármela, como insistía en decir Brittany? Y ¿qué tenía de malo no querer jugármela? ¿Qué problema había en querer protegerme a mí misma? Necesitaba concentrarme en mi trabajo y en la librería. No tenía ninguna necesidad de volver a colocarme tan pronto delante de aquel pelotón de fusilamiento.

El teléfono me devolvió de repente a la realidad. Angus acababa de enviarme un mensaje informándome de que ya había llamado al sargento. Me levanté de la silla y me desplacé con torpeza hasta el punto desde donde podía observar la escalera de acceso a la comisaría. Contuve la respiración hasta que el agente llegó a la acera, dobló la esquina en dirección al restaurante y desabrochó la pistolera.

Volví a la mesa y pulsé la tecla «Enter» en el portátil.

Comenzaba el juego.

13

Me puse de puntillas para sujetar las campanillas de la entrada de la librería y silenciarlas. Al cogerlas, se me clavaron en las palmas sudorosas de mis manos y se me torció el pie izquierdo y se me curvó hasta formar casi una C. Tuve que doblar la rodilla y mover los dedos para intentar aliviar el dolor, quedé entonces en precario equilibrio sobre la pierna derecha, como una gimnasta en la barra de equilibrios, sirviéndome de la cuerdecilla sujeta a un solo clavo a modo de contrapeso.

El taco se soltó de la pared y me fui abajo como una vaca arrastrada por un tornado. Jamás me había interesado la gimnasia de pequeña. Y estaba claro que mi yo de seis años era mucho más hábil que mi yo actual.

Me incorporé, me sacudí el pantalón y corrí a abrir la puerta, dándome de bruces contra ella. Se me llenaron los ojos de lágrimas y me las sequé con la manga de la sudadera. No había tiempo para estas cosas. El dolor, tanto físico como emocional, se apaciguó. No tenía futuro ninguno como ladrona que entraba en las casas trepando paredes. Era evidente que la actividad clandestina no era mi fuerte. Abrí la puerta lo suficiente para poder salir. El tiempo volaba. Tenía que ponerme en marcha.

«Inspira hondo y suelta el aire lentamente».

Con una breve carrera, me planté en la entrada principal de la comisaría y saqué enseguida la llave que me había dejado Eric y que llevaba en el bolsillo. Las puertas dobles de madera se alzaban sobre mí, y los paneles de cristal esmerilado de la parte superior parecían un par de ojos fijos en cada uno de mis movimientos. Negué con la cabeza para alejar aquella imagen. Después de otro vistazo rápido a mi alrededor para asegurarme de que no había nadie en la calle, introduje la llave en la cerradura y la hice girar. No se movió. Me sequé el sudor de la mano en el pantalón y volví a intentarlo. Imposible. ¿Me habría dado Eric una llave equivocada?

Después de múltiples intentos de sacudir y mover la llave, además de varias pausas para secarme el sudor que me caía en los ojos, la cerradura acabó cediendo y entré en la comisaría. El interior estaba iluminado como un local de coches de segunda mano y tuve que parpadear varias veces para que mis ojos se acostumbraran a la luz. Las paredes de color gris deslucido estaban decoradas con fotografías de agentes uniformados que en el pasado habían trabajado en Riddleton. Por suerte, no había ninguna sección «In Memoriam». La policía de Riddleton nunca había perdido a ningún agente en acto de servicio.

La mesa del sargento bloqueaba el vestíbulo, que tenía una dependencia minúscula a un lado y una sala para descanso del personal al otro. Las baldosas amarillas del suelo rechinaron bajo mis Nike cuando empecé a avanzar muy despacio por el pasillo. A pesar de la luz artificial y de que el sistema de ventilación funcionaba muy bien, la desesperación cargaba el ambiente como los gases de un coche en un garaje cerrado. Aquel lugar albergaba los peores momentos de la vida de muchas personas. Si hacía bien mi cometido, no me sumaría a ellas.

Las instrucciones que me había dado Eric eran muy sencillas: la llave del almacén de pruebas estaba en el cajón superior izquierdo de la mesa, la puerta de acceso al sótano quedaba a la derecha y mi destino estaba al final de la escalera. Chupado.

Miré el móvil. Las diez y diez. Habíamos calculado que Angus podría entretener al agente un cuarto de hora. Me quedaban aún diez minutos. En el cajón correspondiente, encontré un llavero con una docena de llaves, cada una de ellas marcada con un puntito de un color distinto. No había ningún tipo de identificación más. Una de ellas correspondía a la cerradura del almacén. Muy bien, ¿de qué color sería? ¿El rojo de la sangre? ¿El verde del dinero? ¿Quizá el blanco de la cocaína? Iba a tener que probarlas todas.

Cerré la puerta a mis espaldas y conecté la linterna del teléfono. Cada paso que daba sobre los añejos peldaños de la escalera de madera sonaba como un petardo en mis oídos. Me sorprendía que nadie se hubiera caído aún por allí. Cuando llegué ante la puerta del almacén, el sudor me resbalaba a chorros por la cara. Me sequé en el hombro de la sudadera.

Y ahora venía la parte divertida: encontrar la llave correcta. Los minutos fueron pasando mientras iba probando llaves. La roja, después la amarilla, la verde, la azul y la blanca. Nada. La rosa, la morada, la naranja y la marrón. Nada de nada. Solo quedaban tres. La siguiente era de color turquesa, y por fin acerté. Me flojearon las piernas.

Llené los pulmones de coraje para seguir adelante, entré en la estancia y enfoqué a mi alrededor con la linterna. Justo delante de mí había una pared divisoria con un panel de cristal en el medio y una abertura en la parte inferior, justo al nivel de la mesa. El reloj de la pared marcaba las diez y diecisiete. Disponía de tres minutos para localizar el cuaderno de registro, hacer la foto y salir de allí sin que me viera nadie.

En la mesa que había detrás de la partición vi un cuaderno abierto con un bolígrafo sujeto con un cordelito. Aquello tenía que ser el libro de registro de entradas. Pero ¿cómo llegar hasta él? La puerta que daba acceso a la zona de detrás del tabique estaba cerrada, y no disponía de tiempo para ponerme a probar otra llave. Pasé el brazo por el agujero en forma de medialuna que se abría en el cristal. Lo introduje hasta la axila, pero apenas llegaba a rozar el borde del libro de registro con la punta de los dedos. Imposible.

Enfoqué con la linterna las paredes grises en busca de alguna cosa que pudiera utilizar para empujar el libro de registro hacia mí. No vi nada. Lo intenté de nuevo. Sin suerte. Necesitaba explorar el resto del sótano y confiar en que Angus fuera capaz de entretener al sargento lo bastante como para que yo pudiera encontrar algún tipo de herramienta que me ayudara.

Pero entonces, justo cuando acerqué la mano al pomo de la puerta, oí que alguien bajaba por la escalera a toda velocidad. Con el corazón retumbándome en los oídos, retiré la mano y me pegué a la pared. Los pasos llegaron al suelo de cemento y se detuvieron.

Mis pulsaciones se aceleraron más si cabe y me preparé para que el corazón me saliera disparado en cualquier momento. Los latidos eran tan potentes que superaban incluso el sonido de mis jadeos. ¿Estaría hiperventilando? Si no controlaba la respiración, acabaría desmayándome y me descubrirían.

«Inspira hondo y suelta el aire lentamente».

«Inspira hondo y suelta el aire lentamente».

El pomo se giró y una sombra se adentró en la estancia. Guardé el móvil en el bolsillo y posicioné los puños delante de mi cara. Me pillarían, sí, pero no sin antes presentar pelea.

Un murmullo perforó la oscuridad.

—Jen. ¡Jen! ¿Dónde estás? —Guardé silencio—. Soy yo. Eric.

El aire salió de mis pulmones con un zumbido.

—¿Qué haces aquí? ¿Cómo has entrado? —pregunté.

—Con otra llave que tengo. Estaba en la calle, montando guardia. El sargento ya está volviendo. ¿Qué pasa? A estas alturas ya deberías haber salido.

Reprimí el ansia de explicarle todos los problemas con que me había encontrado, lo agarré por el brazo y lo conduje hasta el cristal que había delante de la mesa.

—Me ha costado entrar y ahora no alcanzo el registro. La puerta que da acceso a la parte posterior de esta sala está cerrada con llave.

Eric se pasó la mano por su pelo corto.

—Entiendo. Veamos qué puedo hacer. Tengo los brazos más largos que tú.

—¡Date prisa! —exclamé—. No quiero que me pillen.

—Yo tampoco. Podría costarme el puesto. Y mi libertad, si llegan a la conclusión de que estoy aquí para manipular pruebas. —Deslizó su brazo esquelético a través de la ranura y contactó con una esquina del libro de registro—. Lo tengo.

En cuanto consiguió pasarlo por la abertura, preparé la cámara de mi teléfono.

—Excelente —dije—. Búscame la página.

Eric hojeó el libro de registro y señaló una entrada firmada dos días antes del asesinato.

—Aquí está.

—Aparta el dedo para que pueda hacer la foto.

Hice rápidamente dos fotografías y Eric empujó de nuevo el libro de registro hasta la mesa.

—Salgamos de aquí.

Cuando llegamos a la puerta, oímos pasos por encima de nuestras cabezas. Eric me presionó el brazo.

—Mierda —se lamentó—. Ya ha vuelto.

—Le enviaré un mensaje a Angus para pedirle que vuelva a llamarlo.

—Leonard ya debe de estar de camino al centro a estas horas. Acudiría él a la llamada.

—Entiendo. Pues esperaremos. Ese sargento necesitará ir al baño en algún momento. O saldrá de la sala para comer algo. En cuanto lo haga, correremos y saldremos por la puerta principal.

—Creo que suele cenar hacia las doce, pero no estoy seguro del todo. Podría ser una espera muy larga.

Agarré a Eric por los hombros y lo obligué a volverse hacia mí.

—Si se te ocurre una idea mejor, soy toda oídos. ¿Hay otra manera de salir de aquí sin tener que pasar por delante de su mesa?

Eric señaló un rectángulo oscuro, de unos sesenta centímetros de largo por unos veinticinco de ancho, que había en lo alto de la pared del fondo.

—Ese ventanuco queda al nivel de la calle. Quizá podríamos salir por allí —propuso.

—¿Adónde da?

—Al callejón.

—Eso funcionaría, pero ¿crees que podremos pasar por ahí?

—Será justo. Pero creo que podemos conseguirlo.

Yo no estaba muy segura de poder pasar por allí. Demasiados *muffins* de chocolate. Pero ¿qué otra alternativa tenía?

—Merece la pena intentarlo. ¿Cómo vamos a llegar hasta allí?

—¿Has probado todas las llaves? —me preguntó.

—No, no quería perder más tiempo. He tardado una eternidad en encontrar la llave que abría esta puerta.

Eric me tendió su mano abierta y puse en ella el llavero. Pasó de largo varias llaves que debía de saber que no eran las adecuadas y empezó a probar el resto. No funcionó ninguna. Se guardó el llavero en el bolsillo.

—Supongo que el sargento la lleva encima —dijo—. Estamos jodidos.

—No te des por vencido. Tiene que haber más ventanas por aquí abajo. ¿Dónde están?

Eric chasqueó los dedos.

—Hay una en el vestuario. Y allí, además, podremos utilizar un banco para encaramarnos.

Me cogió de la mano, salimos al pasillo y me guio hasta una habitación situada en el otro extremo.

—La ventana da a Main Street. ¿Te parece bien?

Le presioné la mano.

—¿Tenemos, acaso, otra alternativa? —dije.

Me presionó él la mía.

—Supongo que no.

Entramos en una habitación oscura. Encendí la linterna del móvil para examinar las paredes hasta que di con la ventana. Una hilera de taquillas metálicas bloqueaba el acceso. Si no las movíamos, sería imposible salir.

Enfoqué la linterna hacia Eric.

—¿Qué opinas?

Me cogió el teléfono y se apretujó en el espacio que quedaba entre el final de las taquillas y la pared. Observó detrás de las taquillas y ladeó la cabeza.

—Tenemos un problema —declaró—. Están ancladas a la pared. —Enfocó con la linterna sus pies—. Y al suelo. Será imposible moverlas sin herramientas, y la sala de utillaje está en la planta de arriba.

Se dejó caer en el banco y escondió la cabeza entre las manos.

Me senté a su lado y rodeé sus huesudos hombros con el brazo. ¿Y ahora qué?

—Bueno, pues habrá que matar el tiempo. ¿Tienes una baraja de cartas?

Eric rio entre dientes.

—No —respondió—. No tenía pensado pasar tanto tiempo aquí.

—Mira en tu taquilla. A lo mejor tienes algo para entretenernos.

—Lo dudo. A menos que seas una fetichista de los uniformes. O que te encanten las cosas que puedas encontrar en un neceser.

—Nunca se sabe. —Le di un toque en las costillas—. Se me ocurren varias cosas interesantes que hacer con espuma de afeitar.

Eric se levantó.

—Ah, ¿sí? —Sonrió—. Pues resulta que de eso sí tengo. —Abrió la taquilla que llevaba su nombre y alumbró el interior con la linterna—. ¿Qué demonios?

Se volvió hacia mí.

Me asomé yo también a la taquilla. En la estantería inferior, debajo de sus botas de trabajo, había una bolsa de plástico con un tubito lleno hasta la mitad de un líquido de color azul claro.

—¿Es…? —empecé a decir.

—El cianuro que desapareció del almacén. ¿Por qué estará alguien queriendo tenderme una encerrona? —Fui a coger el tubito, pero Eric me retuvo, agarrándome del brazo—. No lo toques. Es una prueba.

—Lo sé. Me dijiste que alguien lo robó.

Tiró de mí para que quedara de cara a él. Eric tenía los ojos muy abiertos y la frente cubierta de sudor.

—No. Ahora es una prueba contra mí. Habrá que procesarla.

—No, si nadie más sabe nada al respecto.

—Tengo que contárselo a Havermayer —dijo—. Es relevante para el caso.

—Piénsalo un momento. En el instante en que se lo digas, te arrestará. Y tu nombre quedará mancillado para siempre. Incluso si se demuestra que eres inocente. Y olvídate de ese ascenso, además.

Eric reflexionó.

—No sé, Jen. En la bolsa podría haber huellas o ADN. Lo cual demostraría que no tengo nada que ver con todo esto.

Cerré la puerta de la taquilla.

—¿De verdad piensas que podría haber alguien tan tonto como para manipular esto sin guantes? Concedámonos veinticuatro horas. Si para entonces no hemos encontrado nada que pueda ayudarte, presenta esto como si acabaras de encontrarlo.

Se oyeron pasos en la escalera y nuestras miradas se encontraron. Cogí el teléfono y miré la hora. Las once.

—Parece que el sargento ha decidido cenar temprano —dije en voz baja.

—¿Qué hacemos? Aquí no hay ningún rincón donde poder esconderse.

«Ningún rincón donde poder esconderse y ninguna salida». Nuestra única posibilidad era convencer al sargento de que teníamos un buen motivo para estar aquí. ¿Qué podríamos estar haciendo escondidos en el vestuario a estas horas de la noche? La última vez que me enfrenté a una situación similar fue cuando me lo monté con Olinski en… ¡Oh!

Tiré de Eric.

—Bésame —le pedí.

—¿Qué?

—¡Que me beses!

Lo empujé contra la taquilla, me presioné contra su cuerpo y rocé sus labios con los míos mientras le recorría el pecho con las manos. Mi cara se encendió y la sensación de calor se extendió velozmente por todos lados.

Eric se inclinó sobre mí y me besó de verdad.

¿Por qué no me aparté?

Se abrió la puerta y se encendieron los fluorescentes.

Cuando me volví, me encontré cara a cara con Zach. Los pulmones se me vaciaron de aire.

—¿Cómo has entrado aquí? —pregunté.

Zach sonrió.

—Podría preguntarte lo mismo, pero, como te he visto entrar, no hace falta que te pregunte nada. Sin embargo, al ver que no salías, he pensado que tal vez necesitarías ayuda.

Mañana por la mañana, en cuanto viera a Charlie, tendría una conversación muy seria con él.

—¿Me has visto, dices? ¿Desde dónde?

—Desde la otra acera, apostado al lado de Bob's —respondió.

Eric interrumpió nuestro diálogo:

—¿Cómo has sabido dónde estábamos? —preguntó.

—No lo sabía, pero, al verte entrar a ti también, me he imaginado que tendría algo que ver con esa prueba que ha desaparecido. Y este me ha parecido un lugar lógico por donde empezar.

No me gustaba nada tener que reconocerlo, pero el niñato tal vez acabaría siendo un buen poli algún día.

—Entiendo, pero ¿cómo lo has hecho para eludir al sargento?

—Le he contado que mi padre me había dicho que podía guardar cosas en una taquilla del sótano y que las necesitaba. Me ha dejado entrar. Creo que le he dado lástima.

—Vale, de acuerdo, y ¿cómo piensas ayudarnos a salir?

—Muy fácil. Volveré a subir y le diré al sargento que, con tanto trasiego, había olvidado que ya había recogido el otro día lo que fuera que tenía en la taquilla. Vosotros me seguiréis y esperaréis junto a la puerta. Entonces fingiré que me encuentro mal y daré media vuelta para entrar en la sala de descanso y vomitar en el baño. El sargento vendrá a ver si estoy bien, seguro, y, entretanto, vosotros salís por la puerta principal. Soy un genio, ¿verdad?

No me quedó otro remedio que reconocerlo. Era un plan magnífico. Y, de hecho, el único plan que teníamos.

—Intentémoslo —dije.

Subimos de puntillas las escaleras detrás de Zach. Salió a hablar con el sargento de guardia, y Eric pegó la oreja a la puerta. Oía las voces, pero me resultaba imposible entender qué decían. Entonces, subiendo el volumen, Zach exclamó:

—¡Mierda! Creo que voy a vomitar.

Se oyeron pasos corriendo. Eric abrió un poco la puerta para mirar. La abrió un poco más hasta asomar por completo la cabeza. Se volvió hacia mí:

—Despejado. Vamos. ¡Date prisa! —exclamó.

Salimos corriendo de la comisaría y bajamos la escalera de acceso para refugiarnos en la librería. Busqué la llave, abrí, entramos y cerré enseguida la puerta. Nos quedamos inmóviles unos instantes, jadeando y mirándonos.

Entonces, estallé en carcajadas.

14

El miércoles por la mañana mi radiodespertador me obsequió con una interpretación ensordecedora de *My Sharona*. No tenía ni idea de quién era Sharona, pero podían quedársela tranquilamente allí donde estuviera. Apagué el despertador, di media vuelta y me encontré con un primer plano del hocico de Savannah y una oleada de aliento de perro. El respeto por el espacio personal no era uno de sus fuertes. Me dio un lengüetazo, me sequé el ojo y pasó a aplicarse con mi nariz.

—Ya está bien, para.

Me senté y la aparté de un codazo, que Savannah se tomó como el inicio de un juego. Agarró entonces la manta, retrocedió y se enroscó sobre sí hasta caer por el borde de la cama. Las lágrimas fueron esta vez de risa. Cuando recuperé el ritmo de la respiración, miré al suelo.

—¿Estás bien, pequeña?

Hizo una especie de reverencia y salió disparada para dar una vuelta corriendo por todo el apartamento.

—Lo entenderé como un sí.

Me puse un chándal, comprobé que la cafetera estaba programada para la hora prevista y le puse la correa a Savannah para salir a dar su paseo matutino. Hicimos la ronda habitual por la hierba, los árboles y las bocas de incendio y regresamos a casa justo a tiempo para escuchar el gorgoteo final de la cafetera. Le di de comer a Savannah. Me fijé en cómo se le notaban las costillas, lo cual vaticinaba otro estirón, y llené hasta arriba mi taza, que tenía una inscripción que decía La creatividad empieza con un café.

Mientras mi cachorro de lobo devoraba su presa, me acurruqué en el sofá y repasé mentalmente los acontecimientos de la noche anterior. Eric y yo habíamos logrado hacer una foto de la firma del libro de registro de entradas al almacén y habíamos conseguido salir de la comisaría, aunque no sin ser vistos. Aun así, no creía que Zach fuera a contarle nada a nadie, puesto que era cómplice de nuestra huida. Y Eric se acordó de tirar las llaves debajo de la mesa antes de salir.

Zach nos había salvado, pero el problema estaba en lo que había sucedido antes. Me había dado un beso apasionado en la boca con Eric. Y me había gustado. ¿Era posible que sí que sintiera algo por él? ¿Sería capaz de iniciar otra relación?

Eric no era mi tipo. Era un hombre alto, flacucho y pelirrojo. La verdad, sin embargo, era que yo no había tenido mucha suerte con los hombres que eran mi tipo. Quizá haría bien replanteándome ese concepto. Porque, en realidad, ¿qué era eso del «tipo de hombre»?

Sabía que debería juzgar a las personas por lo que eran, no por su aspecto. Pero saber lo que debería hacer y hacerlo eran dos cosas muy distintas. De todos modos, tenía que llamar a Eric para ver cómo estaba. Al fin y al cabo, seguía siendo mi amigo.

Pulsé el icono de llamada del número identificado con su fotografía de la Academia de Policía. Opie vestido de domingo.

—Hola, Jen. ¿Qué pasa? —dijo.

«Tiene suerte de que yo no sea como mi madre». O como Ruth.

—Nada, simplemente quería ver qué tal iba todo después de la aventura de anoche.

—Todo bien. ¿Y tú?

—Bien también. Fue un poco más emocionante de lo que imaginaba, pero al final salió bien.

—Eso espero —dijo.

Había llegado el momento de abordar aquella verdad incómoda.

—Mira, lo del beso…

—No pasa nada —me interrumpió—. No es necesario hablar del tema. Sé que no significó nada para ti.

Ojalá fuera cierto.

—No es eso. Lo que sucede es que no estoy todavía preparada.

—Lo entiendo. No te preocupes. No espero nada. Pero aprecio mucho que estés intentando ayudarme.

—Ojalá pueda —declaré.

Nos despedimos y pulsé el botón rojo para terminar la llamada. Nuestros sentimientos carecían de importancia si no conseguía ayudar a Eric a limpiar su buen nombre. La fotografía que había hecho contenía dos muestras. Una del día en cuestión y otra de dos días antes. Las firmas tendrían que coincidir, pero no tenía ni idea de cómo analizar diferencias caligráficas.

¿Haría bien pidiéndole ayuda a Brittany? No, seguramente volvería a mandarme a paseo. Nuestra relación se había vuelto distante. Olinski y la biblioteca la mantenían muy ocupada, y yo tenía una librería que gestionar y una novela que escribir. Pero la echaba de menos. Aunque, por otro lado, tenía nuevos amigos. Quizá Lacey o Charlie supieran cómo comparar las muestras. No obstante, era muy temprano y aún no habrían llegado a la librería. Para aprovechar el tiempo, decidí ver cómo seguían los gemelos con su caso.

El poso marrón de la taza se burló de mí, razón por la cual decidí llenarla de nuevo e instalarme en mi escritorio, donde Dana y Daniel seguían a la espera de mi mente brillante. Confiaba en que tuvieran un libro con el que entretenerse, porque igual me llevaba un rato.

El procesador de texto sacó a la luz mi último capítulo, y avancé hasta el final. Los Davenport acababan de salir de comisaría después de haber comentado con el detective Abernathy la conversación que habían mantenido con el mejor amigo de su padre.

Muy bien. ¿Y ahora qué?

Dana buscó las llaves del coche en el bolso y, cuando por fin las localizó, abrió la puerta del lado del acompañante para que subiera su hermano.

—Y bien, ¿qué opinas?

Daniel descansó el brazo en la parte superior de la puerta y apoyó un pie en la estribera.

—No sé, la verdad. Abernathy ha dicho que hablaría con Peter sobre la reunión que tenía programada con papá aquel día, pero no me ha parecido muy entusiasmado con la idea.

—Coincido contigo. Casi me ha dado la sensación de que nos trataba con cierta condescendencia —replicó Dana. Tomó asiento en el puesto del conductor y se abrochó el cinturón—. Como si estuviera diciéndonos lo que queríamos oír para que nos largáramos y lo dejáramos en paz.

—Pienso exactamente lo mismo. Creo que deberíamos encontrar pruebas de que papá estuvo realmente allí y de que Peter miente cuando afirma que no lo vio.

—¿Por dónde empezamos?

Muy buena pregunta. ¿Por dónde empezar? En la casa no había cámaras de seguridad y, por lo tanto, no había ninguna filmación en vídeo. El ama de llaves tenía el día libre y, por consiguiente, no había testigos. Las cámaras exteriores mostraban a Peter entrando en el edificio, pero eso no probaba que se hubiera visto con Victor.

«Piensa, Jen».

Podrían examinar de nuevo el salón, por si acaso a la policía se le hubiera pasado por alto alguna cosa que Peter se hubiera dejado. Tal vez, pero incluso, si encontrasen algo, lo único que demostrarían era que Peter había estado allí. Tendrían que encontrar una pista que demostrara que Victor había estado allí, sí, pero justo en el momento del crimen. No obstante, un objeto perteneciente a Victor podría haberse quedado olvidado en el salón en cualquier otro momento.

¿Y la nota que Dana había descubierto en el escritorio de su padre? ¿Y si comparaban la caligrafía con la nota que ella había encontrado en el cajón de los calcetines de Victor? Aunque fuera la misma, seguirían sin poder demostrar que Peter y Victor se habían reunido el día de los hechos. La pista, sin embargo, daría al detective Abernathy un motivo para tomarse en serio a los gemelos. Perfecto, seguiría por ahí.

El relojito de la parte inferior derecha de la pantalla me recordó que tenía que ir a la librería para llevar a cabo un análisis grafológico auténtico. Pero antes, una ducha y ropa limpia. Mi sudadera de andar por casa no estaba para que la viera nadie, excepto cuando daba el corto paseo matutino con Savannah. Cuando estábamos juntas, Savannah atraía toda la atención, lo cual ya me iba bien.

Duchada y vestida con vaqueros y una camiseta de Motor Supply Company, le puse la correa a Savannah y emergimos a un día soleado, con un cielo azul salpicado por alguna que otra nube blanca como el algodón. Fuimos paseando hasta la librería. Lacey empuñaba ya su plumero favorito y Charlie estaba preparando la pequeña cafetería para abrir.

No me gustaba tener que interrumpir sus quehaceres, pero necesitaba ayuda para entender los problemas de Tony en Chicago e información sobre cómo comparar dos muestras caligráficas y cómo podía haber acabado el cianuro en la botella de vino, suponiendo que al comisario lo hubieran envenenado de esa forma. No había que descartar aún la posibilidad de que el cianuro estuviera en la copa, puesto que dejamos las copas preparadas en las mesas y las desatendimos cuando volvimos a casa para ducharnos y arreglarnos, pero eso era aún más difícil de demostrar. Mejor era empezar por la alternativa más evidente hasta que me viera obligada a descartarla.

Mientras Charlie colocaba los complementos y las servilletas, le serví un café.

—¿Solo y sin azúcar? —le pregunté.

Levantó la vista de la caja de palitos de madera para remover el café.

—Sí, gracias. —Se volvió hacia mí con una sonrisa contenida—. Espera un momento. No es habitual que me sirvas el café. ¿Qué necesitas?

Me quedé boquiabierta.

—¿A qué te refieres?

Charlie dejó que la sonrisa se mostrara con descaro.

—Da igual; solo bromeaba.

Fruncí el entrecejo y resoplé.

—Más te vale. —Le sonreí también—. Aunque, de hecho, ya que lo dices, sí que necesitaría un favor.

—¡Lo sabía!

Le expliqué qué necesitaba y le ofrecí una versión resumida de lo que había hecho hasta el momento.

—Si pudieras hacer esto por mí, te debería una —dije.

—¿Una cena?

Hice como si fuera a darle un puñetazo, y Charlie, en un acto reflejo, cruzó los brazos sobre el abdomen, un gesto con el que se le movieron las mangas de seda con estampado de cachemira.

—No empieces otra vez con eso —respondí.

Durante los seis primeros meses después de que se mudara al apartamento que estaba justo debajo del mío, Charlie me había estado insistiendo constantemente para que fuera a cenar con él. La única cita que había tenido con él, como pago por su ayuda para identificar al asesino de Aletha, había ido mucho mejor de lo que yo esperaba. Pero, por mi parte, tenía claro que solo podíamos ser amigos. No había química. Otro que no era mi tipo. Habíamos llegado a un acuerdo cuando heredé la librería y Charlie pasó a ocuparse de la cafetería. Él no haría preguntas, y yo no lo aplastaría como una cucaracha. Y, hasta la fecha, todo iba bien.

—Oh, por cierto, Charlie, ¿qué pasó anoche con Zach?

Charlie se encogió de hombros.

—No lo encontré. Su furgoneta ya no estaba. Miré por todas partes y no lo vi, por lo que di por sentado que se había ido a casa. ¿Por qué lo dices?

—Porque apareció en la comisaría.

Charlie abrió los ojos de par en par.

—¿Dónde estaba escondido?

—Al otro lado de la calle, junto a Bob's.

Charlie se puso colorado.

—Lo siento mucho —se disculpó—. Intenté encontrarlo, de verdad.

—Te creo. De todas formas, la cosa acabó bien. El sargento regresó antes de que hubiéramos terminado, pero Zach nos ayudó a salir.

—¿Os ayudó?

—Resulta que Eric también apareció por allí. Fue una aventura, pero al final conseguimos lo que necesitábamos. Mil gracias por tu ayuda.

—Ya sabes; cuando quieras —dijo.

Me apoyé en la vitrina de las pastas.

—¿Ha habido suerte con lo de la coartada de Xavier?

—Sí. Esa semana hubo una convención de dentistas en el Atlanta Convention Center. Xavier estuvo allí y se alojó en el Sheraton.

—¿Hace falta que yo me entere de cómo lo averiguaste?

—No, aunque no sé si ello resulta muy útil, la verdad. Atlanta está a poco más de trescientos kilómetros de aquí. Podría haber venido en coche desde allí, poner el cianuro en el vino y regresar a Atlanta para llevar a cabo las actividades del día siguiente.

—Cierto, pero me parece poco probable. Porque habría tenido, además, que entrar a escondidas en el restaurante, encontrar la botella y escapar sin que nadie se hubiera enterado de que había estado allí. Por el momento, lo dejaremos en un segundo plano.

Lacey giró el cartel de Cerrado para que se viera Abierto y abrió la librería. Charlie salió rápidamente para ir a la panadería. Lacey, con el cabello recogido en un moño, se acercó y dijo:

—¿Qué sucede?

Cuando me apoyé en la mesa donde estaba el expositor de *Problema doble*, mis ojos de la figura de cartón se clavaron en mi espalda. La verdad es que habría preferido no montar tanto alboroto.

—Nada. Le he pedido a Charlie que me investigue cuatro cosas.

—¿Qué andas buscando esta vez?

—Me gustaría comprender los detalles sobre la muerte de la directora del restaurante donde trabajaba Tony en Chicago.

Savannah llegó corriendo con lo que en su día fue un hueso de goma colgando de un lado de la boca. La parte que aplastaba entre los molares emitía un sonido estridente. Soltó el juguete, que cayó a mis pies, lo que interrumpió el recorrido de mis manos hacia mis oídos. Quienquiera que inventara esos juguetes chillones debía de estar sordo como una tapia.

Lancé la obra de arte para cachorros llena de babas hacia la sección de «Niños Voraces», al fondo de la tienda, y me sequé la mano en la pernera del pantalón. Savannah salió disparada como un cohete hacia allí, derrapó y se detuvo justo delante de una de las estanterías de tamaño infantil. No chocó con ella por los pelos. ¿Sufrirían los pastores alemanes quemaduras por fricción?

Lacey se sentó en la barra de la cafetería mientras Savannah agitaba el juguete con tanta fuerza que pensé que acabaría partiéndose el cuello.

—Supongo que sabes que acabará haciéndolo pedazos, ¿no? —me dijo Lacey.

—Imagino que sí. Tarde o temprano. Y, cuando lo haya hecho pedazos, le compraré otro. Ese juguete le encanta.

Un libro caído en la mesa de exposición llamó de repente la atención de Lacey, que bajó de la barra para colocarlo bien.

—Estupendo. —Señaló entonces el portátil de Charlie—. ¿Por qué quieres saber cosas de Tony?

Savannah, jadeante, se dejó caer a mis pies. Un perro cansado es un perro feliz. O eso era lo que se afirmaba en algún libro.

—Me contó que la directora del restaurante donde trabajaba en Chicago murió por envenenamiento con cianuro, pero no he conseguido localizar la historia completa. Con un poco de suerte, Charlie lo logrará.

Lacey apoyó la barbilla en una mano.

184

—Qué horrible. Y ¿no es posible que fuera un accidente?

—No creo. Dudo que en el restaurante tuvieran cianuro. Por temas de la inspección de Sanidad y demás.

—Tienes razón. ¿Quién lo hizo? ¿Investigaron a Tony?

—Me dijo que nunca lo consideraron sospechoso, pero no sé si creérmelo. No puedo decirte por qué, pero me parece que las circunstancias fueron más complicadas de lo que él me dio a entender.

Lacey soltó una carcajada.

—Suele pasar —dijo.

—De todos modos, también tengo un proyecto de investigación para ti, si estás interesada, claro.

—¿De qué va? —preguntó, y se inclinó sobre la barra.

Le mostré la fotografía del libro de registro de entradas al almacén.

—Necesito averiguar si estas dos firmas son iguales. ¿Tienes nociones de grafología?

Lacey cogió el teléfono y amplió la fotografía.

—He leído algo sobre el tema. Teníamos un libro, pero lo vendimos la semana pasada. ¿De quién son las firmas?

—De Eric. Es lo que se supone que firmó el día que el cianuro desapareció del almacén de pruebas de la comisaria.

Me miró, enarcando las cejas.

—No pienso preguntarte cómo has conseguido esto —dijo.

—Mejor, porque no pienso contártelo.

Lacey extendió el pulgar y el índice por la pantalla y forzó la vista.

—Es difícil de ver. Envía la foto por *email* a la dirección de la tienda y así podré imprimirla en papel.

—Supongo que tendrás que ampliarla. Para que no se nos pase nada.

Enseguida, Lacey reapareció con una hoja que contenía solamente las dos firmas de Eric y las tres que había entre medias. La ampliación había vuelto algo borrosas las firmas, pero se distinguían lo suficiente para poder compararlas.

Charlie cruzó en aquel momento la puerta cargado con una caja llena de galletas, *muffins* y cruasanes. Le ayudé a colocarlo todo en bandejas. El aroma a pastas recién horneadas se filtró en mi nariz y puso en marcha la manguera de jardín del interior de mi boca.

En cuanto hubo colocado el último cruasán de canela y pasas, Charlie se puso a trabajar con su portátil. A mi izquierda, Lacey estaba estudiando las firmas con una lupa. Como era habitual, todo el mundo estaba trabajando duro menos yo. Me apoyé en el mostrador que había al lado de Lacey mientras ella examinaba los garabatos ampliados.

Charlie me dio unos golpecitos en el hombro antes de hacerme entrega de un *muffin* con pepitas de chocolate en una servilleta.

—¿Lista para recibir noticias? —dijo.

—Por supuesto. ¿Qué has visto?

Mordí aquella delicia y mastiqué lentamente mientras Charlie se preparaba para mostrarme el resultado de su trabajo. Se fundió en mi boca una pepita de chocolate y gemí de placer.

—Cierra los ojos —dijo Charlie, con una sonrisa pícara.

Lacey dejó la lupa en la mesa.

—Vamos, deja ya de retrasar la cosa. ¿Qué has encontrado?

Charlie proyectó hacia fuera el labio inferior y se apartó de la pantalla del ordenador.

—Nunca me dejáis divertirme.

Me sumé a la carcajada de Lacey.

—¿Bromeas? ¿Te acuerdas de cómo apareciste vestido ayer? Pruébalo en cualquier otro lugar de trabajo, y ya verás qué pasa —dije.

Frunció el entrecejo y esbozó un mohín.

—Bueno, ¿queréis verlo o no?

Estudié la pantalla. Una fotografía pequeña de Tony, mucho más joven, acompañada por el titular «El juicio a Scavuto concluye con el jurado disuelto por falta de acuerdo». ¡Santo cielo! Y eso que dijo que no había estado en el punto de mira. Leí por encima el resto de la noticia.

> *El juicio a Antonio Scavuto por el asesinato de Melanie Esposito, de veintinueve años de edad, ha finalizado hoy sin que el jurado, integrado por ocho hombres y cuatro mujeres, fuese capaz de alcanzar un veredicto unánime. El fiscal adjunto del distrito, Jeremy Oglethorpe, ha declarado que por el momento no se va a intentar juzgar de nuevo al señor Scavuto.*

15

Se me cortó la respiración y me quedé mirando aquello hasta que las palabras se mezclaron entre sí para formar un caldo espeso que parecía decir: «Me estás tomando el pelo». Tony no solo era sospechoso de la muerte de la directora de su restaurante, sino que además había sido juzgado por el crimen.

Lacey frunció el entrecejo.

—¿Y te dijo que nunca nadie había sospechado de él? —preguntó—. Qué imbécil. Tendría que haber dado por supuesto que esto acabaría saliendo a la luz.

—Pues me dijo, literalmente, que nunca lo habían considerado sospechoso. Supongo que lo que debería hacer ahora es cruzar la calle y tener una pequeña charla con el señor Scavuto. ¡Sapo mentiroso! —exclamé, y apreté los dientes.

Charlie agitó una espada imaginaria.

—¿Quieres que vaya yo? —Con una mano descansando en la cadera, siguió blandiendo el arma—. ¡O dice la verdad, o tendrá que vérselas conmigo!

A pesar de lo enfadada que estaba, no pude evitar que se me escapara una risilla. Momentos como este servían para recordarme por qué me gustaba tener a Charlie en la librería, ahora que había dejado de incordiarme para que saliera con él.

—No, gracias. Sabré manejar la situación. Si necesito refuerzos, te llamo.

Sus pucheros casi me provocan un nuevo ataque de risa, pero me mordí el labio. No quería herir sus sentimientos. Charlie solo pretendía ayudarme. Aunque, a veces, me resultaba difícil tomarme en serio un carácter tan llamativo como el suyo.

De repente, me volvió a la cabeza la conversación que había mantenido con mi agente, durante la cual me dijo que hablara con otros miembros del cuerpo de policía. Recordé entonces que tenía pendiente hablar con alguien. Le pregunté a Lacey:

—¿Has visto últimamente a Leonard?

—Ayer por la tarde, hacia las tres, se pasó por aquí para tomar un café. Se me hizo raro no verlo con Eric. ¿Por qué lo preguntas?

—Necesito hablar con él sobre la suspensión temporal de Eric. Sin embargo, la prueba estaba en su taquilla. Alguien la puso allí para tenderle una trampa.

Y estaba decidida a averiguar quién había sido.

Charlie retiró las migas de galletas del mostrador con un paño blanco limpio.

—¿Cómo estás tan segura? ¿No es su firma la que aparece en ese libro? —preguntó.

«Ah, ya empezamos a movernos por aguas cenagosas».

—Confío en que nuestra investigación demuestre lo contrario. Además, aun en el caso de que Eric fuese lo bastante deshonesto como para hacer una cosa así, no es idiota. ¿Cómo iba a firmar con su propio nombre?

Lacey negó con la cabeza.

—La gente que quiere ocultar un homicidio no siempre piensa

con claridad —observó—. Y a veces comete actos temerarios. O quizá sea eso precisamente lo que quiere que piense la gente, que parezca tan evidente que no puede ser cierto. Dame tiempo para que estudie estas firmas.

Contuve una oleada de rabia.

—Eres su amiga desde hace más tiempo que yo. ¿Cómo puedes decir una cosa así? ¿De verdad crees que sales a correr con un asesino todos los sábados por la mañana?

Lacey levantó las manos.

—Simplemente me pongo en el papel del abogado del diablo —respondió—. Sé que es inocente. No posee el perfil psicológico que hace falta para matar a alguien. Espero que nunca se vea en el compromiso de tener que disparar contra alguien en su trabajo. Le destruiría. Y, además, ¿qué motivo tendría para querer matar al comisario?

¿Un ascenso que no le había concedido y la victoria que le había robado en la carrera de los diez kilómetros? Ninguno de esos dos motivos era tan relevante como para querer cometer un asesinato, aunque a veces a la gente se le cruzaban los cables. ¿Era Eric el tipo de persona al que se le podrían cruzar los cables? De ninguna manera.

—No se me ocurre ninguno que pudiera tener sentido. Quiero hablar con Leonard. Si es que consigo encontrarlo —dije.

Se abrió la puerta y entró en tromba una exhausta Veronica Winslow, con sus gemelos cogidos de la mano.

—¿Llegamos tarde para la «Hora del Cuento»? —preguntó.

Lacey abrió los ojos de par en par.

—¡Dios mío! —exclamó—. No me digas que ya son las diez y media.

Veronica sonrió y me fijé en que el maquillaje no había logrado disimular del todo sus ojeras oscuras.

—Pasan unos minutos, pero, si hoy no hay lectura, puedo llevar a los niños a la guardería.

—No, tranquila. Simplemente he perdido la noción del tiempo. —Lacey ofreció la mano a uno de los pequeños, de tres años de edad. A Peter, creía. ¿O sería Parker? Fuera como fuese, los gemelos Winslow eran fans de Spiderman—. Vamos. Ya está todo montado.

Cogí la mano pegajosa del otro niño y seguí a Lacey hacia la sección infantil, donde en un rincón nos esperaba un semicírculo de sillas de tamaño pitufo, mientras intentaba encontrar alguna pista que me dijera cuál de los dos gemelos llevaba de la mano. La medialuna de sillas estaba situada justo delante de un trono dorado desde donde la reina Lacey les contaría cuentos de aventuras.

Savannah corrió a nuestro lado y Veronica nos siguió también.

—¿Qué libro tenemos hoy en la agenda? —preguntó esta.

Lacey miró por encima del hombro, con cuidado de no pisar los piececitos que saltaban a su alrededor.

—*El grúfalo*. ¿Se lo has leído ya?

Lacey guio a su gemelo Winslow hasta una silla mientras yo dejaba a su hermano en la silla situada junto a la puerta. Savannah se instaló entre los dos y empezó a recibir caricias de amor por ambos lados.

—No, todavía no —contestó Veronica—. De hecho, si les gusta el cuento, me quedaré con un ejemplar, aprovechando mi vale regalo. Será mejor que lo gaste en algo bonito hasta que Jen termine su libro.

Le saqué la lengua.

Charlie se materializó, cargado con dos platitos de galletas de avena con pasas, y Savannah acampó a los pies de los niños para desempeñar su labor de recogedora de migas. Mi librería funcionaba como una colonia de hormigas. Allí cada uno tenía su trabajo.

Cuando Lacey se instaló en su trono, libro en mano, dije:

—Voy un momento ahí enfrente.

Lacey me dijo adiós y disimuló su sonrisilla detrás del libro ilustrado. Empatía por Tony, me imaginé que sintió.

—Lacey —dijo entonces Veronica—, ¿te importa si dejo a los niños aquí mientras paso un minuto por mi despacho?

—En absoluto. Tómate el tiempo que necesites.

De camino a la puerta, Veronica me alcanzó.

—Havermayer me ha contado que ayer asististe a la autopsia. ¿Fue tan asqueroso como cuenta la gente?

El estómago me dio un vuelco.

—Tanto y más.

Veronica hizo un gesto de asentimiento.

—¿Fue un envenenamiento por cianuro? —quiso saber.

¿Haría bien contestando a la pregunta? Ingrid no me había dicho en ningún momento que no pudiera comentar lo que había visto, y sus descubrimientos, por otro lado, no tardarían en ser públicos. Además, Veronica trabajaba en el ayuntamiento. Seguramente sabría bastante más que yo sobre los resultados y no quería contar nada.

—Sí. Lo ingirió durante la cena, aunque la forense me dijo que era imposible determinar la hora exacta.

—Lo cual acota las posibilidades. ¿Crees que el veneno estaba en el vino?

—Esa es la opinión general. Ingrid no pudo afirmarlo con seguridad porque el comisario tenía el estómago vacío. Pero ¿cómo lo metieron en la botella? He investigado un poco, y la posibilidad más realista sería mediante una aguja de las que se incorporan a jeringuillas y sirven para rellenar cartuchos de tinta. Sin embargo, ese tipo de agujas tiene la punta plana, razón por la cual, si alguien hubiera

192

utilizado una, habría dejado una especie de cráter en el corcho que cualquiera habría notado, sobre todo Tony.

Veronica se apartó un mechón de pelo pelirrojo que le caía en la frente.

—A menos que la empresa donde las compró se equivocara y enviara otro tipo de agujas, como nos hicieron a nosotros la semana pasada —comentó.

Me paré en seco.

—¿Qué quieres decir?

—La semana pasada hicimos un pedido de jeringuillas y agujas para rellenar cartuchos de tinta como las que acabas de describir, pero nos entregaron unas de otro tipo. Probablemente podríamos utilizarlas si no nos quedara otro remedio, pero, como no son las agujas que compramos, pienso devolverlas. Están en un armario de mi despacho.

—No me digas.

Veronica sonrió.

—Es posible que el asesino las comprara en el mismo sitio web —especuló.

—O que utilizara una de esas que dices.

Veronica negó con la cabeza.

—Cuando guardé la caja, estaba precintada con plástico transparente. Si la abro, no me aceptarán el cambio. Ahora estoy esperando a que la empresa me envíe una etiqueta para cursar la devolución. Resulta gracioso la poca eficiencia que muestran para solucionar sus errores, y la rapidez con la que los cometen.

Llegamos a la calle.

—Seguramente estás en lo cierto en lo que al precinto se refiere, pero ¿te importaría comprobar que la caja sigue con el precinto intacto? Solo para tener en cuenta todas las armas posibles, por decirlo de algún modo.

—Lo comprobaré encantada —contestó—. Aunque sea simplemente para eliminar al ayuntamiento de la lista de sospechosos.

Me dijo adiós y dobló a la derecha en dirección a Main Street.

Crucé en línea directa hacia Antonio's. «Alguien tiene que dar explicaciones», como Ricky Ricardo le diría a Lucy en la legendaria serie.

Cuando tiré de la manija de la puerta, no había nadie por la calle. La palanca de aluminio se resistió y mi mano resbaló por el metal. Miré el móvil: las 10:58. Faltaban dos minutos para que abriesen. Un rato más para seguir macerando mi rabia.

¿Por qué me habría mentido Tony? Cayeron sobre mí sombras de cuando Tim Cunningham me mintió sobre sus antecedentes aun cuando eso le hiciera parecer culpable. Tal vez Tony hubiera utilizado el mismo razonamiento estúpido. Lo cual no significaba que estuviera implicado en la muerte del comisario. Pero, de todos modos, necesitaba escuchar su versión de los hechos.

Mis hombros se relajaron un poco cuando oí que se abría el cerrojo. Una camarera con el pelo de color morado que tenía la edad de una universitaria, con un chaleco negro, una sonrisa radiante y una carpeta encuadernada en cuero en una mano, me abrió la puerta con la otra.

—Hola. Bienvenida a Antonio's. ¿Mesa para uno?

Grado en Hostelería, seguro.

—En realidad, vengo a hablar con Tony —dije—. ¿Está por aquí?

—Pase. Voy a ver si está disponible. —La chica dejó la carta en el atril y marchó hacia la cocina. Sin embargo, después de dar unos pocos pasos, dio media vuelta—: Disculpe, pero ¿no es usted la escritora de novelas de misterio?

—Sí —respondí. Sabía que no me iba a preguntar por mi

segunda novela. Demasiado joven para estar enamorada de Dana y Daniel.

—A mi madre le encantaron sus gemelos. Durante meses no habló de otra cosa. ¡Me volvió loca!

—Me lo imagino. Lo siento —me disculpé.

La chica negó con la cabeza.

—No, no lo sienta. Mientras estuviera charlando sobre su libro de usted, no me molestaba ni con las notas ni con mi novio. —Me miró de reojo—. Dígame, por favor, que el siguiente va a salir pronto.

Maravilloso. Preguntas por poderes.

—Está al caer.

Levantó el pulgar y cruzó las puertas dobles que daban acceso a la cocina.

Justo enfrente de la mesa donde me había sentado, vi una caja grande, al lado del atril, con la palabra «PARTRIDGE» escrita en el lateral. Leonard debía de haber pedido comida para la comisaría. Mi mirada se desplazó hacia el lugar donde el comisario Vick se había desvanecido. El personal había devuelto al restaurante la disposición de mesas y sillas habitual. El estrado ya no estaba y la pancarta tampoco. Se me revolvió el estómago y tuve que contener las náuseas. Suerte que no había desayunado.

Un destello morado en mi visión periférica apartó mi atención de aquella escena. Tony apareció detrás de la camarera, secándose las manos con un trapo manchado con los restos de su trabajo matutino en la cocina y con una sonrisa que no le alcanzaba ni de lejos los ojos.

—Hola, Jen. ¿Qué puedo hacer por ti?

—¿Podemos hablar un momento?

Tony miró el comedor vacío.

—En nada tendremos trabajo. ¿Sobre qué querías hablar?

—Sobre Chicago.

—¿Qué pasa con Chicago? —preguntó.

—Me mentiste. No solo fuiste sospechoso del crimen, sino que además te juzgaron por el asesinato de Melanie.

Tony se cruzó de brazos.

—¿Y? ¿Es acaso asunto tuyo?

«¿Que si es asunto mío?».

—Me pediste ayuda —respondí—, ¿lo recuerdas? Necesito saber con qué estoy trabajando. Con quién estoy trabajando.

—Quizá no necesite tu ayuda.

—Sabes que lo que acabas de decir no es verdad. Estás en el foco de Havermayer. ¿Quieres que te acaben sometiendo a otro juicio por asesinato? Tal vez en esta ocasión no tengas tanta suerte.

Tony suspiró y señaló una mesa para dos comensales.

—¿Te apetece comer algo?

El estómago se me revolvió de nuevo.

—No, gracias.

—Iré a por café —dijo.

Al sentarme fue como si la sala se encogiera a mi alrededor, como si los pulmones se me hubieran llenado de plomo. Había llegado el momento de enfrentarme a otro hombre mentiroso. ¿Había alguno en el que se pudiera confiar? Eric no me había mentido nunca. O, al menos, hasta el momento, no lo había sorprendido mintiéndome.

«Inspira hondo y suelta el aire lentamente».

Tony dejó en la mesa dos tazas con líquido marrón oscuro.

—¿Leche y azúcar? —ofreció.

—Por favor.

Volvió con la leche y el azúcar y se sentó en la otra silla, enfrente de mí. La fatiga y las preocupaciones se reflejaban en su cara. Inspiró hondo y vació los pulmones muy despacio.

¿Iría al mismo terapeuta que yo?

—Es evidente que has estado investigando y que ahora te preguntarás por qué no te conté toda la historia. ¿He acertado con este breve resumen? —dijo.

Asentí con la cabeza y esperé a que continuara mientras le echaba la leche y el azúcar a mi quinta taza de café del día. No hubo reacción por su parte. Por lo visto, necesitaba un empujoncito.

—Supongo que no querías que pensara que eres un asesino en serie —comenté—. Pero, aun así, no se trata de que no me hayas contado una parte de la historia, sino que me mentiste totalmente.

Tony se pasó la mano por su rostro ojeroso. Después de soltar todo el aire, empezó a hablar:

—Ante todo, quiero decirte que yo no maté a Melanie Esposito y, por supuesto, tampoco maté al comisario Vick. Te ruego que me creas, por favor.

—Quiero creerte. Convénceme.

Cogí la taza para beber un sorbito, pero volví a dejarla en la mesa. Tony estaba a punto de contarme cómo «no» había envenenado a una mujer en Chicago, igual que «tampoco» había envenenado al comisario Vick. ¿Y si había decidido «no» envenenarme «tampoco» a mí?

Tony arqueó una ceja.

—¿Le pasa algo al café? —se extrañó.

«Dímelo tú».

—No, simplemente acabo de decidir que ya he tomado bastante café por hoy.

—Puedo ofrecerte otra cosa, si quieres.

El aroma de la taza me puso los nervios a flor de piel. Uní las manos por debajo de la mesa.

—No, gracias. Estoy bien. Adelante, cuéntame tu historia.

—Melanie era la hija menor de mi primo, pero la quería como si fuera hija mía. Ella pasaba casi tanto tiempo en el restaurante como yo. Limpiaba mesas al salir del colegio y, mientras estuvo en la universidad, trabajó en su tiempo libre como camarera. Lo aprendió todo de todos los puestos. Tenía mucho sentido que pasase a dirigir el restaurante cuando terminó sus estudios. Había nacido para aquello. Cuando ella tomó las riendas del negocio, empezamos a ganar mucho más dinero que cuando lo gestionaba yo. Melanie lo era todo para mí.

Tony apuró su café de un solo trago y llamó a la chica del pelo morado para que volviera a rellenarle la taza. Esta se la llenó hasta arriba y volvió rápidamente al atril de la recepción, por mucho que no hubiera entrado ni un solo cliente desde mi llegada. ¿Sería un día de clientela tardía, o era consecuencia de la mala publicidad por lo que había sucedido el fin de semana? Era imposible saberlo en una ciudad tan pequeña como Riddleton.

Tony continuó con su relato:

—Todo marchaba viento en popa hasta que Mel contrató a Uly Yates.

Mi café se había enfriado tanto que el aroma se había esfumado, pero cuando lo miraba se me seguía haciendo la boca agua. Uní las manos con más fuerza bajo la mesa.

—¿Uly? Es un nombre poco corriente.

—Es el diminutivo de Ulysses, creo. El caso es que Mel lo contrató como ayudante de cocina, y él lo hacía la mar de bien. Era encantador, guapo, un auténtico profesional. Todo el mundo lo adoraba, pero yo notaba que había algo que no cuadraba. En nada de tiempo, Melanie empezó a seguirlo por todas partes como un perrito. Intenté convencerla de que estaba yendo demasiado rápido y de que tenía que tomarse las cosas con algo más de calma, conocer mejor al chico…, pero no me hizo caso alguno. Se enamoró locamente de él.

»Al cabo de un tiempo, Uly decidió que seguir las órdenes de otros no era digno de él. Presionó a Mel para que despidiera al segundo jefe de cocina y lo pusiera a él en su lugar, a pesar de su falta de experiencia. El trabajo que estaba llevando a cabo el segundo de cocina era ejemplar. Mel se negó, y, a partir de aquel momento, las cosas entre ellos fueron de mal en peor. Ella, sin embargo, se mantuvo firme en su postura. Tres semanas más tarde, Melanie fue asesinada, y la policía me arrestó.

Mi mano derecha se escurrió entre la otra, como un cachorrillo con un collar que le queda demasiado grande para su edad, y se desplazó hacia la taza. La agarré. Algo tenía que hacer para curarme de aquella adicción.

—¿Qué fue lo que los llevó a creer que eras el responsable del crimen? —pregunté.

Tony negó con la cabeza.

—Mel y yo discutimos sobre Uly la noche anterior a su muerte. La actitud de Uly había destruido la armonía entre el personal del restaurante. Tenía que irse. Tendría que haberlo despedido yo mismo, pero no quería socavar la autoridad de Mel. Como directora, los asuntos relacionados con los empleados quedaban dentro de su jurisdicción. Por desgracia, el enamoramiento la cegó. Decía que todo era por celos.

—¿Y el veneno?

Tony esbozó una mueca.

—Eso fue lo peor. La policía vino a por mí porque alguien hizo un pedido de pastillas de cianuro en la *dark web* utilizando mi nombre y poniendo la dirección del restaurante como lugar de entrega, y pagó además con la tarjeta de crédito de la empresa. El pedido se realizó desde un cibercafé en el que no funcionaban las cámaras de vigilancia. Jamás lograron establecer la identidad de esa persona, pero me arrestaron igualmente.

»Por suerte, mi abogado encontró pruebas que apuntaban a Uly y que generaron dudas suficientes como para que el jurado no se pusiese de acuerdo en su veredicto. Es la única razón por la que sigo siendo un hombre libre. Soy consciente de que los fiscales pueden cambiar de idea en cualquier momento y de que puedo acabar de nuevo en los tribunales. En teoría, sigo en libertad condicional. El juez me autorizó a venir a vivir aquí porque el fiscal del distrito no se quiso comprometer a realizar otro juicio.

Levanté una ceja.

—Vaya forma más horrorosa de vivir. Sin saber cuándo volverá a caer la espada de Damocles.

Tony bajó la mirada.

—Hay formas mucho peores de vivir. Al menos, yo puedo andar por la calle sin miedo a que me ataquen con un cuchillo afilado. —Un amago de sonrisa iluminó sus palabras—. Pero estaría encantado de pasar lo que me queda de vida encerrado en la cárcel si eso sirviera para devolverle la vida a Melanie. Incluso a compartir celda con Uly Yates.

Tenía que decidir si creérmelo o no. Cualquiera podía haber preparado aquella ingente cantidad de pruebas en su contra. El único desliz era lo de la tarjeta de crédito, que reducía las posibilidades a Melanie, a alguien a quien ella se la hubiera dado o a alguien que supiera dónde la guardaba. Y la alternativa razonable era, en cualquier caso, Uly, a menos que Tony fuera el verdadero autor del crimen.

—Te dejo volver a tu trabajo. Gracias por hablar conmigo.

Salí a la calle dejando atrás un restaurante vacío, contenta por haber escapado de allí sin beber el café envenenado. Empecé a pensar en mi siguiente movimiento. La descabellada historia de Tony era creíble desde el punto de vista de un escritor. Si quisiera construir un personaje que fuera el chivo expiatorio perfecto, yo habría hecho exactamente eso. No estaba más cerca que los miembros del jurado de saber quién había asesinado a Melanie Esposito. E incluso menos de averiguar quién había asesinado a Tobias Vick.

16

Emprendí el camino de vuelta a la librería. Cuando llegué a la acera de enfrente, vi que Veronica salía del ayuntamiento y me estaba llamando.

—¡Jen, espera!

Nos cruzamos justo delante de la comisaría.

—¿Has encontrado algo? —pregunté.

—Más bien podría decirse qué no he encontrado. Ven.

«Vaya». Eso sonaba a que no había tenido suerte y no había podido borrar a nadie de la lista de sospechosos. La seguí y entramos en la impresionante estructura de piedra que era la sede del gobierno municipal de Riddleton. Las bombillas fluorescentes del techo iluminaban paredes con paneles de madera oscura y pintura de color beis, separadas por una moldura marrón. El pasillo conducía al despacho personal de la alcaldesa. A través de la puerta abierta, vi a Teresa Benedict sentada detrás de una mesa llena hasta arriba de papeles y carpetas, hablando a gritos por teléfono a través de los auriculares. Su forma favorita de comunicarse.

Veronica abrió la puerta de su despacho. La pintura azul celeste y la luz que se filtraba a través de una ventana con ocho paneles situada detrás de una mesa de trabajo limpia y organizada que ocupaba prácticamente todo un lado hacían que el espacio fuera más alegre que el pasillo. Archivadores adornados con violetas africanas oscurecían la pared a ambos lados de un armario blanco lacado. El linóleo amarillento y resquebrajado del suelo era el único indicador de la edad del edificio, que había sido construido en la década de 1940, cuando el condado decidió subir de categoría a Riddleton y pasarlo de pueblo a ciudad.

Veronica abrió el armario del material y sacó una caja de cartón envuelta en plástico transparente roto. La miré, levantando una ceja.

—Ábrela —dije.

En el interior encontré una bandeja de plástico con tres huecos diseñados para contener agujas largas y biseladas unidas a jeringuillas, pero solo estaban ocupados dos de ellos.

—¿No habías dicho que la caja estaba precintada?

—Lo estaba cuando la metí en este armario la semana pasada. —Cogió el paquete—. La guardé con una nota adhesiva en la que escribí No UTILIZAR, para, de este modo, poder devolverla. La nota ha desaparecido, al igual que una de las jeringuillas.

Había llegado mi turno de jugar al abogado del diablo.

—A lo mejor alguien la ha utilizado para rellenar un cartucho —conjeturé.

—Estas agujas no van bien para eso. Pero, de todos modos, he verificado los niveles de tinta de la impresora. Y los cartuchos están prácticamente vacíos, como cuando hice el pedido.

—¿Y las demás impresoras?

Veronica hizo un gesto negativo.

—No hay más impresoras. Por razones de seguridad, todo se imprime con esta. Y así nadie puede sacar nada impreso de aquí sin que yo me entere. Ni siquiera la alcaldesa. Además, la tinta aún no ha llegado. Estamos también esperando el pedido. Y, por otro lado, cuando yo no estoy, este despacho permanece cerrado.

¿Cómo era posible que alguien hubiera entrado en un despacho cerrado con llave, hubiera abierto un armario cerrado asimismo con llave sin dejar indicios de haberlo forzado, y hubiera robado una aguja y una jeringuilla de una caja precintada, para luego, probablemente, utilizarlas para inyectar cianuro en una botella de vino con el fin de envenenar al jefe de la policía? ¿Habría llegado quizá el momento de empezar a creer en fantasmas?

Veronica se sentó en la silla de detrás de su mesa y señaló la que había enfrente.

—¿Qué piensas? —preguntó.

Resoplé y me dejé caer en la silla indicada.

—Pues no sé qué pensar. ¿Hay alguien más que tenga la llave de tu despacho?

—En el cuerpo de policía tienen un juego para entrar en caso de emergencia. Y la alcaldesa, por supuesto. Nadie más, que yo sepa.

Lo cual significaba que el acceso de Eric a estas llaves podría ser una prueba en su contra. Estaba segura de que él no lo había hecho. Pero ¿y si hubiese sido otra persona del cuerpo de policía? ¿Se habría planteado Havermayer la posibilidad de que uno de los empleados del comisario estuviera implicado? No lo veía probable. Excepto Eric, claro está.

—¿Sería posible que alguien hubiera cogido prestadas las llaves y las hubiera devuelto sin que tú te hubieses dado cuenta? —dije.

Veronica se recostó en su silla y cruzó las piernas.

—De ninguna manera. Siempre las llevo encima. Menos cuando duermo. No creo que mi marido conociera al comisario Vick, y mucho menos que tuviera motivos para asesinarlo. Además, ya has visto a mis niños. Es más probable que las tiraran por la ventana y me hicieran buscarlas entre la hierba toda la noche. Sería una fiesta de risas para ellos, seguro.

Mi sonrisa ocultó la confusión que hervía en mi interior. Me levanté, sintiéndome más vieja que cuando había entrado allí.

—Déjame pensarlo un poco. Y piensa tú también. Quizá, entre las dos, consigamos encontrarle explicación a este asunto.

Veronica me acompañó hasta la salida. Nos despedimos y giré hacia la izquierda para volver a la librería. Cuando me acercaba a la escalera de acceso al edificio de la comisaría, vi que aparcaban en los espacios reservados de delante un todoterreno negro y un coche patrulla. Leonard abrió la puerta y ayudó a alguien a salir de la parte posterior de su berlina. Me quedé boquiabierta al ver que la detective Havermayer escoltaba a Tony, esposado, para entrar en el edificio.

Miré a Leonard, que se había quedado apoyado en su coche patrulla. Tenía los brazos cruzados y parecía estar buscando arañazos en sus relucientes botas de trabajo.

—¿Qué pasa, Leonard?

Él se enderezó y se secó una gota de sudor de la frente.

—Hemos arrestado a Tony por el asesinato del comisario Vick.

—¿Bromeas? ¿Basándoos en qué?

—Sabes perfectamente que no te lo puedo decir.

Apreté los dientes.

—Esto es ridículo. Lo único que ha hecho Tony ha sido donar una botella de vino para la subasta. Además, sigue sin estar confirmado que el veneno estuviera en el vino. El jefe podría haberlo ingerido en cualquier parte.

—En cualquier parte del restaurante, propiedad de Tony Scavuto. Havermayer está convencida de que está implicado de alguna manera.

—¿Y en qué basa esa suposición? No hay pruebas.

Las aletas de la nariz de Leonard se inflaron.

—No puedo proporcionarte información confidencial sobre ninguna investigación. ¿Y a ti qué más te da? Si apenas conoces a ese tipo.

—He visto cómo la policía fuerza y presiona a la gente.

«Como me hicieron a mí».

—¿Quién está haciendo ahora suposiciones?

—Vale. ¿Y ahora qué va a pasar?

Su mirada me fulminó de tal manera que me vi obligada a enderezar la espalda.

—Lo que va a pasar es que haremos nuestro trabajo.

Sabía, sin embargo, que la detective podía llegar a ser muy cerrada de miras con respecto a su trabajo.

—Es el primer caso de Havermayer como detective principal, y hará todo lo que considere necesario para cerrarlo —dijo.

Leonard se llevó la mano al bigote, como si la humedad hubiera disuelto el pegamento que lo mantenía en su sitio.

—Arrestar a un inocente no ayuda a nadie —repliqué—. Ni a Havermayer ni al cuerpo de policía.

Caminando, tracé un cuadrado de metro y medio por cada lado desde el borde de la acera hasta los pies de la escalera.

—¿No podríamos formar equipo para solucionar esto, Leonard? ¿Tú y yo? Eric está también en el punto de mira de Havermayer. ¿Y si llega a la conclusión de que tuvo algo que ver en la muerte del jefe? ¿Quién lo ayudará entonces?

—Alguien —respondió—. Yo soy todavía un novato. Tengo que acatar las reglas.

—Piénsatelo, al menos. Es tu compañero. Recuerda que compartir información es algo que va en dos sentidos. Es posible que yo también me entere de cosas.

Me estudió con una mirada oscura y fría como el pedernal.

—Si te enteras de algo, será mejor que se lo cuentes a Havermayer. ¿O acaso quieres que te arresten a ti también?

Negué con la cabeza y eché a andar hacia la librería.

—Oye, Jen, espera —añadió.

Cambié mi cara de rabia por otra de póker y me volví de nuevo hacia Leonard.

Leonard me indicó con un gesto que me acercara otra vez.

—¿Qué pasa? —pregunté.

Miró de reojo a su alrededor para ver si había alguien.

—Creo que tienes razón. Deberíamos trabajar en equipo.

Mi paranoia hizo su segunda aparición del día.

—¿A qué viene este cambio de postura tan repentino?

—Eric no puede ayudarse a sí mismo, de modo que investigaremos por él. —Esbozó una media sonrisa—. Además, alguien tiene que encargarse de mantenerte alejada de los problemas.

—Sé cuidarme solita, gracias.

Mi intento de impedir que mi voz no sonara irónica no tuvo éxito.

Leonard soltó el aire y apoyó las manos en las caderas.

—Sí, ya sé que sabes hacerlo. Cuando lo del caso Cunningham era nuevo en el puesto, razón por la cual hice poca cosa, pero lo observé todo. Olinski y Havermayer iban por un camino totalmente equivocado. Tú seguiste tu instinto, te plantaste ante todo el mundo e hiciste lo que tenías que hacer. Tu valentía me pareció admirable.

—Gracias. —Se me volvió a erizar el vello de la nuca. Era posible que simplemente estuviera intentando engatusarme para hacerme hablar. Era el momento de poner a prueba mi teoría—. ¿Por qué ha arrestado Havermayer a Tony?

Leonard se ruborizó y tragó saliva.

—No ha querido decírmelo.

«La verdad, por fin».

—Supongo que se trata de tu primer trabajo. Cuando lo averigües, llámame y pensaremos cómo actuar a partir de ahí —concluí.

Savannah me recibió en la puerta de la librería, con su cola peluda agitándose como una bandera en pleno huracán. Le rasqué el cuello y esquivé sus besos hasta que se marchó en busca de un juguete de su colección. El ajetreo de primera hora de la tarde —dos mujeres de mediana edad y un hombre tan arrugado que podría ser un veterano de la Guerra Civil— estaba en su momento de máximo esplendor.

Lacey llegó a la caja registradora cargada de libros. Las mujeres, que hablaban como cotorras, aparecieron detrás, tarjeta visa en mano. Acabaron llevándose un total de siete libros entre las dos. Un par de ventas más como esa y podríamos pagar los sueldos. En caso de que alguien tuviera sueldo.

Cuando las clientas se marcharon, me dirigí al mostrador con tapa de cristal, debajo del cual se exponía una sucinta colección de marcapáginas y de lamparitas con clip para leer en la cama sin interrumpir los ronquidos de la pareja.

—¿Qué han comprado? —quise saber.

—Dos novelas juveniles y una de género negro ligero, la una, y dos de género negro ligero y dos libros de cocina, la otra. No está mal para un miércoles después de comer.

—Podré sobrellevarlo. Eso, y mucho más.

Lacey sonrió y asintió con la cabeza.

—¿Qué has estado haciendo?

—He visto cómo Havermayer entraba en comisaría con Tony esposado, he estado hablando con gente y me he enterado de muchas novedades, que podrían o no ser relevantes. Empezando por el relato de Tony sobre lo que sucedió en Chicago. Al parecer…

208

Lacey levantó una mano para acallarme.

—Caramba, espera un momento. ¿Dices que han arrestado a Tony? ¿Por qué?

—Ni idea. Leonard se va a ocupar de averiguarlo.

—¿Leonard? ¿Cómo es eso?

—Le he sugerido que trabajáramos en equipo para exonerar a Eric. Sospecho que tiene algún motivo oculto para acceder a ello, aunque no tengo ni idea de cuál podría ser. Tal vez simplemente quiera ayudar a su compañero. Bueno, el caso es que en estos momentos estoy dispuesta a aceptar cualquier ayuda que esté disponible.

Lacey esbozó un mohín.

—Pues yo no estoy tan segura, Jen. Me inclino más hacia un motivo oculto que hacia *Helpful Harry*. Leonard es un coleccionista de agravios. Se acuerda de todos y cada uno de los desdenes que puedas tener con él, por leves que sean, y parece que lleve la cuenta. No es de esos tipos que siempre se brindan a ayudarte. Si te ha ofrecido su colaboración, es para sacar beneficio de ello de alguna manera. Cúbrete bien las espaldas.

—Lo haré, gracias.

—Algún provecho he de sacar de mis clases de psicología. Y, ahora, cuéntame lo que te dijo Tony. ¿Fue él quien mató a la mujer de Chicago?

Le brindé una versión abreviada de la rocambolesca historia y acabé diciendo:

—Insiste en que el novio de la chica es el culpable, y no estoy convencida de que esté equivocado. Podría ser cualquiera de los dos, dependiendo de la perspectiva, pero sigo sin encontrar una razón de peso por la que Tony quisiera matar a su prima. Aun así, aunque hubiera salido impune de ese asesinato de Chicago, eso no significa que sea el asesino del comisario Vick. ¿Tú crees que alguien sería capaz de ejecutar a un hombre por una mala reseña en *Yelp*?

—Por supuesto que no, a menos que tengas también en cuenta el concurso supuestamente amañado del Día de la Independencia. Por eso sí que merece la pena matar.

—Solo en Riddleton. —El maldito hueso chirriante aterrizó de repente a mis pies, y Savannah meneó la cola con expectación—. Ahora no, pequeñuela. Estoy cansada.

—Sabe que te sientes infeliz —dijo Lacey.

—¿Qué quieres decir? No me siento infeliz.

«Santo cielo», ya empezaba a hablar como mi propia madre.

Lacey arqueó una ceja.

—¿En serio? ¿Eric está implicado en una investigación por asesinato, y tú estás tan pancha? Aunque solo fueseis amigos, como insistes en decir que sois, es una situación estresante.

—Solo somos amigos, y no estoy tan pancha. Pero ¿qué puedo hacer? Quiero encontrar al verdadero asesino, pero no tengo mucho con lo que trabajar.

—Quizá, pero creo que te importa mucho más de lo que estás dispuesta a reconocer.

Fui directa a la pequeña cafetería, serví una taza y se la ofrecí a Lacey. Negó con la cabeza, de modo que le incorporé mis habituales leche y azúcar y reflexioné sobre sus palabras. ¿Tendría razón? ¿Me importaba Eric más de lo que me estaba yo misma autorizando a creer? Seguramente, pero me negaba a cometer otra vez el mismo error. Aunque ¿cuánto acabaría costándome mi deseo de querer protegerme?

Después de soplar un poco, bebí un sorbito.

—No puedo arriesgarme a iniciar tan pronto una relación con alguien, Lacey.

—No eres la única persona del mundo que ha tenido problemas. Todos hemos pasado por esas cosas. No puedes renunciar al amor. ¿Qué tipo de vida te espera sin amor?

—¿Un tipo de vida tranquila?

Se echó a reír y me dio un codazo.

—Sé realista. Tienes solo... ¿Cuántos? ¿Veinticinco?

—Veintinueve.

—Sigues siendo demasiado joven para encerrarte en la soltería. ¿En qué año estamos? ¿En 1888? Sí, has cometido errores, eso está claro. Pero, gracias a ello, ahora tienes una idea mejor sobre lo que estás buscando, ¿no?

La verdad es que tenía razón.

—Hablas como Brittany.

—Pues, de ser así, te diré que Brittany es una mujer sabia.

Fruncí el ceño.

—Bueno, deja correr el tema o te mando a la biblioteca. Britt anda siempre refunfuñando porque no estás allí para ayudarla. Aunque últimamente refunfuña por todo.

—He estado en lugares peores —replicó Lacey, y se encogió de hombros con una sonrisa. Se encaminó hacia un anciano que parecía un cañonero confederado. Había dejado de curiosear y se había dormido en el sofá tapizado a rayas marrones y doradas con un libro de bolsillo en las manos. Lacey me miró—. ¿Lo despertamos o le traigo una manta?

—¿Estás segura de que respira?

Lacey apoyó una mano sobre su pecho.

—Sí.

Moví la cabeza.

—Déjalo que duerma. Quizá si lo despertamos de golpe le dé un infarto. No creo que sus ronquidos nos espanten la clientela.

—Cierto. —Lacey se levantó y estiró los brazos por encima de su cabeza—. ¿Qué os pasa a Brittany y a ti?

Un *muffin* de chocolate empezó a llamarme de repente y fui directa a por él.

—¿Dónde está Charlie?

—Tenemos tan poca clientela después de comer que decidimos que no era necesario que viniera. Me apaño yo sola para gestionar la cafetería y le doy su parte de lo poco que se ingresa. Es lo menos que puedo hacer. Está trabajando prácticamente a cambio de nada. Es mejor que tenga tiempo libre para cazar malvados en el ordenador o lo que quiera que haga cuando no está por aquí.

Engullí un buen trozo de *muffin*.

—Y ¿a qué se dedica cuando no está por aquí?

—Creo que se pasa el día pegado al ordenador. Jugando a ser el héroe que rescata damiselas de manos de ogros malvados.

El hueso cantarín aterrizó de nuevo en mi zapato. Lo lancé, y la perrita, a la carrera, se perdió en las profundidades del almacén. Así estaría entretenida un minuto.

—Sí, pero ¿de qué vive? Con lo que le pagamos no le da ni para costearse el transporte hasta aquí y tiene que venir andando.

—No tengo ni idea. Él no habla mucho, y yo no curioseo.

Acabé con el *muffin*.

—Sospecho que es mejor no saberlo. Siempre me lo imagino encorvado delante del ordenador, completamente a oscuras y con una manta tapándole la cabeza, pirateando la web del Tesoro o algo por el estilo.

Lacey rio con disimulo.

—Me imagino que su familia se alegra de mantenerlo con tal de tenerlo fuera del sótano de su casa. De este modo, no estarán colaborando con él ni siendo sus cómplices cuando lo pillen. —Esta vez, se encargó ella de enviar a Savannah y su juguete a tierras remotas—. Y no te creas que no me he dado cuenta de ese hábil cambio de tema. Te piensas que te has escaqueado, ¿verdad?

Una expresión de pura inocencia se apoderó de mi cara.

—¿Quién? ¿Yo? ¿Qué he hecho ahora?

—Muy graciosa. ¿Qué problema hay entre Brittany y tú? A los niños no nos gusta cuando mamá y papá se pelean.

Mis hombros se vinieron abajo.

—No se trata de ninguna pelea. Solo es que últimamente me da la impresión de que no nos comunicamos muy bien. Supongo que toda amistad tiene sus contratiempos de vez en cuando. Su vida se está encaminando hacia una dirección, y la mía, hacia otra. Lo cual es extraño, puesto que esto es justo lo que esperaba que pasara cuando me marché de aquí para ir a la universidad y no acabó pasando nunca.

Lacey me presionó el brazo.

—La otra noche, en el acto benéfico, me dio la sensación de que estabais bien.

—Cierto. Fue una noche maravillosa, hasta…

Las campanillas de la puerta de entrada sonaron y Leonard vino directo a la cafetería y se sirvió una taza. Savannah se acercó trotando hasta él, le olisqueó el zapato y se marchó trotando de nuevo.

—¿Alguna novedad, señoras? —preguntó.

Lo miré a los ojos y le sostuve la mirada.

—Eso es lo que espero de ti. ¿Qué has averiguado con respecto a lo de Tony?

Le dio un sorbo al café, hizo girar la taza y bebió otro poco.

Lacey y yo intercambiamos miradas. ¿Se estaría haciendo de rogar? ¿Disfrutando de un subidón de poder por poseer una información que sabía que deseábamos?

«Bobadas».

—Vamos, Leonard, suéltalo. ¿Qué has averiguado?

Se acarició el bigote.

—Han encontrado la botella desaparecida y una copa en el asiento posterior del coche de Tony. Por eso Havermayer ha decidido arrestarlo.

Lacey y yo intercambiamos de nuevo miradas, esta vez con la boca abierta de par en par.

17

Leonard se acabó el café de un solo trago. Seguí su ejemplo mientras mi cerebro intentaba procesar la nueva información. ¿Que Tony mató al comisario Vick? ¿Y que guardó las pruebas en el asiento posterior de su propio coche? De ninguna manera habría cometido Tony esa estupidez. ¿Por qué no enterrar las pruebas en los bosques que rodeaban su cabaña?

—Y ¿cuál es la teoría que sustenta esto? —dije—. ¿Que Tony es un tonto del bote?

Leonard dejó la taza encima de la vitrina de las pastas, y ello le dio sombra a un cruasán de canela y pasas.

—De hecho, ha dicho que tú eras la única que sabía dónde estaba él y que debiste de ser tú la que dejó las pruebas en su coche.

Salió de mi boca una carcajada sin que me diera tiempo a reprimirla.

—Eso sí que es ridículo. ¿Quién se va a creer eso? Aunque tiene agallas, lo reconozco.

Lacey apoyó la mano en mi brazo.

—Havermayer se lo creerá —dijo—. Siempre ha querido sospechar de ti.

—Estupendo. Pues ahora ya tiene la excusa. Es una suerte que solo pueda incriminar a una persona a la vez.

—Además, las únicas huellas que han encontrado en la botella son las de Tony y las tuyas —continuó Leonard—. Lo cual es una prueba condenatoria.

—No necesariamente. Ambos tocamos la botella antes de la subasta. Además, ¿cómo han obtenido mis huellas para hacer la comparación?

—¿Recuerdas cuando alguien entró en tu apartamento después del asesinato de Aletha Cunningham? Tuvieron que tomar muestras de tus huellas con fines excluyentes.

Un recuerdo que había intentado olvidar, sin conseguirlo. Aparte de lo de la toma de mis huellas dactilares, claro está.

—¿Y las huellas de la copa?

—Son del comisario Vick y de Brittany. Las de ella las tenían porque también se las tomaron para excluirla cuando entraron en tu apartamento.

Supuse que la Detective Almidonada estaría ya en la biblioteca interrogando a Brittany. Era típico de ella reservarme a mí para el final. Resultaba más divertido tenerme sudando un buen rato.

—El asesino debió de utilizar guantes. ¿Piensan estudiar el contenido de la copa?

Leonard hizo un gesto negativo.

—Tanto la botella como la copa estaban vacías y habían sido aclaradas con algo. No hay ningún contenido que examinar.

Lacey cogió un trapo y limpió una huella del tamaño de mi mano de la vitrina. Vaya.

—De modo que nunca sabremos si el veneno estaba en la botella o en la copa. O en el espárrago del plato del comisario Vick o en el burrito que comió a mediodía —dijo.

Leonard asintió con la cabeza y señaló al cañonero dormido.

—¿Quién es el amigo?

—Un anciano que se ha cansado de curiosear entre nuestros libros.

—¿Queréis que lo eche?

Lacey negó con la cabeza.

—Déjalo —contestó—. No molesta. Si sigue aquí cuando sea la hora de cerrar, ya lo despertaré.

—De acuerdo, como queráis. —Leonard se volvió entonces hacia mí—. Y ahora ¿qué?

«¿Sabes si en Canadá hace más fresco que aquí en esta época del año?».

—Por lo visto, ahora tenemos en la agenda dos proyectos: averiguar quién robó la prueba del almacén de comisaría y averiguar quién dejó las otras pruebas en el coche de Tony. Suponiendo que no fuese el mismo Tony, y no estoy convencida de que esa sea una suposición sólida. Tony sabe que nunca creeríamos que fuera a ser tan estúpido, lo que lo convertiría en la tapadera perfecta.

—Cierto. Pero ¿cómo habría conseguido entrar en el almacén de comisaría? Podríamos estar hablando de dos personas. Veré qué puedo averiguar. —Leonard se encaminó hacia la puerta, pero se paró antes de llegar—. Habéis hecho un trabajo fantástico con esta decoración. Me encanta la imagen de Washington leyéndoles *El sentido común* a los británicos.

—Gracias —dijo Lacey—. Ha sido todo un reto.

Leonard se volvió hacia ella.

—¿Lo has hecho a mano alzada?

—Lo he sacado de otro dibujo. Lo más divertido ha sido dibujar la escena al revés en la parte interior del cristal.

—Jolín, ¿lo has dibujado al revés?

217

—Sí, es como una Ginger Rogers —dije.

Se quedaron los dos mirándome como si estuviera majara. Y quizá no se equivocaban.

—No sé si conocéis la cita: «Ginger Rogers hacía todo lo que hacía Fred Astaire, con la diferencia de que bailaba al revés y con tacones».

—Lo que tú digas —replicó Lacey, y rio—. Aunque lo de los tacones no lo practico mucho, la verdad.

Leonard negó con la cabeza.

—Estoy impresionado. Estudié Bellas Artes una temporada. Tenía buen ojo para el detalle, pero nunca conseguí dominar la transferencia a papel de lo que observaba. Por eso acabé haciéndome policía. Pensé que podría utilizar mis habilidades para resolver crímenes.

Jamás me habría imaginado que fuera un artista. Un secreto bien guardado. Al menos, para mí.

—A lo mejor un día podrías enseñarnos tus dibujos —dije.

—Están todos en una caja en el desván de casa de mis padres. Me llevaría semanas localizarlos.

Cuando Leonard tiró su vaso de papel vacío a la basura y se marchó, me volví hacia Lacey.

—Echémosles un vistazo a esas firmas —propuse.

Lacey cogió la impresión de la página del registro de entradas y su lupa.

—He estudiado la firma real de Eric y he encontrado un par de cosas que podríamos comparar. —Centró la lente en el nombre—. Fíjate en cómo traza ese pequeño bucle en medio de la «E».

Examiné la «E», que, ampliada, daba la impresión de ser dos semicírculos, uno arriba y otro abajo, conectados mediante una abertura minúscula de forma oblonga.

—Sí.

—Y ahora mira la otra firma —dijo—. El bucle está ahí y es exactamente el mismo. Lo cual tampoco es que sea imposible y, en consecuencia, no estoy segura de su relevancia. Pero hay que tener en cuenta que nadie firma de la misma manera dos veces.

—¿Te refieres a que alguien podría haber calcado la firma y luego haberla transferido al libro de registro para que las firmas coincidieran?

—Imposible saberlo. Y lo mismo pasa con el punto sobre la «i». El punto de la firma que sabemos a ciencia cierta que es de Eric es como una barrita oblicua. Un punto descontrolado, por decirlo de algún modo. El de la otra firma es similar, pero, si lo estudias con detalle, notarás que hay unos leves trazos de duda, como si alguien hubiera intentado que los puntos tuvieran exactamente la misma longitud. Lo cual no significa que la firma sea falsa, insisto. Si Eric firmó la segunda vez, cuando supuestamente entró para robar la prueba, estaría pensando en lo que estaba a punto de hacer, y esa podría ser la causa de esas dudas que se observan en el trazo.

Moví la mandíbula de un lado a otro.

—Por lo que parece, cualquier cosa que hayamos podido encontrar podría descartarse por tratarse de pura coincidencia. ¿Para qué, entonces, todo esto?

Lacey dejó la lupa sobre el mostrador.

—Recuerda que ni esto es una ciencia exacta, ni yo soy una experta. Alguien que sepa del tema se percataría de un montón de cosas que yo no veo. Eso sin mencionar los detalles que son imposibles de captar en una fotografía. Como la presión del bolígrafo sobre el papel, por ejemplo.

—Lo que significa que hay que estudiar el original, y eso es imposible —dije.

—Correcto. Sin embargo, no sabemos aún si Olinski ha encargado a alguien realizar este trabajo. Podría ser que ya tuviera la respuesta.

—¿Y podría ser que fuese por eso por lo que Eric no se ha reincorporado todavía a su puesto?

—Es posible que el experto se sienta tan inseguro como nosotras. No hay nada que resulte concluyente. Las firmas son lo bastante parecidas como para ser auténticas las dos, y lo bastante diferentes como para que la segunda sea una falsificación. Aunque, si se trata de una falsificación, diría que es excelente.

Levanté las manos para dejarlas caer después hacia mis costados.

—Estupendo. Estamos justo donde empezamos —me lamenté.

El cañonero que dormía en el sofá se desperezó y el libro que tenía en las manos cayó a sus pies. El hombre se incorporó para recogerlo. La fuerza de la gravedad amenazó con hacerlo caer de cabeza, y corrí a socorrerlo, pensando que eso sería bastante más fácil que levantar a un anciano del suelo.

—¿Está usted bien, señor? —le pregunté.

El hombre asintió con la cabeza.

—Últimamente no duermo mucho. Y a veces el sueño puede conmigo.

—Lo entiendo. Este sofá es muy cómodo. Siempre acaba atrapándote.

El anciano sonrió y se dirigió renqueante hacia la caja registradora. Lacey le presentó la cuenta y esperó a que sacara los billetes de la cartera con manos temblorosas. Crucé una mirada con ella. Esas podríamos ser nosotras algún día.

Terminada la transacción, le toqué en el hombro al anciano.

—Me marcho. ¿Quiere que lo acompañe a casa?

—Es usted una joven muy amable —respondió. Lacey sonrió

con satisfacción cuando le di las gracias. La fulminé con la mirada—. Muchas gracias por el ofrecimiento —continuó diciendo el anciano—. Pero tengo mi coche aparcado aquí fuera. Estoy bien.

Tendría que procurar que Savannah no bajara a la calzada. Ni tampoco yo, de hecho. Acompañé al anciano hasta su Chevy Impala, que era casi tan viejo como él, y me encogí de miedo al ver que se sumergía en el tráfico de Main Street. Mejor no pisar tampoco la acera.

Me quedé delante de la librería y dejé que el sol me calentara la cara, pero el frío que sentía en mi interior era puramente psicológico. Mi tormenta de ideas se había quedado en una simple llovizna. La comparación de las firmas no exoneraba a Eric, y no tenía ni idea de qué más hacer. Le había pedido que me diera veinticuatro horas antes de entregar la prueba que habíamos encontrado en su taquilla. Veinticuatro horas para salvar su carrera, incluso para garantizarle la libertad, y había fracasado.

Justo en aquel momento, se abrió la puerta de la comisaría y miré hacia allí. Eric bajaba por la escalera, cabizbajo y con los hombros caídos.

Corrí hacia él.

—Hola, ¿estás bien?

Se paró, pero se negó a mirarme a los ojos.

—Le he enseñado el cianuro a Olinski —contestó.

—¿Por qué? Te había entendido que me ibas a conceder un poco de tiempo para que tratara de ayudarte.

Con las manos hundidas en los bolsillos, como si de otro modo fueran a escapársele, bajó la vista hacia sus maltrechas Skechers.

—Tenía que hacerlo. Esta noche no he dormido nada.

—En otras palabras, no te fías de mí.

La rabia le hizo levantar la cabeza de golpe.

—Esto no tiene nada que ver contigo, Jen, sino con quién soy yo y quién quiero ser. Soy policía. Tengo que decir la verdad.

—Solo te había pedido un día. ¿Ni siquiera podías concederme eso?

—Y ¿qué has averiguado hasta el momento?

«Nada de nada».

—Bueno, nada todavía, pero eso tú no lo sabías.

Eric liberó por fin las manos de los bolsillos y me cogió por los hombros.

—Todo irá bien. No encontrarán mis huellas en eso.

—Olinski no comprará esa idea. ¿Acaso han dejado de fabricar guantes de tu talla?

Me soltó y se apartó.

—Parece que tú tampoco te fías de mí —dijo.

—Me alegro de que ambos nos hayamos dado cuenta antes de que sea demasiado tarde. Yo no puedo mantener una relación si no hay confianza entre las partes. ¿Y tú?

Eric frunció el entrecejo.

—El problema es que tú no te fías de nadie. Cuanto antes entiendas eso, mejor te irá.

Me crucé de brazos.

—Eso no es verdad.

—Y la negación es tu mantra favorito, ¿no es eso?

Subió a su coche y se fue.

Me temblaron las manos cuando las dejé caer hacia mis costados y el ataque de rabia empezó a disiparse. Los rayos de sol seguían acariciándome la cara, pero no me aportaban calor. ¿Qué acababa de hacer? Enemistarme con otro de los pocos amigos que tenía. Primero Brittany, y ahora Eric.

«Un movimiento de lo más inteligente, Jen».

Había llegado la hora de volver a casa, antes de que pudiera hacer más daño, a mí misma o a cualquier otro. Mis gemelos seguían queriéndome; eran lo único de mi vida sobre lo que parecía tener algo de control. Hasta cierto punto, claro. Porque, de vez en cuando, también seguían yendo a la suya, aunque siempre en beneficio mío, lo cual era mucho más de lo que yo misma solía hacer por mí.

Llamé a Angus e hice un pedido de comida para llevar a casa mientras entraba a buscar a Savannah y me despedía de Lacey. Más comida basura para mi alma herida. Más me valía que empezara a sanar mi alma porque aquello no le estaba haciendo ningún bien a mi cintura, excepto agrandarla cada vez más.

El restaurante estaba concurrido cuando llegué para recoger mi cena, y Angus no tenía tiempo de hablar conmigo. Lo cual probablemente era buena cosa, ya que no podía permitirme perder un amigo más. Recogí la bolsa de mi hamburguesa con queso y mis patatas fritas y dejé un billete de diez dólares junto a la caja registradora.

El aparcamiento de enfrente de mi casa estaba casi lleno y aparqué en el único espacio vacío, justo al lado del Ford de Charlie. Fuera lo que fuese lo que hacía en su tiempo libre, lo hacía desde casa.

Liberé unas cuantas cartas, facturas en su mayoría, de su celda de trece por quince centímetros y, seguida por Savannah, subí por la escalera. Mientras ella engullía su cena, puse la tele y fui cambiando de canal, hasta que finalmente me decidí por un documental sobre la Guerra Civil, pensando que quizá el cañonero de la librería haría su aparición estelar.

La segunda batalla de Bull Run terminó cuando engullí mi última patata frita. Con Virginia del Norte en manos de los confederados, me instalé en mi escritorio y encendí el ordenador. Dana y Daniel estaban también inmersos en una batalla. Secuestrados, con la boca tapada con cinta americana y atados, en un bosque desconocido y con el sol empezando a ponerse.

Era tal el esfuerzo por intentar soltarse que a Dana le entraron gotas de sudor en los ojos.
—¿Daniel? ¡Daniel, despierta!
Daniel refunfuñó.
—¿Dónde estamos?
—No lo sé, pero tenemos que salir de aquí. ¿Estás herido?
—No creo. Solo atontado.
Dana buscó a tientas en la penumbra alguna cosa con la que poder cortar la cinta americana. Localizó una piedra afilada que sobresalía entre las hojas caídas de un árbol, a unos tres metros de distancia de donde estaban.
—He visto algo, pero necesitaré tu ayuda.
Se empujaron con los pies y tardaron una eternidad en hacer avanzar sus respectivos cuerpos por encima de las hojas y las ramitas; tuvieron que parar incluso un par de veces para descansar. Finalmente, la piedra que les salvaría la vida estaba a su alcance.

Muy bien. Ahora, Dana cortaría la cinta americana que le ataba las muñecas y liberaría a continuación a su hermano. Aunque, naturalmente, no podía ser tan sencillo. Unos cuantos cortes y magulladuras, la piedra se les escaparía de entre las manos y tendrían que perseguirla en la oscuridad. ¿Y después qué?

Era una noche oscura como boca de lobo. Tendrían que encontrar la manera de alejarse de aquel lugar desconocido. Sus teléfonos no tenían cobertura y no podían llamar a nadie para pedir ayuda.

Espera un momento, ¿tal vez sí hubiera la cobertura mínima como para poder enviar un mensaje de texto? No. Mejor que se pasasen un rato batallando con su entorno. Luego siempre podían intentar lo del mensaje, aunque sin estar seguros de si acabaría enviándose. Pero antes, otra disputa entre hermanos.

Dana querría ponerse enseguida en marcha, y Daniel insistiría en quedarse allí hasta que saliera el sol. El plan que proponía Daniel era más seguro, pero la paciencia no era precisamente una de las virtudes de su hermana. La discusión continuaría hasta que oyeran algo moviéndose entre los árboles.

Mis dedos aporrearon el teclado. Página tras página con la discusión entre los adolescentes y sus demonios internos. Acabé sumergiéndome totalmente en su mundo.

Hasta que un golpe y un gruñido me devolvieron de repente a la realidad. Savannah me miraba desde el suelo, entre la mesita de centro y el sofá. Había vuelto a caerse, arrastrando con ella la mitad de las cosas que había en la mesa. Qué duro era ser un cachorro.

Se sacudió y trotó hacia la puerta. A regañadientes, me levanté de la mesa. La elección era muy simple: o llevarla a dar un paseo, o tener que limpiar la alfombra. En realidad, ni siquiera había posibilidad de elección. Era tal el entusiasmo de Savannah que se puso casi a bailar, corriendo con ello el riesgo de acabar con un charquito de pipí accidental.

Conseguimos llegar al viejo roble que había delante de la escalera y, por fin, Savannah liberó la vejiga. Le rasqué el cuello para felicitarla.

—¡Buena chica!

El resto de la vuelta a la manzana me garantizó que no tenía nada más que evacuar y que podría pasar tranquila la noche. Estaba tan cansada que me pesaban los párpados como si fueran de plomo. Los gemelos pasarían la noche en el bosque.

Completé en tiempo récord mi aseo de antes de ir a dormir, pero entonces vi de reojo el lío que había montado Savannah con su caída. Mejor sería arreglarlo todo ahora que no tener que hacerlo por la mañana. Recogí la colección de notas para mi libro, recetas antiguas y correo pendiente de abrir. Un sobre con mi nombre escrito en letras mayúsculas y sin remitente me llamó especialmente la atención. Correo basura, probablemente. Aunque al menos este podía abrirlo sin miedo a pillar un virus, a diferencia de lo que sucedía con el correo basura del ordenador.

El sobre contenía una única hoja de papel. Más letras mayúsculas.

UN CACHORRO MONÍSIMO.
SERÍA UNA LÁSTIMA QUE LE PASARA ALGO.
¡OLVÍDATE DEL TEMA!

18

Después de una noche interminable en el sofá, con Savannah presionada contra mi pecho, contemplé el ascenso del sol en el horizonte a través de las puertas del balcón. La zona central del salón titilaba con un inquietante resplandor anaranjado. Las paredes permanecían sumidas en las sombras; en cada rincón parecía estar acechando un malvado. Había estado protegiendo a mi cachorra peluda durante toda la noche, pero no podía quitarme de encima la sensación de que alguien nos estaba espiando desde detrás de cada recoveco y ranura. Y todo porque yo había decidido meter las narices en asuntos que no eran de mi incumbencia.

¿Por qué? ¿Por qué había decidido implicarme en otra investigación de asesinato, aun a sabiendas del peligro que podía llegar a correr? El peligro que Savannah podía llegar a correr. Eric necesitaba ayuda, de eso no me cabía la menor duda, pero tenía a todo el cuerpo de policía a su lado, por mucho que no lo pareciera. Al final, siempre velaban por los suyos, ¿no? Además, Eric era inocente y no tenía nada de que preocuparse.

Tony también me había pedido ayuda, y yo solo había accedido a ello porque ya había decidido participar en la solución del caso.

Pero, si tenía que ser totalmente sincera conmigo misma, tenía que reconocer que siempre había sabido que acabaría implicándome. Por mucho que intentara convencerme de lo contrario.

«Lo hago porque soy así».

Pero la pregunta de «por qué» seguía abierta. ¿Qué obtenía yo a cambio, aparte de poner en peligro a mi persona y a cualquiera de mi entorno? ¿Acaso era yo una amante de las emociones fuertes? No, era más bien porque actuar así me proporcionaba una sensación de control. Porque prefería mover los hilos con mis propias manos, por decirlo de algún modo. Y porque no estaba dispuesta a permitir que los demás dictaran lo que sucedía a mi alrededor, como habían hecho siempre cuando era niña. Vivir con Gary había sido un refuerzo constante de lo impotente que yo era. De lo poco que tenía que decir sobre lo que sucediera en mi propia vida.

Y eso «se acabó».

Pero aquella nota me estaba acusando desde la mesa, y en letras mayúsculas me recordaba mi insuficiencia. Recordé la reacción inicial que tuve cuando me regalaron a Savannah, y me puse nerviosa.

«¿Cómo voy a cuidar yo de un cachorro?». Ya tenía suficientes problemas con tener que cuidar de mí misma.

Tendría que haber hecho caso.

¿Por qué habrían decidido enviarme aquella carta amenazadora? Su intención clara era asustarme y alejarme de la investigación de la muerte del comisario. Pero ¿qué amenaza podía representar yo si ni siquiera había descubierto aún nada importante? Y ¿para quién era yo una amenaza? ¿Para Tony, o para la alcaldesa? ¿Para el marido de la alcaldesa, o para Anne-Marie? Podía tratarse de cualquiera de ellos, y todos ellos sabían que no pararía de investigar hasta que descubriera la verdad.

Aquel diálogo interior parecía una repetición del que había

mantenido conmigo misma unos meses atrás, cuando alguien puso patas arriba mi apartamento. «Un *déjà vu* constante», como decía Yogi Berra.

Me liberé del peso de mi perrita y me levanté para preparar la cafetera. Savannah levantó brevemente la cabeza, se estiró y volvió a cerrar los ojos. Ojalá yo pudiera dormir cuando me diera la gana, como ella. «Qué patético». Envidiaba a mi perra. Aunque, pensándolo bien, ¿por qué no envidiarla? Savannah llevaba una vida placentera. La comida le aparecía como maná caído del cielo, sin tener que prepararla ni pagarla. Múltiples paseos por la ciudad durante el día. La gente la mimaba y jugaba con ella y no le pedía nada a cambio. ¿Cómo no sentir celos?

Debía tomarme en serio aquella amenaza. Pasar la noche abrazada a Savannah había aliviado temporalmente mis miedos. Pero no podía seguir así eternamente. Dormir era necesario, incluso para mí. Tenía que encontrar un lugar seguro para ella, donde a nadie se le ocurriera buscarla. Y solo se me ocurría uno. En casa de mi madre. Mi madre acabaría queriendo a Savannah mientras yo me recuperaba de mi última aventura, aunque dudaba que llegara a reconocerlo.

La caza de mi teléfono empezó en la mesa y terminó debajo de un cojín del sofá.

Pulsé la tecla verde.

—Hola, mamá. ¿Tienes un momento?

—Por supuesto, cariño. ¿Qué pasa?

«¿Cariño?». Vaya diferencia con solo unos días. La última vez que mi madre me había llamado «cariño» fue cuando tropecé delante de un coche que iba a toda velocidad y la rápida intervención de una vecina me salvó la vida. Tenía cinco años. Estaba segura de que aquel día nos llamó a las dos «cariño».

—Necesito un favor. ¿Podrías ocuparte de Savannah un par de días?

Su brusca aspiración me llegó con claridad a través de la línea.

—¿De la perra? ¿Por qué? —dijo.

¿Haría bien arriesgándome a contarle la verdad? Si lo hacía, con toda probabilidad me echaría un sermón diciéndome que me ocupara de mis asuntos y hablándome de los peligros que conllevaba jugar a los detectives. La diatriba incluiría una multitud de insultos y regañinas y, como mínimo, un «Ya te lo dije».

La alternativa era inventarme una mentirijilla convincente. Por desgracia, eso tendría que haberlo pensado antes de llamarla. Podía ser creativa o rápida, pero no las dos cosas a la vez. Una debilidad de la que mi novela a medio terminar era el ejemplo perfecto.

Le expuse de forma sucinta la situación, con el mínimo detalle posible, y me armé de valor para recibir el torrente de palabras que me caería a continuación. Pero el silencio que siguió resultó ser mucho peor que cualquier cosa que pudiera esperar.

Una mirada al teléfono sirvió para demostrarme que ella seguía escuchando.

—¿Mamá? —Un suspiro prolongado—. ¿Mamá? ¿Estás bien?

—Estoy bien. Simplemente estoy practicando uno de mis ejercicios de relajación.

«¿En serio?». ¿Dónde había estado escondida esta mujer durante toda mi vida?

—¿Desde cuándo practicas ejercicios de relajación?

—El médico de tu padre se los recomendó para reducir el estrés. He estado ayudándolo a practicarlos.

«No es mi padre». ¿Y de qué estrés hablaba mi madre? Aquel hombre no había salido de casa en quince años.

—¿Qué le pasa a Gary?

Más silencio.

Esperé a que terminara de contar respiraciones o lo que quisiera que estuviera haciendo.

—Tiene cáncer.

La inspiración exagerada me correspondió hacerla a mí esta vez.

—Lo siento mucho. Cuéntame qué ha pasado.

—Tu padre no quería que te lo dijera.

—Pues no me parece justo que tengas que llevar toda esta carga tú sola. Cuéntame.

—El médico ha dicho que tiene cáncer de colon en fase tres —dijo—. Lo operan la semana que viene.

La fase tres era la peor posible si no se había trasladado ya a otras partes del cuerpo. Bebí un trago de café para aplacar las náuseas que empezaba a sentir.

—¿Qué pronóstico tiene? ¿Se pondrá bien?

Mi madre suspiró.

—No creen que el cáncer se haya extendido, de modo que hay esperanzas. Aunque, claro está, no lo sabrán con seguridad hasta que lo abran.

—Dime cuándo será la intervención e iré para estar a vuestro lado. Y no pasa nada con lo de Savannah. Ya encontraré otra solución.

—No, tráela. Así tendremos algo con lo que distraernos. Tu padre también la quiere mucho. Siempre está preguntando por ella.

¿Resultaría que al final mi padrastro tenía un punto débil? ¿Los perros, quizá?

—De acuerdo. Siempre y cuando estés segura de ello.

—Estoy segura —dijo.

Nos despedimos, dejé el teléfono bocabajo en el sofá y rasqué a Savannah detrás de las orejas. Empujó mi mano con la cabeza.

—Pues bien, pequeñuela, creo que por fin nos hemos enterado de lo que le pasaba a la abuela.

Se escabulló del rascado y fue hacia la puerta. Hora del paseo matutino.

Con Savannah atada a su correa y los bolsillos llenos de bolsas de plástico, bajamos a la calle. Empatizar con mi madre y con todo lo que estaba pasando no me suponía ningún problema. Sentir empatía por Gary sería complicado, pero debía intentarlo. No me apetecía que me describieran como una mujer de corazón gélido. Además, Gary, a veces, tampoco estaba tan mal, por mucho que creyera que lo de su enfermedad podría estar relacionado con el karma.

En una ocasión, Gary me encerró en mi habitación durante seis horas porque tropecé con su otomana y le hice derramarse toda la cerveza encima. Y siempre me echaba la bronca cuando, al salir del colegio, llegaba a casa con un minuto de retraso o no respondía con la rapidez suficiente cuando me ordenaba algo a voces. Pero lo peor de todo era lo que decía cuando me echaba esas broncas. El menosprecio. Los insultos. Lo odiaba no solo por lo que hacía, sino también por cómo me hacía sentir.

Sin embargo, por otro lado, fue él quien me dio a conocer los programas de televisión y las películas antiguas que tanto me gustaban ahora. En mi penúltimo año del instituto, la profesora de Literatura y Lengua Inglesa nos preguntó el nombre de los cinco hermanos Marx para subir la nota de un examen, y yo fui la única de la clase que se llevó todos los puntos. Gracias a Gary.

Después de una vuelta rápida a la manzana, durante la cual examiné con atención cada casa y cada árbol, llegamos a casa y cerré la puerta con llave. Preparé una mochila con la comida de Savannah, sus chuches y sus juguetes. Guardé la carta y el sobre en una bolsa de plástico hermética y me la metí en el bolsillo.

Monté a mi pastor alemán en el coche e inspeccioné una vez más mi entorno. No vi ni vehículos ni gente extraña. Aunque era imposible saber si alguien estaría observándome desde algún edificio. Era una lástima que la visión de rayos X que había pedido por internet no me hubiera llegado aún. Y eso que anunciaban un plazo de entrega de solo dos días.

Mi Dodge arrancó a la primera y di marcha atrás para salir del aparcamiento. No había aún actividad en las calles, pero no quería correr ningún riesgo. Giré a la derecha para enfilar Park Street en vez de seguir la ruta habitual, que habría sido por Main. Conduje dividiendo la atención entre el parabrisas y el espejo retrovisor. No nos seguía nadie.

Con mi aversión de toda la vida al riesgo, doblé a la derecha por Riddleton Road, Oak Street y Main, lo que nos llevó a dar una vuelta entera a la manzana, por si acaso. Seguía sin ver nada raro. El viaje de veinte minutos hasta casa de mi madre me llevó casi cuarenta, pues de vez en cuando iba metiéndome por calles secundarias. Perder el tiempo valía la pena, puesto que así llegué al camino de acceso de casa de mi madre segura y confiada de que mi perrita iba a estar a salvo.

Mi madre insistió en leer el mensaje que tanta turbación me había causado. Los ejercicios de relajación que hizo acto seguido, sin embargo, no le sirvieron de nada. Creo que se habría inquietado menos si la amenazada hubiera sido yo y no Savannah. Otra razón para sentir celos de mi perra.

Mi madre llevó a Savannah a la cocina y le preparó los cuencos con agua y comida.

—¿Alguna novedad con respecto a la muerte de Toby?

—No, que yo sepa, pero es evidente que alguien piensa que lo hice yo. Me gustaría saber quién podría ser. Porque entonces tendría alguna idea sobre qué hacer a partir de ahora.

—Ya lo averiguarás —dijo.

Aquellos ejercicios de relajación tenían que ser como una cura milagrosa. A menos que mi madre los complementara con barbitúricos.

—Eso espero —declaré.

Terminada la entrega, volví a Riddleton dando menos vueltas. No vi ningún vehículo sospechoso. Mi cuello y mis hombros se relajaron por primera vez desde el momento en que la noche anterior leí aquel mensaje. Una cosa menos por la que preocuparme. Por el momento.

¿Qué hacer con la nota? Mi primer instinto fue llamar a Eric para contárselo, pero no podía implicarlo en ningún aspecto de la investigación. Principalmente porque habíamos encontrado en su taquilla la prueba que había desaparecido del almacén. Además, desde nuestro último encuentro, lo más probable era que no quisiera saber nada de mí. De repente, noté un vacío en el pecho. ¿Estaría ya echándolo de menos?

La idea de llevársela a Olinski me hizo sentir incómoda ahora que ocupaba de forma interina el puesto de jefe de policía. Seguro que le pasaría la carta a Havermayer, que se enfadaría conmigo por haber ido directamente a su superior. Lo cual me dejaba solo con la posibilidad de entregársela a ella o a Leonard. Y, puesto que Havermayer seguramente publicaría el paradero de Savannah en las redes sociales si se la entregaba, Leonard tenía que ser la persona elegida. Esta semana trabajaba de tarde, así que tendría que esperar hasta que entrara en su turno después de comer. Entretanto, tenía algo importante que hacer.

Estacioné en el aparcamiento de la biblioteca, dispuesta a arreglar las cosas con Brittany. Éramos amigas desde hacía casi veinticinco años y no pensaba echar a perder nuestra amistad sin antes luchar por ella. Sobre todo, porque no tenía ni idea de qué había provocado este malestar. Una discusión tonta por Olinski no podía ser la responsable de aquel altercado. Tenía que haber otro motivo.

Las agujas de los pinos crujieron bajo mis pies cuando subí la escalera, y mi mano dudó antes de empujar la puerta. Qué extraño. Mi mejor amiga estaba al otro lado. ¿Qué era lo que me daba tanto miedo?

Perder, sin saber por qué, a la persona más importante de mi vida desde que murió mi padre.

Me recibió la oscuridad del vestíbulo, un reflejo de mis emociones. Y me paré un momento antes de entrar en la sala de lectura, que estaba perfectamente iluminada.

«Inspira hondo y suelta el aire lentamente».

Me sumergí en la luz. Brittany estaba empujando un carrito cargado de libros por delante de las estanterías. Se volvió con una sonrisa, que se hizo titubeante en cuanto me reconoció.

Se me abrió un vacío en el estómago.

—Hola, Britt. ¿Qué tal todo?

Se apoyó en el carrito y se cruzó de brazos.

—Bien. ¿Y tú?

—Bien.

—Estupendo —dijo.

—He pensado en pasar por aquí para ver cómo estabas. —Dudé y miré hacia los ordenadores vacíos. Solo había una persona trabajando. Lo cual no estaba mal para la hora que era de la mañana—. Parece que hoy tienes algo de tiempo para mí.

Brittany asintió con la cabeza.

—Todavía es temprano. Pero no estás aquí por eso, ¿verdad?

Inspiré hondo. Brittany no iba a ponérmelo fácil.

—Quería ver qué tal iba todo. ¿Te ha comentado Havermayer que han encontrado huellas tuyas en la copa del jefe?

—No, pero no entiendo por qué tendría que habérmelo comentado. Sabe perfectamente que entre las dos nos encargamos de preparar el comedor aquel día. Es normal que mis huellas estén en la copa —replicó, sin alterarse.

Me senté en la mesa más próxima a ella y balanceé los pies.

—Havermayer no es precisamente famosa por ser razonable. Aunque tal vez resulte que solo es poco razonable conmigo. Nunca la he visto interaccionar con nadie más.

—No seas tonta. Estoy segura de que no te trata de forma distinta a como trataría a cualquier otro sospechoso.

—¿«Sospechoso»? ¡Muchas gracias!

—Relájate, no quiero meterme en tu vida.

—Y no te metes. Últimamente ni hablamos.

Brittany negó con la cabeza.

—Hace solo un par de días que no hablamos, Jen.

Me encogí de hombros.

—Lo sé, pero te echo de menos.

Brittany resopló.

—Sí, claro. Echas de menos tenerme a tu entera disposición, querrás decir.

—Eso no es cierto. Vamos, Britt, dime de verdad qué es lo que pasa. Sé que no soy la amiga perfecta, pero es imposible que eso acabes de descubrirlo ahora.

—No —replicó, y resopló—. Eso lo sé desde que íbamos juntas a primero.

—Vaya vaya. Recuerdo que te enfadaste conmigo porque aprendí a escribir antes que tú. ¿Te acuerdas de cómo la señorita Tomkins me hacía meter el dedo entre palabra y palabra para no escribirlas todas juntas?

—La reina de las frases corridas sin una sola coma.

—No me digas.

Eligió un libro del carrito y lo hojeó.

—¿Qué tal va tu libro? —me preguntó.

Cogí un lápiz de la mesa y fingí que iba a lanzárselo.

—¡No, tú también, no!

—Solo te preguntaba si habías hecho algún avance. Hace tiempo que no hablamos de él. De hecho, hace tiempo que no hablamos mucho de nada.

—Esto que dices es ridículo. Justo antes del acto benéfico estuvimos hablando de muchísimas cosas. Mientras estábamos poniendo las mesas, ¿no te acuerdas?

Brittany me miró por encima del borde de sus gafas.

—Lo que tú digas. —Guardó el libro en la tercera sección—. ¿Necesitas algo en concreto?

«Pero ¿qué tipo de pregunta es esta?».

—No.

—¿Seguro? ¿Algún tipo de investigación que no puedas hacer solita?

El calor me subió de repente a la cara y me ardieron las orejas.

—No. Simplemente he supuesto que tal vez te gustaría saber que alguien ha amenazado con hacerle daño a Savannah si no dejo de entrometerme en lo de la muerte del comisario, pero creo que me he equivocado al suponerlo. Siento haberte molestado.

Di media vuelta y me fui.

—¡Jen, espera!

La mano me temblaba con tanta fuerza que rasqué sin querer con la llave la pintura del lado de la cerradura del coche. Cerré los ojos y visualicé la rabia que se resbalaba por mis piernas y caía sobre el alquitrán. Otro truco aprendido del doctor Margolis. Más calmada, abrí la puerta y me dejé caer sobre el asiento del conductor.

Mi brillante plan había salido al revés de lo que pensaba. No solo seguía sin tener ni idea de por qué Brittany estaba enfadada conmigo, sino que además la había hecho enfadar más, si cabe. Tampoco sabía muy bien cómo había conseguido eso. Nada de lo que le había dicho había servido para mejorar las cosas. Jamás me había enfrentado antes a una Brittany como la que acababa de ver y no tenía ni la más mínima idea de cómo gestionarlo. Tal vez habría sido mejor no intentarlo siquiera.

Delante de mi edificio, el espacio que había dejado libre hacía unas horas seguía vacío. Aparqué. Seguía sin ver nada sospechoso por la zona, aunque el vello de mi nuca no estaba aún muy convencido. Subí por la escalera y entré en mi apartamento. Me recibió un inquietante silencio en vez de los saltos de una perrita a la que ya echaba de menos. Hacía al menos diez meses que no llegaba a mi casa y me encontraba con un lugar vacío.

Me serví una taza de café y encendí el portátil, pero no pude evitar que un revoltillo de imágenes me viniera a la cabeza. La boca llena de espuma del comisario Vick, el cianuro de la taquilla de Eric, el beso, la nota que amenazaba a Savannah. Decidí trazar el recorrido que había creado en mi apartamento para aquellas ocasiones en las que la inquietud me impedía realizar cualquier tipo de actividad.

Un recorrido de treinta y nueve pasos que partía de la puerta de entrada, recorría el pasillo, rodeaba el dormitorio, salía de nuevo al pasillo, entraba en la cocina, rodeaba el salón y volvía hasta la puerta. Contar los pasos sirvió para hacer desaparecer las imágenes y sosegar mi mente. Excepto lo relacionado con la nota, que parecía haberse atrincherado en mi cabeza.

«Sería una lástima que le pasara algo».

19

Me apoyé en uno de los pilares de ladrillo que flanqueaban la escalera de acceso a la comisaría y esperé a que Leonard apareciera para entrar a trabajar en el turno de tarde. La carta que amenazaba la seguridad de mi perra descansaba incómodamente en mi bolsillo. Tampoco podía decirse que yo, por otro lado, estuviera cómoda. Mi única esperanza era que la policía descubriera al autor de la nota antes de que el autor de la nota localizara a Savannah.

Leonard dobló la esquina, vestido con vaqueros, cazadora tejana y una mochila negra colgada al hombro. Estaba enfrascado en una conversación con su primo, Greg. Se pararon justo delante del ayuntamiento, y Leonard miró con mala cara a Greg cuando este pareció amenazarle acercándole el dedo índice al pecho. Leonard apartó a su primo de un empujón.

Greg dijo entonces: «¡Mejor que te encargues del tema!». Lo dijo lo bastante fuerte como para que yo alcanzara a oírlo, y se marchó por donde había venido.

Cuando Leonard se percató de mi presencia, cambió de cara y esbozó una sonrisa.

—Hola, Jen. ¿Qué haces aquí?

—¿De qué va todo esto?

Leonard miró hacia atrás, por encima del hombro.

—No es nada. Asuntos de familia.

—Pues me alegro de no formar parte de tu familia —observé.

—Greg es buen tío. Solo que a veces se cabrea por cosas. Está enfadado porque me toca trabajar el próximo fin de semana, cuando celebramos el sesenta cumpleaños de mi tío. Quiere que asista a la fiesta.

«Acuérdate de no hacer enfadar nunca a Greg», me dije.

—Debe de haber organizado un fiestón. ¿Seguro que quieres perdértelo?

—Lo que yo quiera da igual. Con Eric suspendido temporalmente, vamos tan cortos de personal que no puedo cogerme el día libre. No hay nadie para cubrirme. —Se cambió la mochila de hombro—. De todos modos, no creo que estés aquí para hablar de mi familia. ¿Qué pasa?

—Anoche encontré esto en mi buzón. —Le mostré la bolsa de plástico donde había guardado la nota—. Una amenaza de hacerle daño a Savannah si no dejo de investigar la muerte del comisario.

Leonard cogió la bolsa y miró a mi lado.

—¿Dónde está Savannah? —preguntó.

Dudé. ¿Me fiaba tanto de él como para decírselo? Cuanta más gente conociese su paradero, mayor probabilidad habría de que la información se acabara filtrando.

—Está en un lugar seguro.

Leonard se acarició el bigote.

—Si me cuentas dónde está, puedo vigilártela. Yo tampoco quiero que le pase nada.

Cualquier medida de seguridad adicional resultaría útil, pero la casa de mi madre no entraba dentro de su jurisdicción.

—Gracias por el ofrecimiento. Pero no está en la ciudad.

Leonard asintió con la cabeza.

—Una decisión muy inteligente —opinó.

—Si de verdad quieres ayudarme, averigua quién escribió esta nota.

—Haré lo que pueda.

—Gracias.

Subió corriendo las escaleras y entró en comisaría. Emprendí camino de vuelta a la librería. Una mujer rubia de mediana edad salía en aquel momento del establecimiento, con una bolsa de Lectores Voraces en una mano y el teléfono en la otra. Una bolsa significaba que había comprado varios libros. Aún se podían albergar esperanzas de que mi librería prosperase.

Cuando me disponía a abrir la puerta, una voz que reconocería incluso en un campo de fútbol lleno a rebosar un domingo por la tarde pronunció mi nombre. La detective Havermayer. Esperé a que llegara hasta mí en vez de acercarme yo. Un pequeño juego de poder, pero quería disfrutar de mis victorias mientras pudiera.

—¿Qué puedo hacer por usted, detective?

Havermayer tiró de la parte baja de su impecable americana negra.

—Necesitaría formularle algunas preguntas. —Señaló la puerta—. ¿Le importa que entremos? Dentro debe de hacer más fresco.

—Ya estoy bien aquí. ¿Le ha entregado Leonard la nota?

—¿Qué nota?

—Alguien me envió una nota con una amenaza, y se la he dado a Leonard.

Havermayer se reajustó el cuello de la americana y hundió las manos en los bolsillos del pantalón, un gesto que sumó volumen a sus ya considerables caderas.

—No lo he visto aún, pero estoy segura de que me la hará llegar para que la estudie —respondió.

El escepticismo acababa de convertirse en mi palabra del día. Era más probable que Havermayer hiciera realidad la amenaza que el que se dedicara a investigar quién era el remitente.

—Le agradeceré mucho cualquier cosa que pueda hacer.

—Tony Scavuto dice que usted dejó la botella y la copa en el asiento posterior de su coche.

Apreté la mandíbula.

—La gente dice cualquier cosa con tal de evitar problemas.

—Y ha dicho asimismo que usted estuvo varios minutos rondando por allí antes de que él saliera de la cabaña.

—La cabaña parecía vacía. Pensé que tal vez estaría en el cobertizo, pero lo único que encontré allí fue un alambique antiguo. Ni siquiera me acerqué al coche de Tony.

Havermayer resopló.

—Eso lo dice usted.

—Le estoy diciendo la verdad. Si tan preocupado estaba Tony, ¿por qué no salió de la cabaña en cuanto llegué yo en coche?

—Tony dice que usted fue la única que averiguó dónde estaba su cabaña. ¿Por qué no creer que fue hasta allí para dejar esas pruebas en su coche?

Me pasé la mano por el pelo, sin preocuparme de que después pudieran quedarme mechones disparados hacia todos lados.

—De haber hecho yo eso, ¿por qué a plena luz del día? Además, usted también localizó la cabaña.

Las cejas de Havermayer se hundieron en dirección a su nariz y sus ojos se clavaron en mí como dos láseres.

—Yo tenía que interrogarlo. Es un posible sospechoso de mi investigación.

—Entiendo. Y ¿cuándo encontró usted las pruebas?

—Cuando salí.

«¿Después de que usted las dejara allí?».

—Es decir, cualquiera de los que estábamos allí pudo haber dejado las pruebas en el coche —declaré.

Havermayer avanzó un paso hacia mí.

—Yo no tuve nada que ver con eso —aseguró.

Seguí sin moverme de mi sitio y ladeé la cabeza para poder mirar a los ojos a la detective, que me sacaba casi un palmo de altura.

—Ni yo.

—Eso ya lo veremos. —Havermayer dio media vuelta para dirigirse a la comisaría, pero se giró de nuevo hacia mí—. Entretanto, ándese con cuidado. Tony ha sido puesto en libertad esta misma mañana. Si de verdad cree lo que está diciendo, podría ir a por usted.

—¿Venir a por mí? Esto es de locos. Yo no metí esas pruebas en su coche.

—Él dice que sí.

—Y ¿cómo lo ha hecho para salir en libertad?

—Todas las pruebas son circunstanciales. El juez jamás nos permitiría retenerlo solo por eso.

—Gracias por la advertencia. Iré con cuidado —me despedí.

Abrí la puerta y entré en la librería, dejando a Havermayer plantada en la acera.

Lacey estaba ayudando a un señor en la sección de secundaria mientras Charlie servía *muffins* a dos adolescentes que sujetaban sus mochilas por las asas. Si Charlie seguía allí, era porque la librería debía de haber estado concurrida toda la tarde. Me miró de soslayo y me guiñó el ojo. Le sonreí en agradecimiento por su duro trabajo.

Acababa de llegar la última remesa de ejemplares de *Problema doble* y mi expositor estaba de nuevo perfectamente abastecido. Mi figura de cartón me sonrió. Negué con la cabeza con preocupación, pensando que algún día tendría que acabarme acostumbrando. A menos que, con un poco de suerte, alguien decidiera entrar a robar aquel armatoste. Sin embargo, yo no solía tener mucha suerte.

Cogí un trapo de detrás del mostrador, limpié las mesas y coloqué en su lugar las sillas. Mejor hacer algo útil. Se me encogía el estómago solo de pensar en volver a casa y encontrarme el apartamento vacío. Lo cual me recordó al instante la razón por la que mi casa estaba vacía. Era el momento de llamar para ver qué tal seguía Savannah.

Mi madre respondió al segundo ring.

—Dos veces en un solo día es un auténtico récord para ti.

—Quería saber cómo estabas y asegurarme de que Savannah no te cause muchos problemas.

—Savannah no da ningún problema. En estos momentos, está instalada en el regazo de tu padre ayudándole a acabar con una bolsa de cortezas y viendo *Su más fiel amigo*. Ya le he dicho que le tape los ojos cuando muera el perro protagonista. No quiero que luego tenga pesadillas.

No pude evitar reír.

—Pues que se divierta intentando mantenerla quieta mientras le tapa los ojos. Ese tipo de cosas, que la retengan a la fuerza, no le gusta mucho.

La voz de mi madre sonó seria a continuación.

—¿Has averiguado ya quién te mandó esa nota?

—No. Se la he dado a la policía para que hagan su trabajo. En cuanto me entere de algo, te lo haré saber.

—De acuerdo. Y, ahora, tengo que colgar. Están casi en la parte en la que el perro los salva de los jabalíes. Hablamos luego.

Cortó la llamada y Savannah reapareció en la pantalla de mi

móvil con una chuche en forma de hueso colgando de su boca como si fuera un puro. Mejor que me afanara en averiguar quién me había mandado esa nota si no quería que mi perra acabara convirtiéndose en la protagonista de la fotografía de la felicitación de Navidad de este año de la familia Connally.

En la acera de enfrente, había poca actividad en Antonio's. Era demasiado pronto para servir cenas, y demasiado tarde para servir comidas. Tal vez Tony ya hubiera vuelto de la cárcel de Sutton a estas horas. Necesitaba tener un cara a cara con él para entender el porqué de aquellas acusaciones sin base ninguna y para hacerle entender que yo no tenía nada que ver con sus problemas. Aun en el caso de que Havermayer estuviera en lo cierto y Tony quisiera atacarme, él nunca cometería una tontería de ese calibre delante del personal de su restaurante. Yo estaría a salvo mientras no nos moviéramos del comedor.

Me dispuse a acceder al restaurante, intentando mostrar una apariencia despreocupada mientras por dentro mi corazón corría como un caballo en las Belmont Stakes y el sudor me empapaba la camiseta. Tony jamás me haría daño, ¿verdad?

Esta vez la puerta se abrió sin problemas y entré en el edificio. La camarera de cabello morado me recibió con una banderita norteamericana en la solapa de su chaleco y una sonrisa en la cara.

—¿Qué tal está? Le conté a mi madre que la había conocido y se emocionó mucho. Me dio un ejemplar de su libro para que me lo firmara si algún día volvía por aquí. —Su sonrisa se desvaneció un poco—. Si no le importa, por supuesto.

—En absoluto. Me encantaría. De hecho, vengo para…

La camarera abarcó con un gesto el comedor vacío.

—Siéntese donde quiera. Vuelvo enseguida —dijo.

La chica morada desapareció. Me dirigí a la mesa más próxima y la chica regresó antes de que mi trasero estableciera contacto con la silla. Pensé que debería sumarse a nuestro equipo de corredores. A buen seguro mejoraría el espíritu competitivo de Eric y Lacey.

La chica me hizo entrega de un ejemplar sobado de *Problema doble* y un bolígrafo.

Abrí el libro por la página del título.

—¿Cómo se llama tu madre?

La chica empezó a dar saltitos.

—Christina. ¡Se va a poner contentísima! —exclamó.

—Me alegro.

Escribí una dedicatoria y le devolví el libro.

—Pero no tanto como cuando salga el siguiente.

—Está en marcha, te lo prometo. —Y, antes de que le diera tiempo a preguntarme por el tercer libro, dije—: ¿Está Tony por aquí?

La chica negó con la cabeza.

—Lo siento. Supongo que no se habrá enterado usted de que lo han arrestado por el asesinato del comisario Vick. Pero él no lo hizo.

—Lo han puesto en libertad hace unas horas —repliqué—. Pensé que se pasaría para ver qué tal iba todo por el restaurante antes que ninguna otra cosa.

—Pues no se ha pasado por aquí. Y tampoco ha llamado.

«Qué raro». Si yo hubiese estado aunque solo fuese un día ausente, ir a ver qué tal iban las cosas en mi negocio sería mi prioridad.

—Bueno, pues, si llama o se pasa por aquí, ¿podrías decirle que quiero hablar con él?

—Por supuesto.

Cuando volví a salir al sol, pensé que quizá, en caso de haber pasado un día entero en una celda, darme una ducha y cambiarme con ropa limpia sería el punto número uno de mi lista de prioridades.

Tony vivía de alquiler en una casita en las afueras de la ciudad, aunque no sabía dónde. Volví a la librería.

Lacey estaba acabando de cobrar a su cliente y Charlie de servir una taza de lo que fuera a una larguirucha chica de instituto, vestida con vaqueros rotos y una camiseta de Metallica. Un grupo de adolescentes se apiñaba delante de la sección de novela romántica, de modo que el establecimiento parecía una librería de verdad. Aletha se sentiría orgullosa.

Saludé con un gesto al hombre que estaba atendiendo Lacey cuando pasé por su lado.

—Parece que el tiempo que has empleado en darle asesoramiento ha dado sus frutos —le comenté a Lacey cuando el cliente se hubo marchado.

—Por supuesto —replicó Lacey—. Tiene dos hijas pequeñas y un hijo adolescente. El futuro de nuestro negocio.

—Sé que no lo digo lo suficiente, o que no lo digo nunca, pero estás haciendo un trabajo magnífico.

Lacey se ruborizó.

—Gracias —respondió—. Y tú ¿qué tal?

Le conté lo de la acusación de Tony y lo de la nota.

—¡Oh, no! ¿Y está bien Savannah? —preguntó.

—Está bien, pero no sé si fiarme de que la policía vaya a hacer algo.

—Tendrás que investigarlo tú, ¿verdad? Aunque si sigues en ello podrían hacerle daño a Savannah.

—Investigaré precisamente porque podrían hacerle daño a Savannah —repliqué—. Havermayer tiene asuntos más importantes de los que ocuparse que la seguridad de mi perra. O más importantes para ella, al menos. No pienso dejar el futuro de Savannah en manos de alguien que me odia.

—Lo entiendo. ¿Cómo podría ayudarte? —se ofreció.

—Lo que quiero en este momento es localizar a Tony. ¿Sabes dónde vive?

—En Walnut, creo, pero no sé en qué casa. ¿No estaba en la cárcel?

—Lo han soltado.

—Oh. ¿Crees que podría ser el autor de la nota? —dijo.

—Es posible, pero, sea como sea, tengo que convencerle de que yo no metí la botella y la copa en su coche. Tengo esperanzas de poder unir nuestros cerebros para averiguar quién lo hizo.

—Pues mejor que te pongas ya en marcha. Pronto oscurecerá.

—Ya te contaré qué averiguo.

Walnut Street era una calle de cerca de cuatro kilómetros de longitud. Y quedaba demasiado lejos para ir hasta allí a pie con una temperatura que seguía sin bajar de los treinta y dos grados. El ambiente húmedo me dejó empapada durante el camino hasta mi casa para ir a buscar el coche. En cuanto llegué al aparcamiento, subí a mi Dart y recorrí las tres manzanas que me separaban de Walnut. A partir de allí, mi única alternativa sería recorrer la calle arriba y abajo para ver si localizaba el todoterreno blanco de Tony. ¿La buena noticia? Que las casas de los años cuarenta que flanqueaban la calle no tenían garaje. Era obligatorio aparcar en la calle.

Después de enfilar Main y hacer un giro a la derecha al llegar a Walnut, fui pasando lentamente por delante de banderas, banderolas, millones de lucecitas rojas, blancas y azules, y todo tipo de vehículo imaginable, excepto un todoterreno blanco. Circulé en una dirección hasta el final, di media vuelta, y circulé por la otra. Completé el círculo hasta llegar de nuevo a Main Street. O se me había pasado por alto porque estaba oscureciendo, o Tony no había vuelto a casa.

«Mierda».

¿Dónde se habría metido? Otro pase inútil por delante del restaurante sirvió para verificar que su coche seguía ausente. El único lugar donde podía estar era en su cabaña. ¿Merecía la pena correr el riesgo de desplazarme hasta allí de noche? Quizá sí. Debía convencer a Tony de que yo no tenía nada que ver con lo que la policía había encontrado en el asiento posterior de su coche. Además, no había descartado aún la posibilidad de que hubiera sido él quien me hubiera enviado la nota, que estaba ya en el buzón cuando Havermayer lo arrestó.

Enfrentarme a Tony a solas en la cabaña, en un lugar perdido en medio de la nada, tal vez no fuera una decisión muy inteligente. A Havermayer no se lo parecería, sin duda. Aunque aquella mujer no se fiaba ni de nada ni de nadie. Por otro lado, si de verdad Tony creía que yo le había tendido una trampa para hacerlo parecer culpable del asesinato del comisario, ¿qué le impediría ir a por mí en mi propia casa? En mi casa estaba tan sola como lo estaría en el escondide de Tony. Tal vez el objetivo de la nota fuera alejar a Savannah para dejarme sin protección. No, lo mejor para mí sería que me hiciese cargo de la situación cuanto antes.

Desperté a la mujer robot y le dije adónde tenía que llevarme. El tráfico de hora punta congestionaba los dos carriles de la carretera y pasé un montón de tiempo atrapada detrás de gente que esperaba girar a la izquierda en los cruces. Por lo visto, no había carriles para hacer cambios de sentido.

La mujer robot me ordenó que girara a la izquierda al llegar a la SR-32-83. Ahora era yo la que bloqueaba el tráfico. Pero no podía hacer otra cosa. Pasaron dieciséis coches y dos camiones antes de que pudiera desviarme a la izquierda y empezar a forzar la vista para orientarme en la oscuridad que me engullía.

Avancé por la carretera despacio, sin superar el límite de velocidad, y aminorando además el paso en cada cruce para leer el cartel que quedaba a mi izquierda. Mi imaginación me aportaba los comentarios del coche que llevaba detrás. Por una vez, mi insensibilidad a las críticas me resultó útil.

Puse el intermitente y pisé con fuerza el freno cuando vi el cartel de Partridge Road. Me armé de valor a la espera de una colisión por detrás. Oí el rechinar de unos frenos, pero no hubo contacto. Solté el aire acumulado y relajé los hombros. Solo tuve que esperar el paso de tres coches para efectuar el giro.

La oscuridad de la noche envolvía la estrecha pista de tierra. Puse las largas y empecé a avanzar muy despacio, esforzándome por recordar si la cabaña de Tony quedaba muy lejos. Esquivando baches como una aprendiz en una carrera de obstáculos, conseguí evitar cerca de un tercio de los socavones hasta que me detuve en mitad del camino. Detectar el pequeño cartel de madera en la oscuridad sería imposible. Tendría que seguir a pie. Y tampoco tenía garantías de que no acabase pasándolo por alto.

Saqué una pequeña linterna que guardaba en la guantera y la encendí. No pasó nada. Se había quedado sin pilas. Sabía que tenía otra en algún rincón del maletero, pero para encontrarla necesitaría algo que estuviese al nivel del milagro de los panes y los peces. Además, lo más probable era que también se hubiera quedado sin pilas. Tendría que apañármelas con la linterna del móvil.

A mi derecha se abría una zanja llena de malas hierbas. ¿Qué profundidad tendría? No tenía el más mínimo interés en averiguarlo a las malas. Por suerte, unos cien metros más allá, encontré el cartel. O, mejor dicho, encontré un montón de piñas. Cuando las aparté, la pintura azul celeste descolorida me anunció que había llegado al 25472. Resultaba curioso que el cartel hubiera vuelto a quedar oculto después de que yo lo destapara la otra vez que estuve aquí. ¿Estaría Tony intentando hacer que su escondite fuera más seguro?

Dejé el teléfono en el suelo a modo de baliza y volví a tientas hasta el coche sin sufrir el más mínimo daño corporal. Tal vez, al final, resultaba que estaba viviendo un milagro. Avancé hasta el cruce, recogí el teléfono y continué por el camino hasta llegar al claro. La cabaña estaba aparentemente vacía y no se veía ningún vehículo aparcado. Tony no estaba allí.

De pronto, noté que el alambique del cobertizo me estaba tentando para echarle otro vistazo, pero era demasiado tarde, estaba muy oscuro, y yo estaba agotada. Di media vuelta y, cuando doblé de nuevo por la pista de tierra, vi las luces de un coche por el retrovisor. Mejor que no tuvieran prisa. Apenas alcanzaba a ver a tres metros por delante de mí y no podía circular más rápido. Por desgracia, en aquellas condiciones, el carril no daba cabida a dos vehículos en paralelo.

Había recorrido casi la mitad del camino hasta donde había aparcado antes, cuando los focos del vehículo que llevaba detrás iluminaron el interior de mi coche. Moví el retrovisor para no deslumbrarme y me acerqué todo lo que pude al margen derecho. El vehículo no me adelantó, sino que continuó detrás. Me aferré con fuerza al volante.

Pisé el freno. Y el conductor del otro vehículo no captó la indirecta. Contuve la respiración y se me encogió el estómago. ¿Qué hacía aquel tonto?

Acelerar tampoco sirvió de nada. Los faros seguían detrás, pero, de pronto, el otro coche se desplazó ligeramente hacia el centro del camino y chocó con el parachoques trasero del lado del conductor. El volante se me resbaló de entre las manos y mi vehículo se desvió hacia el lateral y la zanja. Un destello marrón pasó a toda velocidad por mi lado y se perdió de vista.

Mi Dodge se sumergió en un mar de zarzas y malas hierbas. El airbag me estalló en la cara y el dolor me inundó la cabeza. Noté algo caliente y húmedo deslizándose por mi barbilla y mi cuello. El coche se había quedado casi en vertical, y yo, suspendida, con el cinturón de seguridad, por encima del salpicadero.

«¿Qué demonios hago ahora?».

20

Mi Dart se había quedado con el morro apuntando hacia abajo. El cinturón de seguridad me presionaba el pecho y mi respiración era entrecortada. Mi cara, magullada por el airbag, estaba recogiendo el torrente de sangre que resbalaba por mi cuerpo. Tenía que liberarme antes de caer desmayada.

Miré el volante; la barbilla me quedaba a muy escasa distancia del claxon. Por suerte, al airbag se había deshinchado automáticamente. De lo contrario, estaría además asfixiándome. Eché la cabeza hacia atrás todo lo que pude para mirar por el parabrisas y vi que los faros solo iluminaban hierbajos verdes que desprendían vapor. El motor seguía en marcha, pero como era incapaz de llegar a los pedales, no me servía de nada. Conseguí apagarlo.

Con cautela, volví la cabeza hacia uno y otro lado y verifiqué el estado de mis extremidades. Podía mover brazos y piernas, pero la cara me ardía. La nariz me dolía un montón y mi visión estaba quedando velozmente oscurecida por la inflamación de mis pómulos.

Me palpé el cuerpo para localizar el botón que soltaba el cinturón. El plástico rojo estaba atascado. En una ocasión, Eric me había dicho que nunca estaba de más llevar una navaja en el coche para casos de emergencia, pero, naturalmente, no le había hecho ni caso. Aunque tampoco me habría servido de nada. No alcanzaba la guantera.

El miedo empezó a superar el dolor y me esforcé por no caer presa del pánico. Mantener la calma era mi única esperanza de salir de allí. Eso y el 911, pero el teléfono había salido disparado hacia algún lado. ¿Por qué no lo habría puesto en el soporte? Se me empezaba a ofuscar la cabeza. Me costaba pensar. Un esfuerzo por inspirar hondo dio como resultado una punzada en el costado derecho. Habría que sumar un par de costillas a la lista de lesiones. Pero el leve influjo de oxígeno me aclaró un poco las ideas. Durante un minuto.

¿Se podría abrir el cinturón desde la posición en la que me había quedado?

«Piensa, Jen».

La neblina reapareció y las ideas y las imágenes se entrelazaron como una tira de lucecitas de Navidad que acabara de bajar del desván. Tony. Quizá él pudiera localizarme de camino hacia su cabaña. ¿Sería visible mi Dodge desde la pista? A lo mejor, la pintura plateada se reflejaría cuando lo enfocaran las luces del coche. Aunque no tenía ninguna garantía de que Tony decidiese ir a la cabaña. Quizá tendría mejor suerte con alguno de los Partridge. Al menos, ellos vivían siempre aquí. ¿O volvería el conductor del vehículo marrón para rematar su trabajo?

Me arriesgué a inspirar otra bocanada de aire y me mordí el labio para contener la punzada. Un instante de claridad me aportó la respuesta. Debía aminorar el peso que caía sobre el cinturón. ¿Pero cómo, si estaba colgada como un cerdo recién sacrificado?

Empujando con fuerza el volante era la única manera, pero el cambio de equilibrio de masas podía acabar volcando el coche y mandándolo al fondo de la zanja. Suponiendo que no estuviera ya allí, en cuyo caso, se volcaría y caería sobre el techo, aplastándome hasta hacerme papilla.

La alternativa era seguir tal y como estaba, luchando por respirar y a la espera de que alguien me encontrara casualmente a la luz del día. ¿Sobreviviría todo ese tiempo con la totalidad de mis células cerebrales en pleno funcionamiento?

Aplasté el airbag deshinchado entre el volante y el salpicadero. Y mientras con la mano izquierda sujetaba el volante, con la derecha busqué el botón para soltarme. Con un rugido equiparable al de un león, me empujé con fuerza hacia abajo, haciendo una flexión con una sola mano sobre el respaldo del asiento, y presioné el botón con el pulgar de la otra mano. Imposible. Empujé con más fuerza y arqueé la espalda con la intención de crear más espacio entre mi cuerpo y el cinturón. Mi abdomen entonó un canto fúnebre.

El cinturón se soltó y me di de bruces contra el volante. Una potente punzada de dolor me atravesó la cabeza y un grito atronador me taladró los tímpanos. El coche se hundió un poco más en la zanja. Me cubrí la cabeza con los brazos, un gesto que no serviría para protegerme si acababa volcando por completo. Y al cabo de lo que me pareció una eternidad, el coche detuvo su movimiento y se quedó tambaleándose precariamente sobre el parachoques delantero.

Mierda.

Respiré despacio varias veces para despejar la cabeza y contener en el pecho la sensación de pánico, que iba totalmente por libre. Tenía que localizar el teléfono y llamar para pedir ayuda, pero la oscuridad me impedía ver dónde había ido a parar. E, independientemente de dónde estuviera, no podría llegar hasta él sin sumar más peso al peor lugar posible: la parte delantera del coche.

Estaba atrapada entre el volante y la puerta y seguir aferrada al volante era lo único que me mantenía alejada del suelo. Y al haber pasado la noche anterior en vela para proteger a Savannah, la probabilidad de que acabara adormilándome y soltando el volante era del cien por cien. La adrenalina me había mantenido despierta hasta el momento, pero sería una noche larga. La excitación acabaría amainando y al final caería dormida.

El pomo de la puerta había quedado justo al lado de mi cabeza. ¿Me atrevería a accionarlo? La solución más sencilla sería abrir la puerta y salir. Pero tenía las piernas atrapadas debajo del salpicadero. Para saltar, tendría que impulsarme sobre el suelo. Y el cambio de equilibrio de pesos que provocaría la puerta abierta y mi impulso haría volcar por completo el vehículo con toda seguridad. ¿Aguantaría la agonía que a buen seguro llegaría después? Y, más importante si cabe, ¿tendría tiempo suficiente para salir?

Mi única esperanza era recuperar el teléfono. El asiento del conductor sobresalía como un estante. Si me encaramaba al respaldo, tal vez podría pasar desde allí al asiento del acompañante. Me aferré al volante también con la mano izquierda e impulsé el torso hacia arriba, haciendo caso omiso a los gritos que lanzaban mis costillas. El Dodge crujió. Me quedé paralizada.

Después de un minuto que se prolongó como una hora, el Dart se estabilizó y pasé el pie por el respaldo del asiento. Lo único que me quedaba hacer era soltarme del volante y agarrar el respaldo. Mi cerebro envió el mensaje.

No hubo respuesta.

Ordené a mi mano soltar el volante y sujetarse al lateral del asiento.

Siguió sin moverse. Tenía dos opciones: pasar al asiento o caer al suelo y posiblemente morir. Opté por la primera. Ahora tenía que convencer al resto de mi cuerpo para que cooperara. Un intento más.

Esta vez, mi mano obedeció y se agarró al borde del asiento. Me impulsé sobre el respaldo, con la sensación de que la adrenalina era lo único que se interponía entre la agonía y yo. Me quedé con la barriga apoyada contra el respaldo, con los brazos colgando por un lado y las piernas por el otro. El coche empezó a balancearse. Contuve aire en los pulmones y esperé.

Cuando se estabilizó, me arrastré hasta llegar a la misma posición que tenía antes, pero en el asiento del acompañante. El teléfono se había quedado atrapado en la esquina, al lado de la puerta. Si maniobraba correctamente, podría alcanzarlo. Me abracé al respaldo, enlacé los pies y luego abracé el asiento con las piernas. Ya estaba casi.

El sudor me caía en los ojos. Me los sequé con el antebrazo y empecé a moverme muy lentamente, centímetro a centímetro, deteniéndome cada muy poco. Cuando vi que el teléfono ya estaba a mi alcance, extendí el brazo derecho. El Dodge refunfuñó y se balanceó. El corazón me subió a la garganta. Había llegado mi fin. Era imposible que aquello parara. El sudor me bañó la cara, mezclándose con la sangre pegajosa.

El balanceo se detuvo. Por alguna razón, el vehículo no cayó hacia ningún lado. Solté el aire atrapado en mis pulmones, volví a extender el brazo y establecí contacto. Mis dedos sudorosos no lograron agarrar el teléfono. Un nuevo intento y atrapé el móvil entre el pulgar y el índice. Retrocedí hasta sentirme en una posición más segura y encendí la pantalla: las 10:22. El icono de la batería de la parte superior derecha indicaba que estaba a medias y tenía tres barras de cobertura. Perfecto. En nada estaría de vuelta en casa.

Pulsé la tecla verde y llamé al 911.

Me respondió una voz grave.

—911. ¿Llama por una emergencia?

—Mi coche se ha salido de la carretera y está en un barranco prácticamente bocabajo. Si me muevo, el coche puede que siga cayendo.

—Entendido, señora. Mantenga la calma. ¿Podría darme su nombre?

«¿Que mantenga la calma? Por supuesto, colega».

—Jen Dawson.

—¿Dónde se encuentra?

—En Partridge Road, cerca del lago.

No hubo respuesta.

—¿Hola? ¿Sigue ahí?

Nada. Miré el teléfono. La pantalla estaba negra, como si se hubiera quedado sin batería. ¿Qué había pasado? Antes lo había comprobado y había visto que la batería estaba medio llena. Tal vez el accidente la hubiera dañado. ¿Me habrían oído lo bastante como para mandar ayuda? O, más importante si cabe, ¿me atrevería a quedarme aquí para comprobarlo? Una ráfaga fuerte de viento, e igualmente se iría todo al garete.

Calculé que el equipo de rescate más próximo estaría a unos diez minutos de distancia. Moví la llave en el contacto para ver la hora, las 10:25. Si la persona que me había atendido había oído la totalidad del mensaje, deberían estar aquí como mucho a las 10:35. A menos que…

Los segundos fueron pasando. Intenté relajarme, pero los restos de adrenalina hacían que mis piernas ardieran por salir del coche. Pero no tenía ni adónde huir ni nada que pudiera servirme para distraerme y pensar en otra cosa. La oscuridad envolvía el vehículo y alimentaba mi imaginación. ¿Qué tipo de animales habría por aquí? Ni osos ni jabalíes, eso seguro. Zarigüeyas, quizá. Que a veces podían ser malos bichos. Mocasines de agua, estando tan cerca del lago.

Mi cerebro conjuró la imagen del coche cubierto de serpientes venenosas que se movían sinuosamente.

Inspiré todo lo hondo que mis maltrechas costillas me permitieron. «No hay serpientes».

Pasaron diez minutos sin ningún signo de luces o de sirenas, ni siquiera a lo lejos. Estaba sola, sin saber cómo salir de aquel lío. ¿Qué harían Dana o Daniel de estar en mi lugar? ¿Qué les haría hacer yo para que salieran sanos y salvos de esta?

El asiento posterior estaba justo detrás de mí. Si me arrojaba sobre él, la fuerza de mis sesenta kilos podría volcar el Dodge y dejarlo de nuevo en posición normal, sobre las cuatro ruedas. Aunque también era posible que la pérdida de peso en la parte delantera proyectara el vehículo en dirección contraria.

Empecé a echarme hacia atrás y mis costillas doloridas enviaron un mensaje de dolor a mi columna. Cuando mis pies establecieron contacto con la base del asiento, dejé caer el cuerpo hacia atrás. El ejercicio de confianza definitivo. Mi cabeza rebotó en el asiento y me sujeté al salpicadero para no deslizarme hacia delante. El coche se balanceó.

Hacia delante y hacia atrás.

Hacia delante y hacia atrás.

Cuando se inclinó por tercera vez, apuntalé los dedos de los pies y utilicé las piernas para impulsarme hacia atrás. El coché cayó. Las ruedas traseras emitieron un ruido sordo al impactar contra el suelo y me vi arrojada hacia el respaldo del asiento. Sentí un dolor agónico en el abdomen y no podía ni coger ni soltar aire. Después de tanto esfuerzo y tanto dolor, acabaría muriendo asfixiada, aunque asentada en suelo firme. Me quedé inmóvil hasta que la agonía empezó a disminuir y mi diafragma se relajó. Y entonces, aspiré todo el aire posible sin volver a iniciar el ciclo.

El coche seguía estando un poco ladeado, pero las cuatro ruedas estaban donde se suponía que debían estar. Pensé que podría vivir con eso. Una rápida mirada por ambas ventanillas de atrás no me ayudó en nada a decidir por dónde sería más seguro intentar salir. La oscuridad era impenetrable. Pero mi imaginación se encargaba de incorporarle un montón de vida salvaje.

Me apretujé entre los asientos para recoger las llaves y el teléfono, por si acaso podían servirme de algo en la situación en la que me encontraba. Abrí la puerta y me topé con un mar de zarzas y malas hierbas, que estudié el tiempo suficiente como para decidir que entre los hierbajos no se movía nada.

Me sumergí en la zanja. Mis pies flaquearon bajo mi peso y resbalé hasta caer de espaldas en el fondo del terraplén. Una punzada de dolor me atravesó el pecho y la cara. Jadeé hasta que la respiración logró transformarlo en un padecimiento más soportable. Los restos de agua de lluvia del domingo seguían presentes debajo de la vegetación y la tela de mis vaqueros ayudó a absorberla un poco.

Mis Nike se hundieron cinco centímetros en el lodo. Al no atisbar indicios de ningún tipo de bicho, di un paso tentativo hacia la carretera, sujetándome al coche para no caer. No tenía ni idea de lo lejos que podía quedar la carretera, porque mientras el coche se deslizaba como por un tobogán, me había concentrado únicamente en agarrarme y no había mirado a mi alrededor. Con brazos temblorosos, me sujeté a los retrovisores y a los pomos de las puertas para impulsarme hacia arriba. Con la respiración forzada, las costillas me dolían cada vez más. Pero, pasara lo que pasase, tenía que conseguir salir de aquella zanja.

Cuando alcancé el parachoques trasero, decidí concederme un respiro. Había aparecido una media luna y el final de mi lucha parecía estar a menos de cinco metros de distancia. Una oleada de energía me empujó hacia delante. La maleza parecía llevarme en la dirección correcta. Mis doloridas piernas dieron un último impulso hacia arriba, aterricé en el asfalto y rodé hasta quedarme bocarriba. Oí sirenas a lo lejos y un destello de luces rojas iluminó de repente el cielo. Cerré los ojos.

21

Levanté la vista hacia la media luna moteada cuando el camión de bomberos se detuvo junto a mí, seguido por una ambulancia y un coche de policía. Entendí que mi mensaje les había llegado, pero ¿por qué habrían tardado tanto? Dos camisas de uniforme de color azul claro aparecieron a mi lado.

Un enfermero me acercó dos dedos al cuello.

—¿Puede oírme, señora?

«¿Señora?». Aquel chico debía de tener doce años. Lo miré fijamente, moví la cabeza en un gesto afirmativo y al instante me arrepentí de haber realizado aquel gesto. La adrenalina se había agotado y el dolor se había desbocado.

—Sí.

Otro enfermero comprobó mi tensión arterial mientras el primero me colocaba un collarín.

—¿Cómo se llama? —me preguntó el encargado del collarín.

El manguito dejó mi antebrazo desprovisto de líquidos. Esbocé una mueca de dolor.

—Jen Dawson.

—¿Sabe dónde está, Jen?

—En Partridge Road, y sí, sé en qué año estamos y quién es el actual presidente.

El enfermero se inclinó sobre mí y me presionó los hombros.

—¿Ah sí? Demuéstremelo —replicó, con una sonrisa pícara.

Se creía adorable. Pues eso lo solucionaba yo enseguida.

—1878 y el presidente es Rutherford B. Hayes. ¿He acertado?

—Ha dado en el clavo. Bien hecho. —Mientras me examinaba las extremidades, me preguntó—. ¿Le duele algo?

«Me duele todo».

—Las costillas, lo que más. También el cuello y los hombros.

Me exploró con cuidado el abdomen.

—Me parece que esta nariz tampoco está en su mejor momento.

—Ya veo que ha guardado lo mejor para el final.

Me enfocó con una linterna los ojos, primero uno y luego el otro.

—¿Ha salido proyectada del vehículo?

—No. He caído en la zanja con él. Ha sido como la montaña rusa del parque de atracciones de Carowinds, aunque sin esa foto que siempre te hacen al final.

—A mis hijos les encanta aquel parque. Sobre todo, ese lugar donde puedes tener un pie en Carolina del Norte y el otro en Carolina del Sur. A mi hija, que tiene solo cinco años, es lo que más le gusta.

El coche de bomberos se alejó y, por detrás de mí, el agente de policía que dirigía la operación pidió un remolque con grúa por radio. Entregué las llaves del coche a uno de los enfermeros para que se las dieran al agente. Acto seguido, los enfermeros me instalaron sobre una tabla, me sujetaron con correas, me trasladaron a una camilla con ruedas y cargaron todo el paquete en la ambulancia. Cerré los ojos para protegerme de la intensidad de la luz y me concentré en el tono anaranjado del interior de mis párpados en vez de en mi cara, que notaba inflamada y dolorida. De pronto, una punzada intensa en el brazo izquierdo me obligó a volver a abrir los ojos de golpe.

—¡Ay!

El enfermero aseguró con esparadrapo una aguja en el hueco de mi codo y conectó debidamente una bolsa de suero transparente.

—¿Quiere que llame a alguien por teléfono para avisarle?

Sí, pero ¿a quién? Mi madre se espantaría, de modo que mejor no decirle nada. Brittany y Eric estaban enfadados conmigo. Pero Brittany era mi mejor amiga y se enfadaría todavía más si no le contaba lo que me había pasado.

—Sí, a Brittany Dunlop.

Le di al enfermero el número de teléfono, el único que me sabía de memoria además del mío.

El enfermero hizo la llamada mientras la ambulancia ponía rumbo al Sutton Medical Center y estacionaba en marcha atrás al llegar allí. Era la tercera vez que hacía aquel viaje en menos de un año. Tenía que encontrar un lugar más seguro donde vivir.

Me aparcaron en un cubículo con cortinas y me pasaron a una cama. Una enfermera me tomó las constantes, me ayudó a ponerme un camisón abierto por detrás y guardó en una bolsa mi ropa, empapada y llena de barro. Entró entonces una mujer con una cestita de mimbre con compartimentos cargada con tubos de varios colores, agujas y torniquetes para extraerme sangre. Dos tubos enteros después, uno con tapón morado y otro con tapón gris, le pregunté a la mujer vampiro:

—¿Para qué es todo esto?

—Son unos análisis que ha pedido el doctor.

Antes de que me diera tiempo a replicar, desapareció hacia el otro lado de la cortina.

Me quedé adormilada un rato, hasta que un hombre bajito y robusto hizo su entrada, se presentó y empezó a palparme la caja torácica. Localizó todos mis puntos doloridos con enorme facilidad.

—Muy bien, señorita Dawson, no creo que tenga nada roto, pero la enviaré igualmente a rayos X para estar seguro. Cuando vuelva, le arreglaremos esa nariz.

—¿Tengo la nariz rota?

—Son cosas que pueden pasar con los airbags. Pero estará bien en cuanto le devolvamos ese hueso a su sitio. La hinchazón bajará en pocos días.

Sospeché que me la había roto cuando me estampé contra el volante. Aunque tampoco serviría de nada contarle a aquel hombre detalles de mi aventura.

—Gracias, doctor.

Cuando otro enfermero llegó con una silla de ruedas, no me tomé la molestia de protestar, sino que me limité a recogerme el camisón y prepararme para la excursión. Los pasillos estaban tranquilos a estas horas. No había atasco para utilizar el ascensor y disfrutamos de la caja metálica solo para nosotros. Me alegraba de no tener posibilidad de tropezarme con algún conocido. Lo último que necesitaba después de una noche como aquella era un coro de voces diciéndome: «¡Otra vez no, Jen!».

La sala de rayos X estaba helada y me hicieron tumbar en una mesa más helada todavía. Me froté los brazos para entrar en calor y mis costillas protestaron hasta que el técnico me ordenó mantener los brazos quietos en los costados. Tres fotografías después —una del pecho, una del cuello y una de la nariz—, me devolvieron al cubículo de urgencias. Cuando crucé la cortina, me sorprendió encontrar a Eric, vestido con vaqueros y una camiseta de los Atlanta Hawks, sentado en una silla junto a la cama.

Cuando me vio entrar, puso muy mala cara.

—¡Madre mía, Jen! ¿Estás bien?

Después de la discusión que habíamos tenido, era la última persona que esperaba encontrarme allí. Comprendí que le importaba de verdad.

—No es tan malo como parece. ¿Cómo has sabido que estaba aquí? —pregunté, con una voz que sonaba como si el Gigante Verde hubiera pillado un resfriado.

—He oído la llamada en mi escáner.

Me instalé en la cama, manteniendo el brazo pegado a mis costillas.

—¿Desde cuándo tienes tú un escáner de la policía?

—Mi tío me lo regaló el año pasado por mi cumpleaños. Supongo que pensaba que no pasaba tiempo suficiente en mi trabajo. Y estos últimos días me ha resultado muy útil. Me hace sentir que sigo formando parte del departamento.

—Es que sigues formando parte del departamento.

Eric bajó la cabeza y se estudió las manos.

—Por el momento, quizá, pero no sé por cuánto tiempo más. Olinski se puso como una fiera cuando le expliqué lo del cianuro que había encontrado en la taquilla. Pero yo tenía razón. Mis huellas no estaban por ningún lado.

Ambos sabíamos que la ausencia de huellas no demostraba nada.

—¿Han encontrado huellas de alguien en la bolsa?

—Solo las de Olinski y las de los oficiales que custodian el almacén de pruebas. Olinski fue el detective que guardó allí la prueba en su día, de modo que encontrar sus huellas no fue ninguna sorpresa. —Me cogió la mano—. Pero no te preocupes por eso. Cuéntame qué ha pasado.

En aquel momento entró la enfermera y me retiró el collarín.

Menos mal. Quedaba fatal con el camisón. Además, no llevaba pendientes a conjunto.

—El cuello ha salido perfecto en la radiografía. Y también las costillas. Son solo magulladuras. Es lo que tienen los cinturones de seguridad de los coches. Pero la nariz, en cambio, está rota, como sospechábamos. El doctor vendrá enseguida para volver a ponérsela en su lugar.

Eric esperó a que la enfermera volviera a marcharse para preguntar:

—¿Quieres contarme lo qué pasó?

—Fui a ver si Tony estaba en su cabaña. Pero como que no estaba, me fui enseguida. De pronto, vi los faros de otro vehículo por el retrovisor y lo siguiente que recuerdo es que algo chocó contra mí y empecé a caer por un lado de la carretera.

—¿Reconociste el vehículo o al conductor?

—No pude ver nada. Era noche cerrada. Cuando perdí el control, sí que vi el paso fugaz de algo marrón. Podría tratarse de un furgón, pero no estoy segura.

Eric se inclinó hacia mí.

—¿Qué te hace pensar que fuera un furgón?

—Las luces, porque estaban a la altura de la ventana posterior de mi coche y me cegaban.

Un policía vestido de azul marino entró en aquel momento, sacó la libreta habitual de los polis y me formuló las mismas preguntas que acababa de formularme Eric, a las que respondí con las mismas respuestas.

—Señorita Dawson, ¿está segura de que otro vehículo chocó por detrás con su coche? No hemos encontrado ninguna prueba que sustente esa teoría.

Uní las cejas.

—Se partió el cristal trasero, mi coche se sacudió y luego se salió de la carretera para caer en esa zanja. ¿Qué otra cosa pudo pasar? No estaba borracha.

El agente asintió con la cabeza, inexpresivo.

—Los análisis de sangre lo confirman. ¿Padece usted algún tipo de afección que pudiera causarle una pérdida de conciencia? ¿Estaba tan cansada que podría haberse quedado dormida?

Apretar los dientes me provocó una punzada de dolor en la cara.

—No, y no. Alguien chocó con mi coche por detrás. Un furgón marrón.

—De acuerdo, señora. Gracias por su tiempo. Alguien se pondrá de nuevo en contacto con usted.

«Alguien se pondrá de nuevo en contacto con usted». Lo que tú digas. Y ahora esperaré sentada a que contacten otra vez conmigo. Me volví hacia Eric.

—Me toma por loca. Piensa que simplemente me salí de la carretera.

—No te toma por loca. Pero quiere determinar cuál fue la causa del accidente.

—Le he contado lo que ha pasado y no me cree.

—Por si te sirve de algo, yo sí te creo.

Controlé mi enfado. Eric no tenía ninguna culpa. No tenía motivos para descargarme con él.

—Gracias. ¿Pero por qué piensas que han tardado tanto en venir a rescatarme?

Eric sonrió.

—Tu llamada se cortó y lo único que oyó el telefonista fue «Partridge». En West Blackburn hay un Partridge Drive. Y como que en la carretera en la que estabas no hay nada relevante, supusieron que estarías en West Blackburn. No fue hasta que no encontraron a nadie en esa calle cuando dedujeron dónde debías de estar.

—¿Y no podrían haber triangulado las torres de telefonía móvil o alguna cosa así? Es lo que hacen siempre en la tele.

—En la vida real se tarda mucho más en hacer eso que lo que enseñan en la tele. Y no estuviste el tiempo suficiente al teléfono, además. —Eric acercó la silla y me cogió la mano—. Escúchame bien, necesito hablar contigo sobre lo que sucedió el otro día. Entiendo que te hayas enfadado conmigo por haberle contado a Olinski lo de la prueba que encontramos en mi taquilla.

Engullí el nudo que se me acababa de formar en la garganta para dejar espacio a las palabras que tendría que tragarme.

—Me equivoqué. No tendría que haberte pedido que no se lo contaras a nadie. Aunque yo solamente quería ayudarte.

—Tu corazón siempre está en el sitio adecuado, pero a veces tus métodos están un poco fuera de lugar. No podía hacer lo que me estabas pidiendo. No era lo correcto.

—Lo sé. Y lo siento. ¿Podemos volver a ser amigos?

Puso cara de chasco, pero lo disimuló al instante con una sonrisa.

—Por supuesto. No creas que te librarás tan fácilmente de mí.

—Me alegro.

Su malestar me llegó al fondo, pero lo único que podía ofrecerle era amistad. Por el momento, al menos. Pero Eric estaba aquí, dándome la mano cuando más lo necesitaba. Y me creía. ¿Acaso no contaba eso para algo?

La enfermera llegó empujando un carrito cargado con una bandeja de instrumentos que parecían sacados del plató de la serie *El dentista*.

—¿Lista para arreglar la nariz?

Miré de reojo la bandeja de instrumentos de tortura. Quizá no.

—¿Quedaré igualita a Emma Stone cuando termines?

La enfermera rio.

—Quizá más bien parecida a W. C. Fields. Al menos hasta que baje la inflamación. Después de eso, volverás a parecerte a ti. —Cogió de la bandeja una botella de espray nasal—. Esto es lidocaína para el dolor. Te mantendrá aturdida durante una media hora.

Después de dos chorritos en cada orificio nasal, empecé a tener la sensación de que mi nariz había desaparecido. Por primera vez en horas, mi cara no estaba a punto de estallar. La musculatura del cuello se relajó en cuanto mi cabeza tocó la almohada. Mientras no respirara muy profundamente, incluso podía imaginar que todo lo de esta noche no había sucedido nunca.

Cuando entró el doctor para reparar la fractura, la enfermera bajó el cabecero de la cama. Eric salió a buscarse un café, pero sospeché que lo hizo para no tener que presenciar la intervención. Mi héroe. Aunque era comprensible. Yo tampoco me habría quedado.

El doctor seleccionó un artilugio que en su día debía de haber pertenecido a un ginecólogo liliputiense. Me preparé para lo peor, pero cuando introdujo el espéculo en mi nariz, no sentí nada. El doctor examinó ambos orificios nasales y realizó un ligero masaje en la parte superior. El hueso regresó a su lugar y empecé a respirar de nuevo con normalidad… hasta que me introdujo una cosa esponjosa en cada lado.

—Ya estamos —dijo—. Parece que todo está bien. Pero tendrás que tomártelo con calma y no destaponar la nariz en una semana. —Me colocó una tira adhesiva por encima del puente de la nariz—. En nada volverá la enfermera con todas las instrucciones para que te den el alta.

—*Gaacias.*

Maravilloso. Pasaría una semana entera hablando como una niña de dos años. Por suerte era escritora y, por lo tanto, lo de hablar era opcional.

Eric reapareció cuando la parte más dura ya había acabado. Jamás me habría imaginado que fuese tan aprensivo. Supuse que al vivir en una ciudad pequeña no había estado expuesto a muchas escenas de crimen macabras. Mejor, probablemente. Porque seguro que pasarían más tiempo reanimándolo que recopilando pruebas.

Tomó de nuevo asiento en la silla, junto a mi cama.

—¿Qué tal ha ido?

—Bien. Ningún dolor por el *bobento*.

Eric se echó a reír.

—Seguro que no.

Le saqué la lengua.

—En cuanto estés lista, te llevo a casa.

—¿Y qué pasa con mi ropa y mi coche?

Me dio unos golpecitos cariñosos en la mano.

—Está todo controlado.

—¿Quién lo ha *contolado*?

Se abrió la cortina y Brittany accedió al cubículo con una bolsa.

—Olinski se ha desplazado hasta la escena del suceso para controlarlo todo.

Intenté concentrarme.

—*Gacias* por *vení*.

Eric esbozó una sonrisa y Brittany se tapó la boca para disimular su carcajada.

—Mi mejor amiga está en el hospital. Otra vez. ¿Cómo no quieres que venga?

—Pensaba que ya no *quedías*.

Brittany miró un momento a Eric y luego se volvió hacia mí:

—No digas tonterías. Ahora no pienses en nada; ya hablaremos mañana.

Eric se levantó.

—Si queréis hablar, me voy.

«Qué mono». Lo agarré por la manga.

—No, espera. No tienes por qué irte.

Llegó la enfermera con las instrucciones para el alta: descanso, nada de levantar pesos, nada de actividad muy vigorosa, ibuprofeno para el dolor, hielo cada una o dos horas durante veinte minutos y duchas bien calientes. Lo del descanso y las duchas sería manejable. Lo demás, no estaba tan segura.

Firmé para continuar con mi vida y, con un amigo a cada lado, la enfermera me condujo en una silla de ruedas hasta la salida.

22

—¡Aaaay!

La imagen irreconocible del espejo gritó a la par que yo. El pelo me salía disparado hacia todos lados. Círculos negros sustentaban mis ojos hinchados y mi nariz inflamada era la protagonista de una cara congestionada. ¿W. C. Fields? ¡Ja! El apocalipsis zombi había empezado conmigo como líder de la banda.

Brittany llamó a la puerta del cuarto de baño.

—¿Estás bien?

Abrí.

—Todo depende de cómo lo mires.

Brittany se quedó boquiabierta.

—Caray. Entiendo a qué te refieres. Quizá no debería haber dejado que te pusieras a dormir al llegar a casa. ¿Te duele tanto como parece?

—Un poco, pero es soportable.

—Anda, dúchate. Yo pondré la cafetera en marcha y prepararé el desayuno.

—Gracias. Y gracias por quedarte conmigo anoche.

—De nada. Es mi trabajo, ¿no? ¿Quién si no va a cuidar de ti?

Cierto. Brittany me había cuidado y me había salvado de mí misma más veces de las que estaba dispuesta a reconocer. Me resultaba imposible imaginar cómo sería mi vida en este momento sin su amor y su ayuda. Necesitaba darle más a cambio. Quizá fuera por eso por lo que a veces se empeñaba en mantenerse alejada de mí.

Abrí el grifo del agua caliente. El vapor empezó a salir por encima de la cortina de la ducha y empañó el espejo. Incorporé un poco de agua fría para que la temperatura fuese tolerable y me metí en la ducha. Los chorros de agua me aporrearon el cuello y los hombros e inicié mi masaje para pobres. Mis músculos agarrotados ofrecieron resistencia. Moví la cabeza hacia ambos lados, decidida a no permitir que ganaran esta guerra.

Una marca morada recorría mi cuerpo desde el hombro izquierdo hasta la cadera derecha, donde se conectaba con otra marca que iba de derecha a izquierda; la huella del cinturón. Los cinturones de seguridad salvan vidas, pero el rastro que dejan no sirve precisamente para embellecer la fachada. Mis costillas magulladas me dificultaban la posibilidad de respirar hondo y de girarme hacia los lados. Aunque eso era un inconveniente menor teniendo en cuenta lo mal que habría estado de haber sufrido alguna fractura.

Después de lavarme el pelo y enjabonarme el cuerpo, pude moverme sin dificultad, dejando aparte la zona del torso, y el único recordatorio público de mi aventura era el que estaba mirándome desde el espejo mientras me peinaba. En cuanto salí del cuarto de baño envuelta en mi albornoz azul celeste, Brittany me pasó una taza de café, dos ibuprofenos y una bolsa de hielo. Algún día se convertiría en una esposa perfecta. Si es que yo le concedía el divorcio, claro está.

Engullí las pastillas con el café y me llevé la mano a la boca para no regurgitar el líquido hirviente. Debería haber verificado antes la temperatura. El crepitar del beicon que se oía en la cocina me hizo la boca agua y me provocó un rugido en el estómago. Era una lástima saber de antemano que, entre la nariz llena de material esponjoso y la lengua que acababa de chamuscarme, el desayuno me sabría a cartón.

Brittany depositó las tiras crujientes sobre un papel absorbente y dijo:

—¿Cómo quieres los huevos?

—Un poco más de medio hechos, por favor. ¿Quieres que me encargue yo de las tostadas?

Me fulminó con una mirada por encima del borde de las gafas.

—No. Lo que quiero es que te pongas hielo en la cara. Las instrucciones decían que tenías que hacerlo cada una o dos horas. Y desde que hemos llegado a casa solo te has aplicado hielo una vez.

—Hace poco que hemos llegado, y he pasado la mayor parte del tiempo durmiendo.

—¡Jennifer Dawson, ponte el hielo donde toca ahora mismo!

Me dispuse a arrugar la nariz, pero una punzada de dolor me obligó a cambiar de idea.

—Tampoco será tan importante si ni siquiera has utilizado mi segundo nombre.

—Me lo reservo para grabarlo en tu tumba. —Me habló agitando la espátula   . Y ahora, coopera, por favor.

—Sí, mamá.

La tostada saltó de la tostadora y Brittany la untó con mantequilla.

—Y hablando de madres, ¿la has llamado ya?

Ni siquiera me lo había planteado.

—Lo intentaré en un rato. Creo que tendría que ir a su casa, pero si me ve así se espantará. Tendría que advertirla antes.

Brittany esbozó una mueca.

—¿No habías dicho que *Walking Dead* le encantaba?

—Ja, ja. —Guardé el hielo en el congelador y rellené la taza de café—. ¿Quieres más?

Brittany llevó los platos a la mesa.

—Sí, por favor.

Comimos en un silencio roto tan solo por el sonido de los cubiertos al chocar con los platos y el murmullo ocasional de nuestros sorbos. Y mientras apuraba con el pan lo poco que me quedaba de yema, pregunté:

—¿De qué querías hablar conmigo anoche?

—De nada importante, pero necesito que me expliques por qué piensas que ya no me caes bien.

Me recosté en la silla y me mordí el labio inferior.

—Supongo que estaría bajo los efectos de la medicación. No pienso eso.

—Las circunstancias sirven a veces para hacer aflorar las verdades.

—Ahórrate la palabrería de los psicólogos. Con el doctor Margolis tengo más que suficiente.

Brittany se quedó mirándome y la taza no logró esconder del todo la insinuación de una sonrisa.

—Apuesto a que sí.

—Muy graciosa. —Me encogí de hombros y bajé la cabeza—. Pero tal vez tengas razón. En lo que dije había parte de verdad. Sé que te caigo bien, pero en estos últimos tiempos has estado un poco distante. A veces me da la impresión de que se ha creado un vacío entre nosotras. Aunque, por otro lado, también estoy segura de que mi imaginación hace horas extras últimamente.

Brittany dejó la taza y recogió con la punta de un dedo las migas que habían caído en la mesa.

«Tal vez, al final, resulta que no son imaginaciones mías». Me rasqué la cutícula del pulgar izquierdo.

—No, no son imaginaciones tuyas.

Se me formó un nudo en la garganta. Tragué con fuerza para eliminarlo.

—¿Qué pasa, Britt?

Brittany suspiró.

—Supongo que tengo la sensación de que no me necesitas como antes.

Vaya. Nuestra última discusión había sido cuando le había pedido que me ayudara en la investigación. Tal vez fuera que Brittany no quería reconocer lo que en realidad le molestaba.

—Eso que acabas de decir es absurdo.

—¿Estás segura? Antes hablábamos de todo. Pero anoche, por ejemplo, ni siquiera me dijiste que habías ido a buscar a Tony y, por supuesto, ni se te pasó por la cabeza pedirme que te acompañara. Me preocupas. —Me miró de reojo—. Tienes una clara tendencia a meterte en problemas.

—Eso no es verdad. Es más bien como si los problemas estuvieran buscándome.

Me miró por encima del borde de las gafas.

—Muy bien, de acuerdo. Pero tampoco es que tú me hayas quemado el teléfono a base de llamadas. —Inspiré hondo—. Es posible que tengas razón. He estado evitándote.

—¿Por qué?

—Porque ya no tienes tiempo para mí. Y estás muy sensible, además. Todo lo que te digo te irrita. Y no me gusta nada cuando nos peleamos.

Brittany extendió el brazo por encima de la mesa para tocarme la mano.

—Jen, yo siempre tengo tiempo para ti, pero entiendo por qué te parece lo contrario. Sinceramente, creo que yo también te he evitado, porque pensaba que estabas molesta porque salgo con Olinski. Además, ahora tienes otra gente a la que recurrir si necesitas cualquier cosa. Supongo que estaba celosa. Y luego me enfadé cuando me pediste ayuda porque me imaginé que antes ya lo habrías intentado con todos los demás.

—Tengo que reconocer que sí que he estado un poco celosa por lo de Olinski. Sinceramente, no celosa porque lo alejes de mí; sino más bien al revés, celosa porque él te está alejando de mí. Pero quiero que seas feliz. Te lo mereces. Y yo soy una imbécil.

Sus carcajadas rompieron la tensión.

—No más de lo habitual. No te preocupes, estoy acostumbrada. —Sus ojos se oscurecieron—. Me alegro de haber tenido esta conversación. Te echaba de menos.

—Y yo a ti. Sabes que siempre estoy si me necesitas. Y aunque a veces no lo parezca, te quiero. —Miré el reloj de la cocina. Las 08:35—. Oye, ¿no tendrías que irte ya a trabajar?

Brittany siguió la dirección de mi mirada.

—Mierda. Tengo que irme. —Se levantó de un salto y corrió hacia la puerta—. No te olvides de aplicarte el hielo en la nariz. Luego te llamo.

Apuré el café y recogí la mesa. Me sentía como si me hubiese quitado de encima un peso de dos toneladas. Llena de energía, lavé los platos, lo cual era un logro considerable. Al menos para mí.

El bloque de tortura ártica volvía a estar congelado. Me tumbé en el sofá y me lo apliqué en la cara. Era una gozada poder encajar todo mi cuerpo en aquel mueble, pero echaba en falta a Savannah.

Su ausencia había dejado un hueco en mi corazón, aunque sabía que estaba feliz y sana y que volvería a casa en cuanto diera caza al monstruo que la amenazaba.

Cuando el hielo se derritió, lo metí de nuevo en el congelador y cogí el portátil. La inflamación había bajado un poco y la parte superior de mis mejillas ya no me impedía ver bien. Sospechaba, de todos modos, que aquello no duraría mucho. Me tomé la siguiente ronda de ibuprofeno y me puse a trabajar.

Los gemelos llevaban horas sufriendo problemas en el bosque y estaban mucho más cerca de la seguridad de lo que se imaginaban. El sol asomó finalmente por detrás de los árboles.

Daniel estaba sentado sobre las hojas, con la espalda apoyada en el tronco de un árbol y la cabeza entre las manos.

—¿Alguna novedad?

Dana caminaba de un lado a otro del claro, sujetando en alto el teléfono en busca de cobertura.

—Ni siquiera una rayita. Estamos en zona muerta.

Daniel hizo un gesto de asentimiento y se incorporó.

—Bueno. Al menos ahora tendremos idea de hacia qué dirección vamos si echamos a andar.

—Cierto. La lástima es que no sabemos cuál es la dirección que nos conviene. —Dana dio unos pasos hacia un roble gigante, uno de los pocos árboles de hoja caduca en un bosque prácticamente poblado por pinos en su totalidad—. Si trepara a ese árbol, a lo mejor pillo una barra o dos de cobertura.

Daniel siguió la mirada de su hermana. La rama más baja quedaba a algo más de un metro por encima de su cabeza.

—Sí, pero ¿cómo trepar hasta allí? Esa rama está demasiado alta.

—No, si tú me levantas. —Se acercó corriendo a la base
del árbol—. Vamos, dame un empujón hacia arriba. Es nues-
tra única oportunidad de poder volver a casa y dar caza al tipo
que nos dejó aquí.

A partir de aquí, necesitaba tomar decisiones. ¿Conseguirá
Dana tener cobertura cuando se suba al árbol? ¿Hasta qué rama tendrá que trepar? Y en cuanto tenga cobertura, ¿será lo bastante potente como para hacer una llamada al 911? ¿O debería correr el
riesgo de enviarle un mensaje al ama de llaves, la señora Barlow, y
confiar en que este se transmita bien? Después de esto, ¿conseguirá
Dana bajar del árbol sin hacerse daño, o se romperá la frágil rama
y caerá al suelo? Si cae, ¿sufrirá una lesión grave o simples magulladuras? Quienquiera que se invente el algoritmo para las preguntas
a las que se enfrenta un escritor cuando inventa una trama, se hará
multimillonario.

Estaba aún cavilando sobre la pregunta número uno, cuando
sonó el teléfono. Miré la pantalla. ¿Mi agente? ¿Dos veces en una semana? Seguro que me esperaban problemas. Cogí la llamada y respondí con mi voz más alegre, esa que pretendía comunicar «todo va
de maravilla»:

—Hola, Ruth. ¡Qué agradable sorpresa! ¿Qué tal va todo?

—Muy bien, gracias, aunque hace un rato que tengo mucho dolor de cabeza.

—Lo siento. ¿Te has tomado algo?

Noté que ponía el manos libres y, acto seguido, el volumen de
su voz se minimizó.

—No, todavía no. Espero que desaparezca por sí solo después
de esta conversación.

Ay, ay.

—¿Qué sucede? He estado trabajando duro, te lo prometo.

—Lo sé, boba, ¿pero en qué? ¿Estás trabajando en el manuscrito o intentando encontrar un asesino?

—¿Y no puedo hacer ambas cosas?

Su silencio me sirvió de respuesta. Algo había cambiado desde la última vez que hablamos.

—Cuéntame qué ha pasado, Ruth.

—Esta mañana he recibido una llamada de tu editora, Jen. Su jefe está frustrado y se le está acabando la paciencia. Quieren el segundo libro ya, o incumplirás el contrato.

El corazón se me aceleró y noté una fuerte tensión en el pecho. Aspiré aire a través de mi tráquea casi cerrada.

—¿Cuánto tiempo tengo?

—Hasta el 15 de agosto. Escrito, revisado y totalmente pulido.

—¿Y si no lo consigo?

Ruth suspiró.

—Cancelarán el contrato y tendrás que devolver el anticipo que recibiste por el segundo libro.

Ningún problema, excepto el pequeño detalle de que hacía ya tiempo que no tenía ese dinero.

—Supongo que no me queda otra que ponerme a escribir a toda máquina.

—Lo siento, Jennifer, pero ya has incumplido tres plazos de entrega. Entiendo lo que te ha pasado, pero no puedo hacer más. A partir de ahora, tu futuro está solamente en tus manos.

—Entendido.

Colgué y dejé el teléfono en la mesa. Noté como si en mi estómago un grupo de baile hubiera empezado a practicar el punta tacón.

«Inspira hondo y suelta el aire lentamente».

¿Sería capaz de terminar el primer borrador en solo un mes? ¿Lo conseguiría? Había escritores capaces de hacerlo, a buen seguro. Pero yo no era uno de ellos. Escribir y reescribir *Problema doble* me había llevado años. Y recrear esa magia en las pocas semanas de las que disponía era imposible.

Cuando firmé el contrato, sabía muy bien lo que esperaba de mí la editora. ¿En qué estaría pensando? Considerándolo en retrospectiva, ahora entendía con claridad que en aquel momento me sentí abrumada al ver que mi sueño estaba a punto de hacerse realidad. Durante todo el tiempo que pasé puliendo mi obra para encontrar un agente, no se me pasó jamás por la cabeza qué pasaría con mi rutina como escritora si un editor decidía que continuase con toda la serie.

Tal vez haría bien dándome por vencida. Había escrito una novela que había sido un éxito de ventas. Algo que la mayoría de los autores nunca podría decir. Ser una escritora efímera y de un solo éxito no era malo y, en consecuencia, no tenía nada más que demostrar. Tenía la librería y tenía amigos. Mantenía una relación razonable con mi familia por primera vez desde que era niña. Tenía además a Savannah. ¿Qué más podía desear?

Miré la narración que ocupaba la pantalla del portátil. Los gemelos estaban perdidos en el bosque, sin comida ni agua, sin esperanzas de que alguien acudiera a su rescate. ¿Sería capaz de abandonarlos eternamente en aquellas circunstancias? ¿Acaso no les debía algo más? Aquellos chavales habían sido muy buenos conmigo.

Qué tonterías. Los gemelos no eran más que dos personajes de ficción que habían nacido de mi cabeza cinco años atrás. No eran más que palabras sobre papel. Ni siquiera eran capaces de respirar sin mí. No existían.

¿De verdad no existían? ¿Quién me había sacado del coche anoche? ¿Mi librería o mis amigos? ¿Mi familia? No. Dana y Daniel me habían sacado de allí. Eran producto de mi imaginación, eso seguro, pero para mí eran reales. Se merecían algo mejor que quedar abandonados a su suerte en el bosque. Mil palabras al día de ahora en adelante me darían tiempo suficiente para incluso un par de revisiones completas. Podía hacerlo. Lo haría.

Muy bien. ¿Hasta dónde tendría que trepar Dana para tener cobertura?

23

Después de tres horas de teclear y borrar, conseguí por fin sacar a los gemelos del bosque. Dana nunca llegó a tener cobertura, pero trepó lo bastante alto en el árbol como para decidir hacia qué dirección echar a andar. Se cayó al descender, pero solo se lesionó el brazo, que utilizó para amortiguar la caída. Ahora, ellos se hallaban en la carretera y yo estaba hecha polvo. Ojalá pudiera encontrar también la solución a mis problemas trepando a un árbol.

Me tumbé en el sofá después de otra tanda de ibuprofeno y hielo. La hinchazón se había reducido hasta el punto de que ya no parecía un zombi. Más bien un luchador de artes marciales derrotado. Pero como que no tenía concursos de belleza a corto plazo, no tenía que preocuparme por nada.

Tenía aún pendiente tranquilizar a mi madre. La conversación, sin embargo, sería cualquier cosa menos agradable.

Tal vez mejor una siesta. Pero entonces sonó el teléfono y la fotografía de la graduación de Brittany apareció en pantalla. Al traste mis planes.

—Hola, Britt, ¿qué pasa?

—Solo quería ver cómo seguías. ¿Has podido descansar algo?

Solté una carcajada.

—Imposible. Me ha llamado Ruth. Para rematar todo lo que tengo encima, ahora resulta que mi editora quiere echarme de patitas a la calle. Aunque es comprensible. La fecha de entrega del libro estaba estipulada para hace unos meses. Ellos no tienen ninguna culpa de que Scott decidiera prescindir de mí y largarse a París, ni de que luego Aletha muriese asesinada y yo estuviera a punto de morir por querer capturar al asesino.

Omití la parte relacionada con el fallecimiento del prometido de Brittany en Afganistán. No había ninguna necesidad de levantar de nuevo esa herida.

—Lo siento, Jen.

—Han sido pacientes, teniendo en cuenta toda la maquinaria que necesitan poner en funcionamiento, y yo les estoy fastidiando los engranajes. Me han dado seis semanas para terminarlo, revisiones incluidas. Hasta el quince. Pero no puedo asegurar que el producto resultante sea el que me gustaría.

Oí que Brittany resoplaba al otro lado del teléfono.

—¿Podrás hacerlo?

—Ya te lo diré el mes que viene.

—¿Cómo podría ayudarte?

«¿Escribiéndome la mitad de los capítulos que me faltan?». Pero sabía que escribir no era su fuerte.

—¿Qué te parecería hacer alguna lectura? Si me repasases lo que tengo hasta ahora, las revisiones serían más sencillas.

—Por supuesto. Envíamelo por *mail*.

—Gracias.

—De nada. Por cierto, Olinski quería que te dijera que te han dejado el coche aparcado delante de la librería y que le han dado las llaves a Lacey. Por lo visto, eres la persona más afortunada que he conocido en mi vida. No solo has salido prácticamente ilesa de ese accidente, sino que también ha salido ileso tu coche. Aparte de algún golpe y rayón, funciona a la perfección.

Me quedé boquiabierta.

—Estarás hablando en broma.

—No. Eres como una pata de conejo andante.

—Pues es una lástima que no pueda caber en tu bolsillo.

—¿Has hablado ya con tu madre?

Entrecerré los ojos y refunfuñé.

—¿Te refieres a mi otra madre?

—A la madre que te parió. Yo soy tu madre adoptiva, ¿lo recuerdas?

—Sí. Lo que significa que en su día me elegiste, así que deja de quejarte.

—Eso jamás. Bueno, te dejo que tengo trabajo. ¡Llama a tu madre!

Colgué y al instante pulsé el icono de mi madre, porque ya era hora de informarla de lo que había pasado, no porque Brittany acabara de decirme que lo hiciera.

—¡Hola, mamá! ¿Qué tal está Savannah?

—Muy bien, y yo también. Gracias por preguntar.

Ya había metido la pata.

—Lo siento. Es que echo de menos a mi niña, eso es todo.

—Yo también te echo de menos a ti, cariño.

Miré la pantalla del teléfono para comprobar que no me había equivocado. «Mamá». ¿Desde cuándo mi madre hacía chistes? Savannah debía de estar ablandándola.

—Mira, tengo que contarte una cosa.

Una pausa prolongada, y después:

—La última vez que me dijiste eso, alguien había intentado matarte. ¿Qué ha sido esta vez?

—Esta vez ha sido que alguien me echó de la carretera anoche. Pero estoy bien. No es nada preocupante. No quería que te enterases por otro.

—¿Seguro que estás bien? ¿Dónde estabas?

—Estoy bien, de verdad. Fui a visitar a un amigo por la zona del lago.

De ninguna manera estaba dispuesta a decirle que había resultado herida en el transcurso de otra investigación.

—Ahora en serio, ¿cómo estás? ¿Sabes quién fue?

—Solo un poco magullada. Fue alguien con una furgoneta marrón, creo. No pude ver nada más.

Mi madre volvió a hacer una pausa.

—No sabía si mencionártelo, pero ha habido un tipo merodeando por aquí.

Mi pulso cobró velocidad.

—¿Qué tipo?

—Cuando esta mañana he salido a tirar la basura, he visto un hombre sentado en una ranchera delante de la casa de al lado, y luego, cuando más tarde he salido a mirar si había correo, lo he visto aparcado en el otro lado. Estoy segura de no haberlo visto nunca hasta hoy. Aunque iba con una de esas sudaderas con capucha.

—¿Con sudadera con capucha en julio? Debe de estar loco. ¿Qué tipo de ranchera era?

—No lo sé muy bien. Una cosa grande, y roja.

¿Quién tendría una ranchera roja? Podía tratarse de cualquiera. Podía ni siquiera tratarse de un hombre.

—Quedaos dentro, no salgáis. Y tampoco Savannah. Estaré allí enseguida. Si ves que se acerca demasiado a la casa, llama al 911, ¿entendido?

—No creo que sea necesario. Estamos bien.

—Lo sé, mamá, pero va detrás de la perra. Si voy a recogerla, os dejará tranquilos.

Mi madre suspiró.

—Pero entonces irá a por ti.

—Va igualmente detrás de mí. Al menos, vosotros estaréis seguros. Pasaré por comisaría de camino a casa y los pondré en alerta. Imagino que montarán patrullas adicionales. Pero no te preocupes, no pasará nada.

—Deberías quedarte aquí, para que podamos cuidarte.

De ninguna manera. Jamás pasaría otra noche en aquella casa.

—Si me quedo ahí, ninguno de nosotros estará protegido. Es lo que estoy intentando decirte. Voy enseguida.

Mi mano tembló cuando dejé el teléfono en la mesa. Seguía sin tener noticias sobre el origen de la nota. ¿Quién podría haberla enviado? Me vino al instante a la cabeza el nombre de Tony. Estaba en la cárcel cuando la recibí, pero podía haberla enviado incluso un par de días antes. El juez lo había puesto en libertad y ahora estaba desaparecido. Tal vez estuviera ocupado intentando matarme y acosando a mi perra.

Pero ¿por qué me habría pedido ayuda para luego atacarme mientras lo estaba ayudando? No tenía sentido. Aunque, según Havermayer, Tony creía que yo había dejado pruebas incriminatorias en su coche. De todos modos, era una afirmación que no había oído directamente de su boca. Tampoco me sorprendería que la detective hubiera lanzado ese bulo simplemente para observar mi reacción. Ya lo había hecho antes.

¿Quién más podría haber asesinado al comisario Vick? Su esposa, pero no había ninguna pista que apuntara en su dirección. Aunque tenía pendiente investigar sobre la comida con la mujer embarazada que me había comentado Lacey. Tenía que preguntarle a Angus al respecto.

Eric seguía sin informar sobre la prueba del año pasado que había desaparecido y había reaparecido luego por sorpresa en su taquilla. La alcaldesa tenía acceso a la aguja de tinta, pero ¿qué motivos podría tener para cometer el asesinato? La teoría de la «mujer despechada» era viable, aunque un poco extrema. ¿Habría tenido el jefe alguna oportunidad de victoria si se hubiese presentado contra ella en las próximas elecciones? Lo dudaba, y sospechaba que Teresa también. Xavier Benedict no estaba del todo descartado. Por poco probable que fuese su implicación, Atlanta no estaba tan lejos como para descartarlo por completo.

Sustituí el chándal por unos vaqueros y una blusa de manga corta. No me apetecía pasarme nada por la cabeza, si podía evitarlo. Quitarme la camiseta me había generado dolor suficiente como para recordarlo como mínimo un par de días.

Una llamada a Angus puso mi almuerzo en marcha. Luego busqué en el cajón de los trastos que tenía junto al lavabo para ver si encontraba la llave de casa de repuesto y poder cerrar bien al marcharme. Era una suerte que Brittany guardara otra, porque de lo contrario no sabía cómo habríamos podido entrar en casa anoche. Después de tropezar con tres tipos de pilas distintos, dos llaves más que a saber qué abrirían y un rollo de cuerda hecho una pelota, localicé por fin la llave de repuesto en un rincón.

Pasito a pasito, me dispuse a salir a la calle y llegué a los pies de la escalera sin haberme roto otra vez la nariz. El resto del paseo sería fácil si no daba un traspiés o tropezaba con algo. Porque siempre había sido más bien patosa. Emergí con cautela a un mediodía soleado y con cielo azul.

El restaurante estaba lleno de gente. La hora de comer de los viernes era, después de la de los domingos, los momentos en los que más concurrido se hallaba el local. Angus estaba detrás del mostrador, cerca de la caja registradora, con una nueva interpretación de la sinfonía de Dandy Diner. Al fondo, Marcus, con una espátula en una mano y una loncha de queso en la otra, presidía una plancha llena de hamburguesas.

Aprovechando un momento de pausa, Angus se volvió hacia mí. Y al verme, se quedó boquiabierto.

—Pero ¿qué te ha pasado?

Me sorprendió que no estuviera todavía al corriente. ¿Un eslabón roto en su cadena de chismorreos?

—Perdí una pelea contra un airbag, pero no te preocupes, aunque salí de aquello hecha un asco y con sangre por todos lados.

Esbozó un mohín.

—Me lo imagino. Una lástima que la sangre fuera tuya.

—Un detalle sin importancia. —Cogí la bolsa de plástico que había junto a la caja—. ¿Es la mía?

—Sí. Cuéntame qué te ha pasado.

Le hice un breve resumen mientras verificaba el pedido y rebuscaba en mi cartera.

—Imagino que el departamento del *sheriff* estará intentando localizar la furgoneta, pero por el momento nadie me ha dicho nada. El agente que me interrogó se comportó como si hubiera sido mi culpa, a pesar de que todos los análisis me han salido negativos, por supuesto.

—Déjame ver qué averiguo.

—¿Tienes amigos allí?

Me dio un codazo simpático.

—Tengo espías por todas partes.

—Hablando de lo cual, me he enterado de que Anne-Marie Vick estuvo comiendo aquí con una joven embarazada el viernes antes de la muerte del jefe. Y dicen que Anne-Marie parecía muy enfadada. Corre el rumor de que el jefe podría ser el padre del bebé.

Angus se echó a reír.

—Siento decírtelo, pero los chismorreos se han equivocado por completo esta vez. La joven es sobrina de Anne-Marie. Y esta estaba enfadada porque su hermano ha amenazado con desheredar a la pobre chica por haberse dejado embarazar por su novio, que resulta que es un holgazán.

Eso descartaba al menos un motivo. No es que Anne-Marie estuviera eximida por completo, pero el motivo que le quedaba era demasiado pequeño para hacer algo tan grande. Fuera.

Le dije adiós a Angus y me dirigí a la librería comiendo patatas fritas y haciendo caso omiso a las objeciones que me planteaba mi nariz. Pero solté la bolsa cuando vi el coche. El parachoques delantero estaba aplastado, la capota arrugada pero cerrada. Al menos, el parabrisas permanecía intacto. Recogí la bolsa e inspeccioné el resto de los daños. Rayones en ambos lados, algunos de ellos resultado de mi primera visita a la cabaña de Tony. La parte posterior estaba bien, excepto el intermitente del lado del conductor. Eso solo ya me parecía prueba suficiente de que alguien me había dado. ¿Cómo, si no, iba a romperse un intermitente cuando el coche había caído de frente en la zanja?

Me agaché para seguir examinándolo. En el guardabarros, justo al lado del intermitente roto, había una mancha minúscula de pintura marrón que, a buen seguro, debía de haber sido invisible de noche. Saqué el teléfono, hice fotos de mi argumento de defensa y se las envié a Olinski. ¡Chúpate esa, agente!

Cuando llegué a la librería, había dos clientes —una mujer delante de las estanterías de libros de jardinería y un hombre hojeando una novela de suspense— y fui directa hacia el fondo, con la cabeza agachada para no asustarlos. Aunque, bien pensado, tal vez debería instalarme junto a la sección de libros esotéricos a modo de publicidad de las últimas novedades de zombis.

Lacey salió en aquel momento del almacén empujando un carrito cargado de libros.

—¡Jen! ¿Cómo estás? Brittany nos ha contado lo que te ha pasado. ¿Estás bien?

—Por mucho que tus ojos te digan lo contrario, estoy bien. Solo un poco magullada.

—¿Crees que alguien te sacó de la carretera?

Le enseñé las fotos que acababa de hacer.

—Aquí tienes la prueba. Alguien intentó asustarme. Sé que estoy muy cerca de algo, pero no sé de qué.

Lacey me presionó el brazo.

—No deberías salir.

—Tengo que ir a recoger a Savannah. Mi madre tiene un hombre misterioso rondando su casa.

Lacey abrió los ojos como platos.

—¿Podría ser el que te ha amenazado?

—No pienso tentar a la suerte.

—Deja que vaya yo a recogerla. Tú vete a casa y ponte a salvo.

Negué con la cabeza.

—Gracias. Pero no quiero involucrar a nadie más, si puedo evitarlo. Mientras ese loco ande suelto, todo el mundo a mi alrededor corre peligro.

—Sé cuidarme sola.

—No lo dudo, pero tienes una familia en la que pensar. ¿Dónde están mis llaves?

—En tu mesa.

Recogí las llaves y salí de nuevo a la calle. El Dodge se puso en marcha a la primera, como si no hubiera pasado nada, y fui directamente a casa de mi madre, devorando la hamburguesa por el camino. No había necesidad de andarse con subterfugios. El autor de la carta ya le había echado el ojo a mi perrita. Tenía que volver con ella a casa, donde estaría segura. Donde las dos estaríamos seguras.

Cuando enfilé el camino de acceso a casa de mi madre no vi ni rastro de la ranchera roja. ¿Se habría cansado y se habría dado por vencido? ¿O se habría enterado de alguna manera de que yo iba hacia allí? Imposible. A menos que alguien me hubiera estado vigilando mientras aquel hombre controlaba a Savannah. No. Ya estaba otra vez con mis paranoias.

Mi madre se asustó al verme, como imaginaba que sucedería. Necesité más de cinco minutos para convencerla de que no iba a palmarla en cualquier momento. Savannah se me echó encima en cuanto entré en el salón y me vi obligada a tranquilizarla con una mano mientras con la otra me protegía la cara. Por desgracia, no me quedaban más manos para proteger las costillas.

Gary estaba sentado en su butaca, viendo la tele. Cuando lo saludé, apretó la mandíbula y cambió de canal.

Mi madre recogió las cosas de Savannah. El volumen de juguetes me pareció sospechosamente más grande que cuando la había dejado en la casa. Moví la cabeza en dirección a mi padrastro y le lancé una mirada interrogativa a mi madre.

—Está enfadado porque te llevas a Savannah.

¿El hombre que siempre se negó a que pudiera tener un perro de pequeña?

—Pues visto que parece que se ha ablandado respecto al tema, quizá deberías buscar un perro para él.

Mi madre frunció los labios.

—Quizá sí.

Una vez tuve a Savannah asegurada en el asiento de atrás, le di un poquito de comida, que engulló a toda velocidad, incluso antes de que yo me instalara en el asiento del conductor. Cuando llevábamos unos kilómetros circulando, vi una furgoneta roja aparcada en un claro del bosque que flanqueaba la carretera. ¿Sería el hombre misterioso? Sería una casualidad que no lo fuese. Y solo había una forma de averiguarlo.

Paré, cerré el coche con llave y con Savannah dentro, y retrocedí hasta donde estaba la ranchera, pasando árbol tras árbol. Cuando atisbé al conductor, vi que estaba con la capucha de la sudadera bajada. Me quedé paralizada, colorada de rabia. Zach Vick. ¿Sería él el acosador de Savannah? Tenía que serlo. ¿Por qué, si no, estaría escondido entre los árboles a cinco kilómetros de casa de mi madre?

Nada más salí de detrás de un pino, Zach se volvió, sorprendido. Vi que se disponía a poner el motor en marcha y eché a correr hacia él, sujetándome la nariz con una mano y las costillas con la otra, apretando los dientes para contener el dolor. Tiré con fuerza de la puerta del lado del acompañante, la abrí y entré en el vehículo.

—¿Qué estás haciendo aquí?

Zach sonrió con suficiencia.

—¿Qué te ha pasado en la cara?

—Tuve un encontronazo con un airbag. ¿Y tú qué haces aquí?

—Estoy respondiendo a un mensaje que me ha enviado mi madre. ¿Lo ves?

Me mostró su teléfono.

Le hice caso omiso.

—Me refiero a qué haces aquí, escondido en el bosque, junto a la carretera.

—No estoy escondido, esto es evidente. Acabas de encontrarme.

«Empecemos de nuevo».

—¿Qué hacías vigilando la casa de mi madre?

Bajó la vista hacia sus uñas, totalmente mordidas.

—No estoy llegando a nada en mi esfuerzo por descubrir quién asesinó a mi padre. Nadie quiere hablar conmigo y ya no sé qué hacer.

¿Un brote de madurez? Imaginé que debía de haberle costado mucho reconocerlo después de que el otro día insistiera en que era «casi un policía». Decidí que no era momento de replicarle con un «Ya te lo dije».

—Lo entiendo, pero ¿por qué estás vigilando tan de cerca a mi madre?

—No tenía ni idea de que esa era la casa de tu madre. Ayer te seguí y vi que dejabas a tu perra en esa casa. Leonard me contó lo de la carta, de modo que pensé que, si cogía yo a la perra y luego te ayudaba a encontrarla, tú me ayudarías a cambio a averiguar quién asesinó a mi padre. Pero no la han dejado sola ni un instante.

Viva la madurez.

—Escúchame bien, Zach. Entiendo que se te haya metido entre ceja y ceja hacer esto, pero tienes que pensar que absolutamente toda la policía está trabajando en ello. —Apoyé una mano en su hombro—. Encontrarán a quien lo hizo. Y ahora, vuelve a casa y hazle compañía a tu madre. Te necesita a su lado más que nunca.

Zach asintió con la cabeza, aún sin levantar la vista.

—¿Sabes? Si te pillan haciendo esto, te echarán de la Academia de Policía antes incluso de que empieces las clases. —Abrí la puerta y salí del coche—. ¿Cómo hiciste para seguirme, por cierto? Utilicé todos los trucos que conozco.

El rostro de Zach se iluminó con una sonrisa.

—Imagino que mi padre me enseñó algunos trucos que tú no conoces.

Negando con la cabeza, volví al coche para reemprender el camino de vuelta a casa, que fue mucho más breve ahora que sabía que no tenía que preocuparme de que alguien estuviera siguiéndome. De nuevo en nuestro apartamento, Savannah saltó sobre el sofá, levantando una nube de polvo con ello. No podía retrasar más pasar el aspirador. Tomé mentalmente nota para hacerlo el 16 de agosto, porque desde hoy hasta el 15, mi novela era el único punto que ocupaba mi agenda.

Retuve a mi niña en el regazo durante unos minutos antes de sentarme a trabajar. ¿Cómo habría hecho Savannah para meterse tan rápidamente en mi corazón? Al fin y al cabo, no era más que un perro. Sí, claro. Porque eso de que «no era más que un perro» no era verdad. Por primera vez en mi vida, comprendía lo que significaba tener algo más importante de lo que preocuparse que no fuera yo misma.

Me llevó casi una hora devolver a los gemelos a su casa. Los hice tomar asiento en el despacho de su padre para reflexionar sobre su próximo movimiento. Había llegado la hora de que descubrieran por fin la pista definitiva. Aunque no en este momento. Me dolían la cara y las costillas y necesitaba un descanso. Me tomé un par de ibuprofenos y saqué el hielo del congelador.

—Apártate un poco, pequeñuela. Necesito tumbarme.

A regañadientes, Savannah me dejó un poco de espacio, aunque no tanto como el que necesitaba. La incomodidad, de todos modos, merecía la pena. La había echado mucho de menos. El hielo me entumeció la cara y las pastillas surtieron efecto, aminorando el dolor de las costillas. Se me cerraron los párpados y me quedé dormida.

Cuando me desperté, Savannah estaba junto a la puerta y miraba con anhelo su correa. Me levanté del sofá y di un paso hacia ella. En cuanto vio que me ponía en movimiento, volvió la cabeza hacia mí y luego hacia la correa de nailon marrón que colgaba del pomo de la puerta.

—Una idea magnífica, mi niña. Salgamos a dar un paseo.

Se levantó de un brinco y empezó a moverse de un lado a otro. Levantó las orejas y se lamió el morro repetidamente mientras su frondosa cola seguía aporreando la pared. ¿Quién se rendiría antes, la cola o el pladur? Mi depósito de garantía confiaba en que no fuera la pared, aunque mi cartera no soportaría una fractura de cola.

Los saltos dieron comienzo en cuanto cogí la correa, y la batalla siguió.

—Savannah, para.

Las comisuras de su boca se alzaron ligeramente. La muy caradura se estaba riendo de mí. Tenía que plantearme en serio lo de buscarle un educador. Conseguir soltar mi extremo le quitó toda la diversión al tira y afloja, hasta que Savannah se sentó, con la correa atrapada entre los dientes. Al final, le dio unas cuantas vueltas al nailon con la lengua y lo escupió.

—A ver, ¿estás dispuesta a cooperar o no? —Levanté la mano delante de su cara—. Quieta.

Siguió meneando el trasero, pero mantuvo la posición mientras le ponía el collar.

—¡Buena chica! Tal vez aún hay esperanza.

Bajamos por la escalera, listas para emprender otra aventura. Para Savannah. Aunque yo también anhelaba disfrutar de la paz del exterior, conocida como el bálsamo de la Madre Naturaleza para mentes en conflicto. Recorrimos con rapidez las dos manzanas que nos separaban del parque, con la impresión de que Savannah había entendido cuál era nuestro destino. Curiosamente, no hizo paradas durante el recorrido. Debió de intuir que a mí no me apetecía ir a ninguna otra parte. De haber tenido yo prisa, estaba segura de que le habría llevado media hora realizar un trayecto de solo diez minutos.

Después de cruzar la verja de hierro forjado, engalanada con banderitas patrióticas, nos dirigimos hacia los campos de béisbol. Era viernes por la tarde y no había partidos, de modo que imaginé que habría gente paseando por allí. Pero tuvimos suerte. No había absolutamente nadie. Le quité la correa a Savannah, desafiando el cartel de «Prohibido perros sueltos». Todo el mundo necesitaba un poco de libertad de vez en cuando.

Savannah olisqueó e hizo pipí, olisqueó e hizo caquitas, olisqueó y volvió a hacer pipí. Arranqué una bolsa del rollo que había a un lado del camino y recogí sus desechos. Y antes de que me diera tiempo a tirar la bolsa a la papelera, una ardilla con más agallas que cerebro pasó corriendo por delante de Savannah en dirección a un árbol. Incapaz de resistir la tentación, Savannah salió corriendo tras ella. Y yo salí en su persecución, con la cara y las costillas protestando a gritos.

—¡Savannah, espera!

La ardilla cambió bruscamente de dirección y se encaminó hacia otro pino. Savannah intentó la misma maniobra, pero sus patas resbalaron y acabó deslizándose por encima del mantillo de las agujas de pino igual que un trineo se desliza sobre el hielo. La ardilla se detuvo al llegar al árbol que se había marcado como objetivo, se sentó y abrió la boca para hacer gala de sus incisivos largos y puntiagudos. Juraría que se estaba mofando de mi perra.

Savannah se sacudió y se largó tranquilamente, como si no hubiera pasado nada. «Debe de ser agradable», pensé. Ojalá compartiera con mi perra su tendencia a vivir el momento. Sin preocuparse por el futuro ni arrepentirse del pasado. Solo el ahora. Ojalá en mi cabeza no hubiera más que árboles, agujas de pino húmedas y la alegría de contemplar las tonterías que hacía mi perrita.

La ardilla tonta también vivía el momento. Desaparecida la ansiedad de la persecución, echó a correr hacia otro árbol. Como era de esperar, Savannah, con la lengua fuera y jadeante, salió corriendo de nuevo detrás de ella. La seguí, en condiciones idénticas. Bueno, quizá sin la lengua fuera, pero con la boca abierta e intentando desesperadamente llenar mis pulmones de aire.

Después de deslizarse sobre las agujas de pino, la ardilla saltó, se agarró a un árbol y trepó por él. Savannah pisó el freno, rebotó contra el tronco y aterrizó de espaldas sobre una pila de agujas que había en la base. Se incorporó, olisqueó y empezó a escarbar la montaña de agujas de pino. Allí debajo había alguna cosa que de repente parecía haberse convertido en su nuevo objeto de deseo. Me acerqué a investigar.

—¿Qué has encontrado, pequeñuela?

Savannah me hizo caso omiso y siguió removiendo y escarbando. Cuando me acerqué un poco más, me di cuenta de que el montón era más voluminoso de lo que veía de lejos. Y que lo que parecía un simple montón de agujas de pino resultó ser mucho más. Debajo del morro de Savannah acababa de aparecer una mano humana con una aguja de tinta sujeta entre los dedos.

24

Por segunda vez en menos de veinticuatro horas, me vi rodeada por luces parpadeantes y uniformes. Savannah y yo permanecimos en el lado exterior de la cinta que rodeaba la escena del crimen mientras agentes con uniforme azul marino en busca de pistas inundaban el parque como una plaga de langostas. Havermayer y la doctora Ingrid Kensington, con su gorro de quirófano, estaban de cuclillas junto a la base del árbol, retirando una a una las agujas de pino que cubrían el cuerpo, por miedo a pasar por alto alguna prueba. Olinski era el encargado de coordinar el trabajo de los agentes.

Leonard se acercó con su bloc.

—Hola, Jen. ¿Estás bien? Entiendo que has pasado un par de días complicados.

Se agachó para rozar solo por encima la cabeza de Savannah, como si le diera miedo pillar la sarna o cualquier cosa contagiosa. Savannah se apartó y le olisqueó la muñeca.

¿Qué significaría «estar bien»?

—Todo bien. ¿Has averiguado alguna cosa sobre la nota que recibí?

—Havermayer no ha dicho nada.

—Lo más probable es que la haya tirado a la basura.

Leonard se acarició el bigote.

—Dijo que lo investigaría.

Señalé la multitud de gente allí reunida.

—¿Saben ya quién es?

—Aún no han retirado toda la hojarasca que lo cubre.

—¿Qué te hace pensar que es un hombre?

Leonard me miró con el entrecejo fruncido.

—No lo pienso. He hablado en masculino simplemente por el tamaño de la mano. Aunque también podría tratarse de una mujer. Sin embargo, no tenemos noticias de ningún desaparecido.

—Tony no ha sido visto desde que ayer por la mañana salió de la cárcel.

—No es nada excepcional que alguien en su situación quiera mantener un perfil bajo por un tiempo.

Dirigí la mirada hacia el bloc.

—¿Has venido a tomarme declaración?

—¿Si te va bien ahora? —Abrió el bloc por una página en blanco—. Cuéntame qué ha pasado.

—No hay mucho que contar. He venido con Savannah al parque para dar un paseo y la he dejado un momento sin correa al ver que no había nadie por aquí. Entonces, ha pasado una ardilla corriendo y Savannah la ha perseguido hasta tropezarse con este montón de agujas de pino, que escondían el cadáver. Y después he llamado al 911.

—¿Has visto o has tocado alguna cosa?

—No. Cuando me he dado cuenta de lo que era, he apartado enseguida a Savannah y nos hemos quedado aquí, esperando a que llegarais.

Debajo del bigotillo perfectamente recortado que cubría el labio superior de Leonard, se dibujó una sonrisa.

301

—Debo decir que, para ser escritora, me has contado una historia muy aburrida. Exceptuando la parte del cadáver, claro está.

—Ja, ja, gracias. Intentaré que mis actividades sean más pintorescas de ahora en adelante.

—¿Has visto a alguien cuando has llegado al parque o de camino hacia aquí?

—A nadie. Ni siquiera un coche. Un poco extraño, pensándolo bien. Era como si la ciudad entera hubiera sido abducida por los alienígenas.

Leonard rio.

—Cuando te he dicho que tu historia era aburrida, lo decía en broma. No es necesario que la embellezcas.

—No estaba embelleciéndola. Pero la verdad es que todo estaba muy tranquilo para ser un viernes por la tarde. Normalmente, hay más gente. Angus tenía el restaurante lleno. ¿Adónde ha ido todo el mundo? No pueden haberse esfumado.

—¿Me estás tomando el pelo? —Frunció el ceño—. Porque si es eso lo que estás haciendo, no me pareces en absoluto graciosa.

No me extrañaba.

—Eso es lo que pasa por decir que mi historia es aburrida.

—De acuerdo, pero a partir de ahora mejor será que nos ciñamos a los hechos. Cuéntame qué has visto cuando has llegado al parque.

—Ya te lo he contado. No había nadie, solo nosotras dos y la ardilla. ¿Necesitas una descripción?

—¿De qué?

—De la ardilla. Era marrón, con una cola muy peluda y…

Leonard cerró el bloc con desgana, lo guardó en el bolsillo de su uniforme, me lanzó una mirada de rabia y se marchó.

Hay gente a la que es muy fácil hacer enfadar. A Leonard le iría bien desarrollar un poco su sentido del humor. Parecía abordar todos los temas como una amenaza en potencia, y eso le dejaba el alma sin gota de energía.

Me senté en la hierba al lado de Savannah, que se estiró con la cabeza encima de mi regazo. Le rasqué la barriga mientras ella me lamía el antebrazo. Havermayer e Ingrid se incorporaron y se sacudieron la tierra de sus manos enguantadas.

Cuando Ingrid miró hacia donde yo estaba, la saludé con la mano. Me indicó entonces con un gesto que fuera hacia allí y la obedecí, agachándome para pasar por debajo de la cinta amarilla. Cuando las dos se apartaron del cuerpo que yacía a sus pies, Tony Scavuto me miró con ojos opacos y carentes de vida. El estómago me dio un vuelco y tiré de Savannah. Me detuve a un metro de distancia del cadáver, sujetando en corto la correa de Savannah, e intenté mirar a cualquier parte que no fuera el suelo.

Havermayer avanzó directa hacia mí con el ceño fruncido.

—No puede estar aquí. Está contaminando mi escena del crimen. Usted y ese chucho suyo.

El calor ascendió desde mi estómago hasta mi cara.

—Es solo un minuto. No haremos nada que…

Ingrid se interpuso entre nosotras y miró a la detective.

—En primer lugar, la escena del crimen es mía hasta que yo no la ponga a su disposición, detective. Y, en segundo lugar, he sido yo la que le ha pedido a la señorita Dawson que se acercara. Si su presencia le supone algún problema, le ruego que lo comente conmigo. —Se cruzó de brazos—. ¿Hay algún problema?

Havermayer abrió y cerró la boca como un pez que se revuelve en el suelo, y se marchó con los puños apretados en ambos costados.

Ingrid resopló y se quedó mirándome.

—Hola, cielo. ¿Qué te trae por aquí? ¿Más investigación para tu libro?

A pesar de mis esfuerzos, la pregunta dirigió mi mirada hacia la macabra escena. Tony yacía sobre su lado izquierdo, con el pelo apelmazado y una piedra del tamaño de un pomelo escondida detrás de su espalda. Un arma de conveniencia, no de premeditación. Tragué una oleada de bilis.

—Hemos encontrado el cuerpo.

Me presionó el brazo.

—Oh, lo siento mucho. Un hallazgo desagradable.

—Gracias. ¿Tienes idea de cuánto tiempo llevará muerto?

Ingrid retiró la aguja de tinta de entre los dedos de Tony y la depositó en una bolsa de plástico.

—No lo sabré seguro hasta que le haya realizado la autopsia. Pero en base al *rigor mortis* y la coloración, diría que desde ayer por la tarde o primera hora de esta noche.

De ser así, no era muy probable que hubiera sido Tony el que me hubiera empujado para sacarme de la carretera. Porque aun en el caso de que hubiera conseguido un furgón marrón prestado, las horas no coincidían. Aunque sí que podría haber escrito la nota. Entonces, Savannah estaría a salvo. Le rasqué el cuello.

—¿Te gustaría asistir también a la autopsia? Creo que será mucho más interesante que la otra —dijo Ingrid.

De ninguna manera estaba dispuesta a volver a pasar por eso.

—¿Interesante? ¿Por qué? Me parece una causa de la muerte bastante evidente.

Ingrid señaló el cuerpo de Tony.

—Una pedrada en la cabeza, ¿no?

Asentí, pero intuí que iba a demostrarme que estaba equivocada.

—Podría ser. Aunque también es posible que ya estuviera muerto y que la lesión de la cabeza fuera *post mortem*. No hay mucha sangre, por lo tanto, hay que preguntarse si esta es la escena del crimen o si lo mataron en otro lado y lo trasladaron luego hasta aquí. Aunque también es posible que muriera de esta manera, pero antes estuviera inconsciente o drogado. O borracho. Otra opción es que tropezase y se diera un golpe en la cabeza. Las posibilidades son infinitas. Es lo que me encanta de la patología.

¿Cómo podía aquella mujer ser tan analítica ante una muerte? Gajes del oficio, evidentemente. Si permitía que las emociones pudieran con ella, le resultaría imposible desarrollar su trabajo. Además, creo que no conocía a Tony.

—Lo dices como si fuera a ser entretenido, pero creo que esta vez pasaré. Demasiadas aventuras solo en un par de días.

Levantó la barbilla hacia mí.

—Y tu cara formará parte de alguna de ellas, imagino. Pensaba preguntarte al respecto, pero luego he recordado que mi madre siempre me dice que soy demasiado entrometida.

—Pues ya puedes decirle que eres la única que no me ha preguntado qué me ha pasado ni se ha asustado al verme con esta pinta.

—Eso le gustará. Y bien, ¿qué te ha pasado?

Relaté una vez más mi encuentro con la ranchera marrón y lo que sucedió después. Empezaba a resultar tan gracioso como lo de «¿Para cuándo el próximo libro?». Aunque la pregunta del libro era menos dolorosa físicamente, eso sí. Si quería que la gente dejara de molestarme, no tenía otra solución que quedarme en casa. Le di una versión concisa de la historia, que rematé diciendo:

—La patrulla de rescate apareció justo cuando acababa de salir de la zanja, me llevaron al hospital y aquí estoy. ¿Verdad que estoy guapa?

Ingrid rio.

—Maravillosa. O «peciosa», como dice mi sobrina de tres años.

Olinski se acercó con una bolsa de pruebas que contenía dos colillas.

—¿Qué tal va, doctora? —Se volvió entonces hacia mí—: Un lugar extraño para tomar un café, ¿verdad?

—Bueno, ya me conoces. Si hay café, siempre me apunto.

Se subió las gafas hacia el puente de la nariz.

—He oído decir que en tu apartamento había. Tal vez deberías ir a ver si aún queda.

Capté la indirecta, le dije adiós a Ingrid y me encaminé con Savannah hacia la verja del parque. Mi cerebro empezó a carburar en cuanto enfilamos Park Street, con sus casas con tejado a dos aguas. Se habían producido dos muertes inexplicables en menos de dos semanas y ninguna de las dos tenía un móvil aparente. ¿Por qué alguien querría matar a Tony, el principal sospechoso del asesinato del jefe? ¿Exoneraba eso a Tony o su muerte no tenía nada que ver con el otro asesinato?

¿Y qué sentido tenía la aguja de tinta que sujetaba en la mano? Un intento fallido de eliminar una prueba, quizá. Pero, de tratarse de eso, ¿por qué no habría eliminado también Tony los objetos que encontraron en su coche? La única explicación lógica era que la aguja la había puesto allí el verdadero asesino, lo que me obligaba a volver a la pregunta: ¿quién podía haber tenido acceso a esa aguja? Solo Veronica Winslow, que era la persona que había recibido el paquete; la alcaldesa Teresa Benedict, que tenía una copia de la llave del despacho de Veronica, donde estaba guardada la caja; y cualquier miembro de la policía que supiera dónde se custodiaba en comisaría el juego de llaves del ayuntamiento. Lo cual reducía las posibilidades a unas quince o veinte personas. Una cifra que me resultaba de gran ayuda.

La única elección razonable dentro de ese grupo era la alcaldesa, que podía haber tenido varios motivos para querer asesinar al jefe. Supuestamente, era su examante y él la había dejado plantada y, además, quería presentarse contra ella en las elecciones. El comisario Vick tenía asimismo en sus manos la capacidad de destruir el matrimonio de Teresa revelándole a su marido la supuesta relación. O de utilizar esa información a lo largo de la campaña para poner en duda la integridad de la alcaldesa, algo con lo que él también resultaría perjudicado.

A menos que el jefe pensara acusarla a ella de un romance sin mencionar a la otra parte. La insinuación y la indirecta eran a menudo más efectivas que la verdad. El comisario Vick había demostrado siempre cierta tendencia a hacer lo que fuese necesario con tal de conseguir sus objetivos. ¿Por qué no hacerlo también en esta situación? Hasta el momento, sin embargo, yo no había encontrado ninguna prueba de que realmente estuvieran manteniendo un romance. ¿Sería todo un invento del jefe para perjudicar la campaña electoral de la alcaldesa? De ser así, ¿podría la alcaldesa demostrar que el romance no había existido nunca?

Nada de todo eso, sin embargo, explicaba la prueba encontrada en la taquilla de Eric. De haberla dejado allí la alcaldesa, ¿cómo lo habría hecho? La policía tenía un juego de llaves del ayuntamiento. ¿Tendría el ayuntamiento un juego de llaves de comisaría? Técnicamente, la policía trabajaba para la alcaldesa. ¿Habría sobornado a alguien del cuerpo para centrar las sospechas sobre Eric?

Muchísimas preguntas, con cierto aire de especulación. Y sin respuestas. Por mucho que necesitara volver a casa y ponerme a trabajar en el libro, sabía que sería imposible. La pista definitiva tendría que esperar un poco más. Cuando llegamos a Main Street, giramos a la derecha hacia el restaurante de la esquina. Angus también servía café. Y a lo mejor se había enterado de alguna cosa relacionada con quién me había empujado para echarme del camino.

A pesar de ser hora de comidas, Dandy Diner era como una

concha vacía. Dos parejas que no conocía charlaban mientras terminaban el postre en una mesa del rincón del fondo a la izquierda. Lula Parsons, secretaria de la iglesia de Santa María, y su esposo, Georges, ocupaban la del fondo a la derecha. Angus iba con la cafetera para llenar de nuevo las tazas de aquellos que se lo pidieran y, de camino, iba dejando la cuenta para que la clientela pagara al salir. Junto a la caja registradora había dos bolsas. La plancha estaba limpia y sin nadie que la atendiera, y tampoco había camareros moviéndose entre las mesas. En el concierto de hoy, Angus era el hombre orquesta.

Savannah y yo nos instalamos en un banco de color naranja, en el otro extremo del restaurante, en el lado opuesto de la puerta de entrada, lejos de ojos y oídos fisgones. En la pared de detrás de mi cabeza, el Hombre Marlboro, con un cigarrillo encendido entre los labios y el eslogan «Ven al sabor, ven al mundo Marlboro» impreso justo debajo de los cascos de su caballo, galopaba por las llanuras aproximándose a la cámara.

Angus se instaló en el banco frente al mío y se secó la frente con un pañuelo.

—Me he enterado de lo que te pasó. ¿Cómo lo llevas?

¿Ya? Si las fábricas textiles fueran tan eficientes como su fábrica de rumores, habría material suficiente para vestir al mundo entero de forma totalmente gratuita.

—Estoy bien. Mis últimas veinticuatro horas han sido de lo más interesante.

—Me lo imagino. ¿Te apetece comer algo?

Mi estómago dio un salto mortal.

—No, gracias. Estoy aún procesándolo todo.

Angus esbozó una sonrisa de oreja a oreja y sus ojos brillaron.

—Tal vez sea el momento perfecto para la especialidad de la casa.

¿La especialidad de la…? ¡Oh!

—Un sándwich caliente de queso y sopa de tomate, ¿no es eso?

—Exactamente.

Hacía meses que no consumía una de las especialidades «para ahuyentar la depresión» de Angus.

—Suena delicioso, pero no hace falta que pongas ahora la plancha por mí.

Angus negó con la cabeza.

—No te preocupes, no cerramos hasta dentro de dos horas. Si no la ensucio por ti, será por cualquier otro.

—De acuerdo, pues una especialidad de la casa y un Mountain Dew.

Angus se levantó del banco naranja.

—Y traeré también algo especial para mi chica favorita. —Rascó a Savannah debajo de la barbilla—. Eres una niña muy buena. ¿Qué tal está mi dulce bebé?

—Vaya, con qué rapidez me sustituyes.

—No te sustituyo. Sino que con Savannah todo mejora aún más.

Así que todo mejoraba. Quizá eso explicara el vacío que había sentido después de dejar a Savannah con mi madre. Savannah formaba ahora parte de mí.

Pero antes de que Angus pudiera ponerse con nuestra comida, entró en el restaurante Veronica Winslow y se acercó a la caja. Las bolsas eran para ella. Nunca le había preguntado a Veronica sobre el supuesto romance entre el jefe y la alcaldesa. Y me pareció el momento ideal para hacerlo. Para quizá descartarlo definitivamente o no. Cuando vi que Veronica se disponía a marcharse, la seguí hasta la calle y dejé a Savannah en la puerta, observando.

—Hola, Veronica.

Se volvió hacia mí.

—Ah, hola, Jen. No te había visto. Me han dicho que has tenido otro día agitado. ¿Qué tal estás?

—Bien, aunque sospecho que todavía tengo que asimilarlo.

—Imagino.

No quería que se le enfriara la comida, pero necesitaba preguntárselo.

—Tengo una pregunta rápida, si puedes dedicarme un minuto, claro.

—Por supuesto. Dispara.

—He oído el rumor de que el comisario Vick y la alcaldesa Benedict estaban liados. ¿Tiene algo de verdad ese rumor, que tú sepas?

Veronica rio entre dientes.

—¿Angus?

—Por supuesto. Me dio la impresión de que estaba totalmente seguro de lo que decía.

—Yo nunca vi nada directamente, pero la verdad es que el jefe pasaba mucho tiempo en el despacho de la alcaldesa. Mucho más del que solía pasar con el anterior alcalde. Siempre con la puerta cerrada y a veces incluso después de la hora de cerrar. Claro está que no puedo decirte ni de qué hablaban ni qué hacían cuando yo me marchaba a casa. Siempre suelo ser la última en irme, y muchas veces ellos seguían allí. De modo que, si tuviera que darte mi opinión, te diría que es más probable que estuvieran liados a que no lo estuvieran. ¿Te sirve de alguna ayuda?

No era la prueba definitiva que esperaba obtener, pero si las dos figuras públicas eran tan discretas como parecían serlo, sería lo más aproximado que podría conseguir.

—Sí, por supuesto, gracias.

Veronica cogió las bolsas.

—De nada. Nos vemos.

—Por supuesto. Que vaya bien.

La cola de Savannah empezó a barrer el suelo del local de Angus cuando me vio entrar de nuevo. Volví a nuestra mesa y Savannah saltó al banco para instalarse a mi lado, se colocó de cara a la mesa y esperó su tentempié. Lo único que le faltaba era una servilleta atada al cuello. Aunque daba igual. Si se ensuciaba, siempre se limpiaba solita.

Angus llegó con la sopa, un sándwich para mí y otro para él, y unas tiras de pollo empanadas con beicon para Savannah. Me planteé ofrecerle a mi perra la posibilidad de un intercambio, pero Savannah engulló su regalo antes de que me diera tiempo a decírselo. Sumergí una esquina de mi sándwich en la sopa de tomate y me perdí en la mezcla de sabores que regaló al instante a mis papilas gustativas.

La pareja se levantó de su asiento para marcharse y Angus hizo lo mismo para ir a la caja a cobrar. Mientras el hombre pagaba la cuenta, la mujer, de cabello castaño rojizo y con un vestido de color rosa con estampado de tulipanes, se acercó a mi mesa.

—Hola, Jen. Perdón por molestarte, pero quería decirte lo mucho que me gustó tu libro.

—Gracias —repliqué, mientras Savannah estiraba el cuello para olisquear a la intrusa.

La mujer superó la prueba del olor y Savannah meneó la cola.

—Me muero de ganas de que salga el próximo. ¿Tienes idea de cuándo va a ser?

Me gustara o no, algún día tendría que responder a aquella temida pregunta.

—A finales de invierno o principios de primavera.

La mujer empezó a dar saltitos y aplaudir.

—Oh, qué maravilla. ¡Me siento feliz!

Se me formó un nudo en la garganta y me ruboricé.

La ausencia de la mujer quedó rápidamente sustituida por la llegada de Angus.

—¿De qué iba eso?

Suspiré.

—De lo de siempre. Sobre cuándo va a salir mi próximo libro.

—¿Y alguna novedad al respecto, por cierto? Tengo ganas de ver qué se traen entre manos los gemelos.

«¿Tú también, Bruto?».

Un poco de sopa sirvió para eliminar el resquemor de las palabras que pronuncié a continuación.

—Mi editora me ha dado un ultimátum y, si consigo cumplir con los plazos que me ha impuesto, la novela verá la luz de aquí a pocos meses.

—Buena suerte.

—Gracias. ¿Algún rumor sobre el vehículo que me dio por atrás anoche?

Angus dio un mordisco a su sándwich y tragó rápidamente.

—Pues, de hecho, alguien me dijo que ayer vio por la ciudad una ranchera marrón desconocida. Esa persona me comentó también que le parecía haber visto a Leonard al volante, pero la verdad es que él tiene un Taurus.

—A lo mejor Leonard se la pidió prestada a alguien. ¿Sabes si está de mudanza o algo por el estilo?

—No, que yo sepa. Aunque podría no ser él el que conducía. El tipo que me lo dijo solo lo vio un momento, cuando pasó por su lado. Pero, por otra parte, Leonard no podría haberte dado por atrás en esa carretera. Estaba de guardia. Atendiendo una llamada del 911 a aquellas horas, por lo que sé. Además, ¿por qué habría querido hacerte daño?

Mojé lo que quedaba de sopa con una esquina del sándwich.

—¿Una llamada del 911 en Riddleton? ¿Qué pasó?

—No exactamente en la ciudad. Sino lejos, entre la ciudad y lo que es ya la jurisdicción del condado. Una pelea doméstica o algo así. No tengo ni idea de quién estuvo implicado.

—Supongo que tendremos que averiguar quién es el propietario de esa ranchera.

Me pareció un proyecto adecuado para Brittany. Ahora que volvía a hablarme.

25

El sábado por la mañana amaneció con la luz del sol filtrándose entre las cortinas de mi habitación. Un foco que me arrastraba en contra de mi voluntad hacia un nuevo día. Savannah se había hecho un hueco debajo de las sábanas y me había empujado hasta dejarme justo al borde de la cama, con una pierna colgando por fuera. Por lo visto, un colchón de matrimonio tamaño pequeño no era suficiente para las dos.

Vi que el reloj de la mesita de noche marcaba las 04:45 y desconecté la alarma que había puesto a las cinco, la única manera de llegar al parque a las seis, la hora en que se ponía en marcha mi equipo de corredores. No tenía el más mínimo interés en saber cuál sería la cancioncilla del día. Que, además, acabaría rondándome la cabeza durante toda la jornada. En este momento, lo único que ocupaba mi espacio cerebral era una palabra: «café». Un deseo que empezaba a lindar con la adicción. Pensé que estaría bien fundar un grupo: Cafeinómanos Anónimos. Y quedaríamos en el campo de fútbol americano.

Salí de la cama, con la esperanza de que mi perrita durmiera un poco más. Pero no hubo suerte. En el instante en que mis pies tocaron la moqueta, su morro hizo su primera aparición. Un mínimo movimiento en el edredón, y el resto de su cabeza la siguió a toda velocidad.

—Buenos días, dormilona.

Savannah bostezó y me miró, parpadeando. Cuando saltó al suelo, aterrizó sobre su barbilla y marchó trotando hacia la cocina. Le di unas chuches y la seguí hasta su cuenco.

—No. Todavía no, mi niña. Esta mañana no estoy de humor para tener que fregar un accidente.

Cogí la correa, hice un ataque sorpresa para ponerle el collar y la preparé sin ningún tipo de confrontación de por medio. Una vuelta rápida a la manzana solucionó el problema inmediato de Savannah y yo me encargué del mío mientras ella devoraba su desayuno. Mi cara había recuperado prácticamente la normalidad y solo quedaba una inflamación residual, mientras que mis ojos negros habían pasado ya al morado. Había avanzado de muerto viviente a lesionada viviente.

Sumarme al grupo de corredores de los sábados estaba, sin embargo, totalmente descartado. Mi nariz rota no lo soportaría. Correr, por lento que lo hiciera, no entraba dentro de la categoría de tomármelo con calma. Aunque lo que sí podía era hacer una visita al grupo. Y como no pensaba correr, Savannah podría acompañarme. Incluso podríamos hacer el recorrido andando tranquilamente. No sería la primera vez que Eric y Lacey daban cinco vueltas a nuestro circuito mientras yo solo daba una. Lo que sí era probable era que Savannah y yo pudiéramos seguirle el ritmo a Angus.

Me tomé el café y desperté a Savannah de su siesta del desayuno. Olisqueó el cuenco vacío y se instaló junto a la puerta mientras yo buscaba las llaves. El ataque sorpresa fracasó esta vez, pero como tenía la barriga llena, la escaramuza quedó reducida al mínimo.

Bajamos paseando por Park Street con el sol saliendo a mi

izquierda y, aunque llevaba días sin pensar en el concurso, admiré una vez más las decoraciones del Día de la Independencia. Los sucesos recientes habían hecho que todo me pareciera de lo más trivial.

A medida que iba acercándome al parque, una sensación de inquietud me empezó a llenar el pecho y la imagen del cuerpo de Tony se atrincheró en mi cabeza. Me paré. Savannah tiró de la correa, emocionada ante la perspectiva de un nuevo encuentro con la ardilla. Aunque lo que a mí me emocionaría sería no tener jamás otro encuentro con un roedor despistado.

Eric y Angus ya estaban esperando junto a la verja, temprano como siempre. Angus iba con su chándal habitual: un pantalón gris y una sudadera enorme que le cubría hasta medio muslo. Eric lucía su colorido equipamiento navideño: pantalón corto verde y camiseta de tirantes roja de los Riddleton Jackrabbits, con una toalla blanca al cuello.

Ver sus sonrisas me ayudó a aliviar parte de la presión que sentía en el pecho, pero la ansiedad perduró en mi cabeza. ¿Qué descubrimiento macabro haríamos hoy? Vaya tontería. Había estado allí un centenar de veces desde que me había instalado de nuevo en la ciudad y solo había tenido una experiencia negativa. Creer en una repetición no tenía razón de ser. Pero la duda seguía allí.

Angus rascó a Savannah detrás de las orejas.

—¿Cómo está mi chica esta mañana? ¿Qué tal va el día, pequeña?

Esbocé un mohín.

—Yo muy bien. Gracias por preguntar.

Angus ignoró mi réplica y Eric dijo entonces:

—No pensaba que fueras a venir esta mañana.

—Necesitaba salir de mi propia cabeza por un rato. No puedo correr, pero he pensado que caminar me irá bien.

—Me alegro de que hayas venido. ¿Qué tal te encuentras?

«Yo también». De pronto, sentí mariposas en el estómago.

—Mucho mejor, gracias. El hielo y el ibuprofeno surten efecto.

Angus, dejando de lado a mi perrita a regañadientes, me presionó el brazo.

—Me alegro de oírlo. Se te ve mucho más sana que ayer.

Savannah le golpeó la rodilla con la pata. Tiré de la correa para impedírselo.

—Lo cual tampoco es gran cosa. ¿Has averiguado algo más sobre esa ranchera?

—Aún no.

Eric arqueó las cejas.

—¿Qué es lo que sabes?

—Sé que alguien creyó ver ese vehículo por la ciudad el pasado jueves y que le pareció que Leonard iba al volante, pero no he podido confirmarlo —respondió Angus.

—¿Leonard? —Eric se volvió hacia mí—: ¿Crees que podría haber tenido algo que ver con tu accidente?

—Es imposible. Al parecer, tuvo que acudir a una urgencia del 911 aproximadamente a la misma hora en la que me embistieron para sacarme de la carretera. Una pelea conyugal o algo así.

Eric apoyó el pie en el banco para atarse bien sus zapatillas de alta gama.

—Caramba. Conozco a la telefonista. Después la llamaré y le preguntaré al respecto.

—¿Por qué? ¿Crees que Leonard pudo tener algo que ver con mi accidente?

Eric sonrió.

—No, por supuesto que no. Pero tengo que practicar mis habilidades de detective. No dejar ningún detalle por revisar. Verificar todas las coartadas, ¿no es eso?

Noté como si mi corazón aumentara de tamaño. Su forma de sonreír despertaba en mí un deseo enorme de jugar al tres en raya con sus pecas.

—Eso es. Mientras tanto, lo que sí me gustaría es que el departamento del *sheriff* del condado de Sutton practicara tu diligencia.

—¿Sigue sin haber noticias?

—Nada.

Savannah tiró de la correa y empezó a saltar. Cuando me volví, vi que llegaba Lacey.

—¿Qué haces tú aquí? —preguntó.

—He pensado que haré el circuito, pero andando, y así os creeréis que sois más rápidos de lo que en realidad sois.

Lacey rascó a Savannah detrás de las orejas para calmar a esa caja de sorpresas peluda.

—Gracias. Después de lo mal que rendí en la carrera de la semana pasada, necesito de verdad recuperar la confianza.

—¿Mal? Fuiste la primera mujer en llegar a meta.

Lacey le dio un codazo a Eric en las costillas.

—Sí, pero quería ganar a este espantapájaros.

Eric se quedó boquiabierto.

—Eso no va a pasar nunca.

Lacey se encogió de hombros.

—Tú espera al año que viene y verás.

Cruzamos la verja y Savannah y yo echamos a andar por el circuito que teníamos marcado mientras los demás empezaban su rutina de estiramientos. No tenía ninguna necesidad de someterme a aquella tortura, para variar un poco. Mis músculos habían demostrado ser tan flexibles como una barra de acero. Lo cual era estupendo para la construcción de rascacielos, pero no tanto para los corredores. Aunque a nadie se le ocurriría definirme en serio como eso.

Eric y Lacey pasaron corriendo por mi lado antes de que llegara a la señal del medio kilómetro del circuito. Tenía como excusa, claro está, que de vez en cuando necesitaba parar para poder respirar mejor. Justo en aquel momento, volví la cabeza y vi que Angus doblaba la esquina resoplando y que, a pesar de que el sol no había ascendido aún por encima de la copa de los árboles, llevaba ya la sudadera empapada con una mancha en forma de V que se extendía desde el cuello hacia abajo.

Cuando Angus nos alcanzó, bajó el ritmo para quedarse a nuestra altura.

—Oye, gracias —dijo.

—¿Por qué?

—Por darme una excusa para gandulear un poco. La verdad es que no tengo muchas ganas de correr, así que me quedaré contigo.

¿Hablaría en serio? Imposible. A Angus le encantaba correr los sábados por la mañana. Lo más probable era que no quisiese que me sintiera abandonada.

—No es necesario, de verdad. Estamos acostumbradas a pasear solas.

—Lo hago porque quiero. Para eso están los amigos.

¿Amigos? Sí, ahora tenía amigos. Le sonreí.

—Gracias, me encanta tu compañía.

Mientras Angus parloteaba sobre el vestido que, al parecer, la alcaldesa se había rasgado el día anterior, me pasó por la cabeza que nunca jamás había pronunciado aquellas palabras. Menos de un año atrás, la simple idea de que Angus pudiera hacerme compañía me habría provocado un escalofrío y me habría empujado a buscar excusas para marcharme. Brittany siempre había sido la única amiga a la que toleraba y la única capaz de tolerarme. Pero mi vida había cambiado y, curiosamente, no me importaba.

Y luego estaba Eric. La idea de iniciar una relación con él ya no me parecía tan descabellada. Resultaba gracioso hasta qué punto una experiencia aterradora podía hacerte cambiar la forma de ver las cosas. Cuando la otra noche lo encontré esperándome en urgencias, mi estado de ánimo había mejorado increíblemente. ¿Me gustaría Eric más de lo que estaba dispuesta a reconocer? Seguramente.

Angus seguía hablando sobre el vestido roto. ¿Me importaba acaso el vestido de la alcaldesa? En absoluto. Pero a Angus le apetecía contármelo y a mí me parecía bien.

De pronto, una ardilla se cruzó en nuestro camino y Savannah casi me disloca el hombro del tirón que dio para intentar salir en su persecución. Era una suerte que todavía fuese una cachorra. Imaginé que un tirón de aquel calibre cuando fuera una perra adulta me mandaría directa al hospital. Recordé que estaría bien sumar una sesión de entrenamiento de paseo con correa cuando la llevara al educador canino, si es que algún día acababa haciéndolo.

Eric y Lacey nos doblaron justo cuando Savannah decidió olvidarse de la ardilla y se detuvo para hurgar en la tierra en busca de insectos. Larvas gordas, cortitas y jugosas. Caviar para perros. Francamente, me resultaba imposible comprender la fascinación de algunos por los bichos o por los huevos de pez.

Cuando Angus inició un relato detallado sobre la intervención de rodilla de la señora Simpson, mi cabeza inició a su vez una rápida excursión a la residencia de los Davenport. Reflexioné sobre cómo harían los gemelos para encontrar la pista definitiva escondida entre dos libros de la biblioteca del despacho de su padre. Tenía que haber una razón lógica para que uno de ellos sacara un tomo de la estantería. Una razón complicada. Mejor dejar que mi subconsciente trabajara un tiempo con ese problema.

Volví a la realidad justo a tiempo para escuchar la escena final que estaba describiendo Angus.

—Y ahora ya ha vuelto a correr. ¿No te parece asombroso?

Le sonreí, con el cariño que me inspiraba expulsando parte de la incomodidad que embargaba mi cuerpo.

—¡Sí! Es una locura. ¿La invitarás a que se sume al grupo?

—Tiene setenta y cinco años.

Vaya metedura de pata. Tendría que haberle prestado más atención.

—Pero seguro que es más veloz que yo.

Angus rio.

—Y que yo. Lo hablaré con Eric.

Cuando íbamos por la mitad del circuito, vimos la cinta que delimitaba la escena del crimen, la zona donde Savannah había encontrado el cuerpo de Tony. Los latidos de mi corazón golpearon el esternón.

«Inspira hondo y suelta el aire lentamente».

Angus apoyó la mano en mi codo.

—¿Estás bien? Te has quedado blanca de golpe.

—Estoy bien.

Se volvió para seguir la dirección de mi mirada.

—¿Es ese el lugar?

Asentí.

—Vamos —dijo, y dio varios pasos hacia la cinta—. Quiero verlo.

Tragué saliva.

—Supuestamente no deberíamos cruzar la cinta.

Angus se paró y se llevó las manos a las caderas.

—¿Desde cuándo te ha detenido a ti una cosa así? ¿No eres tú la que se enfrentó a un asesino que te estaba apuntando directamente a la cara? ¿O exageraron, quizá, las noticias?

—No, pero…

—Vayamos, pues. Siempre es posible que los policías hayan pasado alguna cosa por alto.

Tiré de la correa de Savannah para atarla en corto y pasamos por debajo de la cinta. Savannah levantó la cola, pegó el morro al suelo y zigzagueó hacia el árbol donde habíamos encontrado el cuerpo sin vida de Tony.

Angus dobló una rodilla y señaló un trozo oscuro de hierba.

—Sangre. ¿Es ahí donde lo encontraste?

—Sí. Estaba tumbado de lado, cubierto con agujas de pino y con la piedra que creen que lo mató justo detrás de él.

Angus observó la hierba.

—En la tierra hay una marca de un par de centímetros de profundidad. Como si alguien hubiese dejado caer la piedra desde cierta altura.

Me acuclillé a su lado, impidiendo a Savannah que se acercara poniéndole una mano en el pecho.

—¿Tú crees? Probablemente Tony no yacía aquí cuando murió. A menos que el asesino lo golpeara, luego se levantara y soltara entonces la piedra. De ser así, cabría pensar que alguien que hubiera actuado cegado por el calor del momento soltaría el arma asesina de inmediato, cuando horrorizado se diera cuenta de lo que acababa de hacer.

—Podría ser, pero ¿qué te hace pensar que fue un acto espontáneo?

—Una persona que ha planeado un homicidio no lleva una piedra encima. Más bien llevará encima una pistola, un cuchillo o cualquier tipo de arma capaz de asestar un golpe mortal. Pero una persona que esté rabiosa y enfadada utilizará lo que quiera que encuentre a mano. En mi opinión, la muerte de Tony no fue premeditada.

Angus se incorporó.

—De acuerdo, supongamos que tienes razón y resulta que Tony

se vio metido en una discusión con alguien que acabó cargándoselo. ¿Cuánto mediría Tony? ¿Uno cincuenta y siete? ¿Uno sesenta, quizá?

—Más o menos eso. Me llegaba a la frente, y yo mido uno sesenta y ocho.

—Parece, entonces, que cualquier hombre o mujer alta podría haberle golpeado con fuerza suficiente como para matarlo, siempre y cuando el ángulo fuera el adecuado.

Me rasqué la oreja.

—Cierto, pero Tony era un tío robusto. Fuerte. Imagino que le plantaría cara.

—A menos que le golpearan desde atrás. ¿Y si resulta que no hubo ninguna discusión? ¿Y si el asesino lo pilló por sorpresa?

—En este caso, podría haberlo hecho prácticamente cualquiera.

Angus suspiró.

—Veamos si conseguimos encontrar algo que nos ayude a delimitar nuestras opciones.

—La policía ya lo ha peinado todo en busca de pistas. Dudo que se les haya pasado algún detalle por alto.

Angus me sonrió.

—¿Tienes algún otro plan para hoy?

—Solo una cita con mi manuscrito. Pero supongo que no pasará nada si dedico algo de tiempo a indagar un poco por aquí. Además, tenemos con nosotros a la nariz biónica que a buen seguro nos ayudará. —Rasqué a Savannah por debajo de la barbilla—. ¿Qué te parece si uno empieza a rastrear desde dentro hacia fuera y el otro desde fuera hacia dentro? Así entre los dos cubriremos toda la zona.

—Me parece un buen plan.

Angus se encaminó hacia la cinta amarilla que marcaba el perímetro.

Savannah y yo nos encaminamos hacia el pino que teníamos a

nuestro lado. Savannah se encargó de explorar la hierba y yo la corteza y las ramas inferiores del árbol, suponiendo que no debieron de ser una prioridad para los investigadores. A partir de ahí, fuimos trazando círculos cada vez más amplios, examinando centímetro tras centímetro y sin obtener resultados.

El tercer círculo nos condujo hasta el árbol siguiente. Repetimos nuestra metodología: Savannah ocupándose del suelo, que ya había sido inspeccionado a fondo, y yo de la superficie del árbol y las ramas. Estudié rápidamente todo lo que podía observar estando de pie y me incliné para ir descendiendo. Me dolía la espalda y me puse en cuclillas para aliviar la presión. Sabía que mis rodillas protestarían cuando tuviera que incorporarme de nuevo, pero era la única manera de inspeccionar correctamente la parte inferior del árbol. El dolor posterior acabaría venciendo al dolor actual.

Aquel pino estaba situado a medio camino entre la escena del crimen y la verja y se encontraba, por lo tanto, en el recorrido que el asesino debió de seguir para escapar. Presté especial atención a los nudos y los recovecos de la corteza. Tal vez el asesino se hubiera rozado con el árbol y hubiera dejado un rastro de sangre. De pronto, a nivel de mi muslo si hubiera estado de pie, vi un minúsculo retal de tela colgado de una protuberancia del tronco.

—¡Angus, ven! ¡Mira esto!

Angus llegó corriendo.

—¿Qué has encontrado?

Señalé el trocito de tela.

—¿Qué opinas?

—Que es lo bastante pequeño como para que la investigación lo pasara por alto.

—Aunque también podría habérsele enganchado a cualquier persona veinte minutos antes de que llegáramos nosotros aquí.

—Tal vez, pero voy a comentárselo igualmente a Eric para ver qué le parece.

—Buena idea.

Angus echó a andar hacia el camino.

Entonces, me vino de pronto una idea a la cabeza.

—¡Oye, Angus!

Angus se volvió.

—¿Qué pasa?

—¿De qué color dijiste que era el vestido de la alcaldesa? ¿El que sufrió ese desgarrón?

—Azul marino.

26

Eric y Lacey cruzaron corriendo el parque con Angus detrás, a una distancia más que considerable. Eric le pidió a Lacey que se detuviera justo en el límite de la escena del crimen y él siguió corriendo hasta donde me había quedado yo.

—¿Qué has encontrado? —preguntó, con la frente empapada en sudor.

Para llamar su atención, Savannah empezó a dar brincos como si tuviera un muelle en las patas. La retuve con la correa mientras le mostraba a Eric el trocito de tela oscura que colgaba de la corteza del árbol.

—Podría ser una pista del asesino de Tony.

Eric arrugó la nariz.

—Podría ser, sí, pero a saber cuánto tiempo llevará esta cosa enganchada aquí. Cualquiera podría haberse rozado con este pino el sábado, viendo la carrera. Se congregó mucha gente para animarnos.

—Pero ¿qué me dices de la tormenta que tuvimos el domingo? ¿Crees que algo tan ligero podría haber sobrevivido a tanto viento y tanta lluvia?

Eric descansó la frente contra el tronco del árbol y observó la tela.

—La tela queda bastante protegida, de modo que podría ser que sí, pero voy a llamar igualmente a un equipo para que venga a mirarlo.

Sacó el móvil de la correa que lo sujetaba a su antebrazo y me indicó con un gesto que me alejase de la zona delimitada.

Lo miré con mala cara.

—Vámonos, pequeña. Las dos sabemos perfectamente cuándo no se nos quiere en un sitio.

Eric me fulminó con la mirada y empezó a hablar por teléfono.

Nos alejamos de la escena del crimen. Por lo visto, por mucho que estuviera contribuyendo a la investigación, Eric seguía tratándome como una extraña. Y luego aún quería entender por qué dudaba sobre iniciar una relación con él. ¿Cómo iba yo a estar con alguien que no confiaba en mí?

Aunque, por otro lado, yo no llevaba ni uniforme ni pistola. No tenía formación policial ni experiencia como investigadora. No es que quisiera estar siempre inmersa en todos los casos, pero por la razón que fuera, siempre acababa metida en ellos. ¿Por qué? ¿Por mi curiosidad como autora de novelas de misterio? Podría ser también casualidad, pero yo no creía en las casualidades. Sobre todo, si había un asesinato de por medio. Decidí atribuirlo a la mala suerte.

Me acerqué a donde Angus y Lacey se habían quedado. Estaban charlando.

—Hola, chicos, vaya mañanita más relajada, ¿eh?

—Parece que la relajación y tú no os lleváis nada bien —replicó Lacey con una sonrisa—. Siempre tropiezas con alguna cosa.

—Es para hacer la vida más interesante. —Más de lo que me gustaría, eso seguro—. ¿Qué opinas, Angus? ¿Piensas que fue ahí donde la alcaldesa se rasgó el vestido?

Angus apoyó la barbilla sobre la mano, apoyando el codo en el otro antebrazo.

—No tengo ni idea. Podría ser. Pero ¿por qué querría Teresa Benedict matar a Tony?

Una pregunta excelente. Porque por mucho que la alcaldesa tuviera un motivo para asesinar al jefe, no habían salido hasta ahora a la luz razones claras para acabar con Tony.

—Tony tenía en la mano la aguja que probablemente se utilizó para inyectar el cianuro en el vino. ¿Querría quizá tenderle una trampa?

Lacey descansó la mano sobre el hombro de Angus.

—Lo del homicidio me parece un poco extremo. Podría haber dejado la jeringuilla en cualquier lugar que implicase a Tony sin necesidad de matarlo.

—¿Y si la alcaldesa hubiera sorprendido a Tony intentando tenderle a ella una trampa y las cosas se le hubieran ido de las manos? —propuso Angus.

Me rasqué la nuca.

—Sí, de acuerdo, pero ¿qué harían los dos juntos aquí en el parque?

Se hizo entre nosotros un silencio tenso, hasta que Lacey lo rompió diciendo:

—Quizá uno de ellos se encontró casualmente con la jeringuilla e intentó chantajear al otro. Y este sería un lugar perfecto para un encuentro clandestino. De noche, nadie pasea por el parque. Y ya que Tony fue el que acabó muerto, cabría suponer que el chantajista era él.

—Tendría sentido, sí —dije—. Sobre todo, teniendo en cuenta que Teresa es una de las personas que podría haber tenido acceso a la aguja.

Angus hizo un gesto de asentimiento.

—Y la que más tenía que perder.

Savannah capturó la correa entre los dientes y tiró con fuerza.

La pobre estaba aburrida, pero yo no estaba aún dispuesta a marchar. Le pasé la correa a Lacey.

—¿Puedes sujetarla, por favor? Tengo que hablar con Eric un momento.

—Por supuesto.

—Gracias.

Corrí hacia donde estaba él, que seguía al teléfono. Al ver que me acercaba, levantó un dedo y me paré, a la espera de que terminara su conversación.

—Era mi amiga del 911. La llamada por la supuesta disputa doméstica vino de una dirección en la que no vive nadie desde hace unos veinte años. Por lo tanto, a menos que una pareja de okupas tuviera una discusión violenta y decidiera que la mejor solución era dejarse arrestar por ocupación indebida, el informe es falso.

—Estoy segura de que Leonard se llevaría un buen cabreo cuando, después de tener que desplazarse hasta el quinto pino, descubrió que era una falsa alarma.

Eric le dio un puntapié a una piña.

—Sí, probablemente. Hablaré con Olinski sobre la situación.

—Pues ya que vas a hablar con él, pregúntale si han encontrado huellas o ADN en la jeringuilla que Tony tenía en la mano.

Eric se pasó la mano por su pelo naranja.

—¿Por qué?

Señalé hacia Angus y Lacey.

—Tenemos una teoría y me gustaría saber si vamos por buen camino.

—¿Qué teoría?

—Mejor que no te la cuente. Pensarás que es una locura y no querrás ayudarnos.

Abrió la boca, casi con toda seguridad para decirme que me mantuviera al margen, pero volvió a cerrarla.

—De acuerdo, veré qué puedo averiguar, aunque lo más probable es que no me cuente nada. Sigo suspendido temporalmente, por si no lo recuerdas.

«Está aprendiendo», me dije. Pero de ningún modo, después de que me echaran de la carretera de aquella manera, pensaba mantenerme al margen del caso.

—Lo entiendo, pero si resulta que vamos por buen camino, tú quedarías libre de culpa.

Vi que llegaban dos agentes uniformados cargados con un kit para recoger pruebas de la escena del crimen y Eric volvió a echarme del área precintada. Recogí a Savannah y puse rumbo a casa, pues ya llegaba tarde a mi cita con los gemelos Davenport. Cuando era una adolescente, mi madre solía decirme que siempre debía hacer esperar a mis citas con el fin de asegurarme de que los chicos entendiesen que la que controlaba la situación era yo. Era la primera vez que le hacía caso, pero al menos era por un motivo importante.

Brittany salía de su apartamento justo en el momento en que Savannah y yo coronábamos el descansillo.

—¿Qué hacías por la calle tan temprano?

—Hemos ido al parque.

Brittany se quedó boquiabierta.

—El médico te dijo que te lo tomaras con calma. Correr no es precisamente...

Levanté la mano.

—No he ido a correr. Hemos estado paseando con Angus, eso ha sido todo.

—Supongo que por hacer eso no te pasará nada. Por cierto, tienes mucho mejor aspecto.

—Gracias. Pero cuando tire a la basura el cacharro ese del hielo, me alegraré de verdad.

Brittany ladeó la cabeza para estudiar mi expresión.

—Creo que ya puedes hacerlo. Ya tienes un aspecto casi humano. Es lo máximo que puedes acercarte a eso.

—Muy graciosa. Pero ten en cuenta que soy tan humana como cualquier otro chiflado que hayas podido conocer.

Sonrió con suficiencia.

—No conozco más chiflados.

—Pues resulta que la chiflada aquí presente posee cierta información que podría resultarte interesante.

—¿Oh?

Me crucé de brazos.

Brittany se cruzó también de brazos.

—Venga, suéltalo. Tengo que ir a trabajar.

—De acuerdo. Angus me comentó que ayer habló con alguien que le dijo que el jueves por la tarde vio una ranchera marrón por Riddleton. Que el conductor se parecía a Leonard, pero resulta que a la hora que se produjo el accidente, Leonard estaba trabajando.

Brittany se quedó otra vez boquiabierta.

—¡Caray! Eso sí que es interesante. Aunque sea de tercera mano.

—Cualquier cosa que venga de Angus es de tercera mano, aunque casi siempre acaba teniendo razón. Es una lástima que Eric esté suspendido. Porque podríamos pedirle que buscara en la base de datos de tráfico. Aunque, si está al corriente, a lo mejor se lo cuenta a Havermayer. ¿Alguna idea con respecto a quién podría pertenecer el vehículo?

—No, pero si tengo tiempo, repasaré los archivos. A lo mejor, en alguna foto de los actos de la ciudad aparece alguna ranchera marrón. ¿Sabes si el vehículo tenía alguna cosa especial?

—Ni idea. Solo lo vi de reojo.

—Bien. Empezaré por el pícnic del Día de los Fundadores. Todos los años contratan un fotógrafo que saca un montón de fotos de la celebración.

—Me parece un buen plan. Gracias. Llámame si averiguas alguna cosa.

—Lo haré. Hasta luego.

Me dijo adiós y bajó corriendo por la escalera.

Una vez en casa, me preparé un café mientras Savannah se acurrucaba en el sofá para recuperarse del paseo. La pobrecilla trabajaba muy duro y nunca tenía ni un minuto de descanso. Me dejé caer a su lado y busqué el mando de la tele. Pero justo en aquel momento, mi ordenador me llamó la atención. No. Hoy no. Me jugaba demasiado.

Me instalé en mi mesa y abrí el último capítulo. Los gemelos estaban en el despacho intentando solucionar el rompecabezas de quién los había secuestrado y luego los había abandonado atados en medio del bosque para que murieran allí. Uno de ellos tenía que encontrar la nota escondida entre dos libros de la estantería.

Dana ocupó la silla de su padre y bebió un poco de la taza de té Earl Grey que la señora Barlow acababa de traerles.

—Daniel, ¿te acuerdas de cuando papá nos dejaba jugar aquí de pequeños?

Daniel tomó asiento enfrente de su hermana.

—Por supuesto que me acuerdo.

—Tú siempre te escondías debajo del escritorio y jugabas a que eras un agente secreto.

Daniel se echó a reír.

—Y tú eras la espía enemiga que andaba buscándome.

—*Cuando nos poníamos demasiado pesados, claudicaba, dejaba de trabajar y nos leía Shakespeare. Era un actor maravilloso.*

—La fierecilla domada *siempre fue mi favorita.*

—*Y la de papá. Le encantaba hacer las voces.*

Daniel dejó la taza en la mesa para acercarse a la estantería. Recorrió con la punta del dedo el lomo de los libros.

—*Aquí está* —*dijo, retirando el ejemplar de la estantería.*

Entonces, cayó en la moqueta, a sus pies, un papel doblado.

—*¿Qué es esto?* —*preguntó Dana, señalando el suelo.*

Daniel bajó la vista, cogió el papel y lo desplegó.

—*Es un mensaje de Jonathan, en papel con membrete de la empresa.*

—*¿Del socio de papá? ¿Qué dice?*

—*Le pide a papá que adquiera su parte del negocio.*

Ahora llegaba lo más complicado. Tenía que conducirlos a que se dieran cuenta de que Jonathan había matado a su padre. En primer lugar, tenían que establecer la relación entre esta nota y la que decía «¡Paga o verás!». Fijé la vista en la pantalla y esperé a que las palabras llegaran a mi cabeza. Nada. Ni siquiera unas pocas letras.

Tal vez me iría bien cerrar los ojos. El resplandor anaranjado del interior de mis párpados era un reflejo del vacío que llenaba mi cabeza.

«Vamos, Jen, puedes hacerlo».

Apuré lo que quedaba de café y fui a la cocina para volver a llenar la taza, segura de que la cafeína actuaría como unas pinzas para poner en marcha la batería de mi cerebro. Necesitaba encontrar algo que la activara. Con tres capítulos más tendría terminado el primer borrador, y todo lo que sucediera a continuación dependía de esta escena.

El microondas hizo su trabajo mientras yo recorría el circuito que tenía definido en mi apartamento. Oxígeno y cafeína. El dúo dinámico del escritor, aunque no necesariamente en ese orden. Porque apostaría lo que fuese a que podría contener la respiración por más tiempo del que podría escribir sin cafeína. Aunque, probablemente, los resultados serían los mismos.

Las ideas empezaron a fluir mientras preparaba el café. El clic rítmico de la cucharilla contra la taza sirvió para centrar mi pensamiento consciente y dio rienda suelta a mi inconsciente. Este era el lugar donde desarrollaba en secreto mis mejores tormentas de ideas. Al final, algunas lograban emerger de las profundidades, aunque nunca sin que antes se librara un combate en toda regla. Me puse mis guantes de boxeo mental.

La solución más prometedora era que los gemelos compararan la caligrafía de aquella nota con la de las otras dos. La comparación de las dos primeras no había dado ningún resultado concluyente, igual que había sucedido con las firmas de Eric. Pero tal vez esta sirviera para vincularlas a las tres. Tal vez guardara similitud con las otras dos. Eso podría funcionar. Y entonces, en cuanto mordieran el anzuelo, los gemelos podrían empezar a tirar hasta sacar el pez. Jonathan iría directo a la cárcel, condenado por el asesinato de Victor Davenport, terminaría el libro, y yo estaría fuera de peligro con mi editora.

Me instalé en mi mesa y empecé a teclear en el portátil. El río fluyó sin problemas y su corriente me arrastró a lo largo de muchas páginas. Hasta que una llamada en la puerta reclamó mi atención. Brittany entró corriendo antes de que mis piernas pudieran responder.

—¡Nunca te imaginarás lo que he encontrado!

—¿Una foto de una ranchera marrón?

Brittany entrecerró los ojos y esbozó una mueca.

334

—A veces me sacas de quicio, de verdad.

—Pero siempre en el buen sentido, ¿no?

—El buen sentido no existe cuando a una la sacan de quicio. —Se apartó el pelo de la frente y sacó una carpeta de la bandolera—. Esta foto es del Día de los Fundadores de hace un par de años.

Recorrí la distancia hasta la mesa de la cocina en tiempo récord, esquivando los saltos de mi perra a cada paso. Era una foto de veinte por veinticinco de un chico de pelo castaño alborotado que estaba apoyado en una ranchera de color café con leche.

—¿Quién es?

—Dale la vuelta.

Lo hice y leí en voz alta la nota escrita a mano en la esquina superior izquierda.

—«Greg Partridge con su recién estrenado F-150. Día de los Fundadores». —Miré de reojo a una sonriente Brittany—. ¿Por qué querría Greg Partridge echarme de la carretera?

Brittany se encogió de hombros.

—Tampoco podemos estar seguras de que fuera Greg. Lo único que sabemos es que hace dos años adquirió una ranchera marrón. Y aun en el caso de que la ranchera fuera la suya, no podemos afirmar que fuera él quien conducía.

—Alguien afirmó haber visto a Leonard al volante de un vehículo así aquel mismo día.

—Sí, pero ¿no me dijiste que aquella noche estuvo trabajando? Dejé la fotografía en la mesa.

—Sí, lo dije, pero resulta que su paradero en la hora del accidente no está confirmado.

—Aunque fuese así, sus motivos tampoco estarían más claros que los de Greg. ¿Por qué cualquiera de ellos querría hacerte daño? No tiene ningún sentido.

—No, no lo tiene.

Brittany guardó la foto en la carpeta.

—Tendríamos que llevársela a la detective Havermayer.

—¿Por qué? No se ocupa de este caso. Además, estoy segura de que ni la miraría.

—Pues llevémosla al departamento del *sheriff*. Los responsables de la investigación son ellos.

Solté una carcajada.

—Sí, claro. Esa gente cree que estaba colocada con alguna sustancia que no apareció en las pruebas toxicológicas que me hicieron y que me salí yo sola de la carretera y acabé con el coche en la zanja. Ni siquiera he recibido la llamada de algún detective. No pienso aportarles ninguna evidencia a no ser que se trate de una prueba concluyente.

Brittany se llevó las manos a las caderas.

—¿Y cómo propones obtener dicha prueba?

—Muy sencillo. Examinaré esa ranchera. Porque igual que yo he encontrado pintura marrón en mi coche, tendría que haber pintura plateada en ese.

—¿Te has vuelto loca? Si estás en lo cierto y la ranchera de Greg es el vehículo que chocó con el tuyo, ¿qué te lleva a pensar que no podría volver a intentarlo? Me comentaste que se trata de una zona muy aislada. Por allí no hay nadie, excepto Tony, y ahora él está muerto. Greg podría matarte y arrojar tu cuerpo al lago sin que nadie sospechara nada. Llévale la foto al *sheriff*.

—Olvídalo. Pienso ir al lago. Nada de lo que digas me hará cambiar de idea.

Brittany suspiró.

—De acuerdo. Iré contigo.

—Acabas de salir de trabajar. ¿No estás cansada?

—No tan cansada. Voy contigo.

—¿Quién es ahora la que está loca? ¿No acabas de echarme un sermón diciendo que es una idea muy peligrosa? Pues que sepas que tenías razón. Entonces, ¿por qué quieres acompañarme?

—Para salvarte de ti misma. Además, cuando nos metamos en problemas, y sé que nos meteremos en problemas, dos cabezas funcionan mejor que ninguna.

Le di un codazo.

—¿No querrás decir que dos cabezas funcionan mejor que una?

—Pues precisamente no. —Sacó el teléfono del bolso—. Y ya que estaremos por la zona, ¿te apetece cenar con mis padres?

—Por supuesto. ¿Por qué no?

Terminada una conversación de cinco minutos, Brittany volvió a guardar el teléfono y dijo:

—Vámonos al lago.

27

Brittany insistió en conducir, lo cual me pareció bien. Su Chevy Cruze era más espacioso, estaba más limpio y, sobre todo, presentaba menos probabilidades de perder el parachoques delantero si nos topábamos con un bache. El tráfico de compradores que habían huido desesperados a Blackburn para combatir el calor en sus centros comerciales con aire acondicionado y estaban ahora de vuelta a casa nos ralentizó. Los centros comerciales eran estupendos para encontrar personajes, pero su sobrecarga sensorial me llevaba a limitar al mínimo mis excursiones a esos lugares. Lo hacía una vez al año, si llegaba.

—¿De verdad piensas que encontraremos pintura plateada en el coche de Greg? —preguntó Brittany, pisando el freno para evitar un vehículo que de repente hizo un giro a la izquierda justo delante de nosotras.

—No lo sé. Tengo sentimientos contrapuestos. Encontrar una prueba sería estupendo, pero esa parte de la familia de Leonard es un misterio para mí. No tengo ni idea de cómo reaccionará Greg si nos ve llegar.

—Con un poco de suerte, la ranchera se hallará aparcada en el patio y podremos entrar y salir sin que nadie nos vea. Luego, si encontramos alguna cosa, se la llevaremos al *sheriff* y sus agentes para que se ocupen de Greg.

Mientras atravesábamos la presa, el sol de la tarde iluminaba con su brillo el agua.

—Casi pienso que sería mejor no encontrar nada, porque no tengo ni idea de por qué Greg querría hacerme lo que me hizo. Apenas lo conozco. Creo que me habré cruzado con él solo un par de veces desde que volví a la ciudad. Una vez en la carrera de los diez kilómetros y otra en el acto benéfico, y en ninguna de las dos ocasiones cruzamos palabra. Si borro de mi memoria el pasado sábado, no tendría ni idea de la existencia de Greg Partridge. Aparte de verlo de lejos de vez en cuando por la ciudad. Y eso no cuenta.

Por otro lado, estaba también la discusión sobre la fiesta de cumpleaños que Greg había mantenido con Leonard delante de la comisaría. Que también era un poco rara.

Brittany rio entre dientes.

—Pues lo mismo digo. No nos movemos en los mismos círculos. —Me miró de reojo—. ¿Estás segura de que no se te ocurre nada que pudiera hacerle cabrear tanto como para echarte de la carretera? ¿Aunque sea algo ridículo que no molestaría a una persona normal? Recuerda que es pariente de Leonard, de modo que cualquier cosa es posible.

Suspiré.

—No se me ocurre nada de nada. ¿Cómo, incluso, podría saber Greg cuál es mi coche? A lo mejor se puso así porque algún día le robé la plaza de aparcamiento, vete tú a saber.

—También cabe la posibilidad de que estemos sobre una pista falsa. Greg no debe de ser el único en la zona que tiene una ranchera de color marrón. Sino el único que hemos podido localizar.

Una versión amortiguada de *Send in the Clowns* emanó de mi asiento. El tono de llamada que tenía asignado a Charlie. Presioné el torso contra el cinturón, mis costillas protestaron una vez más, y conseguí sacar el móvil del bolsillo.

—Hola, ¿pasa algo?

—¿Recuerdas que Leonard os contó a Lacey y a ti que en su día había querido ser artista, pero que no lo consiguió?

—Sí, ¿por qué?

—Porque he encontrado un anuncio de una galería de arte de Charleston. Hace un par de años montaron una exposición y ¿adivinas quién fue la estrella principal?

Me enderecé en el asiento.

—¿Leonard? ¿Me tomas el pelo o qué?

—En absoluto. —Leyó el anuncio—. Veintidós de noviembre, bla, bla, bla…, un montón de gente de la que no he oído hablar en mi vida y, como protagonistas, los dibujos a lápiz y tinta de Leonard Partridge.

Lancé a Brittany una mirada de perplejidad, por mucho que ella no tuviera ni idea sobre el tema de la conversación.

—¿Por qué se comportaría como si no tuviera talento? Siempre me ha parecido todo lo contrario, el típico que exagera sus habilidades, no que las minimiza.

—¿Y si no quisiera que la gente supiera que era capaz de falsificar sin problemas la firma de Eric?

—Podría ser. Gracias, Charlie. Voy a llamar a Eric para comentárselo.

Colgué y le transmití la información a Brittany.

—Solo se me ocurren dos motivos por los que Leonard podría querer tenderle una encerrona a Eric. O bien fue él el que mató al comisario Vick y necesitaba un chivo expiatorio, o bien odia tanto a Eric que quiere implicarlo. Aunque ninguna de las dos opciones tiene mucho sentido. ¿Qué opinas, Britt?

Brittany miró por el retrovisor.

—La situación es más complicada de lo que pensábamos. No se me ocurre qué razón podría tener un agente de policía para asesinar a su jefe. Además, ¿por qué convertir a Eric en sospechoso? ¿No son amigos?

—Creía que sí. Pero mejor que averigüemos qué opina Eric.

Pulsé el icono junto a su imagen para llamarlo.

—Hola, Jen. Aún no sé nada sobre la tela.

Una forma fascinante de responder al teléfono. Por lo visto, Eric pensaba que solo lo llamaba cuando quería información. Era la misma reacción que había tenido la última vez que lo llamé. ¿Sería cierto? ¿Llamaría a Eric solo cuando necesitaba algo de él? Brittany también me había acusado de eso. Debía reflexionar sobre el tema.

Puse el teléfono en manos libres.

—Hola, he puesto el manos libres para que también pueda oírnos Brittany. Y, de hecho, la que esta vez tiene noticias para ti soy yo. Resulta que Charlie ha encontrado un anuncio de una exposición de arte con Leonard como artista principal.

—Le gusta dibujar, sí. ¿Y?

—Pues que hace poco me contó que no era muy bueno y que lo dejó pasar para hacerse policía. Pero resulta que tenía talento suficiente como para convertirse en la estrella de una exposición. Razón por la cual pienso que podría haber mentido porque fue el que falsificó tu firma en el registro del almacén y metió la prueba robada en tu taquilla. ¿Se te ocurre algún motivo por el que Leonard pudiera haber hecho esto?

Silencio.

—¿Eric?

—No se me ocurre ninguno. Nos llevamos bien. Fui duro con él cuando estaba aún de formación, pero era mi trabajo hacerlo.

Daba por sentado que lo había entendido. Aunque quizá se lo tomó como algo más personal de lo que me imaginaba.

—Lacey dice que es un «coleccionista de agravios».

—Aun en el caso de que eso fuera cierto, nunca le he hecho nada para merecer ser implicado falsamente en un homicidio. Tiene que haber algo más. Además, que sea capaz de falsificar una firma no significa que lo hiciera él.

Tiré del cinturón de seguridad para separarlo un poco de mi pecho y poder respirar hondo.

—Tienes razón. Intentaré abordar el tema con una mentalidad más abierta.

Eric se echó a reír.

—Algo que no puedo decir que hagas especialmente bien.

«Vete a la porra».

—¿Qué dijo Olinski de la llamada al 911?

—Dijo que esta tarde hablaría con Leonard para averiguar por qué estuvo ausente durante más de una hora para visitar una propiedad abandonada. Pero después, un colega me ha comentado que Leonard no se ha presentado hoy al trabajo.

—Qué raro. Quizá ha tenido un problema con el coche.

—¿Sin llamar para avisar? Olinski debe de estar de lo más contento.

Brittany me dio unos golpecitos en el muslo para indicarme que se acercaba el cruce con la SR-32-83.

—Oye, Eric, tengo que dejarte. Llámame si te enteras de alguna cosa.

—Lo haré.

—Gira a la izquierda al llegar al semáforo —dije—. Partridge Road queda a unos pocos kilómetros a la izquierda.

—Entendido.

Aunque, naturalmente, no lo había entendido y Brittany se saltó la calle al primer intento, igual que me sucedió a mí. Un cambio de sentido y enfilamos la calle adecuada. Pero en cuanto los neumáticos empezaron a rodar sobre tierra, se me encogió el estómago y se me disparó el corazón.

«Inspira hondo y suelta el aire lentamente».

Brittany me miró de reojo y detuvo el coche.

—¿Estás bien?

No.

—Lo estaré en un minuto.

Brittany observó por la ventanilla.

—¿Dónde fue?

Le indiqué un lugar a unos treinta metros de distancia.

—Allí. Paremos a echar un vistazo.

—¿Estás segura?

—Sí. Necesito verlo para superar el trauma.

Se acercó lentamente a la zona y salí disparada del coche en el instante en que las ruedas dejaron de girar. El lugar fue fácil de localizar, puesto que la hierba del suelo había quedado aplastada por los diversos vehículos de rescate y la grúa. Mi mirada siguió el rastro de enredaderas aplastadas y malas hierbas arrancadas hasta llegar al fondo de la zanja, a unos tres metros de profundidad.

Brittany salió del coche y me pasó el brazo por los hombros.

—¡Es más hondo de lo que me imaginaba! Me cuesta creer que consiguieras salir de aquí solo con la nariz rota y unas cuantas costillas magulladas. Eres realmente un milagro andante. —Me estrujó contra ella—. Pero debes dejar de correr tantos peligros. Tarde o temprano se te agotará la suerte.

—Qué va. Soy invencible, por si no lo recuerdas.

Me miró de reojo.

—Lo que tú digas.

Eché a andar hacia el coche.

—Lo único que hice fue ir a visitar a Tony. No es culpa mía que un loco decidiera que este camino era demasiado estrecho para los dos.

Brittany negó con la cabeza.

—Por supuesto. Tú nunca tienes culpa de nada.

¿Qué querría decir con esto? Pero no era el momento de profundizar más en el tema.

—¿Quieres echar un vistazo a la cabaña de Tony? Hizo un trabajo de reforma estupendo.

Brittany miró el cielo. El sol se había hundido ya por detrás de las copas de los árboles y empezaba a oscurecer.

—Se está haciendo un poco tarde.

Miré el teléfono.

—Son solo las seis y media. Parece más tarde por los árboles.

—Aun así…, quiero estar lejos de aquí antes de que anochezca del todo. Tu amigo podría volver.

—No creo, pero podemos echar un vistazo rápido. Ingrid sugirió que el parque podría no haber sido la escena donde se llevó a cabo el crimen. Tony podría haber muerto en la cabaña y, después, podrían haberlo transportado hasta el parque para dejarlo junto a aquel árbol.

Me sequé las manos sudadas en los vaqueros. Otro trauma que superar.

—Vale.

Seguimos conduciendo un poco más hasta que bajé del coche para localizar el cartel. Brittany me siguió mientras yo buscaba la montaña de piñas que supuestamente lo escondía. Aunque no estaba muy segura de querer encontrarlo, la verdad. La cabaña podía ser el lugar donde había muerto Tony. Pero estaba sumergida hasta el cuello en la situación. Ya no tenía escapatoria. De perdidos, al río.

Vi que la hierba del arcén se aplanaba para dar forma a un camino de acceso. Levanté la mano, Brittany se detuvo y aparté unas cuantas piñas para asegurarme. Sí, allí estaba, el cartel del 25472. Avanzamos en coche por el largo e irregular camino. ¿Quién seguiría ocultando aquel cartel? ¿Y por qué?

Brittany aparcó justo donde estaba estacionado el todoterreno de Tony la última vez. No se veía ni el más mínimo indicio de que allí hubiera pasado algo. Fuera lo que fuese lo que le sucedió a Tony, estaba consciente cuando se marchó de allí. A menos que alguien cargara con él para llevárselo.

Subí despacio y con cuidado los desvencijados peldaños de la escalera para no sufrir un percance como el de Havermayer, e intenté abrir la puerta. Estaba cerrada con llave. Otra pista prometedora. No era muy probable que un asesino cargado con un cadáver se tomara la molestia de cerrar con llave. Sobre todo, en un lugar tan remoto como aquel. Las cortinas de las ventanas impedían ver el interior. No tenía sentido.

Cuando volví a pisar suelo firme, Brittany había abierto la puerta del cobertizo.

—¿Qué opinas? —le pregunté.

Se volvió hacia mí.

—¿Sobre qué?

—Sobre el alambique, tonta.

Brittany arqueó la ceja.

—¿Qué alambique?

Me acerqué y asomé la cabeza por la puerta. Las jarras seguían junto a las paredes, la caja de tapones de corcho en el rincón, pero el alambique había quedado sustituido por un espacio vacío.

—Ha desaparecido. La última vez, esa antigualla seguía aquí.

Brittany se encogió de hombros.

—Pues ya no está.

—Qué raro. Mejor que vayamos a comprobar lo de la ranchera mientras aún haya luz.

Brittany señaló el coche.

—Usted primero, señora.

—Oh, no, usted primero.

—Si insistes.

Echó a andar hacia su Chevy, con la mano izquierda en la cadera y los dedos de su mano derecha formando un gesto de pellizco, como si estuviera levantándose una falda imaginaria para que no se ensuciase con el polvo del suelo. Ocupó de nuevo el asiento del conductor.

Me eché a reír, y el cariño que sentí en aquel momento me hinchó el corazón. Cuánto había echado de menos a mi amiga.

En el primer intento, pasamos de largo la casa de los Partridge y tuvimos que dar media vuelta al llegar al pequeño claro que se abría junto al embarcadero. Con la luz menguante y la densa vegetación que flanqueaba el camino, no era de extrañar que se nos hubiera pasado por alto. Tal vez hubiera sido mejor que no hubiéramos hecho ninguna parada. No había ningún motivo por el que no pudiéramos volver mañana a investigar. Encontrar la prueba no es que fuera innegociable.

De pronto, como si un mago hubiera retirado la capa que lo hacía invisible, el sendero se materializó a nuestra derecha. Brittany y yo intercambiamos una mirada antes de que ella girara hacia allí. Como había sido siempre, nos entendíamos solo con mirarnos.

Avanzamos despacio por un camino de acceso repleto de baches y agradecí haber dejado en casa mi coche, que parecía haberse convertido en una zona de desastre móvil. Estaba segura de que, de haber ido con él, habría dejado a su paso un rastro de trocitos metálicos semejantes a miguitas de pan. Después de una ligera subida, vislumbramos un claro en la distancia. Dos personas del tamaño de hormigas lo estaban cruzando de izquierda a derecha.

Brittany detuvo el coche.

—¿Qué quieres hacer?

—Continúa. Mientras, iré buscando un rincón donde dejar el coche escondido. Y luego avanzaremos entre los árboles, para que no puedan vernos.

—¿Estás loca?

«Ya empezamos otra vez».

—No, no estoy loca. Mi madre me sometió a varios exámenes y no me encontraron nada.

Brittany rio por lo bajo y meneó la cabeza ante la cita de Sheldon Cooper, de *The Big Bang Theory*.

—Pues creo que debería haberte llevado a ese doctor de Houston.

—No lo hizo, así que conduce —repliqué, con una sonrisa.

Apenas a cinco metros de la entrada al claro había un caminito, con espacio justo para que Brittany pudiera aparcar. Se lo señalé.

—Métete ahí en marcha atrás.

—¿En marcha atrás? ¿Bromeas o qué?

—Igual necesitamos salir huyendo de aquí.

Me miró por encima de la montura de las gafas, aparcó el Chevy en la posición indicada y apagó el motor. Salimos del vehículo, procurando no dar un portazo, y nos dirigimos hacia el lugar donde acababan los árboles. Escondidas detrás de un viejo pino, lo bastante alto y voluminoso como para tapar la South Trust Tower, miré hacia el claro.

No había ni rastro de las dos figuras que acababan de cruzarlo.

A mano izquierda, había un granero viejo y deteriorado por la intemperie, con la pintura roja desconchada y un tejado hundido coronado por una veleta en forma de gallo. A un lado, un cobertizo de techo plano proporcionaba el lugar perfecto para proteger un vehículo del sol.

Le di un codazo a Brittany y señalé hacia allí.

—Mira. Seguro que guardan la ranchera en ese cobertizo.

Cruzamos corriendo el camino de acceso a la casa en busca de la protección y la seguridad de los árboles del otro lado. Desde esa perspectiva, se vislumbraba a la derecha un edificio metálico, del doble del tamaño del viejo granero y con un par de puertas grandes en el centro y una más pequeña a un lado. No había señales de óxido por ningún lado, por lo que deduje que debía de ser relativamente nuevo. La humedad de Carolina del Sur era un infierno para las estructuras metálicas. También para los vehículos. El rayón más mínimo se corroía en cuestión de semanas.

Brittany se apartó el pelo de los ojos.

—Me pregunto qué están haciendo aquí.

—Ni idea, pero los tipos que hemos visto iban en esa dirección, de modo que nosotras iremos en dirección opuesta.

—De acuerdo.

Avanzamos entre los pinos, apartando hojas, malas hierbas y piñas. Las ramas caídas y el miedo a la posible aparición de alguna serpiente nos ralentizaron más si cabe. El sol descendía con firmeza hacia el horizonte. A aquel ritmo, quizá no conseguiríamos ver bien la ranchera cuando llegáramos por fin allí.

Aceleré el paso, pero Brittany tropezó y topó contra mí. Caímos las dos. Sentí una punzada de dolor en el abdomen. Brittany chilló y se llevó la mano al tobillo.

Me incorporé lo más rápidamente que me fue posible.

—¿Estás bien?

Se agarró a la mano que le tendía.

—Sí. Ayúdame a levantarme. —De nuevo en pie, se palpó la articulación lesionada—. Me parece que el tobillo está bien, pero esto es ridículo. Larguémonos de aquí antes de que se pongan las cosas feas.

—Ni pensarlo. No me iré de aquí sin ver esa ranchera. Tú quédate aquí esperando y te recojo cuando vuelva.

—¡De ninguna manera! No permitiré que vayas sola.

Brittany, mi protectora hasta el final.

—Podré apañármelas. Enseguida vuelvo, te lo prometo.

—Ni pensarlo. Vamos las dos.

Echó a andar hacia el granero.

Renqueantes, recorrimos sin incidente la docena de metros que nos faltaban. La puerta de atrás de la estructura colgaba de una sola bisagra. Saqué el teléfono y activé la linterna para echar un vistazo rápido al interior.

Brittany me agarró por el brazo.

—Espera. Podrían ver la luz y acercarse a investigar qué pasa.

Tenía razón, como siempre. Apagué la linterna y forcé la vista para intentar distinguir alguna cosa en la penumbra. Nada interesante. Establos de caballos vacíos y un suelo cubierto de heno que era el responsable del hedor a moho que impregnaba el espacio. En la pared, junto a la puerta, había una silla de montar que debía de llevar medio siglo sin conocer jinete.

Avancé con cuidado hasta la esquina del edificio y asomé la cabeza. La ranchera estaba justo donde imaginaba que se encontraría.

Desde donde estaba no se veía ni el claro ni el edificio de metal, lo cual significaba que tampoco nadie podía verme desde allí. La ranchera marrón ocupaba la práctica totalidad del espacio disponible.

Presionando la espalda contra la pared del granero, avancé hacia la parte frontal del vehículo. Brittany me siguió.

Y cuando superé la puerta del lado del acompañante, divisé el edificio delante de mí. Levanté la mano izquierda para comunicarle a Brittany que no avanzara más. No tenía sentido exponernos las dos a ser vistas. Las rodillas me crujieron al agacharme. Un paso hacia el lado me impulsó hasta el parachoques, donde vi que el intermitente se había quedado sin cristal protector. Junto a él, localicé una mancha de pintura plateada de unos cinco centímetros. Le hice una foto. Con un poco de suerte, la prueba condenatoria sería visible.

Oí un carraspeo a escasa distancia. Levanté la vista.

Leonard me sonrió y me apuntó con su arma reglamentaria. Me tendió la otra mano.

—Dame ese teléfono, ahora mismo.

28

Me incorporé, con las manos en alto, y le hice entrega del móvil.

—¿De qué demonios va esto, Leonard?

Leonard se guardó el teléfono en el bolsillo posterior del pantalón del uniforme.

—Acabo de atrapar a un par de intrusas.

Mis axilas empezaron a transpirar.

—Solo puedes calificarnos de intrusas si nos negamos a irnos cuando nos lo pidas. Creo que eso deben de habértelo enseñado en la academia, agente Partridge.

Leonard frunció el ceño de un modo tan exagerado que sentí un escalofrío.

—Siempre has sido una sabelotodo, ¿no te parece, Jen? No entiendo lo que puede ver en ti Eric, la verdad. —Esbozó una sonrisa capaz de producir pesadillas a un niño—. Aunque él también es un imbécil. Tal vez sea que estáis hechos el uno para el otro.

—Mira, Leonard, no quiero problemas. Devuélveme el teléfono, me iré tranquilamente de aquí y no volveré jamás.

—Pues creo que no va a ser así. —Miró por detrás de mí—. ¡Tú! Ven aquí y mantén las manos donde pueda verlas.

Brittany, con los brazos en alto, cojeó para pasar junto a la ranchera y llegar a mi lado.

—De acuerdo, aquí me tienes. Estoy desarmada. ¿Qué estás haciendo? No se te ocurra disparar.

Leonard se pasó la pistola a la mano izquierda y se secó el sudor de la cara con el hombro, un gesto que dejó al descubierto un desgarrón en la manga de su uniforme.

—No pienso disparar.

—Pues, en este caso, baja esa pistola —dije, con poco convencimiento. Era necesario mantenerlo ocupado hasta que se me ocurriera la manera de salir de esta situación. Tenía un desgarrón en la camisa. Podríamos hablar sobre eso—. ¿Qué te ha pasado en la camisa?

—Tuve un encontronazo con un árbol.

—Pues parece que saliste perdiendo.

—Yo nunca pierdo. —Señaló el edificio de metal con la pistola—. Ya basta de parloteo. Venga, moveos, y que no se os ocurra cometer ninguna estupidez. Tened claro que dispararé si me veo obligado a hacerlo.

Brittany y yo intercambiamos una mirada y empezamos a andar. Leonard trazó un círculo a nuestro alrededor. Mi cerebro seguía trabajando a toda velocidad, buscando desesperadamente una forma de salir de aquello. Si echábamos a correr hacia el bosque, cabía la posibilidad de que acabáramos con una bala en la espalda a modo de premio. ¿Sería capaz Leonard de disparar contra nosotras? Era imposible responder a esa pregunta sin tener la más mínima idea de lo que estaba sucediendo allí. Todo dependía de lo que Leonard estuviera protegiendo, o de a quién estuviera protegiendo. Sospechaba que no tardaríamos mucho en descubrirlo.

Me fijé en las numerosas huellas de neumático dibujadas en la tierra seca a nuestros pies. Era como si Greg celebrara allí a diario una competición de esas en las que los coches acaban en el desguace.

Vi que Brittany cojeaba como consecuencia del tropezón que había sufrido antes y la sujeté del brazo para ayudarla. Leonard me golpeó entre los omoplatos con la punta de la pistola. La punzada de dolor me irradió hacia los brazos.

—Aléjate de ella.

Me volví y le lancé una mirada de rabia.

—Se ha torcido el tobillo. Solo intento ayudarla.

Leonard levantó la pistola hasta dejarla a la altura de mis cejas.

—No necesita ninguna ayuda. ¿Verdad, Brittany? Díselo.

Brittany esbozó una mueca de dolor que acompañó a su siguiente paso.

—Estoy bien, Jen. Gracias.

—¿Qué vas a hacer con nosotras? —le pregunté a Leonard.

—Aún no lo he decidido. ¿Qué hacíais vosotras aquí?

Pensé que mejor habría sido que yo le preguntase: «¿Qué hacéis vosotros aquí?».

—Quería examinar la ranchera de Greg en busca de algún rastro de pintura, para saber si fue él quien me echó de la carretera la otra noche. Brittany solo ha venido para acercarme en coche. ¿Quieres saber si tu primo se vio implicado en un accidente y luego se dio a la fuga?

Leonard frunció aún más el entrecejo.

—Pues deberíais haberos quedado en casa y ocuparos de vuestros asuntos.

—Acabar en una zanja en plena noche y en medio de la nada creo que es un asunto de mi incumbencia. No tengo ni idea de qué más pasa aquí. Nos vamos, y se acabó la historia.

Leonard se echó a reír.

—En serio te lo digo. O dejas que nos vayamos y todo continúe como si nada, u Olinski enviará al departamento entero del *sheriff* a peinar hasta el último centímetro de tu propiedad. No tengo ni idea de lo que van a encontrar, pero estoy segura de que tú sí lo sabes.

Leonard negó con la cabeza.

—Dime una cosa. ¿Por qué mataste a Tony?

—¿Quién dice que yo maté a Tony?

—La manga de tu camisa.

—Ja. Yo no maté a Tony. Ni tampoco al comisario Vick, por mucho que le diera vueltas a la idea.

Me paré en seco y Brittany casi tropieza conmigo.

—¿Por qué?

—Porque iba a despedirme. Decía que no estaba hecho para el puesto. Aunque me juego lo que sea a que lo que quería era meter a su hijo en el cuerpo.

—No puedes estar seguro de eso.

Sin embargo, Zach me había contado más o menos lo mismo sobre su padre, aunque sin mencionar nombres.

Leonard me agarró por el brazo y tiró de mí hacia el edificio. Y cuando nos acercábamos a las puertas dobles de acceso, un sonriente Greg, vestido con un mono de trabajo gris lleno de manchas, emergió por la puerta pequeña.

—Bienvenidas, señoritas. Encantado de teneros por aquí.

Brittany y yo nos miramos. ¿Se imaginaría aquel chiflado que veníamos a una fiesta?

Leonard nos obligó a movernos hacia un lado hasta que nos quedamos justo delante de su primo.

—¿Qué quieres hacer con ellas?

—Déjamelas a mí, Lenny. Yo me ocupo del tema a partir de ahora.

—Prometiste no hacerles ningún daño.

Greg agarró a Brittany por el brazo.

—Y no les haré ningún daño. Confía en mí. Ahora, ayúdame a meterlas dentro y ya podrás irte. Llegarás tarde al trabajo. No querrás que el nuevo jefe te putee como hacía el otro, ¿no?

Empujó a una renqueante Brittany hacia la puerta.

Leonard me cogió por el codo.

—No crees problemas, te lo pido por favor —dijo en voz baja—. No le des ninguna excusa para hacerte daño.

Aquel no era el hombre que hacía unos instantes nos había conducido hasta allí a punta de pistola. ¿A qué venía aquel cambio?

—No entiendo nada. ¿Por qué antes te has mostrado tan desagradable con nosotras?

—En ese cobertizo hay cámaras. Greg estaba oyendo todo lo que decíamos y nos estaba observando. Me he visto obligado a hacerlo.

Me empujó para que entrase en el edificio. Cerré los ojos para protegerme de la luminosidad de los fluorescentes del techo. Volví la cabeza hacia un lado y los abrí de nuevo. Una docena de recipientes de cobre en forma de tetera gigante flanqueaban ambas paredes. De la tapa de todos ellos salían unos tubos que se conectaban a otro tubo de acero inoxidable de unos quince centímetros de diámetro que recorría el edificio en toda su longitud. En el extremo opuesto de la sala había dos calderos humeantes, cada uno atendido por un hombre en mono de trabajo que removía sin cesar el contenido con una pala de madera. Sospeché que debía sentirme agradecida de no poder oler nada gracias a las esponjitas que taponaban mis orificios nasales.

La familia Partridge seguía metida en el negocio del alcohol ilegal, solo que a mayor escala.

El comisario Vick debía de haber averiguado lo que estaban

355

haciendo. Tal vez incluso, cuando tropezó por casualidad con aquella antigualla que conservaba en su cobertizo, creyera que Tony andaba también metido en el negocio. ¿Sería el tráfico y la fabricación ilegal de alcohol la razón por la que el jefe había muerto?

Leonard me condujo hacia la izquierda, hasta que nos quedamos detrás de la hilera de alambiques.

—No toques nada. Están ardiendo.

—Entendido. Entonces, si no asesinaste tú a Tony, ¿quién lo hizo?

—Tengo mis sospechas, pero no puedo demostrar nada. Me enganché la manga en el árbol intentando recoger un papel que podría haber sido una prueba. Pero resultó ser una lista de la compra. Me costó una camisa que estaba como nueva.

Me acerqué demasiado al tubo principal y Leonard tiró de mí.

—¡Ve con cuidado! Ten por seguro que, si rompes eso, Greg te mata.

No me cabía la menor duda de que me estaba diciendo la verdad.

—Gracias. ¿Y cómo se relaciona la muerte de Tony con la del comisario Vick? ¿Los asesinó Greg a ambos?

—No creo, pero sí que creo que está implicado de algún modo. El problema es que somos familia. Greg y yo somos amigos, pero si empiezo a meter la nariz en este tema, mi tío asignará a alguien para que se encargue de eliminarme sin pensárselo dos veces. Este asunto es mucho más grande de lo que te imaginas. Los Partridge llevan cien años perfeccionando esta operación.

—Pero eres agente de policía. ¿Cómo puedes hacer la vista gorda ante un negocio ilegal?

Leonard resopló.

—Quiero seguir vivo, eso es todo. Viste lo que le pasó al

comisario Vick, ¿no? Creo que descubrió demasiadas cosas sobre todo este tinglado y que por eso lo eliminaron. Una cosa es que el jefe lo descubriera por sí solo. Pero si yo colaboro con la ley, seré el siguiente.

—Lo entiendo. Pero ¿por qué me echaste de la carretera?

—Yo no lo hice. Fue Greg.

Negué con la cabeza.

—Te vieron al volante de esa ranchera aquel mismo día.

—La cogí prestada para sacar unos muebles del almacén. Jamás haría nada que pudiera hacerte daño. ¿Por qué iba yo a hacerlo?

—No lo sé. Dímelo tú.

Casi habíamos llegado al fondo de la sala y Greg ya había conducido a Brittany a la estancia contigua. ¿Qué le estaría haciendo? Se me encogió el estómago. El tiempo de hacer preguntas estaba casi agotado.

—¿Quién dejó esas pruebas en el coche de Tony y en la taquilla de Eric?

—Greg se encargó de eso. Fue fácil. Tony nunca cerraba el coche con llave. A Greg le bastó con acercarse sigilosamente hasta la cabaña de Tony en plena noche. También es él quien se ocupa de ocultar el cartel con la dirección de Tony con esa montaña de piñas. Para mantenerte alejada de aquí. Pero no funcionó. Eres peor que un *bulldog* con un hueso.

—Gracias. ¿Y Eric? ¿Cómo consiguió entrar Greg en comisaría?

—Eso no lo hizo él. —Leonard se detuvo y me giró hacia él—. Lo hice yo. Yo falsifiqué la firma de Eric y metí la prueba en su taquilla. Tienes que creerme. Jamás fue mi intención que pudieran acusarlo de asesinato. Solo quería devolvérsela por cómo me trató durante el periodo de formación. Lo imaginé siempre como una broma pesada.

—Como una broma, claro. Una broma que casi le cuesta el puesto y que lo llevó a acabar en la cárcel.

—Me he enterado, sí, y lo siento.

Greg salió de repente del cuarto trasero.

—¡Hola, Lenny! ¿Por qué te has entretenido tanto?

Leonard me empujó.

—Esta es un coñazo, como siempre.

Tropecé y me di de bruces contra la pared. Fue como si de pronto se me incendiaran la nariz y las costillas. Me costaba respirar. Si conseguía escapar de esta, le debía a Leonard un buen puñetazo en el ojo. Aunque, con mi suerte, seguro que me rompería la mano en el empeño.

Leonard tiró de mí para levantarme, agravando con ello el dolor torácico, y me entregó a Greg.

—Ten. Ocúpate tú de ella.

Greg me sostuvo la mirada y en las comisuras de su boca se formó una sonrisa irónica.

—Encantado.

Sospeché que yo no iba a estar tan encantada como él.

Las dimensiones de aquel cuarto eran aproximadamente de un tercio de las de la sala principal. A lado y lado, el contenido de las tuberías de quince centímetros de diámetro que salían del pladur iba a parar a tanques equipados con grifos para llenar botellas, que luego eran tapadas y almacenadas en cajas de cartón con compartimentos.

Directamente enfrente, vi aparcada una furgoneta blanca con las puertas abiertas; las paredes interiores estaban forradas con tableros perforados de los que colgaban lo que parecían herramientas de bricolaje. En el suelo, junto a la furgoneta, había varios cubos de pintura, y una escalera sujeta al techo por el lado del conductor se extendía desde la parte delantera del vehículo hasta sobresalir por detrás.

Brittany estaba arrodillada en el interior del furgón, con las manos atadas a la espalda, amordazada con cinta americana y sujeta a un gancho. El miedo y la angustia se reflejaban en sus ojos.

Se apoderó de mí una oleada de rabia. Salté al vehículo y corrí hacia ella.

—Tú aquí quieta —dijo Greg.

Me paré en seco delante de un tablero repleto de destornilladores, llaves inglesas y lijas y atravesé a Greg con la mirada.

—¿Qué le has hecho?

—Lo mismo que voy a hacerte a ti.

Cogió un rollo de cuerda, subió al vehículo y me cogió por las muñecas.

—¡Oye, Greg! ¡Ven a ver esto!

Greg volvió la cabeza hacia la voz.

—Todas estas botellas están rotas. ¿Qué quieres que haga con ellas?

Con el corazón acelerado, cogí una lija corta del tablero que tenía detrás de mí y me la guardé en el bolsillo posterior del pantalón. No tenía ni idea de si conseguiría acceder a ella cuando lo necesitara, pero saber que llevaba aquello encima me aportó cierto consuelo. Podría ser nuestra única manera de salir con éxito de aquel lío.

—Déjalas aquí y luego me ocupo de ellas —respondió Greg, antes de volverse de nuevo hacia mí—: Date la vuelta y pon las manos a la espalda.

Noté el calor de su aliento en la nuca mientras me sujetaba fuertemente las muñecas con una cuerda áspera. Me dio un puntapié para empujarme y me ordenó que me arrodillara delante de Brittany. Tenía los ojos cerrados y su pecho se agitaba con rapidez. Estaba viva. Me prometí conseguir que siguiera estándolo.

«Aguanta, Britt. Conseguiré que salgamos de esta».

Cuando Greg me obligó a levantar los brazos para sujetar las manos al gancho que tenía a mi lado, mis hombros y mis costillas gritaron de dolor. Pero me propuse contenerme para que no se enterara del daño que me estaba haciendo.

—¿Adónde nos llevas?

Greg cogió un rollo de cinta americana, cortó un pedazo de unos diez centímetros e intentó taparme la boca.

—No te preocupes, pronto lo averiguarás.

Giré la cabeza y me aparté de él todo lo que me fue posible.

—¡Espera!

—¿Qué pasa ahora?

—Tengo la nariz taponada con unas esponjas. Si me tapas la boca, me ahogaré. Y acabas de prometerle a Leonard que no nos harías ningún daño.

—Ningún problema.

Cogió un par de pinzas puntiagudas del tablero.

—¿Qué piensas hacer con eso?

—Ayudarte a respirar. Y ahora, estate quieta o te arrancaré un ojo.

Me quedé inmóvil y contuve la respiración.

Greg me echó la cabeza hacia atrás, estudió mis orificios nasales, cogió con las pinzas el extremo de la esponjita y tiró. Una punzada de dolor me atravesó la cara, hasta que se estabilizó y quedó reducido a una sensación más amortiguada. Por primera vez en días, pude inspirar a través de un orificio nasal. Casi volví a sentirme como una persona normal.

Y a continuación me tapó la boca con la cinta aislante.

Uno de los hombres empezó a cargar cajas en el furgón. Greg fue disponiéndolas entre Brittany y yo. Dos pilas de tres cajas de altura bloquearon enseguida el espacio y crearon entre nosotras una pared de cartón. Si queríamos quedar en libertad, no podríamos hacerlo trabajando en conjunto.

Greg colocó después una tabla junto a las cajas, encerrándonos y creando con ello un falso compartimento trasero. La oscuridad nos engulló. Calculé que disponía aproximadamente de medio metro por lado para maniobrar. Cuando levanté la cabeza, vi que apenas quedaba un centímetro entre las cajas y yo. Muy poco espacio, pero tendría que apañármelas con eso. Nuestras vidas dependían de ello.

Unos golpes sordos me dieron a entender que acababan de cargar los botes de pintura. Estaban preparándose para poner rumbo vete tú a saber dónde y entregar seis cajas de alcohol ilegal. ¿Quién podría necesitar una cantidad así de alcohol ilegal embotellado? Restaurantes y bares, supuse. Aunque me costaba imaginar que existiera una demanda tremenda de este tipo de producto. A menos que los clientes no tuvieran ni idea de lo que estaban consumiendo, claro está.

El sudor me impregnaba la frente. El ambiente empezó a cargarse y cada vez me costaba más llenar de aire los pulmones. Moví las muñecas para calibrar la flexibilidad de la atadura. Muy poca. ¿Conseguiría alcanzar la lija que me había guardado en el bolsillo? Casi, pero no del todo. Mi única esperanza estaba en conseguir liberarme de aquel gancho.

«Inspira hondo y suelta el aire lentamente».

Oí que se abría la puerta y noté que la furgoneta se balanceaba con la entrada del conductor. Esperé a percibir un balanceo similar por el lado del acompañante. Nada. Solté el aire. Al menos solo teníamos que enfrentarnos a un secuestrador. Éramos dos contra uno, aunque si conseguía soltarme me resultaría imposible llegar hasta Brittany, que estaba al otro lado de la barricada. La lija era el único clavo ardiente al que aferrarme…, si es que encontraba un clavo.

El motor se encendió y las puertas traseras se cerraron de un portazo. Y cuando el vehículo empezó a avanzar, me zarandeé sujeta al gancho. Mis hombros y mis muñecas querían gritar de dolor, pero el movimiento me inspiró una posibilidad. Si la cuerda se deslizaba libremente alrededor del gancho, quizá consiguiera descolgarla. Aunque, al desconocer nuestro destino, tal vez no dispusiera de tiempo suficiente para lograrlo. Tenía que actuar con rapidez.

Con los baches del camino de acceso, mi cabeza empezó a rebotar como si fuese un muñeco con muelle. La tensión en el cuello y los hombros se incrementó. Intenté seguir la dirección de los giros del camino para averiguar hacia dónde nos dirigíamos y recé a los dioses de las tormentas de ideas para que me presentaran la manera de liberarme de mis ataduras. Sin éxito. Desconocía la zona y lamentablemente empecé a sentirme más confundida aún que al principio. Pasado un rato, el pavimento más liso y el ronroneo constante de los neumáticos me hizo llegar a la conclusión de que estábamos en una autopista. En la radio sonaba una canción *country* que no conseguí reconocer.

Me balanceé hacia delante y hacia atrás sobre las rodillas, la cuerda se deslizó en el gancho, lo cual generó un movimiento de inercia, e intenté sosegar mi nerviosismo. Manteniendo toda la calma que me era posible dadas las circunstancias, inspiré hondo, tiré de los brazos hacia arriba y hacia delante, y golpeé con la cabeza la montaña de cajas. La cinta americana sofocó mi chillido. Inspiré bocanadas de aire por la nariz hasta que la agonía disminuyó.

¿Cuál era mi plan B? No tenía ni idea, pero a buen seguro proteger mi cara, pasara lo que pasara. Y la única manera de conseguirlo era presionando la caja con la frente, y repetirlo hasta conseguirlo. Acerqué la cabeza a la caja y apreté los dientes para contener el dolor. Conté hasta tres, presioné hacia delante y doblé los codos para que la cuerda pudiese soltarse del gancho. La cuerda ascendió, pero no lo suficiente. Tenía demasiada tensión.

Plan C. Repetir los pasos uno y dos y luego inclinarme hacia la pared para liberar la presión y dar el tirón definitivo.

«Veamos, apoya la cabeza, cuenta hasta tres, ejerce presión hacia delante, dobla los codos, echa hacia atrás, luego tira hacia arriba y las manos quedarán liberadas».

Lo había conseguido, pero cortar la cuerda sería un proceso largo y lento. ¿Tendría tiempo suficiente?

Inserté dos dedos en el bolsillo posterior del pantalón y busqué la lija. Parpadeé para evitar las gotas de sudor que me caían en los ojos. Pellizqué por fin la lija y la extraje con cuidado de su escondite hasta que el mango alcanzó la palma de mi mano. Un movimiento rápido y la lija quedó atrapada entre el pulgar y el índice, bocabajo. Lo único que tenía que hacer ahora era deslizarla por debajo de la cuerda y ponerme a lijar como si mi vida dependiera de ello.

29

Cada movimiento de lija sobre la cuerda dio como resultado un milímetro de avance y otra capa de piel rascada en el antebrazo. Por el momento, la adrenalina enmascaraba la quemazón. Sabía que, en cualquier momento, la furgoneta se pararía para efectuar la descarga y quedaríamos a merced del tipo que ocupaba el asiento del conductor. Tenía que estar preparada.

No había oído ningún sonido ni captado ningún movimiento de Brittany desde que nos habíamos puesto en marcha. Recé para que estuviera bien. Creer lo contrario me provocaría un ataque de pánico. Cualquier cosa que pudiera pasarle sería culpa mía. Y nunca podría vivir con eso. ¿Qué les diría a sus padres? ¿O a Olinski?

Lijé sin parar hasta que el vehículo se detuvo. Pero, pasados unos instantes, se puso de nuevo en movimiento. Habíamos salido de la autopista. Me estaba quedando sin tiempo. Forcé el instrumento de metal, haciéndolo trabajar de un lado a otro e ignorando las heridas que me estaba causando en la piel. ¿Estaría sangrando? Aquel sería el último de mis problemas si no conseguía liberarme antes de que aquel hombre retirara el panel.

La lija cortó el último hilo de cuerda justo cuando la furgoneta traqueteó, se paró y el motor se silenció. Oí unas voces amortiguadas al otro lado del compartimento después de que alguien abriera las puertas de atrás, pero no conseguí descifrar qué decían. El vehículo se balanceó cuando los botes de pintura se deslizaron por el suelo y quedaron descargados. El tiempo se había agotado.

No podía correr el riesgo de que vieran que me había desatado hasta que hubiera liberado a Brittany. Uní de nuevo las manos a mi espalda y palpé el gancho con un dedo para recuperar la posición que tenía cuando me habían encerrado aquí, y esperé.

El tablero que nos separaba del resto del compartimento posterior desapareció de repente y visualicé un hombre corpulento vestido con pantalón vaquero y una camiseta blanca llena de manchas. Nos miró a Brittany y a mí. Se llevó un dedo a los labios.

—Ahora, que ninguna de las dos diga ni pío, ¿entendido?

Hice un gesto de asentimiento y asumí que Brittany hacía lo mismo. No había ninguna luz en el techo que iluminara el compartimento, razón por la cual permanecimos sumidas en la oscuridad. El hombre entregó una caja de alcohol ilegal a alguien que no pude ver. Y repitió el movimiento cinco veces más hasta completar la entrega.

El hombre volvió a colocar el tablero divisorio, devolvió los botes de pintura a su posición original y cerró las puertas. Acto seguido, volvió a instalarse en el asiento del conductor y puso el motor en marcha. Rápidamente, me solté del gancho y me arranqué la cinta americana de la boca. El dolor me hizo reafirmarme en mi decisión de no depilarme jamás el bigote a la cera.

Cuando la furgoneta empezó a rodar y oí de nuevo la radio, me arriesgué a susurrar:

—Britt, ¿estás bien?

—Mmmmm.

Las cajas ya no estaban y pude arrastrarme hasta llegar a su lado.

—Voy a quitarte esta mordaza. No grites.

Brittany asintió con la cabeza.

Con la mayor delicadeza posible, arranqué el adhesivo de su boca.

—¿Mejor?

Inspiró una bocanada de aire.

—Sí, gracias. ¿Cómo lo has conseguido?

—Antes de salir, conseguí robar una lija. Inclínate hacia delante para que pueda soltarte del gancho.

Brittany obedeció. Le solté las manos y dije:

—Ahora vuélvete para que pueda desatarte.

Arrodillada, Brittany se giró, perdió el equilibrio y chocó contra la pared que separaba el compartimento de la cabina. Nos quedamos rígidas, mirándonos la una a la otra. Contuve la respiración hasta que estuve segura de que no había respuesta y la solté a toda prisa.

—Lo siento —musitó Brittany.

Le di unos golpecitos en el hombro para tranquilizarla.

—No se ha enterado. Pero mejor que te libere del todo por si acaso se le ocurre buscar un lugar seguro donde parar. Si queremos escapar de esta, tendremos que esquivarlo como podamos.

Terminada la rotación, me puse a trabajar en las ataduras. La lija seguía en mi bolsillo, pero utilizarla me llevaría tiempo y le haría daño, además. Los nudos eran fuertes, pero no imposibles de deshacer. Era evidente que Greg no había previsto que pudiéramos acceder a ellos. Me llevó unos minutos, aunque al final, logré liberar a Brittany, que rápidamente se masajeó las muñecas y estiró como pudo las piernas. Me senté delante, entrecruzando las piernas con ella. Ahora teníamos que elaborar un plan.

—Lo que pienso es lo siguiente —murmuré—. Estoy prácticamente segura de que este hombre no nos está llevando de visita turística a ningún lado. Por lo tanto, en cuanto vuelva a abrir la puerta pasa sacarnos de aquí, lo superaremos de la forma que sea y huiremos.

—¿Y crees que podremos con él? Es un hombretón.

—Él se espera que sigamos atadas. Si nos lanzamos sobre él en cuanto retire la tabla, perderá el equilibrio y, además, tendrá las manos ocupadas. Nos abalanzaremos sobre él con todas nuestras fuerzas, chillaremos para asustarlo, lo golpearemos y echaremos a correr. ¿Qué opinas?

Brittany rio para sus adentros.

—Tal como lo dices, parece muy sencillo. Pero yo soy lectora, no corredora. Y no olvides, además, que antes me he lesionado el tobillo.

Le palpé la parte afectada y comparé ambas piernas.

—Está un poco hinchado, sí, pero creo que no hay nada roto. ¿Podrás sonreír y soportar el dolor?

—Podré soportarlo, pero me niego a sonreír.

—Me parece bien. Y ahora, intentemos descansar todo lo que podamos.

Cerré los ojos y me concentré en el zumbido de los neumáticos rodando por la autopista para evitar que mi cabeza se desplazara a la zona «Dios mío, este tipo va a matarnos». No estaba dispuesta a permitirlo, de ninguna manera. Porque una cosa era ponerme a mí misma en peligro, y otra muy distinta era arrastrar a Brittany conmigo. Mi amiga confiaba en mí y no pensaba decepcionarla. Tenía que hacer bien las cosas.

De llevar el teléfono encima, llamaría para pedir ayuda. ¿Y qué diría? No tenía ni idea de dónde estábamos. Aunque si esta vez conseguía mantener la llamada el tiempo suficiente, podrían triangular nuestra localización.

—Britt, ¿llevas el teléfono encima?

—No, lo he dejado en el coche. No pensé que fuera a necesitarlo.

Estupendo.

—Yo tampoco tengo el mío.

El zumbido disminuyó, la furgoneta se detuvo un momento y luego hizo un giro. ¿Habríamos llegado a nuestro destino? Mejor estar preparadas, por si acaso. Lo más probable era que solo dispusiéramos de una oportunidad de superar al conductor y huir. Teníamos que aprovecharla al máximo.

Di unos golpecitos a la pierna buena de Brittany.

—Parece que ya casi hemos llegado.

—Pues no me importaría en absoluto saber «dónde».

—Seguro que se trata de algún lugar en medio del bosque, un sitio donde jamás puedan localizar nuestros cuerpos.

Brittany rio entre dientes.

—Vaya, gracias. Ya me siento mejor.

—Mira, si actuamos en el momento adecuado, sus intenciones carecen de importancia.

Volvimos a nuestros puestos, una a cada lado de la furgoneta. En cuanto la tabla que nos separaba del resto del compartimento trasero se moviera, saltaríamos sobre el hombre, lo derribaríamos y huiríamos hacia la libertad. Ese era el plan, al menos. Mis planes, sin embargo, tenían la desagradable manía de salir mal. Confiaba en tener un poco de suerte esta vez.

El vehículo desaceleró de nuevo y enfiló un camino lleno de baches. Me apoyé en la pared y levanté la mano para sujetarme y mantener el equilibrio.

—Pues sí. Parece que realmente estamos en medio de la nada. ¿Has traído la brújula?

—No. La he dejado con el teléfono. Tampoco pensé que fuera a necesitarla.

—Queda claro que nunca estuviste en los exploradores.

—Igual que tú.

Me apretó la mano.

Las ruedas dejaron de saltar. Nos sujetamos para contrarrestar un giro casi circular y notamos que la furgoneta daba marcha atrás hasta pararse. Crucé una mirada con Brittany, me incorporé y me doblé por la cintura.

«Ha llegado la hora de largarse de aquí».

Se abrieron las puertas. Mi corazón amenazó por un momento con salírseme del pecho. Cuando el hombre entró en la parte trasera, la furgoneta se balanceó. El sonido de los cubos de pintura arrastrados por el suelo marcó el avance del hombre. En menos de un minuto, oímos su jadeo al otro lado del panel. Me concentré en el perfil de la estructura.

Y en cuanto vimos aparecer una rendija de luz, nos abalanzamos contra la tabla y chillamos con todas nuestras fuerzas. Mis costillas gritaron también cuando mis pulmones se vaciaron de aire. Entre el peso de las dos, conseguimos derribarlo. El hombre gruñó mientras nosotras, con la madera del suelo clavándosenos en las rodillas, gateamos para salir de allí.

El hombre me agarró por la pierna del pantalón y los vaqueros me bajaron hasta las caderas en mi esfuerzo por soltarme.

—¡Britt, me ha pillado!

Brittany se volvió y le arreó un puñetazo en la muñeca. El hombre aminoró la presión. Conseguí liberarme y crucé la puerta de un salto, seguida de inmediato por Brittany. Aterricé de pie y me vi obligada a mover los brazos como un molinillo para mantener el equilibrio. Brittany cayó al suelo y se llevó la mano al tobillo. A nuestras espaldas, el conductor se incorporó y se llevó la mano a la parte posterior de la cabeza.

Tiré de Brittany para levantarla, le pasé el brazo por la cintura y la arrastré hacia delante.

—Vamos, Brittany, apóyate en mí. Tenemos que poner distancia cuanto antes.

Se me doblaron las rodillas con su peso, pero seguí caminando. Una ojeada rápida para visualizar el entorno dio como resultado la imagen de un cobertizo destartalado.

Oí un silbido a mis espaldas. Levanté la cabeza y me volví. Greg Partridge estaba junto a la furgoneta, pistola en mano. Aparté la vista del arma lo suficiente como para determinar que estábamos justo en el lugar donde había empezado todo. Él nos había enviado a dar un paseo placentero sin placer alguno. ¿Con qué objetivo? Ni idea. ¿Para mantenernos alejadas un rato de allí? Nada tenía sentido.

Teresa Benedict salió en aquel momento de la sala de envasado, se quedó junto a Greg y se cruzó de brazos.

¿Qué hacía la alcaldesa aquí?

Su mirada gélida me produjo un escalofrío y más miedo que el que pudiera producirme el arma cargada que me estaba apuntando.

Brittany cambió el peso de su cuerpo a la otra pierna. Su tobillo lesionado tenía ahora el doble de tamaño de lo normal. Me pasó el brazo por los hombros y la estrujé con cariño.

Eché la barbilla hacia delante y centré mi mirada en Greg.

—¿Qué quieres de nosotras?

Siguió apuntándome con la pistola.

—¿Que qué quiero de vosotras? Pues no haberos conocido nunca, la verdad. Ahora no me queda otro remedio que mataros y la culpa de que tenga que hacerlo será solamente vuestra.

Me encendí de rabia.

—No sabíamos nada de todo esto hasta que mandaste a Leonard a que nos capturara. Si nos hubieses dejado en paz, habríamos hecho la foto del coche y habríamos puesto pies en polvorosa. Lo peor que podría haberte pasado habría sido que te multasen por conducción imprudente. La culpa es solo tuya.

Greg avanzó un paso hacia mí. La alcaldesa lo paró.

—Que todo el mundo se tranquilice —dijo, empleando su tono tranquilizador de política—. Tiene que haber una solución que valga para todos.

—Este problema no tiene solución —replicó Greg, apartando el brazo para soltarse de la alcaldesa—. Hay que eliminarlas.

Teresa volcó ahora en él su mirada gélida.

—No podemos seguir matando gente.

Él le devolvió su hostilidad.

—¿A qué te refieres con eso de «podemos»? Las primeras dos muertes te corresponden a ti. Fuiste tú la que empezó todo esto. Y ahora, el que está pillado y limpiando tu mierda soy yo.

Brittany arqueó las cejas.

—¿Es verdad eso que acaba de decir? ¿Mató al comisario Vick y a Tony, Teresa?

La sangre ascendió de repente hacia la cara de la alcaldesa.

—¡Por supuesto que no! No soy un monstruo.

Cambié de tema. Si conseguía mantenerla descolocada, era muy posible que acabara metiendo la pata.

—¿Qué intereses tiene depositados usted en la operación de alcohol ilegal de los Partridge, alcaldesa?

—No seas tonta. No tengo nada que ver con esto.

—Y entonces, ¿qué hace aquí?

La voz de la alcaldesa se elevó una octava:

—¿Que qué hago aquí? Buscaros. Me he enterado de que estabais desaparecidas y quería ayudar.

—¿Quién le ha dicho que habíamos desaparecido?

La alcaldesa retrocedió un paso.

—No lo recuerdo. Angus, quizá.

El caso era que él no sabía dónde estábamos.

—¿Por qué razón pensó que podríamos estar aquí?

Sus ojos me dispararon témpanos de hielo.

Greg se interpuso entre nosotras y señaló a Teresa.

—Ya basta de tonterías. Vuélvete a casa y estudia los balances de los fondos de tu campaña. Yo me ocupo de estas dos.

«¿Los fondos de la campaña?».

La conexión entre la alcaldesa y el negocio de alcohol ilegal estaba claro. Las contribuciones misteriosas sobre las que se preguntaba todo el mundo venían de Greg Partridge. Una compensación para que Teresa impidiese a la policía controlar su producción. El comisario Vick no se había dejado sobornar y ella lo había matado para proteger su gallina de los huevos de oro. ¿Pero cómo demostrar mi teoría?

Teresa dio dos pasos hacia el Expedition aparcado junto al edificio, justo donde se embalaban las botellas, y se volvió de nuevo hacia mí. Su boca formaba una línea recta en su cara.

—Yo no maté a Tobias Vick.

La miré de arriba abajo mientras las piezas comenzaban a encajar.

—No, usted encargó a Tony eliminar al jefe y después asesinó a Tony para silenciarlo.

Teresa se desinfló.

—La muerte de Tony fue un accidente. No espero que me creas, pero cayó sobre esa piedra. Sí, yo lo empujé, pero él se golpeó la cabeza y murió. Nunca debió morir. —Una única lágrima rodó por su mejilla—. Nunca quise que muriera.

—Entendido, pero ¿cómo consiguió convencerlo para que matara al jefe?

—No tuvo otra elección. Estaba blanqueando dinero para Greg, igual que yo. Si el jefe lo hubiera descubierto, Tony también habría caído. Era la única solución, y él lo sabía.

Cabizbaja, echó a andar hacia su coche.

Grité entonces:

—¡Teresa!

Se giró.

—¿Quién amenazó a mi perra?

—Yo, pero nunca le habría hecho daño. Solo quería que nos dejaras en paz. Sabía lo terca que puedes llegar a ser.

—Pues le salió el tiro por la culata.

—Sí, así es.

Greg movió su pistola en dirección a la sala de envasado. Necesitaba pensar rápido. Aquel hombre estaba lo bastante desesperado como para hacer realidad sus intenciones y era lo bastante hábil como para enterrarnos en un lugar que nadie descubriera nunca. O para arrojar nuestros cuerpos atados a un peso al fondo del lago Dester. Fuera como fuese, moriríamos y él saldría impune del asesinato.

Tenía que detener aquello.

—Oye, Greg. ¿Qué has hecho con ese alambique que tenía Tony en su cobertizo? La verdad es que me gustaba.

—Y a mí, pero no podía correr el riesgo de que el nuevo jefe continuara donde lo dejó el anterior. Fue precisamente ese alambique lo que puso a Vick sobre la pista. —Me agarró por el brazo—. Y ahora, ¡en marcha!

Crucé los pies en mitad de un paso y fingí un tropezón. Brittany, a la que seguía arrastrando con el brazo por encima de mis hombros, cayó conmigo.

Greg soltó una risotada.

Mientras la ayudaba a levantarse, le dije al oído:

—Sigue mis instrucciones. Cuando te lo diga, echa a correr todo lo que puedas hacia la salida más próxima. Intenta llegar al coche.

Brittany asintió con la cabeza.

Ahora solo me quedaba pensar qué hacer a continuación. Busqué en mi memoria el plano de la otra sala. Había alambiques flanqueando las paredes, tuberías de quince centímetros de diámetro por todas partes. Nada que pudiera resultarme útil a menos que fuera capaz de desconectar uno de los conductos que iba desde algún alambique a la tubería que transportaba el líquido hasta la otra sala. El centro de la estancia estaba vacío. En la parte delantera, había dos cubas grandes cuyo contenido iban removiendo unos hombres con unas palas del tamaño de un remo. ¿Estarían todavía allí?

Cruzamos trabajosamente la sala de envasado. Greg me golpeó la espalda un par de veces para meterme prisa, pero el tobillo de Brittany se había hinchado como si se hubiera tragado una pelota de tenis. Nuestra única esperanza de fuga se basaba en que Brittany estuviera exagerando el alcance de su lesión. Si de verdad no podía moverse más rápido, mi plan tenía nulas probabilidades de éxito.

Cuando llegamos a la puerta que separaba las dos salas, incorporé el que era mi truco favorito como escritora: la distracción.

—Solo por curiosidad, Greg, ¿por qué dejaste la botella y la copa en el coche de Tony? Sabías de sobra que siempre podía cerrar un trato con la policía y contarles todo lo de tus chanchullos.

Brittany y yo cruzamos renqueantes la puerta. Mi mirada se desplazó rápidamente hacia las dos cubas grandes. Parecían vacías. Las palas en forma de remo descansaban cruzadas sobre la parte superior y los hombres se habían ido.

Greg se mofó de mi pregunta.

—No tenía nada de que preocuparme. Tony nos blanqueaba dinero. Además, sabía que, si el estado no acababa condenándolo a muerte por haber asesinado al jefe, mi padre lo habría hecho por haber cerrado ese supuesto trato con la policía.

374

Greg cruzó el umbral de la puerta justo detrás de nosotras. Cogí rápidamente una de las palas y grité:

—¡Corre!

Brittany echó a correr hacia la salida.

Greg levantó el brazo, dispuesto a dispararle.

Apunté a la pistola con la pala y le aticé un golpe.

La pistola disparó contra el suelo, cayó de su mano y rodó, alejándose de su alcance. Greg me empujó contra la tina y se agachó para recogerla.

Mi arma improvisada rebotó también contra el suelo y mis pulmones se quedaron sin aire. Pero no había tiempo para tomarse un descanso. Salté sobre la espalda de Greg, impidiendo, aunque no deteniendo por completo, su avance.

Gruñó y corcoveó. Pero yo me mantuve aferrada a él como una niña de tres años jugando al caballito.

Conseguí pasar por encima de su cabeza y, estirándome todo lo posible, me lancé a por la pistola. Mi cara y mis costillas gritaron de dolor, pero tenía que intentarlo. Me impulsé hacia delante.

Greg me agarró por la pierna y me empujó hacia atrás.

Al caer, mi mano izquierda encontró la pala. Rodé sobre mi costado, atrapé la pala con la mano derecha y preparé el golpe. Las palmas de las manos me ardieron cuando conecté con el lateral de su cabeza.

Greg gritó y se llevó la mano a la oreja. Entre sus dedos, empezó a rezumar sangre.

Me incorporé de un salto y eché a correr, no sin pararme antes un instante para recoger la pistola del suelo. Miré hacia atrás y vi que Greg estaba a cuatro patas y trataba de levantarse. Abrí la puerta con todas mis fuerzas, estampándola contra la pared.

Brittany había recorrido unas dos terceras partes del espacio que nos separaba del claro. Llegué enseguida a su altura y me pasó rápidamente el brazo por los hombros. Después de una verificación visual rápida para ver dónde estaba Greg, la arrastré hasta el lugar donde habíamos dejado aparcado el Chevy.

La ayudé a instalarse en el asiento del acompañante, con el pie hinchado apoyado en el salpicadero. Y justo cuando me disponía a sentarme en el puesto del conductor, Olinski y Eric, vestido de nuevo con su uniforme, llegaron a bordo de un todoterreno de color negro con una barra de luces azules iluminando la noche.

Eric tenía la habilidad de aparecer cuando más lo necesitaba. Al final, tendría que acabar teniéndolo siempre cerca.

—¿Qué hacéis aquí?

Eric salió a toda velocidad del vehículo.

—Los padres de Brittany nos han llamado al ver que no llegabais a cenar ni respondíais a sus llamadas. ¿Estáis bien?

—Sí, pero ¿cómo nos habéis encontrado?

—Por la localización de vuestros teléfonos.

—Gracias. —Le hice entrega de la pistola de Greg y le indiqué con un gesto que siguieran adelante—. ¡Id a buscar a Greg y Teresa! Yo me encargaré de llevar a Brittany al hospital.

Olinski pisó el gas antes de que Eric hubiera entrado de todo en el coche, echándome un montón de tierra encima, para acabar de rematar toda la suciedad que ya llevaba sobre mí. Mi última tendencia de moda.

Cuando me metí en el coche, el asiento me abrazó como un viejo amigo. Brittany descansaba con los ojos cerrados, por fin a salvo. Después de la infinidad de veces que ella se había ocupado de mí, ahora había llegado mi turno. Puse el motor en marcha y avanzamos dando tumbos por el camino.

30

Un cielo soleado y sin nubes presidia el desfile del Cuatro de Julio de Riddleton. Estaba rodeada una vez más por una densa y compacta masa humana en la acera de enfrente del ayuntamiento. Pero, en esta ocasión, me sentía como en casa.

Tenía a mi lado a Brittany, sentada en una silla de ruedas que Olinski le había conseguido para que no tuviera que andar con muletas. Intenté engullir mi sentimiento de culpa. De no haberla animado a correr con el tobillo lesionado, no habría necesitado pasar por el quirófano para reparar una rotura de ligamentos. Aunque, claro está, de no haberla animado, quizá ahora estaría muerta.

—Un desfile fantástico —dije—. Este año todo el mundo se ha echado a la calle.

Brittany sonrió y me miró.

—La ciudad lo necesitaba. Sobre todo, la ovación que ha recibido Anne-Marie a lo largo de todo el recorrido. Una auténtica demostración de solidaridad.

—No sé. A lo mejor estaban aplaudiendo al Mustang del 65. Está muy bien que el señor Goldfard, el director de la escuela, lo ceda cada año para el gran mariscal. No tengo muy claro si, de ser mío ese coche, dejaría que la gente lo mirase, y mucho menos que alguien se sentase en él.

Brittany me pellizcó la pierna.

—No me sorprendería.

—Ja, ja. Oye, no he visto a Olinski. ¿Está por aquí?

—Tenía que acabar unos temas de papeleo. Imagino que no tardará.

—Me cuesta creer lo atento que se ha mostrado contigo desde que te lesionaste. Ya no reconozco en él al chico con el que salí en su día. ¿Cuándo oiremos campanas de boda?

Brittany enarcó las cejas y me miró por encima de la montura de las gafas.

—Muy pronto no, por supuesto. Pero la verdad es que últimamente está muy cariñoso.

—Contigo, claro. Porque conmigo sigue enfadadísimo por haberte puesto en peligro.

—Se le pasará. Seguro. Además, lo de acompañarte fue idea mía.

—Pues díselo.

—Ya se lo he dicho. —Me tocó el brazo—. Casi he terminado los capítulos que me enviaste. Y me parecen estupendos para tratarse de un primer borrador. Cuando haya acabado, te los enviaré con mis comentarios. ¿Crees que conseguirás cumplir con el plazo que te han marcado?

Sonreí.

—Lo conseguiré. Me quedan solo dos capítulos y los tendré terminados a finales de esta semana. Lo cual me permite un mes entero para reescribirlos antes de presentar el texto final. Mi editora tendrá trabajo, pero, al menos, el libro estará acabado.

Brittany me miró de reojo.

—Así son las cosas. Tiene que ganarse el sueldo.

—¡Eso no se lo digas!

Eric y Veronica Winslow, la flamante nueva alcaldesa, llegaron a nuestro lado.

Mi hombro rozó el de Eric.

—Buenos días, señora alcaldesa.

Veronica rio entre dientes.

—¡Tú calla! Si me han elegido a mí ha sido simplemente porque fui la única en la que todos los regidores del Consejo se pusieron de acuerdo.

—Por lo que tengo entendido, la decisión fue rápida. ¿Te has planteado la posibilidad de presentarte a las elecciones?

—¿Qué? De ninguna manera. No soy una política.

Eric se cruzó de brazos.

—Imagino que no utilizarías la campaña para blanquear dinero. Lo cual es un punto positivo, evidentemente. Creo que, en un momento dado, votaría por ti.

Veronica negó con la cabeza.

—No era consciente de que esa fuera mi única ventaja.

La miré con una sonrisa.

—Bueno, hay que tener también en cuenta que no has matado a nadie.

Pusieron cara de quejarse los dos.

—¿Demasiado pronto?

—¡Sí! —respondieron a coro.

—Lo siento. Demasiadas emociones, supongo.

—¿Dónde está Savannah? —preguntó Eric.

—He tenido que dejarla en casa. Hace demasiado calor para ella para estar fuera. Incluso siendo tan temprano.

—Es comprensible.

—¿Sabes? No he llegado a preguntarte qué pasó con aquella llamada del 911 que atendió Leonard.

Sorprendido, Eric puso cara de perplejidad y ladeó la cabeza.

—Sí, la llamada que recibió la noche que me echaron de la carretera. La que hicieron desde aquella casa abandonada.

—Ah, sí, lo había olvidado por completo. Por lo que parece, el abuelo de la chica falleció y le dejó la propiedad en herencia. Y junto con su prometido, decidieron arreglarla para instalarse allí cuando se casaran. Se ve que tuvieron una pelea enorme por cómo encajar en la decoración un sillón reclinable que tenía él. Él quería el sillón en el salón y ella decidió que era un trasto y quería dejarlo en la calle para que vinieran a recogerlo. Por lo visto, Leonard hizo un trabajo magnífico para que las aguas volvieran a su cauce.

—Parece que estaba mejorando en su trabajo.

—Nunca fue mi persona favorita, pero lamento que olvidase el juramento que hizo cuando se convirtió en agente de policía.

Veronica apoyó la mano sobre mi brazo.

—¿Te apuntó con un arma, Jen?

—Sí, pero como que lo hizo única y exclusivamente porque estaba bajo la amenaza de su familia y nunca llegó a utilizarla, decidí no presentar cargos. Olinski, de todos modos, lo ha expulsado del cuerpo.

—No le quedó otro remedio. Porque a pesar de que Leonard estaba al corriente de los negocios de su familia y sabía también quién estaba detrás de los asesinatos, nunca dijo nada al respecto. Lo cual representa una flagrante violación de nuestro código ético —replicó Eric.

—Y fue el que metió el cianuro en tu taquilla.

—Sí, además eso.

Olinski llegó y se apretujó al otro lado de Brittany justo en el momento en que desfilaba por delante de nosotros el vehículo de Lectores Voraces. Lacey había decorado la ranchera de su marido, y Charlie, vestido como Thomas Jefferson y de pie en la parte posterior, sujetaba en la mano un ejemplar de la Declaración de Independencia. Mi corazón se hinchó de orgullo al ver las caras sonrientes a mi alrededor. Formaba parte de un grupo por primera vez en mi vida. Tenía gente que me apoyaba y me protegía, y sabía que yo haría encantada lo mismo por todos ellos.

Veronica me dio un codazo.

—¿No deberías estar tú también ahí en ese coche?

—He preferido quedarme con Brittany por si necesitaba cualquier cosa. Además, lo del desfile ha sido totalmente idea de Lacey y Charley y he querido que fuesen ellos el centro de atención.

Eric me cogió la mano. No solo no me importó, sino que enlacé los dedos con él y me quedé a la espera. No sentí ni la más mínima sensación de pánico. No experimenté ningún deseo abrumador de salir corriendo.

«¿Qué me está pasando?».

Eric me miró y sonrió.

Por segunda vez en menos de una semana, le di un beso a Eric.

Y a diferencia de la primera vez, lo hice sintiéndolo de verdad.

Agradecimientos

Un agradecimiento muy especial para mi agente, Dawn Dowdle, y para mi editora, Cara Chimirri, junto con el resto del equipo de Avon. Nada de todo esto habría sido posible sin ellas.

Gracias asimismo a Misty Adams, Ann Dudzinski, Julie Golden, Dawn Miller, Suzanne Oldham y D. L. Willette, todas ellas sufrieron mi primer borrador y contribuyeron enormemente a que el producto final viera la luz.

Y, por supuesto, gracias a mi amiga peluda, Sadie, que ha permanecido a mi lado mientras escribía palabra tras palabra.